U0688475

大鱼

有爱的青春陪伴者

时玖远 著

暗燃

四川文艺出版社

图书在版编目（CIP）数据

暗燃 / 时玖远著. -- 成都：四川文艺出版社，
2025. 7. -- ISBN 978-7-5411-7285-4

Ⅰ. I247.5

中国国家版本馆 CIP 数据核字第 20255ER193 号

AN RAN

暗燃

时玖远 著

出 品 人	冯　静
责任编辑	邓　敏
特约编辑	雪　人
装帧设计	刘　艳　孙欣瑞
责任校对	段　敏

出版发行　　四川文艺出版社（成都市锦江区三色路 238 号）
网　　址　　www.scwys.com
电　　话　　0731-89743446（发行部）　028-86361781（编辑部）

排　　版　　长沙大鱼文化传媒有限公司
印　　刷　　天津睿和印艺科技有限公司
成品尺寸　　145mm×210mm　　　开　本　32 开
印　　张　　10　　　　　　　　　字　数　360 千字
版　　次　　2025 年 7 月第一版　印　次　2025 年 7 月第一次印刷
书　　号　　ISBN 978-7-5411-7285-4
定　　价　　42.80 元

目 录

MÙ
LU

目录

MU
LU

录

第一章 ·
你的模样，终身难忘

1

尹澄接到电话赶到医院的时候，尹教授正脸色苍白地躺在医院的过道上输液。人是睡着的状态，气色看上去不大好。

小姑轻轻将尹澄拉到一边，对她说："你爸最近是不是和什么人有过节？"

尹澄："怎么这么问？"

小姑道："他是在菜场晕倒的。你爸这两年血压一直控制得挺好，早上出门买个菜突然就不对劲了。我问他是不是跟人起了冲突，他支支吾吾死活不肯说。"

小姑和尹澄交流了两句，就回到了尹教授身边。

尹澄拿起热水瓶往茶水间走，脑子里还在琢磨这事。尹教授为人宽厚和善，邻里关系融洽，这么多年来，也没听说他跟哪个人红过脸，但不排除有人见他是独居老人，就欺良压善。思及此，尹澄不免有所顾虑。

此时，一条微信弹了出来：**在吗？**

尹澄放下热水瓶，看见这个缠了她一下午的橙子头像，这会儿正好撞到枪口上。

她按住语音图标，语气不大好："我不买。"

对方回了一个：**？**

尹澄飞速打下：**别再发了！**

对话框上方显示"对方正在输入"，没一会儿提示又消失了。

尹澄锁了手机，打好热水，刚准备离开茶水间，手机又不合时宜地响了。她重新滑开手机，准备拉黑那人，拇指滑到对话框上，忽然停住。

对方回复：**我是沈廉介绍的。你说买什么？**

尹澄站在茶水间门口愣了几秒，随后放下热水瓶，重新打开对方主页。

下午有个保险公司的人，跟她说车子续保，月底最后两天优惠，那小伙子用的是个橙子头像。尽管尹澄已经强调了这两天没空，先放一放，那人还是消息不断，她不堪其扰。

而此时尹澄点开的这人，也是一个橙子头像，区别在于，这个头像里的橙子是被一只男人的手捧着的。

尹澄赶忙退出页面，看见另一个橙子头像和她最后聊天的时间，显示在下午。

她似乎……回复错人了。

尹澄再次点开对话框，她不记得自己的好友列表里何时出现了一个微信名叫"商"的人。这人的朋友圈没有任何内容，她也没有给他任何备注，唯一的线索就是他刚才提到的沈廉。

沈廉是尹澄的高中同学，自从两年前沈廉怀孕后，一门心思扑在相夫教子上，她们的联系越来越少了。

沈廉的确说过要给她介绍对象，但那已经是两年前的事了，总不能这人的消息滞后了两年？

这么思忖间，几分钟过去了，对方又发了一条过来。

商：我是不是打扰你了？

YOLO：不好意思，我以为你是推销保险的。

商：在忙吗？

YOLO：有点。

商：你先忙。

小姑找来茶水间，对尹澄说："你爸醒了，璇璇还在家，我就先走了。"

尹澄没来得及锁屏，提起热水瓶就迎了出去。

送走了小姑，尹澄回到过道，看见老爸睁着一双眼睛茫然地盯着天花板，平时挺能侃的老头，这会儿蔫蔫的。

尹澄弯下腰给老爸倒了热水，手机放在裤子口袋里有些碍事，她倒完水顺势拿了出来搁在枕边。

护士过来给尹教授换输液瓶，尹澄趁机问道："请问病房里还有床位吗？过道实在不方便，能不能帮忙想想办法？"

护士目不斜视地回她："最快也要等到明天。"

说完，护士挂着疲惫的神情转身去了病房。尹澄抬头，目光对上过道上的另一个病人家属，闭了嘴，回身将水端给尹教授，余光瞥见手机竟然是视频通话状态。她赶忙按掉了视频，通话时长显示18秒，应该是她刚才放手机的时候不小心按到了。

屏幕上弹出一条消息。

商：你在仁康医院？

尹澄有些诧异，过道上没有标识，怎么看出来这是仁康医院？

YOLO：刚才误点了，不过你有千里眼？

商：被子。

尹澄低头扫了眼尹教授身上盖的被子，有个颜色掉得差不多的莲花图标。

商：不舒服？

YOLO：家里人。

"我听说你要去斯坦福？"尹教授将杯子递给尹澄。

尹澄接过杯子，略微诧异："你听谁说的？"

"别以为你们所没有我认识的人，我就不知道了。你去到那边就不一定回来了。"尹教授鼻子哼哼，撇过头，像个老小孩。

"没有的事，我就你这么一个爸爸。"

甜言蜜语对尹教授根本不管用。

"我那些老同学出国前都像你这么信誓旦旦，最后有几个回来的？"

谈起这事，尹教授立马从病恹恹的状态变得愤愤不平。

"我只希望你别走你妈的老路，以前你妈总觉得我限制了她的发展，阻碍国家栋梁之才，你看到头来……唉，国家没那么脆弱，倒是人一走就是一辈子了。"

尹澄给尹教授掖了掖被角："怎么又说起我妈了？"

她刚准备岔开话题，刚才那位护士折返回来，后面还跟了一名护工。

护士径直走到尹澄面前，询问道："家属姓尹吧？"

尹澄从凳子上起身："是的，怎么了？"

护士戴着口罩，声音不大："收拾下东西，病人要转移。"

尹教授临时被送来医院，没带什么东西。尹澄拿上尹教授的外套、鞋子和水杯，不明所以地看着护士和护工推着尹教授往电梯走，跟了上去问那护士："这是要去哪儿？这么晚，不是做不了检查吗？"

护士三缄其口，只是侧身让尹澄进来。

电梯门关上后，护士才转过身对尹澄说："东区那边有床位，只有一间空出来，费用稍微高点，你们能接受吗？"

尹澄："可以，麻烦了。"

尹教授被护工一路推往东区八楼，电梯门打开，沁人的味道随之而来。护士台开阔明亮，两边放着修剪整齐的绿植，就连头顶的灯都要亮堂些许。

护工推开病房门，这是一间单人病房，干净的病房内放着一张病床和一个宽敞的沙发。除此之外，卫浴间也要比普通病房设施新一些，还带了一个独立阳台。

安顿好尹教授，护工对尹澄说："本来是要等明早那批出院你们才能转进病房，主任刚才打电话来说，让你们先住过来，手续明早再补。"

尹澄追问道："哪个主任？"

"康主任。"说完，护士就去忙了。

尹教授在旁问道："你认识这个康主任？"

尹澄疑惑道："不认识啊。"

尹教授住院比较突然，尹澄没有告知亲朋，只有小姑知道，小姑要有这关系刚才就联系了，也不会等到现在。

尹澄脑海中闪过那通视频电话，她拿出手机看了眼，和"商"的对话结束在那句"家里人"上，随后他没有回复任何内容，尹澄也没再多想。

第二天一早，小姑带着煮好的粥过来，换尹澄回家洗澡换衣服。临走时，尹澄问小姑认不认识康主任，果不其然，小姑并不认识。

尹澄白天去了趟研究所，下午回到尹教授家里，帮他收拾了几件换洗衣服就直奔医院。

小姑前脚刚走，尹澄后脚就到了。她将桌子摆好，把饭菜一样样端出来，尹教授精气神恢复了些。吃饭时，他对尹澄说："记得谢谢你那个朋友。"

"哪个朋友？"

"帮我们联系康主任的那个朋友。康主任人真不错，早上查房特地来跟我打招呼，说和你那个朋友的爸爸是老相识了。"

尹澄："他有说我那个朋友叫什么？"

尹教授："康主任喊他'小梁'。"

尹澄回忆了一番朋友、同事和同学中，似乎只有一个姓梁的，人在国外，四年没联系了。总不能神通广大到第一时间知道她爸爸住院，还相隔万里雪中送炭？

吃完饭，尹澄端着碗筷去茶水间。洗完碗后，她左思右想，拿出手机发了条消息：冒昧地问下，你贵姓？

对面回复得很快：姓梁，梁延商。

YOLO：昨晚是你帮忙联系康主任的？

商：举手之劳。

尹澄看着这条消息愣了愣，还真是做好事不留名。只是她不喜欢欠人人情，这事如果换作身边认识的朋友，回个礼或者请顿饭，也好解决。但对方是个彻头彻尾的陌生人，这种棘手的问题，让她一时间不知道如何应付才得当。

尹澄还没想好怎么回复，手机响了。

商：家里人怎么样了？

YOLO：好多了。麻烦你了。

商：谈不上麻烦。

尹澄回到病房，放下碗筷，瞥了眼被子上仁康医院的莲花标识。这位梁先生仅仅通过十几秒视频内容，不仅清楚了她所在的医院和遇到的问题，还顺手帮她解决了，有些不可思议。

尹澄拿起手机，坐在沙发上。

YOLO：你平时都是这么热心肠吗？

商：分人。

简短的两个字透露给尹澄一种似是而非的特殊感，她踌躇了一会儿，发过去：我能确认下是沈廉介绍你跟我……相亲的吗？

商：不然呢？

商：推销保险？

尹澄看着连续发来的两条消息，手指敲打在膝盖上，没有立即回复。她抬头看了眼外面，天已经完全黑了，放在腿上的手机响动了下。

商：在思考怎么拒绝？

尹教授合着眼皮打盹。电视机的声音开得很小，里面播报着今天的新闻，庄严肃穆的配乐引起低磁的共鸣回旋在尹澄的耳膜上，她眯了下眼，低头打字：可能沈廉没有跟你说清楚。是这样的，我呢，不会做饭，不爱做家务，工作需要经常外出。总之，国人对女性认知上的传统美德，我基本都没有。

商：你在试图劝退我。

不是疑问句，是陈述句，这是对方给出的结论。

尹澄看了眼输液瓶，快见底了，她按响了护士铃。等了几分钟护士没来，她干脆起身去护士台找人，口袋里的手机又响了。

护士给尹教授换完药水，尹澄才重新坐回沙发上拿出手机。

商：我大学期间在新西兰待了四年，住的那个街区没有像样的中国菜馆，时间允许的情况下我会自己下厨。为了不给新西兰人民赚取高昂的人工费，别说家务，家电维修也不算太难的事。至于你的工作性质，对我来说构不成阻碍。所以你说的这些不是什么问题。

尹澄眉梢微扬。

YOLO：可我是个不婚主义者。

这下梁延商没有立即回复，而是隔了几分钟才发过来。

商：你在尝试一种新的劝退方式。

尹澄笑了下：看在你帮忙的分上，我必须对你坦诚，告诉你我的真实情况。

然后，她补了句：但还是谢谢你。

尹澄回得情真意切，按照惯例，男方这时候会开始顾左右而言他，随便东拉西扯几句结束聊天。不出意外，过几天她应该就会躺在对方的黑名单中。

尹澄盯着对话框看了一会儿，屏幕没有显示"对方正在输入"。

手机始终很安静，一直到新闻播完了，对面也没再回过来。不知道梁延商会不会觉得她在耍他，或者沈廉在耍他，昨晚的帮忙显得多此一举，所以气得干脆不回了？

虽然尹澄发的这些内容的确像在赤裸裸地拒绝，可都是大实话，与其接触下来才将问题暴露出来，不如开门见山。

事实证明，绝大多数男人都挺不过第二重障碍。

尹澄将电视关了，走到尹教授的床前，把被子往上拉了拉。

放在沙发上的手机突然响了。

2

尹澄走回沙发旁，将手机调至静音，打开微信。

商：抱歉，刚才送朋友回家耽误了一会儿。

商：男的，喝多了。

第二条消息让尹澄的目光停留。他其实不必跟她多解释一句，特别是在她表明态度后，他删了她，尹澄也觉得无可厚非。紧接着，第三条消息发了过来。

商：我能问问你为什么不婚吗？

也许是他成熟大度的交流方式让尹澄并不反感，也许是他帮完忙就被尹澄拒之门外，让尹澄终归有些过意不去。总之，她重新窝回沙发上，认真回答了他的这个问题。

YOLO：有些人结婚是为了共同生养后代，我不打算生小孩，所以结不结婚对我来说不重要。很多家庭无法接受这种观念，与其因为自己的决定给别人带来困扰，最好，或者说最负责任的方式就是不结婚。

尹澄的消息刚发过去，对话框上方就显示"对方正在输入"，他似乎一直拿着手机，并且回复得很快。

商：我可不可以理解为你排斥婚姻和生育，但并不排斥恋爱。如果遇到能接受你想法的对象，你也不介意相处？

　　尹澄看完这条消息，抬起头，思绪陷入阳台外浩渺的夜。她习惯踽踽独行，不觉得这个世界上有人会为了迎合她，牺牲自己的人生——除非是想法一致、灵魂契合的人。茫茫人海，谈何容易。

　　YOLO：或许吧。

　　商：知道了。

　　知道什么了？知道她异于常人的婚姻观？知道他们不合适？知道应该结束这次对话了？

　　商：你今晚陪护？

　　梁延商没有再继续刚才那个话题。

　　YOLO：是的。

　　商：无聊吗？

　　YOLO：我应该把电脑带来。

　　可惜下午回家收拾东西，拿得太多顾不上电脑。

　　商：平时看电影吗？

　　YOLO：不常。

　　商：有部电影叫《绿皮书》，或许可以打发时间。

　　尹澄搜了下这部电影，分类为喜剧片，排名公路电影高分榜。

　　YOLO：评价好像不错。

　　商：你用什么软件看？

　　YOLO：YK。

　　梁延商发来一串YK的会员账号和密码。

　　商：记得问护士台要手机支架。

　　YOLO：护士台还配备这种东西吗？

　　商：问一下总归没错，比手酸好。

　　尹澄起身前往护士台询问，值夜班的小护士从抽屉里拿了一个银色的手机支架递给她。

　　回到病房后，尹澄给梁延商回了一条：护士台还真有。

　　商：有就好，不打扰你了。

　　尹澄登录账号密码，调整好手机支架，点击播放。

　　解放双手躺在沙发上看部电影，这个漫长的夜似乎变得不再难熬。

　　窗外不知何时下起了淅淅沥沥的小雨，尹教授中途醒来一次，听着电影的声音又再次呼吸均匀。尹澄不知不觉想起了小时候，在她的印象中，妈妈总是不在家，她晚上怕黑哭闹的时候，尹教授就把她抱去爸妈的房间，放上一部电影驱散夜里的幽暗。哪怕窗外狂风暴雨，听着电影里的对白也会觉得很有安全感。

电影两个多小时，播完已是半夜。尹澄按下护士铃，值班护士来给尹教授拔针，尹澄顺便将手机支架还给她。

护士刚走，她的手机屏幕就亮了。

商：怎么样？

YOLO：你还没睡？

商：我才看完。

没有交集的陌生人，跨越空间，跨越复杂的人际交往，在这个烟雨朦胧的夜里，看着同一部电影，总有一种被人陪伴的奇妙感受。

尹澄重新躺回沙发上回复：托尼的家人接纳了唐，结局温馨。

商：是唐大胆往前迈近了一步。

商：他不敲开托尼的家门，或许永远也无法感受圣诞节的拥抱。

寂静的深夜，这句话带着某种未知的力量落在尹澄的瞳孔里，仿佛意有所指。

商：晚安。

YOLO：晚安。

关掉手机，尹澄躺在沙发上很快进入梦境。梦里，她变成了电影里受人歧视的黑人博士，无数讥讽谩骂从四面八方裹挟而来，真实、吊诡。那种羞耻的感觉仿佛自己被扒光了扔在大街上受人凌迟，直到她找到了一扇锈迹斑斑的铁门，鼓足勇气推开，身体落入一个结实宽厚的怀抱，男人对她说"你终于来了"，随后四周的光变成了淡金色。

后半夜尹澄睡得很安稳，这大概要归功于宽敞的沙发。

早上安排好尹教授的早餐，尹澄便匆匆赶去研究所，今天的主要任务是整理数据。

午休的时候，她难得没有琢磨实验，而是想起了昨晚的梦。她第一次梦见一个从未见过的陌生人，有些荒唐。

傍晚前小姑来电话，说叔叔他们要来医院看尹教授，于是尹澄从抽屉里翻出伞，拎起包赶去医院。

离开办公室时，手机响了下。

商：记得带电脑。

尹澄脚步顿住，折返回办公室拿上电脑。

尹教授被停职那年，除了小姑，身边的亲戚几乎都停止了来往，唯恐殃及池鱼。

直到这几年才恢复走动，体会过人情冷暖后，尹澄对这些所谓的亲戚便看得很淡了。

等人都走后，尹澄拿出手机发消息给梁延商。

YOLO：才应付完亲戚，谢谢提醒。

YOLO：对了，尹澄，我的名字。

尹澄去帮尹教授拿饭，回来的时候看见消息回了过来。

商：今天会忙到很晚？

YOLO：大概是的。

商：好。

白天的雨陆陆续续下了一整天，到了夜里虽然停了，窗外却越发冷飕飕。尹澄将PPT保存，伸了个懒腰。

放在上衣口袋里的手机响动起来，她抬头看了眼熟睡的尹教授，拉开病房门到走廊接通电话。外卖小哥喊她拿外卖，她疑惑地说："我没点啊。"

小哥和她核对了下信息，确认无误。

尹澄拿到外卖后发现是店家亲自送的，挺有名的私房菜馆。

她走到茶水间，打开保温食盒，包装精致，密闭性很好。热乎的粥里有大颗基围虾、鳝鱼、干贝等食材，稠厚鲜美。

尹澄拿出手机给梁延商发了一条消息：不要告诉我外卖是你点的。

没等多久，他就回了过来：外面降温了，喝点热的，别熬太晚。

YOLO：我记得这家店不送外卖的。

商：正好在这里吃饭，威胁老板不送就绑架他的大厨。

尹澄鬼使神差地打开地图，搜索了下位置，发现这家店离自己仅有七公里。这是她和梁延商的距离，很近，近到让她觉得潮湿的空气中飘浮着某种丝丝缕缕的牵连。

她玩笑地回复：社会哥。（抱拳）

此时她脑海中对梁延商有了个大概的轮廓，皮肤很白，不胖，也许戴着副斯文的细框眼镜，总之，应该是儒雅的、细致的、如沐春风的男人。

尹澄盛了一碗粥出来，一边喝粥一边发着消息。

YOLO：我很想知道，到底是怎样一种信仰让你愿意继续跟我这个不贤惠、不体贴、不顾家的女人来往？总不会是单纯想和我交个朋友吧？

他似乎还在饭局上，没有立马回，但也没让尹澄等太久。

商：你是怎么认为的？

他很理智，没有上尹澄的圈套，将问题又抛了回来。

YOLO：大致分为两种：第一种，你也是不婚主义者，所以并不介意；第二种，我这样的情况让男人没有负担，简而言之可以不用负责。

尹澄将他们之间模糊不清的联系挑了开了，等待他的反应。

手机屏幕到黑屏为止，都没有动静。

在她喝完一碗粥后，屏幕再次亮起。

商：都不是。

商：我不是不婚主义者，也不会逃避责任，更不想只做朋友。你猜我是哪一种？

梁延商的回复让尹澄有些意外，没有花言巧语，没有刻意修饰，却有种直击人心的坦诚。

但她并不想顺着他的话让关系升温，于是岔开了话题：你不是在饭局上吗？这样和我发消息不耽误事？

商：是有人问我总低着头和谁发消息？想知道我怎么回的吗？

YOLO：？

商：（微笑）早点睡。

他看穿了她的退缩不前，停止了话题。

尹澄将剩下的粥封好，回到病房躺在沙发上，胃里暖暖的，思绪却有些纷杂。

她拿出手机，点开了好友申请记录，发现通过梁延商的好友申请是三天前的事。三天前所里来了一批实习生，何老板让尹澄带这些实习生参观学习。大家围着尹澄，一口一个"师姐"，纷纷要加她微信，于是那天她加了不少人。大概也是那时候随手通过了梁延商的申请。

她点开了梁延商的头像，一颗圆润光滑的橙子落入男人的掌心，被修长的手指包裹，经络分明的纹路很有骨骼感，利落却也赏心悦目。不知道这是不是梁延商本人的手。

尹澄翻出沈廉的微信，试探地发了句：睡了吗？

没想到沈廉居然秒回：睡了，又被祖宗弄醒了。说，怎么了？

YOLO：你给我介绍人了？

沈廉半天没有回复，再回过来时，显示了一条语音。

"他都加你了？这么快？我告诉你那人不错的，跟咱们同龄，你跟人家好好聊。我说真的，别那么固执，你听说了吗？谢晋都要结婚了，你争点气。"

这段语音的背景音是她家娃震天式的哭闹声，尹澄没再打扰沈廉哄娃。

倒是冷不丁地听说谢晋结婚的消息，尹澄多少有些意外。

尹教授见这几天尹澄总是在与人发消息，早上起来的时候，便问她是不是那个小梁。他说出院后让尹澄邀请小梁来家里吃饭，顺便见见。

尹澄很想告诉老爸，她都没见过。

办完出院手续，把尹教授接回家后，尹澄给梁延商发去一条消息。

YOLO：我爸出院了，早上去找康主任，他今天会诊没见到人，还要麻烦你帮我谢谢他。

商：谢我就可以了。

尹澄躺在老爸的按摩椅上，举起手机回道：想怎么谢？我爸让我请你来家里吃饭，见见你。

商：你呢？想见吗？

天空放了晴，阳光载着细小的尘埃，沉沉浮浮，尹澄的心跳也随着沉浮。

也许是见她半天没回复，梁延商再次发了一条：慢慢来。

尹澄也不是没被人介绍过，之前微信刚加上，男方总是单刀直入约她见面。

这个其实也能理解，快节奏的社会，合则留，不合则去，讲究个效率。

梁延商大概是她遇过的唯一一个和她说"慢慢来"的人，不计时间成本，不让她为难，分寸感拿捏得刚刚好，很绅士，让人不失好感。

YOLO：沈廉给你看过我的照片？

商：没有。

YOLO：你不担心吗？万一我长得很丑，一米五的身高一百八十斤的体重。

商：……你不是。

YOLO：何以见得？

商：我有千里眼。

尹澄脑海中勾勒出一个斯文儒雅的男人，推着眼镜跟她一本正经地胡说八道。

YOLO：我不会在没有结果的事情上过多地浪费精力，而你好像没有这方面的顾虑。

她明确地表示她是不婚主义者，梁延商也说过他并不是，这代表他们的终点不一致。

换位思考，如果她是男人，大概率会及时止损。

商：我更相信结果在人，不在事。

他的回答透露出一丝从容，不急不躁，似乎很有耐心。

商：你在担心我到头来一场空？

YOLO：坦白地说，我不会碍于情面而对某件事做出让步。

商：你的妥协通常伴随着什么？

YOLO：感觉，一种虚无缥缈的东西。看不见摸不着，我不知道它什么时候会来，一旦消失，我就不会再停留了。

YOLO：听上去，像个渣女，但事实如此。

梁延商发了个耐人寻味的表情包，隔了好一会儿，他回了一条过来：那就试试。

尹澄盯着手机，眼里有了笑意，不明白他图个啥。

但很快，手机再次响动。

3

尹澄的视线落在刚弹出的消息上，看见梁延商问她：讨厌和我接触吗？

YOLO：不反感。

商：不如这样，别把我们的接触想象成目的性很强的事，顺其自然。就当我是个倾诉对象，这样会不会轻松些？

如此解读他们的关系，无形中减轻了尹澄的心理负担。不过，她依然回道：遇事我习惯自己消化，不向人倾诉。

商：现在可以了。

尹澄放下手机，站在阳台，伸了个懒腰。

"现在可以了"这几个字敲打在尹澄的心间，慢慢垒成了模糊的轮廓。

通过几天的聊天接触，尹澄的确在梁延商身上发现了一些闪光点，例如他恰到好处的分寸感，例如他细致入微的关照，再例如他不计较得失的大度。

在相亲吃饭都恨不得 AA 的时代，梁延商体现出来的感觉显得难能可贵。

尹澄暗忖了一番，重新拿起手机。

YOLO：你头像上的那只手是你的吗？

发出这条消息意味着她接受了他的提议。

商：嗯。怎么了？

YOLO：你喜欢吃橙子？

梁延商没再回复。尹澄在家和尹教授吃了面条，便准备赶往所里。下楼的时候碰上才从车上下来的谢晋，尹澄本想问他是不是要结婚了，谢晋却身子一转，当没看见她，提步走进隔壁楼栋，一副真把自己当驸马爷的傲娇样，瞧着都晦气。

尹澄本打算看在老同学加老邻居多年的交情上，就算谢晋不请她喝喜酒，她高低也得随个份子，这么看来，份子省了。

这不太美妙的心情，一直持续到尹澄进实验室前，她拿出手机看了眼，屏幕上躺着一条消息。

商：我喜欢橙子。

尹澄愣了下，她学生时期的外号就叫橙子，但只有同班几个关系好的女同学会这么叫她，梁延商当然不会知道。

这条消息乍一看，像赤裸裸的表白。

这个意外的巧合让尹澄眼里有了笑意，糟糕的心情烟消云散，不过她并不打算告诉梁延商。

尹澄手头的任务到了收尾阶段，何老板派发了新项目，还把罗哲分给她了，这让尹澄有些头疼。她之前接触过这个学弟，本科期间以系第一的成绩保研，优秀是优秀，就是人有些阴郁，沟通起来颇感困难。

大概优秀的人总有些奇奇怪怪的性格缺陷。毕竟上帝已经开了一扇大门，总要意思下关上几扇窗。

尹澄带着项目组的几人碰了下头，她不喜欢废话，分派了一下各自的任务就结束了。

之后这个罗哲就阴魂不散：尹澄去实验室，他跟到实验室；尹澄回办公室，他跟到办公室。

尹澄从洗手间出来，罗哲就站在洗手间门口。

尹澄无奈地对他扯了下嘴角："有事？"

罗哲不紧不慢地挤出两个字："等你。"

"……"我谢谢你，又不是上厕所没带纸。

尹澄把撑他的话咽了下去，走回实验室的路上，好言说道："你是怕生还是什么？你不需要一直跟着我。再说，又不是中学生，上厕所还要结伴而行像什么样。就是结伴，也是跟同性结伴，我们一男一女结伴去厕所算个什么事？"

罗哲似乎听进去了，问道："师姐是怕别人说闲话吗？"

"……那倒不至于。"就是这事，不太正常。

下午罗哲拖了把椅子坐在尹澄身边，尹澄忍不住说他："你坐那边，先把文献看了。"

罗哲语气平静地回她："没事，我在这儿看。"

他穿着浅蓝色的格纹衬衫，皮肤透着种病态的白，头发乌黑厚实。一下午坐在尹澄身边过分安静，像个存在感十足的幽灵。

下班后，何教授召集他们开会。

通常在他就一个问题反复阐述时，尹澄便开始习惯性地转笔。

放在桌上的手机忽然亮了，她拿起来看了眼。

商：下班了？

尹澄将手机解锁，回复：在开会。

梁延商没有再打扰她。

尹澄刚准备放下手机，抬眸对上罗哲静如死水的眼神，她重新拿起手机。

YOLO：问你个事，如果一个男人总是跟着一个女人意味着什么？

YOLO：我是指连去厕所都要跟着的那种。

商：不是变态就是准备伺机行凶。

尹澄皱了下眉：不会吧……

商：认识这人？

YOLO：一个师弟，不像是会犯罪的人。

商：罪犯脸上不会写着字，小心为好。

梁延商发来一串手机号。

商：我的号码，存下，有事联系我。

简洁的文字却传递过来一种无形的安全感。

何教授的眼神第三次瞥向尹澄，她依然低着头发消息，会议室里忽然陷入安静，尹澄察觉到不对劲，抬起头。

何教授正以一种好整以暇的姿态看着她："发完了？"

尹澄手机一锁，撂在桌上："差不多了。"

"发完了，来说说我刚才安排的计划。"

尹澄将笔记本合上，一、二、三、四、五说得条理清晰，逻辑缜密。底下已经有人憋着笑，何教授拿她一点办法都没有，只能宣布散会。

尹澄将东西一拿，头也不回地走出会议室。魏圣宏笑道："何总，下次别抽查她了，她上学时期就是出了名的一心多用，大脑构造和一般人不同。"

何教授宽容地摇了摇头："和她妈妈一个样，天生搞研究的料。"

等大家回到办公室后，发现尹澄早走了。

尹澄上大学以后就没怎么住过家里，之前是住校，后来因为经常泡实验室，没个准点，所以工作后大多数时间都待在所里。

考虑到尹教授最近的身体状况，尹澄还是决定回家住一段时间，顺便观察一下，到底什么人找碴。

接下来的几天，罗哲始终像个阿飘伴随在尹澄左右，意图不明。好在他工作正常完成，效率还不错，没给尹澄带来其他麻烦，她也就没搭理他。

周末，尹澄把车送去4S店保养了，周一下了班收拾完东西，她准备去乘地铁。刚进电梯，门被人挡了下，罗哲挤了进来，单眼皮看似无神且空洞地盯着尹澄，低低地叫了声："师姐。"

尹澄应付了句："你也走啊？"

"嗯。"

两人相顾无言，等电梯门打开，尹澄先走了出去。从所里出来，尹澄脚步不自觉加快，约莫走了几分钟，她侧过头去，目光透过街对面商铺的玻璃门，瞧见罗哲就跟在她身后。尹澄收回目光，低头假装系鞋带，故意拖延了时间，再直起身子，余光发现罗哲也放慢了脚步。

尹澄临时改变了主意，停在路边拦了辆出租车。上车的时候，手机响了下，尹澄并没有查看，而是注意着出租车外的那道身影。

罗哲没有继续往地铁站走，也来到路边拦车。

尹澄拿出手机，看见梁延商发来的消息。

商：吃辣吗？

她迅速敲下：我怀疑有人跟踪我。

梁延商很快回了过来：你那个师弟？

出租车拐过街口，绿灯变红，阻拦了其他车辆。尹澄不知道罗哲有没有拦到车，她回过头连续看了两条街，确认没有车子跟上来才低头回复消息。

YOLO：现在没事了。

商：他在追求你？

倘若是中学生不懂得如何表达自己的情感，跟着喜欢的女生尚且可以理解为青涩。对于他们这样的成年人来说，被跟踪并不是一件暧昧的事，相反，有些瘆人。

YOLO：如果他释放了什么信号，我倒可以借此跟他说明白。头疼的是他没有表露过什么，我这样认为，倒显得自作多情了。

YOLO：对了，你刚才问我吃不吃辣，还行，怎么了？

梁延商发来个定位，地址显示是醴陵。

YOLO：你去湖南出差？

商：不算，过来有点事。这边的兄弟招待了几道菜，偏辣，所以问问你。

商：你师弟那个事，好办，试一下他。

车子已经开到了小区门口，尹澄拉开车门下了车，边走边回复。

YOLO：怎么试？

商：你是在华山北路上的研究所吧？

尹澄目光顿了下：沈廉告诉你的？

商：不是。

得知梁延商清楚她工作的地点，尹澄的确有了顾虑，毕竟手机那头是刚认识不久的陌生人。兴许是看见她没有回复，梁延商再次发来。

商：不用担心，我不是跟踪狂。

他总能精准地察觉到她的担忧。

YOLO：你还没说怎么试。

梁延商回复：今天会喝点酒，明天联系。

尹澄敲下"少喝点"，删除。

又敲下"注意身体"，再次删除。

不管怎么回都有点像女友叮嘱男友的意味。

手机再次"叮"了一声，梁延商发来：知道了。

他好似一直盯着屏幕，捕捉到了她的徘徊。

尹澄就这么拿着手机站在楼下，春风轻柔地来回荡漾着，奇妙的感觉萦绕在心上。

楼上传来"嗯哼"一声，尹澄抬头望去，尹教授提着鸟笼站在阳台上清着嗓子。

她收起手机上楼，刚进家门，尹教授就打趣道："到了楼下也不上来，站那儿跟谁发消息呢？"

尹澄含糊地回了句："朋友。"

晚上临睡觉前，尹澄刷了下手机，看见二十分钟前，梁延商发了一条朋友圈，内容只有两个字"晚安"。

梁延商的朋友圈没有其他动态，也没有刻意设置三天可见。他是个不爱发朋友圈的人，却在今晚突然发了个"晚安"。

简单的两个字似是一种秘而不宣的报备，传递给手机另一头的某人，他那边结束了。

没有意外，这条动态刚一发出就弹出了很多条回复。

朋友1：夜生活刚开始，晚安个啥！！！

朋友2：起来嗨！

朋友3：梁哥，在跟谁说晚安？

……

当然，这些回复尹澄是看不到的，她只能看到梁延商统一回复了一条：别闹，不是跟你们说的。

尹澄关掉了手机，四周陷入黑暗，窗外是稀疏的星辰，原本黑暗的夜空因为那点点繁星散发着微弱的光。

房间很安静，静到她能听见自己的心跳。

4

第二天尹澄刚到所里，就看见罗哲在她座位旁边徘徊。他一上午都在尹澄左右，有好几次，尹澄抬头对上他的视线，那目光像黏腻的蛇，令人不舒服。

尹澄问他："有事吗？"

罗哲总是面无表情地回答："没有。"

好不容易到了中午，尹澄避开他上楼去找魏圣宏吃饭。魏圣宏本科期间是尹澄的学长，两人相识较早，但是尹澄几乎没有主动找过他，难得跑来跟他一起吃饭，魏圣宏自然欢迎之至，点了几个好菜招待她。

一直到午休快结束尹澄才下楼，刚走进办公室，她就发现所有人看她的眼神有些不一样，面露笑意，暧昧不明。

直到她走回桌前，才看见九十九朵弗洛伊德玫瑰占满了整张桌子，花束上躺着一张卡片。

尹澄翻开卡片，里面的内容是：je vous connais,depuis toujours.

没有落款。

这句话的意思是：我认识你很久了。

但尹澄更喜欢另一种翻译：你的模样，永生难忘。

很少有人知道尹澄懂法语，卡片的内容是印制的，所以她只当这是花店附赠的，没太在意。

周围人瞧了过来，问她是不是男朋友送的？尹澄余光瞥见罗哲的眼神，笑了笑没说话。

她拿出手机发给梁延商。

YOLO：花是你送的？

隔了几分钟，梁延商回了过来：你师弟什么反应？

尹澄抬头瞄了眼旁边，其余人已经各忙各的了，罗哲没有往这里看，她暂时瞧不出所以然来。

YOLO：我下午观察下，不过这不能让你破费，多少钱我转你。

商：有没有一种可能，这不存在破费，是我的私心。

窗外的暖阳融了进来，悄无声息地缠绕着尹澄的指尖。她将手机收进抽屉，打开文档。

不得不说，梁延商宣示主权的行为起了效果，罗哲竟然一下午都没再围着她，而是坐在角落忙着自己的事，下班也是到点就走了，尹澄着实松了口气。

晚饭前，尹澄发给梁延商：他下午没再跟着我了。

商：看来你的小师弟确实对你有想法。

商：你们平时都做什么？

YOLO：挖石头，做研究。

商：怎么想起来往这个方向发展？

YOLO：我妈是地质学家。

商：厉害，伟大的科学家。

YOLO：碰上物探在野外风餐露宿几个月晒成煤炭，没外人想象的那么风光。你呢？

商：我要说自己是无业游民，你会怎么想？

YOLO：如果不啃老，不给其他人带来负担，没有工作还能养活自己，也是种本事。

尹澄塞了几口饭，过了十来分钟，手机才亮起。

商：有些小生意，养活自己不成问题，还可以再养活一个。

虽然是开玩笑的语气，却透露出他有稳定的经济来源，不是个为生计奔波的人。

YOLO：你还没说是怎么知道我们所的？

信息发过去的同时，另一条消息过来了。

商：上飞机了，回来聊。

她这才想起来梁延商还在外地，他这是远程帮她解决了个小麻烦。

尹澄最近有篇论文不太顺利，夜里，她冲了一杯咖啡，刚重新坐回电脑前，看见手机亮了。

商：我和沈廉一个高中的，有共同朋友，听说了你的工作情况。

梁延商回答了尹澄之前的问题。

尹澄解锁了手机，回复：你下飞机了？

商：刚出机场。还没睡？

YOLO：睡不着。

YOLO：等等，这么说，我们曾经是校友？

商：反应过来了？

尹澄反复咀嚼着"梁延商"三个字，在记忆中搜寻了一圈。

半晌，梁延商又发来一条：能回忆起来吗？

YOLO：我们在学校的时候好像不认识。

尹澄可以肯定的是，梁延商和她不在一个班，也不在她隔壁班，总之，这个名字对她来说很陌生，她并没有接触过。

这下梁延商没有立刻回复，过了好几分钟，手机才重新亮起。

商：可惜了，应该早点认识。

尹澄从椅子上站起身，踱步到窗前。她推开窗，夜晚的春风里夹杂着泥土的清香，把人的记忆一下子拉回到了那些青葱岁月。

YOLO：我当过一段时间的学生会主席。

商：你想说我也许见过你，尹主席。

窗外静得出奇，深邃的苍穹笼罩着神秘的面纱，引人入胜。

YOLO：而我竟然连你的声音都没听过。

隔了好一会儿，梁延商发了一条：突然冒出个想法。

YOLO：？

商：去见你。

这三个字像有魔力，隔着屏幕让人身体里的细胞都被调动起来，漆黑的夜里暗藏着隐隐的刺激感。有那么一刻，尹澄的确产生了见他的冲动。

梁延商再次发来。

商：下雨了，外面凉，不折腾你了。

尹澄的心情像坐过山车，但总归松了口气，也许是这个时间不适合见面，也许是太突然了还没准备好。

见尹澄没有回复，梁延商问道：吓到你了？

YOLO：其实我也挺好奇的，不过今天的确有点晚了。这次的事还没机会谢你，下次请你吃饭。晚安。

梁延商没有再回过来，尹澄对着电脑敲敲打打，进展实在缓慢，干脆关了电脑。

躺在床上，尹澄的脑袋里过着数据，渐渐睡意蒙眬。恍惚间，手机亮了，照得天花板染上淡淡的光晕。

尹澄睁开眼，拿起手机看见一条语音，梁延商发来的，她顿时睡意全无，将音量调低，点开语音。

梁延商的声音从听筒里传了出来："晚安，科学家。"

和她想象中完全不一样，她以为梁延商的声音听上去应该是温润的，和声细语的感觉。事实上他的声音很低沉、清洌，声线中自带电流感。

她把音量调高两格后，又听了一遍。

沉而磁的男声弥漫在房间内，碾磨着耳膜。

梁延商的形象在尹澄的脑海里发生了变化，一个长相斯文白净，但声音性感的男人。

早上尹澄按掉了闹钟，手机拿在手上，不自觉又听了遍那条语音，给梁延商发过去。

YOLO：我不是科学家，我是研究员。

梁延商几乎秒回：早安，研究员。

尹澄有些讶异：昨天回家那么晚还早起？你不是无业游民吗？

商：上午约了一个人。

YOLO：你的声音挺让我意外的。

商：说来听听。

YOLO：怎么说呢，听上去很冷静，我以为应该是那种很随和的感觉。

商：下次尽量随和。

尹澄放下手机，眼里的笑意未散，对上尹教授探究的眼神。她迅速收起表情，拎包出门。

忙了一上午，尹澄拿出手机准备点个外卖，从头到尾翻了两轮，该点的都点过了，实在没啥好吃的。

她点开微信打算问问梁延商中午吃的什么，参考一下。对话框刚打开，巧了，他正好发了一条消息过来。

商：你喜欢喝什么咖啡？

YOLO：Cold Brew（冷萃）。

YOLO：不过怎么想起来问这个？

商：我在云山路上的 Banker Cafe（班刻咖啡）和人谈事情，记得这里好像离你们所很近。

尹澄拿着手机，眉梢微挑，办公椅的滚轮缓慢地转悠着。这条消息来得有点突然，她在思考这句话背后的试探。

很近，要见下吗？毕竟昨晚才说有机会请他吃饭，现在正好是饭点，再找借口推托就有些刻意了。

有同事过来和尹澄交流下午样品移交的问题，她放下手机，和同事沟通了一会儿。

等同事走后，她重新拿起手机，没再犹豫，回道：请你吃饭？

这条消息距离梁延商发来相隔了八分钟，八分钟的时间能传递出很多消息，比如惊讶，比如抗拒，再比如为难。

总之，尹澄将消息发过去后，梁延商只是回了一个笑容。

此时，尹澄也察觉出这微妙的尴尬，她试图解释刚才在和同事说话。不过现在再补，略显生硬。

删删打打之间，梁延商发来一条：下次吧，等你准备好。

尹澄锁了手机扔在桌上，蓄的力一下子又泄掉了。

Banker Cafe 离研究所走路大概也就十分钟，在他们旁边那条街上。店里有不错的咖啡，也卖些简餐，环境很好，适合聊天洽谈。尹澄有时候下班会带着电脑去那儿窝上一晚，看看文献，写写论文，对 Banker Cafe 再熟悉不过了。

想到此时此刻梁延商就在她无比熟悉的地方，尹澄的心怦然而动。只要下个楼，拐过一条街就能窥得他的样貌，这种诱惑无疑让人蠢蠢欲动。

Banker Cafe 对面有家韩式料理，她正好可以去那里解决午饭问题，顺便让好奇心得到满足。

思及此，尹澄拿起手机，穿上外套下了楼。

第二章 ·
黎坞来相见

1

韩式料理店临街，尹澄选了个靠窗的位置，正对着街对面。

周围工作的上班族大多在这个时间出来觅食，Banker Cafe 里人挺多。由于今天太阳不错，大多数人选择坐在外面喝咖啡、晒太阳。店里面是落地窗，从尹澄这个角度瞧过去，视野极佳。

排除两对腻腻歪歪的小情侣和几桌美女，剩下的三桌客人像来谈事情的样子。再排除三桌客人之中两个岁数较大的中年男人和一个女白领，按年龄推断，只有三个人有可能是梁延商。

一个穿着程序员标配的格子衬衫，头发稀稀拉拉，弓着背，一副常年不见光的样子。

还有一个是颧骨能顶半边天的男人，他站起来拿纸巾的时候，尹澄目测他的身高可能一米七不到，由于肌肉过于发达，显得身材五短。

最后是位时髦的年轻男人，染着砂金色的头发，高鼻梁、尖下巴、欧式大双眼皮，满脸科技与狠活。他拿起咖啡时，出色的小拇指高高翘起，举手投足之间有种不太直的味道。

尹澄没吃出来韩式拌饭到底是什么味道，从料理店出来心情挺五味杂陈的。

这三位大兄弟，无论谁是梁延商，对她来说都略感下头。

回到所里，尹澄发现桌上放着一杯冷萃，杯子上印着 Banker Cafe。

小杨跟她说："在楼下看见你点的咖啡送到，帮你带上来了，不谢。"

尹澄对小杨笑了下，拿出手机。

YOLO：谢谢你的咖啡。问你个问题。

商：什么？

YOLO：你今天穿格子衫了吗？

商：没有。

YOLO：你头发是什么颜色的？

商：黑色。

YOLO：你肌肉发达吗？

这次梁延商没有秒回，尹澄打开咖啡喝了口，熟悉的味道充盈着味蕾，手机响动。

商：你早说想见我，刚才就等你了。

尹澄的意图被敏锐的梁先生揭穿了，她笑着呷了一口咖啡，看见他再次回过来。

商：今天穿的黑色外套，至于肌肉状况，有待你发掘。

树影剪碎了午后的阳光，斑驳的影子落在咖啡杯上，绘成摇晃的图案，看不真切，像钩子，引得人想一探究竟。

显然，梁延商并不是尹澄看见的那个肌肉男。她也没有印象店里有穿黑色外套的男人，只有一种可能，他们错过了。

YOLO：男人，你成功引起了我的兴趣。

商：我的荣幸，不过还请下了班再对我产生兴趣，毕竟伟大的科学家需要造福人类。

YOLO：……为了人类的明天，再见。

商：好好午休。

下午那批采样送到所里已经三点，尹澄办完手续进入实验室，不知不觉待到了月上梢头。

出了实验室，尹澄打开手机，梁延商基本不会在她工作的时候打扰她。

尹澄把手机放进口袋里，迟疑了几秒，不知道什么时候有了查看消息的习惯，兴许是最近和梁延商联系太频繁了。

车子已经保养好了，但是她还没有时间去拿，于是在手机上叫了一辆车。

站在路边等车的时候，她打开对话框，拍了拍梁延商。

商：下班了？

YOLO：眼睛快瞎了。你呢，在哪儿？

商：在朋友开的清吧。

YOLO：又喝酒了？

商：没喝，过来坐坐。

YOLO：去清吧不喝酒能干吗？

商：等你消息。

车子到了，尹澄拉开车门坐了上去。高楼之间霓虹闪烁，旖旎的光晕染着暧昧的味道。这种感觉很神奇，像被无形的丝线拉扯着。

YOLO：等不到呢？

商：明天继续。

尹澄看向窗外，不知道在哪栋楼里、哪个街角，有个男人与她发着消息。也许下一秒擦肩而过，也许眼神对上又移开，一切充满未知、想象。

商：要是今天见到的我让你不满意，还会联系吗？

YOLO：会啊，但应该会慢慢减少来往。

商：这么现实？

YOLO：我说过我很注重感觉，对没有感觉的人不会浪费太多时间。

商：我可不可以理解为你现在之所以还在跟我发着消息，说明你对我有感觉。

YOLO：你在挖坑给我跳吗？看来你阅读理解很优秀。

YOLO：所以你到底长得怎么样？

商：对长相的评判我认为是很主观的事，需要你自己判断。

YOLO：我以为能套路来你的一张照片。

隔了几分钟，梁延商回过来。

商：给你看一个部位。

商：仅限脸上，选吧。

尹澄本来没有想歪，倒是他追加过来的第二条消息让她想到了一些不太健康的画面，如果他没有补充"仅限脸上"，或许她会检查一下他的肌肉状况。

YOLO：为什么只给看一个？

商：为了让你的感觉足够保鲜，毕竟它掌握着生杀大权。

尹澄笑着打下：那眼睛吧。

人说眼睛是心灵的窗户，关于这点尹澄没有仔细研究过，但她认为从一个人的眼睛可以粗略地判断出这个人的品性。

例如愚昧、窝囊的人，大概率双眼无神、茫然、呆滞，显得不太聪明的样子。

例如涉世未深的人，眼里总会流露出难掩的清澈感。

再例如老到的生意人，双眼往往睿智、深不可测，或者充满算计。

总之，应该能察觉到蛛丝马迹。

尹澄到家后洗完澡，又对着电脑整理了一下实验数据，她的生活总是被大量文字和数字充斥着。

睡觉前，她收到了梁延商发来的图片，真的就一双眼睛，一个附赠的部位都没有。

可就是这双眼睛，却酝酿着一种抓人眼球的冲击力。瞳仁乌黑，清晰分明，睑裂很长，似乎还带了点笑意。

很多男人刻意把眼睛做成那种很宽的双眼皮，例如她白天在 Banker Cafe 看见的那位潮男。

相较而言，梁延商这样偏窄的双眼皮更自然些，显得深邃。

要说这双眼睛带给尹澄的感觉，颇具力量感，不像是个优柔寡断的人。

这样的一双眼睛配上温文尔雅的容貌，尹澄有些想象不出来。

YOLO：再发晚点，我就睡觉了。

商：抱歉。我不习惯在人多的地方自拍。

YOLO：那你在哪里拍的？

商：家里。

商：有什么评价？

YOLO：你长了一双多情的眼睛。

商：我的眼睛一定在误导你。

YOLO：你不好奇我的长相吗？

商：留点悬念，总能见到的。

尹澄锁了手机，想象他们会在什么样的情况下见面，某天下班后，某个周末，某次冲动之下？

咖啡店？西餐厅？火锅店？市中心的广场？

一切皆有可能。

当晚睡觉尹澄就梦到了这双眼睛，梦里的眼睛更加剔透和温柔，除此之外没有轮廓，醒来后感到一阵空虚。

那九十九朵弗洛伊德玫瑰实在太大，尹澄带不走，在所里就分了。这几天每个人的桌子上都花香四溢，春天的气息越来越浓了。

尹澄早上刚到所里就收到了一箱醴陵酱板鸭，中午吃饭的时候，她联系梁延商。

YOLO：那天问我能不能吃辣是要给我带鸭子？

商：觉得味道不错，给你寄些。

YOLO：可是梁先生，会不会太多了，搞批发吗？

商：分给你同事，做戏要做全套，送完玫瑰人就没影了会让人生疑。

所以他还给自己安排了后续剧情？

尹澄一语道破：我严重怀疑你在故意斩断我所有桃花。

他发了个笑脸，没承认，也没否认。

尹澄将鸭子分给了同事们，果然，同事见她这几天又收花又收吃的，猜测她谈了个男朋友。

好处是罗哲没有再有事没事盯着她，反而变得十分没有存在感，这让尹澄不得不怀疑梁延商的判断是正确的。

可是现在的弟弟喜欢人的方式都这么惊悚吗？

下班的时候，魏圣宏来找尹澄商量明天出差的路线，这次他们要去跟地质队的人会合，根据他们前期地调的信息进行采样，然后带回所里，时间紧任务重。尹澄今天没有加班，下了班就回家收拾东西。

她没有带行李箱，一切从简，所有东西装进双肩包里，收拾完已经八点多了。

她从冰箱里拿了一瓶水，坐在房间的地垫上，翻开手机。

YOLO：你从前对待相亲对象都是这么不计成本吗？

商：没有。

商：我之前没有答应过相亲，你是第一个。

YOLO：这次为什么同意了？

尹澄猜想梁延商会怎么回答，花言巧语，土味情话？她抛出了一个很容易让男人展示油腻一面的话题。

但是显然，梁延商没有上钩。

商：感觉。

他用了她惯用的方式来回答她。

YOLO：对我感觉很好？因为刚认识就冲你发火？

她想起把他当成保险推销员的乌龙。

商：这不是很好吗？率真的姑娘。

YOLO：见到真人你也许就不会欣赏我这点了。

商：怎么说？

YOLO：我不喜欢跟人绕弯子，少了点情趣不是吗？比如男人费尽心思为我做了件事，自以为很浪漫、很高深，我却很难虚与委蛇。我这个行为很扫兴，烘托出对方像个傻子。

商：看来有故事？

YOLO：大一的时候，有个同届的男生在宿舍楼外面弹吉他向我表白，弹了恐怕有半小时我才知道，这期间我一直戴着耳机，直到室友跑回来告诉我。我到阳台上听他弹，那首歌他应该才学没多久，弹得不熟。八分音符在前，是个休止符，弹分解和弦音时，要从第二个音唱，他乐感不强，技巧不熟练，起唱又不对，节奏全是乱的，你能想象出来吗？

商：大型翻车现场，然后呢？你没搭理他？

YOLO：我搭理了，我还下了楼呢。本来我想提醒他起唱有问题，就在阳台上对他摇头，他不明白我什么意思，越弹越紧张，越紧张就越错。我一着急就跑下楼，手把手纠正他。反正从那以后我再也没见过这人，他好像看见我都绕道走。

梁延商发了个大笑的表情过来。

商：（大拇指）

YOLO：有个师哥总说我习惯性地站在上帝的视角与人交流。

这是魏圣宏从前对尹澄的评价，说得比较善意，剖开了理解就是自命不凡、高傲孤僻。

商：那是凡人对你的解读，有资本的人才有勇气彰显个性。

梁延商的角度很新奇，尹澄第一次听到有人对她这么说。在此之前，她始终觉得这是自己身上难以掩盖的缺点。

商：你能指出问题，说明你对这件事了若指掌，否则只能被这些粗制滥造的浪漫感动得无以复加，还觉得楼下的男孩才华横溢，这恰恰说明你在清醒地活着。信息泛滥的时代，大多数人容易被牵着鼻子走，你有能力让自己清醒独立地活着，不是件好事吗？

这是对"上帝视角"的另一种诠释。

YOLO：你在把我的缺点转化成优点。

商：在我这里，这就是优点。

月色慢慢爬上树梢，覆盖下寂静浓稠的夜，无尽的纵容蔓延而来。

尹澄想起了小时候，他们还住在老房子时，她用小铲子把院子里尹教授刚种下去的风雨兰给刨了，尹教授气得要扔掉她的小铲子，却被妈妈一把夺了过去，将小铲子重新塞回她手里，并让尹教授不要干预女儿的探索欲。

她蹲下身问尹澄为什么要挖掉风雨兰？

尹澄告诉妈妈，想看看底下的根须长什么样。

于是孟博士便陪着尹澄一起刨掉了尹教授的风雨兰，气得尹教授吹胡子瞪眼，敢怒不敢言。

自从孟博士走后，已经很久没人让她体会到这种"你是对的，就这么干吧"的感觉。

2

第二天一早尹澄和同事会合，从动车下来再转大巴。

原本三天的出差计划，因为临时决定再在周围采集一批水系沉积物和岩石土壤，所以忙了一周。

其间，梁延商给尹澄发过两次图片，一张是日出，广角拍摄，大气蓬勃之感，似乎是在山顶拍的；还有一张是日落，透过落地玻璃拍的。

尹澄每次忙完看到图片已经很晚了，也就没有回复。

除了这两张照片，梁延商没再发过什么，一周的时间他们几乎是没有联系的。

直到回程的路上，尹澄在候车大厅刷朋友圈，看见梁延商几个小时前难得发了条动态。是一张卡通图片，图片里的小人举着个歪歪斜斜的牌子，牌子上写着"失踪人口"四个大字。

尹澄随手点了个赞。

约莫五分钟后，手机弹出一条消息。

商：方便接电话吗？

收到这条消息的时候，尹澄怔了一会儿。

他们之前只是发消息，从来没有通过电话。这五个字像有魔力，攫住了人的心。

尹澄环顾四周嘈杂的环境，和魏圣宏说了声，让他帮忙看着行李，便起身走到人少的地方回复：OK！

几秒钟后，手机屏幕显示"商"邀请语音通话。

对于没见过面的两个人来说，按下接通键仿佛开启了一扇通往真实世界的大门。

左边红色按钮拒绝，右边绿色按钮接通。不远处是来往的旅客，五湖四海，行色匆匆。尹澄在人群里相对静止，肾上腺素随之攀升。

按下绿色键，手机那头传来了男人的声音。

"喂。"

偏冷调的嗓音，和那晚的语音重叠在一起，给尹澄一种陌生却又熟悉的感觉。

"你好。"她的语气有些生硬，像是在接听工作电话。

梁延商轻笑了下："不用这么客气。"

他的笑声打破了两人之间第一次通话的拘谨。

尹澄弯起眼看着远处滚动的大屏："我这几天都在出差。"

"猜到了，所以没打扰你。"

她问他："怎么突然想通电话？"

"确认你还在。"

"我能从地球上消失吗？"

"不好说。"

他的尾音带着些许笑意，低沉的声线，缓慢的语调，像温热的电流。尹澄也笑了，纵使熙来攘往，人头攒动，他的声音依然透过听筒准确无误地落在尹澄的耳膜上。

两人都没再说话，有那么几秒钟，他们只是听着彼此的呼吸，看不见的通信信号将两个世界毫无交集的人牵连起来。

"我要上车了。"尹澄对他说。

"上车能发消息吗？"

"可以，我坐的火车。"

"好，你先挂。"

尹澄握着手机并没有挂断，而是径直往回走，听筒里没再发出声音，她想看看他会不会等得不耐烦先挂断，如他所说，并没有。

她拿起手机再次出声："梁延商？"

"我在。"他仍然在听。

她笑了下："没什么，我挂了。"

尹澄跟着人流进了站，她坐在靠窗的位置，魏圣宏将他们的行李塞到行李架上，在尹澄身旁落座。

车子开动后，尹澄的手机响动了下，梁延商似乎算好了时间。

商：上车了？

YOLO：是呢。

商：需要睡一会儿吗？

YOLO：上车前喝了杯咖啡，这会儿还很精神。

商：冷萃？

YOLO：是的，刚才那杯可真难喝！怪不得那么多人觉得难喝，冷萃时间过长，研磨粗细，温度，一个步骤没把握好，就得到了一杯苦涩的液体。

商：怎么不扔了？

YOLO：吃得苦中苦，方为人上人。

商：……优秀。

YOLO：你坚持过最长的事情是什么？

商：踢球。

YOLO：现在还会经常踢？

商：每个月都会来两场。

商：你呢？有什么坚持做的事？

尹澄绞尽脑汁想了半天，要说兴趣，她的兴趣可谓是海纳百川了。

什么乐器、画画、棋类，还有比较冷门的花式抖嗡她都练过。以她的能力如果专注于一件事恐怕早就成为佼佼者，只可惜她总是在临门一脚的时候兴味索然。

商：这么难想？

YOLO：的确挺难，我好像没有什么坚持了很多年的事。

YOLO：你平时会爬山？

商：有时间的时候会，怎么了？

YOLO：看见你发的那张日出照片，好像是在山顶拍的。

商：正好赶上日出，想着发给你看看。

YOLO：为什么又发一张日落？

商：你猜猜。

YOLO：有始有终？

商：你已经一天没消息了。

尹澄不知道那两张照片居然还有这种含义，她将聊天记录往上翻了翻，重新点开照片。再看时心境俨然不同了，好似被人牵挂着。

YOLO：你不感到奇怪吗？我突然失联。

商：出差只是借口吧，我能听听真实原因吗？

他显然猜到她再忙，不至于连回条消息的时间都挤不出来。

YOLO：换你猜。

商：你想展示给我你真实的工作状态。如果我不能接受因为工作原因被你冷落，自然而然会打退堂鼓。反过来，我对你死缠烂打，追问你为什么不回我消息，这几天到底是怎么回事，你大概也会重新审视对我的看法。

笑意在尹澄的唇畔晕染开来，魏圣宏余光瞄了她一眼。他这个师妹在工作中向来不苟言笑，就是私下聊天，说起什么有趣的事，她顶多扯扯嘴角，给人感觉对什么事情都不太上心。此时在她脸上出现的表情尤为罕见，魏圣宏不禁问了句："看什么呢，这么好笑？"

尹澄的表情立马恢复如初："没什么。"

见尹澄半晌没有回复，梁延商再次发了一条：看来我通过考验了。

YOLO：这么自信？

商：还记得刚才那通电话吗？我需要听到你的声音，从你说话的语气来判断你的想法，有时候文字往往无法直观地感受到。

如果尹澄是猎物，那么对方无疑是个聪明的捕猎者，具备耐心、智慧、手段，最重要的是，他懂得洞悉人心。

尹澄锁了手机，眼里带着一抹兴味看向窗外。她很少能对一个男人保持兴趣，特别是在她故意让两人的关系冷却后，他依然有本事勾住她的心神。

尹澄眸光一瞥，在玻璃里对上魏圣宏的目光。

她转回头发现魏圣宏眯起眼睛盯着她，笑得颇为玩味。

"我发现从上车到现在，你盯着手机笑了差不多两次。谈恋爱了？"

"没有。"

"有发展成男朋友的人选了？"

"不确定。"

"你在顾虑什么？"

尹澄沉默了一会儿，秀眉微蹙："记得我们学校的篆刻社吗？"

"记得，你玩过一阵子，好像这个社团里有个女孩跟你竞争社长时还起了冲突。"

"是的，公平起见，大家决定用实力说话。我为了完成那件作品，每天就睡四个小时，手差点都要废了，要知道高考我都没那么拼。当然，我没参加高考。"

"既然这样，为什么当上社长没多久你又退社了？"

"这就是问题，我对很多事情都是三分钟热度，对人也是。"

魏圣宏顿了顿，突然就笑了起来："你不想对那个人负责，怕深入发展你会无意识地伤害对方？"

尹澄没有说话，算是默认了这个说法。

魏圣宏又开口："但事实证明，那些你感兴趣过的事，你都能做得很好。"

"这不同，这是活生生的人，是一段关系。"

说到这里，尹澄脸上露出难得的羞赧："我缺乏经验。"

若不是周围都是陌生的乘客，魏圣宏真想大笑一场，能在这个心高气傲的师妹脸上见到这样的表情，真是稀奇。

尹澄白了他一眼，撇开视线，听见他说："师哥我呢，在这方面还真没法给你专业的指导，但我觉得你心里其实是有主意的，也不需要我指导。"

聊了一会儿后，魏圣宏就调整椅背闭眼休息了。

尹澄重新拿起手机。

YOLO：你从来没问我要过照片，也没试图跟我视频，我能了解一下在你想象中我是什么样子的吗？

商：身高大约一米七，长发，脸不大，五官很突出。

不知不觉，暮色已至，窗外的点点光亮飞驰而过连接成燎原的烈火，在尹澄倾泻如墨的长发上投下波浪的光影。饱满的额头延伸到鼻梁形成了一种协调的弧度映在玻璃上。

YOLO：隔着手机会不自觉把对方过分美化，揭开这层面纱，也许我们并不是对方想象的样子。

商：你想要验证？

动车停靠在站台时，尹澄回复。

YOLO：约个时间吧。

YOLO：5 月 8 日怎么样？

商：到时见。

尹澄收起手机，接过魏圣宏递给她的双肩包，跟着人流下了车。

光影依然在摇动，在徘徊，在试探。

她向光影迈了一步。

3

尹澄发现尹教授最近很少出门，他往常总是喜欢出门遛鸟，这次出院后，他大多时间都窝在家里。问他为什么不出门转转，尹教授总是一副郁郁寡欢的样子。

孟博士走得早，尹澄基本是尹教授独自抚养长大。自从尹澄读大学离开家后，他越来越像个孤独的老头。

尹澄这次出差回来特地抽空带尹教授去爬山，尹教授虽然嘴上说着"你工作忙，不用管我"，但一路上看见樱花、木棉、马蹄莲，总忍不住拿手机拍照，还分享到退休同事的群里。

他站在石阶上打字发群里：女儿出差一回来就带我爬山了，春风暖花草香，趁着天好多出来踏青。

朋友 1：老尹啊，还是你女儿孝顺。

朋友 2：友人们，大家早上好！

朋友 3：亲情叫人回味，牵挂叫人陶醉，天天送上祝福，平安、快乐。（玫瑰花）

朋友 4：女儿都是贴心的小棉袄，不像我儿子，一放假就没了影。

……

尹教授嘴角挂着得意扬扬的笑容，尹澄凑上去看了看。

"爸，你炫耀得挺隐晦啊？"

尹教授立马收起手机，严肃正经道："都是老同事，大家问声好。"

话音刚落，尹教授的手机又响了，他盯着尹澄看了眼，尹澄也看了眼他："行吧，你聊你的，我休息一会儿。"

尹教授看见群里有人@他：老尹，你女儿还没对象吧？我儿子也还没找，你看有空我们两家人见见面？

尹教授拿着手机，对尹澄说："还记得教哲学的章教授吧？她问我你是不是单身，她儿子也单着。"

尹澄赶忙摆摆手："千万别，虽然我没上过她的课，但你不觉得她说起话来总带着虚无主义色彩？人家婆媳矛盾是柴米油盐，我得为人类生存到底有没有意义跟婆婆大战三百回合，饶了我吧。"

尹澄走到一边的石椅坐下，避开和尹教授深入探讨这个话题。

尹教授只有认认真真地回复：谢谢老妹关心，小女已有对象。

这不发还好，一发出去群里立马热闹起来，纷纷向尹教授打听他未来女婿的情况，什么时候能喝上他女儿的喜酒。

尹教授只有硬着头皮回复。

尹澄看着老爸发消息的劲头，一时半会儿怕是结束不了。她无聊地拿出手机打开微信，梁延商的对话框显示在最上面。

她鬼使神差地点开，拨了个语音电话过去，声音刚响，她又临时改变主意，挂断了。

隔了几秒，梁延商的电话打了回来。

尹澄看了眼老爸的方向，站起身往小径深处走去，接通电话。

"尹澄。"梁延商叫着她的名字，吐字清晰，声音依然偏冷调。

忽然听见电话里低沉的声音在叫她，尹澄的心弦被无端拨弄了下。

"没打扰你吧？"

"等我一下。"

他没有挂断电话，尹澄听见他不知道对谁说："你们继续，我一会儿回来。"他好似走远，周围安静下来，他的声音重新出现在听筒里。

"你在哪儿？"

"受到你的启发，带我爸来爬山，你在忙？"

"在开一个筹备会。"

"那我挂了，你先忙吧。"

"不用。"

梁延商接道："要弄到很晚，不在乎这几分钟，聊会儿。"

"你不是无业游民吗？怎么周末还这么忙？"

梁延商的声音染着笑意："记得我说过有些小生意吗？要操心的。"

"对了，上次忘记问你，听到我的声音有什么想法？"

关于这点尹澄有些好奇，原本梁延商在她的想象中是如沐春风、阳光温暖的模样，自从听见他的声音后，她对他的想象就越发模糊了。

那么自己在他那里的印象呢？她很想了解下。

"更加生动。"

尹澄短促地笑了下："这是什么感受？"

"听到你的声音会有想见你的冲动。"

树叶被风摇醒，发出簌簌的倦懒声，挠得人心尖发痒。

无声的暧昧在信号之间蔓延，即便两人没再言语，依然不觉得这是无聊的通话。

"你爸身体恢复得怎么样？"梁延商没有让对话冷场太久。

尹澄玩笑道："挺好的，已经可以帮我张罗对象了，介意我同时和其他人接触吗？"

尹教授找了过来，尹澄匆匆对梁延商说："我们要继续往上爬了。"

"好，你挂吧。"

尹澄挂了电话，和尹教授会合，口袋里的手机响动了下，她拿出来看见梁延商发了一条消息。

商：这是你的自由，只是如果你有这个打算，让我知道。

尹澄品着这条消息，最后总结出来他是介意的。只不过他的介意并没有让人感觉到横加阻拦、威逼利诱或者道德绑架。尹澄笑了下，向山顶出发。

到达山顶，尹教授再次拿出手机一通拍照。尹澄替他拿着保温杯和外套，坐在一边的大石头上看着他。

人说老小老小，从前周末都是尹教授带着她到处闲逛，现在倒是反过来了。

尹教授拍了一会儿，收起手机走了过来，尹澄将保温杯盖拧开递给他。

尹教授接过水杯喝了口，对尹澄说："你啊，就和你妈年轻的时候一模一样，找对象挑三拣四。"

尹澄笑眼弯弯地问："这么说我妈能嫁给你，你也是杀出重围了？"

尹教授摇了摇头："我二十五岁那年认识你妈，她才刚满二十岁，追她的人多，我连信都递不到她手里。这一等就等了二十年，她四十岁有了你，才肯跟我领证。你要上户口，不领证太麻烦。我不是杀出重围，是把别的竞争者都熬得成婚了。"

尹澄小时候尹教授去开家长会，老师总会误以为尹教授是尹澄的爷爷。尹澄知道父母是晚婚晚育，但第一次听说老爸居然还有这么漫长的追妻史。

"你不结婚，爷爷奶奶没有意见吗？"

"当然有了，而立刚过，你爷爷奶奶就急得到处给我说媒。"

"没和别的人试试？"

尹教授坐在尹澄身边，许是山顶的风吹得宜人，尹教授打开了话匣子。

"处过一个，见了几次，不合适。"

尹澄再问是什么样的人，尹教授却不肯多说了。

可说起孟博士年轻时对尹教授的感情，尹教授至今耿耿于怀："如果不是你，你妈不会跟我结婚。"

山顶风大，尹澄把外套给爸爸披上："为什么？"

尹教授看了眼尹澄，欲言又止，最后叹了声："你都这么大了，跟你说说也无妨。你妈从前有个灵魂伴侣，两人在地质应用领域都有很大的成就。外人很难理解他们的关系，要说情侣吧，他们互不干涉，各自发展；不是情侣吧，他们对彼此的信任和默契又不像普通朋友。"

尹澄难得能从老爸这儿听到孟博士的八卦，不禁来了兴趣："你后来没问过妈妈？"

"问过，她不肯说。关于那个男人的事情，她一个字都不愿意跟人提。你妈心里肯定有他，才会觉得嫁给我像上了枷锁，嫌弃我管这管那。"

尹澄笑而不语，印象中从前的尹教授总是忙忙叨叨，只要孟博士在家，他就整天围着孟博士转悠。孟博士在书房忙碌，他一会儿送热水，一会儿问她吃不吃水果，非得把孟博士惹急了，将他轰出去，反锁房门。

尹澄上小学以后，尹教授和孟博士的关系越来越糟糕，孟博士甚至连回家的次数都变少了。有时候她会去学校接尹澄吃饭，吃完饭将尹澄送回家又离开了。

尹澄常想，就是孟博士还在世，她和尹教授的婚姻关系恐怕也难以维系。

接下来的几天，尹澄都泡在实验室里，直到接到通知跟随何老板去隔壁市参加研讨会。

何老板是受邀专家，过去担任顾问，还有重要发言需要准备。他们一行去了四个人，除了帮何老板打打下手，主要过去沟通学习，加强项目交流。

会议忙了一天，下午结束比较早，四点就散会了。主办方告诉他们附近的黎坞古镇对外开放了，这几天有不少节目，他们赶得巧，正好可以过去玩玩。

这个古镇原本名气就挺大，是个古镇了。这次是重新规划后对外开放，广告打得到处都是，他们市里的公交站台和电梯里随处可见。

何老板精力有限，回酒店休息了。他们四个年轻人商议了一番，决定出发去这个古镇逛逛。

到了地方才知道今天居然是第一天开放，私家车堵得水泄不通。好在他们是打车来的，看排队情况不对，提早下了车，之后又走了十五分钟才进入古镇。

刚进大门四人就淹没在人海中，一条道还没走到头，他们就被人群冲散了。尹澄看着四周陌生的面孔，突然有点后悔出来了，还是何老板明智。

她没再顺着主干道继续往前，而是停在一个手工艺品的店铺门口，找了处较高的台阶站上去，俯瞰人群，试图找到走散的同事。

奈何前面表演快开始了，越来越多的人往这里拥过来。天色渐暗，视野变得不太好，站在这里找人无异于大海捞针。

尹澄拿出手机拍了一张照，发到朋友圈：到此一游，观赏人海。

手机还没锁，微信弹出一条消息。

商：你在黎坞古镇?

尹澄有些诧异：你怎么知道的?

商：看到你发的朋友圈了。

尹澄重新点开那张随手拍的照片，除了人群就是对面两家店铺的招牌，并没有地名。

YOLO：这都能看出来? （吃惊）

让尹澄意外的是，梁延商突然发了个定位过来，正是黎坞古镇。

周围人声鼎沸，锣鼓喧天，尹澄的目光落在这个定位上，心跳随着鼓声越来越快。仿佛手机那头的男人就在人群中，或在任何一个转角。

屏幕随着定位变得静止，这个突如其来的消息，让尹澄一时间不知作何反应。

隔了几分钟，手机在指尖响动。

商：见一面吗?

4

异地他乡，烟廊古镇，不期而遇。

所有的约定，此时此刻都抵不上这场带着童话色彩的邂逅。

尹澄低头打下：在哪里见？

梁延商再次发来一个定位。

商：这里人少些，桥下见。

尹澄拿着手机，抬起头望向面前的人流，从主干道很难穿过去，她决定回身从巷子里绕。

绝大多数游客陆续往镇中心的表演台汇集，巷子里的人不算多，只有一些对表演不感兴趣的年轻人在拍照或吃东西。

尹澄踩在石砖上，心绷得紧紧的，血液仿佛都燃烧起来，周围的店铺变成了模糊的背景。

穿过一条巷子，尹澄停在一家汉服店的门口。透过橱窗玻璃，她整理了下身上的雾蓝色开衫，里面的白色内搭露出恰到好处的锁骨线条。

就是整个人看上去有些利落，像是出去谈判的。她果断松掉了头发，柔软蓬松的鬈发散落开来，她的气质立马发生了变化，优雅知性中透出了点慵懒的调调。

坐在汉服店里的中年大叔对她竖了竖大拇指，尹澄立马感到一阵"社死"，赶忙拿出手机掩饰尴尬，顺便发给梁延商。

YOLO：你今天穿什么颜色的衣服？

商：卡其色。

商：我可能会迟五分钟，你要是到了等我下。

YOLO：不急，我还没找到路。

这里的小巷子很多，四通八达，且每条巷子都很像，明明定位显示离那个地方已经很近了，可就是绕不过去。

一会儿过后，梁延商给她发来了一个实时共享定位。

尹澄发现他已经到了，地图中他的头像是静止的，她在慢慢向他靠近。

仿佛是一场探秘游戏，期待中夹杂着刺激感。

没过多久，尹澄的眼前出现了一座石拱桥，半圆的桥洞投影在水面，似破镜重圆。拱桥上人不少，都在上面拍照。

远处的节目已经开始了，隔了好远热闹的音乐声依然传了过来，唤醒了沉睡的百年古镇。

尹澄踏上石桥，寻找那道身影……她心跳加速，望眼欲穿，好奇桥那头的人是什么样子。

奔现就像开盲盒，谜底没揭晓前，谁也不知道盲盒里躺着的是惊喜还是惊吓。

然而下一刻，尹澄的脚步忽然停住，她的目光里出现了一个男人，就站在桥下。男人一米七不到的个头，穿着卡其色拉链夹克衫，里面的翻领衫由于领子没有翻好，仅有一只衣领露在外面，显得尤为不周正。即便从她这个距离也可以清晰地看见男人脸上较密集的疙瘩痘，几乎将五官淹没。外加他剃着青皮，裹着紧身牛仔裤，气质上颇有种精神小伙的味道。

此时男人正在东张西望，兴许是尹澄的目光引起了他的注意，他向这里望过来的同时，尹澄背过了身。原本浮动的心跳一下子就被砸到谷底，并且听见了幻灭的声音。

尹澄抬步往回走，又走下了桥。此时她百感交集，那种网络上常出现的奔现翻车现场今天给她碰上了，更可怕的是，在见面之前她一度觉得和这个男人聊得很有感觉。现在她总算知道为什么之前梁延商不愿意发照片，只给她看了一双眼睛，原来是怕见光死。

但她忘了一件重要的事，实时定位并没有关闭。当尹澄拿起手机的时候，地图上那个原本静止的头像正在向她走来。

此时的尹澄可谓是天人交战，哀莫大于心死。走也不是，不走也尴尬，进退维谷。

在她迅速关闭定位时，手机上她和梁延商的头像重合了，尹澄的呼吸随之紊乱起来，颇有种赶鸭子上架的绝望感。

"尹澄？"

一道声音在她背后响起，和电话里听见的音色完美吻合，这个曾经让尹澄心动过的声音此时却像魔音缭绕。

她低下头，无奈地深吸一口气，尽力维持着仅存的修养，回过身说道："你……"

那个"好"字还没从她口中蹦出，声音便戛然而止，瞳孔以肉眼可见的速度放大，紧接着整张脸的表情变得震惊、意外，甚至难以理解。

眼前的男人将近一米九的身高，魁梧挺拔，站在她面前的身影几乎将她完全笼罩。他的确穿着卡其色的衣服，不过是一件妥帖的卡其色衬衫，隐约绷出衬衫下精干的身形。Tateossian RT（泰狄奥申）机芯袖钉缀在袖口，严丝合缝。

至于他的长相，和尹澄想象中完全不一样。炯然摄人的眸子，自带锐角感的五官轮廓，无一不让人感觉凌厉，和"如沐春风"这个词还真没有一点关系。

梁延商蓦地看见尹澄的表情跟瞧见鬼一样，也有些费解，询问道："我长得有这么吓人？"

尹澄这才回过神来："不，不是。"

她侧了下头，朝梁延商的身后看去，那个穿卡其色夹克的小哥仍然在那儿，只不过此时周围人多了，那小哥靠在了一根石柱子上抖着腿。

梁延商顺着尹澄的视线回过头瞟了眼，再转回来时，他眼里已经挂上了然的笑意。

天色完全暗了下来，四周的花灯骤然亮起。高处的宣传立牌也跟着亮了，上面是巨大的广告词——春不渡，万里梦，黎坞来相见。

古桥驳岸，渔船人家。

灯影交织在一起，人潮穿梭在两人之间，纷纷朝石桥上走，试图和广告词合影。

梁延商开口道："人多了，我们去边上。"

尹澄点点头，梁延商顺势将手中的咖啡递给她："你的冷萃，应该是这个镇上最能拿得出手的咖啡了。"

"什么时候买的？"

"就刚刚，走过去耽误了一会儿，还好没迟到。"

他们在一棵古榕树前停下，尹澄拿起咖啡喝了口，评价道："比上次火车站的强多了。"

两人之间隔了一个人的距离，梁延商低眸看着她。

尹澄的脸不大，轮廓流畅饱满，五官和谐地组合在一起，很灵气的长相。特别是那双眼睛，仿佛藏了一个纵深多变的小宇宙。

他出声问："要是刚才那个人是我，你就直接走了？"

"我只是缓一缓，还是会和你打声招呼的。"

她瞳仁清亮，几缕发丝垂在脸侧，嘴角微乎其微地勾了下："打完招呼再走。"

梁延商听后，眼里笑意分明。

尹澄借着仰头喝咖啡的机会，余光似有若无地瞄着他。

梁延商察觉到她的打量，出声问道："你从前见过我吗？"

知道他们曾在一个高中就读后，尹澄曾幻想过他可能会是自己熟悉的面孔。虽然对"梁延商"这个名字很陌生，但保不齐曾经在学校看到过他。

直到此时她才确定，以梁延商的身高和样貌，她要真在学校碰见过，应该有印象才对。

唯一的可能就是："没见过。"

梁延商乌木般的瞳孔里淌着细小的暗流，无声涌动着。他的目光未曾从她脸上移开分毫。明明咖啡是冷的，尹澄在他的注视下却感觉指尖微烫。

越来越多的人被这里的灯光吸引，即便他们站的这个地方，人流已经相对少了些，但还是不时有人来来回回。

近处几个大妈一直在变换各种角度拍照，其中一个大妈拿着手机边倒退边喊道："冬华，你把扇子举起来，对，你们一起看冬华。来，一，二……"

眼看她离尹澄越来越近，梁延商伸手挡了下，大妈的后背撞上梁延商的手臂。尹澄后知后觉地被他护在臂弯间，她下意识地向前倾了下身子回过头。

大妈对她说了声："不好意思啊，姑娘。"

"没事。"

再收回视线时，她和梁延商的距离已经近到可以看见彼此根根分明的睫毛，目光相撞，灯火摇曳。他低下头居高临下地望着她，漆黑的眼眸里漾着浅浅的旋涡，藏着隐秘的浪潮。

柔软的长发，颤动的睫毛，醉人的咖啡香气。

那些仅限于文字里的试探与挑逗忽然搬到了现实，让关系变得似是而非。

梁延商放下手臂，问她："你怎么跑来这儿了？"

"在开发区参加研讨会，结束了顺便过来逛逛。"

又有一群人过来了，梁延商侧过身子挡住人群，对尹澄说："这边平时挺清静的，今天不是来这儿的时候。"

"你好像对这里很熟？"

梁延商指着石桥另一头灯火通明的地方："那块区域是酒吧和一些音乐餐吧，我投了点钱。"

尹澄歪头看去，远处射出的激光灯在上空盘旋，传递出夜生活的信号。

"你现在过来没事吗？"

"节目结束就要回去参加一个启动仪式，感兴趣吗？"

尹澄拿起手机瞧了眼，告诉他："我和同事一起来的，不过走散了，一会儿还得跟他们会合，待不了多久。"

"好。"

于是他们穿过石桥向着小镇最热闹的地方走去。本来是并肩而行，下了石桥有一段进入酒吧街区的路，人实在太多，挤来挤去难以通行。

梁延商俯身对尹澄说："我走前面，你跟着我。"

尹澄努力在人堆里朝他点头。

梁延商挺拔的身躯在尹澄前面替她开道，周围的人四散开来，她不用再跟着突然停留的人群挤了，可难免会被街边喊麦唱歌的人吸引，脚步稍微慢点，旁边立马又有人挤了过来。

梁延商很快察觉到，停下脚步，对插到他们中间的男人说："能借过下吗？让我朋友过来。"

他说出的话倒还算客气，但硬朗的轮廓和锋锐的眼神，无形中给人一种窒息感。这个男人抬头看了眼梁延商不太好惹的样子，让到了边上。

随后梁延商朝尹澄伸出手，尹澄迟疑了下，听见他说："拽着我的袖子，人多，别走丢了。"

尹澄没再犹豫，伸出手拽住他的袖口。

梁延商告诉她："快到了。"然后便收回视线继续在前面开道，这下尹澄没再东张西望，亦步亦趋地跟着他。

梁延商放慢了脚步，不让她跟得太吃力。小小的袖钉在尹澄的指间摩挲，垂下的小拇指不经意间触碰到他的手腕，烫人的温度让她立马将小拇指蜷缩起来。

他们没有机会再说话，只是这样穿梭在陌生的人流里，心绪肆无忌惮地波澜着。

5

前方音乐震耳，巨大的屏幕将小镇的黑夜点亮成了白日。DJ（打碟师）舞动着双手，整条街都在沸腾。

这时候镇中心的表演结束了，大量的年轻人都赶来体验夜里的狂欢。无数的灯牌上闪着开业大酬宾活动，进店送扎啤、送黑啤，还有玩游戏赢香槟和手机的，各家店都在卷。街道两旁的酒吧、休闲吧、清吧全部人满为患。

梁延商带着尹澄拐进一家门头很大的音乐吧，尹澄松开了他的袖子。

这里空间感颇强的设计看得人眼花缭乱。台前的驻唱歌手嗓音独特，技巧纯熟。放眼望去，没有一张空桌子。

梁延商跟迎过来的服务生交流着，音乐声太大，尹澄听不清他们在说什么，只是注意到梁延商原本平整的袖子被她拽得皱巴巴。

不一会儿，梁延商回过身来，弯下腰对她说："我去参加启动仪式，你先坐一会儿，需要什么跟他们说。"

尹澄朝他点了点头，她顺从的模样让梁延商不禁笑了下。

就在这短短的几分钟里，门口已经又进来好几拨人，询问有没有位置，都被告知店里坐满了。

服务生转眼将尹澄带到了一个临街靠窗的圆台，这里阻隔了其他客人拼酒的叫喊声，视野还极好，可以观看驻唱乐队表演，也可以看见窗外热闹的街景，甚至更远处的泛舟河上，在这喧闹的环境中辟得一个不错的视角。

尹澄坐下来没多久，经理特地过来和她打了声招呼，给她上了小吃果盘和调酒师刚刚为她特调的一杯桑格利亚，并对她说："梁哥交代过了，让我们好好服务你。我姓赵，有什么需要尽管找我。"

尹澄回了声："谢谢。"

经理走后，尹澄拿起那杯桑格利亚，热情的氛围融进火红的液体，甘美中带着耐人回味的香气。

耳边响起了吉他声，真诚又温暖的嗓音传进她耳中。

总有些惊奇的际遇

比方说当我遇见你

你那双温柔剔透的眼睛

出现在我梦里

……

驻唱歌手完美的音色质感带着阐述心事般的调子，成了令人放松的背景音乐。

外面舞台上的DJ已经不在了，屏幕上打出启动仪式的字样。

尹澄在人群中瞧见了梁延商，他和几个看上去有头有脸的人物站在场中。有个穿着火辣的年轻女人径直走到梁延商面前，对他说着什么。音乐声太大影响交流，火辣的女人踮起脚试图贴上梁延商的耳朵。

梁延商没有像刚才对尹澄说话那样弯下腰，只是出于礼貌低了下头。女人笑着抬起手比了比梁延商的身高，又比了比自己，露出娇嗔的表情，大概想表述他们之间的身高差，只不过她的这个动作有些缺乏边界感。

梁延商下意识抬头朝音乐吧的方向看去，窗边的身影陷在朦胧的霓虹中，柔软的长发披在肩上像起伏的波浪，少了些难以高攀的棱角，安静地看着他，迷人且真实。

在他向她看去时，尹澄拿起那杯火红的桑格利亚，露出耐人寻味的笑意。

活动开始了，一行人被邀请到仪式球周围，唯独梁延商落在最后面低着头看手机。

放在圆桌上的手机亮了，尹澄解锁屏幕打开微信。

商：那女的是策划公司的人，不认识。

尹澄再抬头看去时，梁延商已经收起了手机。

她晃着手中的红色液体，心跳的频率随着音乐回荡，细小的气泡在夜色里跳动，穿越人海、喧嚣，将距离拉近。

启动仪式结束后，梁延商再朝那里望去，窗边已然没了身影，只余一个空掉的高脚杯。

他的手机响动，收到了尹澄的消息。

YOLO：同事喊我回去了，谢谢你的酒。

……

尹澄原路返回，快走到小镇入口时，才和其他三位同事会合。据说他们三人也走散了，不过他们都是去看表演的，表演散场后他们就碰上了，问尹澄跑哪儿去了。

尹澄告诉他们去了小镇桥另一头的酒吧街区，三个同事问她在哪个方向，尹澄说了下大致位置。几人都说不可能，他们走到过那儿的，明明是一条河，哪里有什么酒吧。况且，酒吧的声音应该很大，他们不会注意不到。

于是，尹澄的消失被同事们调侃为"千寻"踏入了另一个瑰丽梦幻的世界，年纪较轻的李娅还问她有没有遇见"白龙"。

被他们这么玩笑过后，尹澄也感觉这次古镇行有些梦幻，她和聊了很久的男人来了场意外的邂逅，跟随他踏入一个心醉神迷的世界。

短暂、悸动。

……

稍晚些的时候，尹澄躺在酒店的床上，收到了梁延商的消息。

商：睡了吗？

YOLO：睡了，还没睡着，你呢？

商：我今晚恐怕很难睡着了。

这句话仿佛暗示了他的失眠与她有关，如绵的感觉蔓延至四肢百骸，尹澄翻了个身，压住嘴角的笑意。

商：我和你想象中差别大吗？

YOLO：挺大的。

商：失望了？

YOLO：倒也不是失望。和你聊天的时候感觉你脾气挺好，我以为你会是戴眼镜、文质彬彬的类型，事实上你不笑的时候像个冷酷的杀手。

她的评价让梁延商连发了三个大笑的表情过来，并强调道：我是个遵纪守法、按时纳税的好市民。

　　YOLO：我呢，有见光死吗？

　　商：可以说实话吗？

　　尹澄撑起身子，靠在床头：说吧，我做好心理准备了。

　　屏幕上的"对方正在输入"时断时续，他好像一直在打字，难不成要写篇小作文来评价她？

　　本来尹澄还不紧张，见他打这么多字倒有些忐忑了。

　　等了半天，发过来的却只有四个字：超出预期。

　　尹澄嘴角勾笑：四个字你需要打这么长时间吗？看来你并没有说实话。

　　商：这个实话我觉得要放在以后说会比较合适。

　　YOLO：以后是什么时候？

　　商：你说呢？

　　他像是什么都没说，却又好像把该说的都说了。

　　以后，确定关系以后，什么话是确定关系以后才适合说的？宁静的夜让人的思绪越来越发散。

　　尹澄适时收回了思绪。

　　YOLO：你的袖子被我拽皱了。

　　商：有什么关系，没把你弄丢就好。

　　他的文字像能穿透屏幕向尹澄包裹而来，让人心神飘荡。

　　YOLO：不过话说回来，刚才要不是你让我拽着你的袖子，我差点就要直接牵你的手了。

　　李娅和尹澄同住一间房，她从浴室出来的时候，问尹澄有没有带身体乳。

　　尹澄起身从行李里将身体乳递给李娅，如此耽搁了一会儿，等她再次上床拿起手机时，看见梁延商回复：下次给你牵。

　　虽然只有简简单单的五个字，却将他们之间朦胧的联系拨开了一层云雾，让人既清醒又沦陷。

　　和梁延商这次短暂的邂逅没有过多的机会交流，只匆匆见了一面就不得不分开了，多少有些意犹未尽。

　　尹澄不是外貌协会的，但合眼缘的长相总会让人产生想深入接触的兴趣。梁延商虽然跟她设想的类型大相径庭，不过她不得不承认他外形优越，比她想象中更具男子气概。

　　第二天一早，尹澄在楼下和同事用早餐的时候收到了梁延商的消息。

商：你们在这儿待几天？

尹澄放下叉子回复：明天忙完就回去了。

商：昨天人太多，方便的话，带你逛逛古镇，今明两天人会少些。

尹澄抬起头看向对面的同事，问道："我的报告要是迟一天交会怎么样？"

吴工告诉她："会听到老板教育你精神上的懈怠就是思想上的尘埃。"

"啊。"尹澄叹了声，她情愿多写三份报告都不愿听到何教授的长篇大论。

她拿起手机，低头回复：如果我能空出时间再告诉你。

商：好的。

结束了白天的忙碌，其他同事都跟着何教授去吃饭了，只有尹澄回到酒店赶报告。

何教授在吃饭的时候还特别感慨了一番："谁说小尹特立独行，只注重搞研究，不在报告上花心思，看看人家现在饭都不吃就为了出报告。"

何教授每每提起尹澄总掩饰不住对她的欣赏，据说他和尹澄的妈妈孟博士在一起共事过，孟博士曾经给予过他不少帮助，对于孟博士的女儿，何教授自然爱护有加。

不过，何教授的话才说出去一天，尹澄就用实际行动告诉何教授她的特立独行。

第二天尹澄将报告发给何教授后，就提出不跟他们一道回去了。来是一起来的，走时不肯走了，何教授问她去哪儿？

尹澄当然无法告诉老板，她要去见个男人，否则不出半个小时这个消息大概率就能传到尹教授那里，尹教授的电话也会随之追来，然后她又得跟老爸解释，关键她和梁延商八字还没一撇。

尹澄在短短十秒内已经权衡利弊，不打算告诉何教授实情。正好余光瞥见个人工湖，她随口诌道："去钓鱼。"

何教授："天都快黑了，你要去钓鱼？"

旁边的吴工插道："现在都流行夜钓。"

何教授点点头："小尹的兴趣爱好挺广泛，那你一个人注意安全。"

李娅最后一个上车，凑到尹澄面前，悄悄对她说："你去会'白龙'吧？"

尹澄："保密。"

"当然。"

直到车子拐上高速，何教授才奇怪道："小尹也没带渔具，待会儿钓鱼用什么钓？"

李娅笑道："Temptation.（诱惑）"

第三章 ·
你梦里的人是我吗

1

同事的车子开走后，尹澄给梁延商发去了消息。

YOLO：去哪儿找你？

梁延商的电话直接打了过来，尹澄接通后，听见他微微上扬的声音。

"我以为你不会来了。"

"你在哪儿？我去接你。"

尹澄回头看了眼酒店的名字，告诉他："元泰商务酒店，你知道这里吗？"

"你在酒店门口？"

"是啊。"

"先找个地方坐着，我一会儿到。"

尹澄刚准备挂电话，听见他在听筒里叫了她一声。

"尹澄。"

她手腕停顿："嗯？"

他的声调里勾着笑："等我。"

"好。"

挂了电话，尹澄又走回酒店大堂，找了个角落刷手机。

按照那天他们打车去古镇的时间，不堵车的话少说也要半个小时才能到，让尹澄意外的是，二十分钟不到梁延商已经出现在她的视线中。

他从酒店大门走进来，尹澄第一眼都没认出他。那天他穿得比较正式，今天换了身休闲装。灰黑拼接的短外套，简单的深色直筒裤，干练有型，他从远处走来，她的注意力完全落在他笔直的长腿上。

尹澄扶着个不大的行李箱，从沙发上站起身，和他打了声招呼："嗨。"

梁延商自然地接过她的行李："等久了吧？"

"不久，我甚至怀疑你是飞过来的。"

他抿唇浅笑："差点。"

尹澄跟随他走出酒店，让她意外的是，梁延商开的是一辆越野车，钢筋铁骨的车架配上四个大轮胎，往那儿一停，霸气外露。

他打开副驾驶座的车门，侧身让尹澄上车。关上车门后，梁延商将尹澄的行李放进后备厢，绕到驾驶座。

尹澄已经系好安全带，她身上别致的紫色 V 领针织衫衬得她很白，微卷的大波浪在车内暖黄的灯光下很有氛围感。

梁延商不禁侧过视线盯着她瞧了眼，出声问道："饿吗？"

尹澄低头看了眼手机上的时间，到饭点了。

"有点。"

梁延商的目光也跟着落到她的手机上："屏幕怎么碎了？"

"是膜碎了，上次出差摔的，还没来得及换。"

梁延商伸手指给她："这里可以无线充电。"

如果不是他的提醒，尹澄都没在意手机右上角的电量标已经变红了，她低头探过身子将手机放好。

抬起头时，她的视线对上了梁延商，在外面不觉得，此时车门关上，良好的隔音效果将空间圈成很小的范围，他的目光也变得灼人。

尹澄不着痕迹地别开视线，听见他问："我们这算是第一次约吃饭，去个正式的地方？"

她回过头来："别了，我可不是奔着吃饭出来的，你看我穿得这么随意。"

她脚上的帆布鞋已经做好了逛古镇、轧马路的准备。

"吃点小吃怎么样？古镇里有美食街，我上次好像看到过。"

梁延商笑而不语，他们这帮人但凡有家底，自己又有赚钱能力的早就实现财务自由了。物欲横流的圈子，谁不想图点什么。就是不图物质上的享受，也追求个精神上的仪式感。

他准备好了最高规格的招待，偏偏面前的女人提出去吃小吃，这让他始料未及。

尹澄见他不说话，突然想起什么，接道："也可以找个好点的地方，我还差你一顿饭。"

梁延商发动了车子："听你的，我也没去美食街好好逛过。"

车子开上马路后，尹澄打量着内饰和后排空间。

"你这辆车多大马力？"

梁延商单手搭在方向盘上，车速不快，开得很平稳。

"最大马力能上400。当初买来跑山路的，我以前投的一些小项目在山里。"

"你是做投资的？"

"也可以这么说吧，做的事比较杂。"

尹澄余光瞄着仪表盘，梁延商察觉到她的视线，意识到这辆车对于女人来说过于粗犷。相较而言，那种流线型车身和炫酷的氛围灯、大连屏的车，会更适合约会，只是这次过来他没料会碰见尹澄，却在此时听见："我能试试吗？"

梁延商顿了下："什么？"

"我还没开过这么大马力的车子。"

他哑然一笑，将车子停在路边。

两人拉开车门换了个位置。尹澄上车时倒并没有因为车身高而显得狼狈，她穿着条黑色高腰微喇裤，跨上车的姿势很利落，调整椅背和座椅高度、系上安全带、瞄了眼后视镜，一系列动作显得像个老司机。

梁延商刚准备告诉她跟着导航走就行，话还没说出口，猛然一股推背感让他整个人贴在靠背上。发动机发出轰鸣的叫声，他再去看身边的女人，无比淡定。车速越来越快，一路上尹澄不断刷新着梁延商对她车技的认知。

车子开到了古镇停车场，今天人少了很多，停车场还有空位。

下了车，梁延商盯着她发笑，尹澄转过视线问他："笑什么？"

他打趣道："赛车手。"

美食街人不少，但没有上次那么拥挤。入口处就是一家炭烤生蚝，打着正宗乳山生蚝的招牌，面前围着的人很多。

尹澄回过头问梁延商："吃吗？"

"好啊。我排队，你去旁边看看还有什么想吃的。"

尹澄却对他说："一起吧。"

她站在了他身边，斜挎着轻奢小包，身材修长苗条。

"之前相过亲吗？"排队的时候，梁延商的余光落在她身上。

"见过一个，好几年前了。40摄氏度的大热天喊我去植物园，约在50摄氏度的花棚里面跟我说细胞物质运输机制、酶蛋白诱导、光合速率。"

梁延商眉梢轻扬："这么特别吗？"

"回家我就中暑了。"

"……"

排到他们时，两人同时掏出手机扫码付钱，梁延商快了尹澄一步，听见尹澄嘀咕了句："你之前帮我那么多忙了，付钱这种事能不能就不要抢了？"

梁延商从老板那儿接过生蚝，转过身对她说："下次你来。"

他们找了处人少的地方，生蚝刚烤出来很烫，尹澄碰了下，刚想拿起一个，就烫得手缩了回去。

梁延商将筷子递给她，拿着生蚝送到她面前："你就这样吃。"

尹澄伸着脖子，用筷子夹住梁延商投喂过来的生蚝肉。这个动作到底是有些亲昵的，不过梁延商眼神坦荡，只是为了方便她享用，并无杂念，一切便显得自然而然。

尹澄把生蚝肉塞进嘴里，上一秒烫得眉头都皱在了一起，下一秒对梁延商竖起大拇指，让他尝尝。

梁延商："你有想过我们会在这种情况下见面吗？"

"哪种？"

梁延商眼里攀上笑意："站在垃圾桶旁边吃生蚝，还要被人围观。"

他不说尹澄都没在意，这下她环顾四周，从旁走过的人貌似都会盯着他们多看几眼，至于为什么要站在垃圾桶旁边，当然是为了方便扔掉生蚝壳子。

"你会不习惯吗？"她询问。

"不会，我只是觉得很特别。"

他又拿了个生蚝给她："不是很烫了。"

"他们是在盯着你看。"尹澄接过生蚝。

梁延商个子高，轮廓出众，很容易引人注目。

"我倒觉得是在看你，这个美女街都不逛了，站在路边吃生蚝，这生蚝得多好吃，你看那里排队的人都多了。"

尹澄回过头去，果然生蚝店门口的队伍变得更长了。

"我以前心情不好的时候会一个人跑去外地，不去很远的地方，一百公里左右，随便开到一个城市，在街边上看到什么好吃的就停下来，往往能发现惊喜，这种惊喜比计划好要去吃什么强多了。"

"你会因为什么心情不好？"

尹澄吃掉了生蚝，将壳子扔掉："比如男友被室友撬走了，两人在我面前上演你侬我侬。"

梁延商目光沉静地注视着她，尹澄观察着他严肃的表情："信了？"

梁延商眉宇微展："不太信，那男的近视得多少度才能干出这种事？"

尹澄眼里浮起云淡风轻的笑意。

再往前走去的时候，尹澄的目光被竹筒杯吸引了，梁延商提议道："买点喝的。"

种类繁多的饮品实在看得人眼花缭乱，尹澄在芒果和椰子口味之间选择了椰子，梁延商便选了芒果。

尹澄掏出手机，刚抬头，梁延商将屏幕在她眼前晃了晃，屏幕上显示扣款成功。

"不是我来的吗？"

"下次不跟你抢了。"

竹筒杯做好后，梁延商的芒果味看上去更加诱人，奶油上是大颗的芒果肉。

杯子刚端到手里，梁延商就把芒果插给了尹澄："我不吃芒果。"

"……你不吃为什么要点芒果的？"

他回答她："好看。"

"……"

于是，尹澄收获了两份快乐。

逛到后街时，他们决定点些烧烤去那家店的二楼露台坐着吃。这样可以欣赏街道的夜景和人流，吹着小风，挺宜人。

这次尹澄为了不让梁延商抢着买单，提早就对老板说由她来买单。

肚大腰圆的老板笑呵呵地盯着她身后，尹澄回过头时，瞧见梁延商在对她笑，她立马了然老板认识梁延商。

上楼梯的时候，梁延商对她说："我在这里算半个东道主，你过来怎么也不能让你请客。真想请，回去再说。"

他无形中敲定了下一次见面的机会，尹澄宛然而笑。

露台不大，除了他们还有两桌人，有条大金毛懒洋洋地趴在天台边上，耷拉着眼皮。尹澄蹲下身去逗它，它懒懒地抬一下头，一副职业倦怠的模样。

落座后，梁延商将酒水单递给她，问她再点些什么喝的。

尹澄扫了眼回道："1664吧。"

梁延商略微迟疑，听见尹澄补充道："烧烤配啤酒不是更合适吗？"

梁延商勾画好，将酒水单递给服务员，哂笑道："不怕我乘虚而入？"

尹澄双眸轻抬："你会吗？"

梁延商煞有介事地回答她："难说。"

"想用啤的放倒我你得上点真本事。"

她下巴微扬，修长的脖颈似骄矜的白雁，飞在天上的那种。此时就落在他的瞳孔里，真实、鲜活。

"为了跟你见这一面，我昨晚赶报告熬到半夜，你不得陪我放松放松吗？"

梁延商没想到喊她出来一趟，会让她忙到半夜里，语气带了丝纵容："想让我怎么陪？"

尹澄伸出两根手指立在桌上，一步步靠近他。梁延商垂眸看着，她的动作带着明显的暗示和挑逗，鉴于她之前用过其他方式考验他，梁延商没有轻易迈入这个陷阱。

尹澄的手指停在他的面前，气氛僵持。让一个充满魅力的女士一直伸着手臂不是绅士所为，即使梁延商明白其中有诈。

就在他抬起手臂时，尹澄行云流水地从梁延商手边的纸巾盒里抽了一张纸，擦了擦桌子，勾起眼尾："陪我喝酒啊，你想什么呢？"

梁延商笑意渐浓："是喝酒啊，你以为我想什么？"

2

啤酒下了几瓶，尹澄依然双瞳清亮，没有什么醉态，就是整个人松弛了些。

其他两桌客人陆续离开了，此时的露台成了他们独处的空间，除了那条仍然在酣睡的大金毛。

尹澄试图发出些奇奇怪怪的声音吸引那个大懒虫，金毛只是无精打采地掀开眼皮，又闭上了。

"尹澄，把酒给我。"梁延商拿着啤酒扳对她说。

尹澄将面前还未开的酒递给："知道吗？如果身边人连名带姓喊我，我一般不会搭理。"

"有什么说法？"

"高中的时候数学老师总会点我名。睡得很香的时候，突然被点名是件很惊悚的事，特别是睁开眼后发现全班鸦雀无声，都在盯着我。"

尹澄上学时期绝对不是班上最努力的孩子，但她在时间管控上的效率极高。这让她的学习进度往往要超前许多，那些她早就刷过的题海老师再拿来反复讲，对她来说就有点浪费时间了。

遇到这种情况，她通常会自主安排课堂内容，比如看书、刷其他科目的卷子，或者补个觉。这个安排比较随机，她会根据自己的学习内容和身体状态进行调整。她的这些行为看在别人眼里往往就是自由散漫，有段时间，数学老师非常热衷于点她名，导致她对自己的名字有些过敏。

梁延商讶然："想象不出来你上课会睡觉。"

"很奇怪吗？你在课上没有犯过困？"

"……我可能就没醒过。"

"……"

尹澄眼里的笑意溢了出来，朝他伸去酒瓶，梁延商默契地与她碰了碰瓶子。

这是学霸和学渣之间难能可贵的共鸣。

脚步声由远及近，老板亲自端来了一盘水果，打破了这和谐的氛围。

楼下客人少了些，老板得空来招呼，给梁延商发了根烟，随口说道："今天有空带女朋友过来啊？"

尹澄拿起酒瓶的手顿了下，抬眼看向梁延商。他浓密的睫毛微垂着，嘴角漫开难以察觉的弧度，回道："还不是。"

老板不清楚两人之间的关系，不再多嘴，让他们要什么再叫他。

冒冒失失的一句话，使两人之间的气氛安静下来，他们没有再讨论刚才那个话题。

尹澄拿着酒瓶缓慢地晃动，眼神落在梁延商的手上。他的手指干净修长，经络分明的虎口透出淡淡的青筋，有着属于男性蓬勃的力量感。这让她不禁想到前天晚上的那条消息"下次给你牵"。

兴许是她的眼神提醒了梁延商，他搭在桌子上的手翻转过来，缓缓张开手掌，似在履行一个无声的约定。

尹澄在老板送来的水果中挑了个砂糖橘，放在他掌心。

梁延商笑了下，收起手指握住了这个橘子，这幅画面和他头像的那张照片渐渐重叠。

"你上次说你喜欢踢足球，为什么不是打篮球？你这身高打篮球不是很合适吗？"

梁延商剥着手中的砂糖橘，告诉她："有一年东亚杯，国足惨败日本，我爸在家气得要砸电视，那时候我就立志要加入国家队报仇雪恨。"

尹澄一口酒差点喷出来："你那时多大？"

梁延商瞅了她一眼："上小学。"

"志向远大。"

"到了初中我的志向发生了变化，觉得加入国家队可能有点难度，我决定自己组建个俱乐部。"

尹澄托着腮："然后呢？"

"组建俱乐部需要资金，然后我就开始琢磨怎么赚钱，初中到高中这六年我都在琢磨这事。"

他的话让尹澄忍俊不禁，一个小屁孩学不好好上，整天琢磨搞钱。

"没少挨揍吧？"

梁延商一本正经地说："差点就被逐出族谱了。"

"……"

他把剥好的橘子递给她，尹澄下意识接过橘子才后知后觉地发现，他剥得那么理所当然，她接得也这么自然而然。

她递给他橘子绝对没有要让他替她剥的意思。

尹澄将橘子送入嘴里，小归小，还挺甜。

"你平时在哪儿踢球？学校里吗？"

"东发中心，去过那儿吗？"

"在城北吧？听过。"

"下次来看我踢球？"

尹澄将最后一瓣橘子放进嘴里："好啊。"

大金毛忽然站了起来，它趴那儿还不觉得，站起来顿时显得体积庞大。只见大金毛跑到露台边，对着夜空仰天长啸起来。

尹澄莫名其妙道："这是要变狼人了吗？"

梁延商提起手腕瞄了眼时间，起身对尹澄说："来。"

尹澄不知道发生了什么事，跟着站了起来。此时她才瞧见楼下的游客也都抬着头，举起手机对着天。

她跟着抬起头看向夜空，一头雾水地问："天上有什么？"

梁延商没有回答她，只是和她并排站着。

骤然间，无数的光点在夜空乍现，汇聚成小桥流水人家。尹澄仰着脖子，双眼散发出微讶的神情，绮丽的光落在了她身上，照得她面庞透亮明艳。梁延商无声地睨着她，嘴角挂着浅笑。

大型无人机表演将古镇的面貌搬到了天空中，组合成不同的画面，给人强烈的视觉冲击。

尹澄也拿出手机拍照，露台的栏杆不高，金毛扒着栏杆站在尹澄和梁延商中间。梁延商的手臂穿过这个大脑壳朝尹澄伸去："手机给我，帮你拍。"

尹澄将手机递给梁延商，他退后了几步，尹澄转过身靠在栏杆上看着他，她身后上空的无人机在缓缓移动。就在无人机群重新组合成新的图案时，梁延商吹了个口哨，原本扒在栏杆上傻乎乎的大金毛吐着舌头转过头来，仿佛对着镜头大笑。

他按下快门键，这和谐的一幕被记录在了手机上。

梁延商拿着手机走到尹澄面前递给她，尹澄接过手机，看见照片中她身后的上空正是那绚烂的几个大字——春不渡，万里梦，黎坞来相见。

再配合着大金毛镜头感十足的表情，意境绝了。

她抬起头，刚准备夸赞一番摄影师，梁延商低眸出声道："你还在和别人接触吗？"

也许是露台太安静，又或是他的身影就笼罩在面前，在他用低醇的嗓音问出这句话时，尹澄的心跳漏了半拍。

她想起那次爬山与梁延商的对话，她试探地告诉他家里人要给她张罗相亲对象，他回答她"这是你的自由，只是如果你有这个打算，让我知道"。

尹澄不禁来了兴趣："你为什么想知道呢？通常这种事情不是不知道为好吗，免得接触的时候硌硬。比方说，你今天刚和我逛完街，晚上就和另一个女的彻夜畅聊，当然这是你的自由，可我绝对不想知道，否则我会觉得自己像件商品，被人选择或放弃。"

梁延商单手搭在栏杆上，笑道："我不会让你成为商品。"

尹澄玩味地说："那我一不小心让你成为商品了呢？"

"如果当年沃尔夫条款一出来，我们就选择放弃，哪来的中国空间站？"

"谢谢你的抬举，拿我和天宫站相提并论。"

无人机的光亮洒下繁星点点，梁延商眸子里流动着灼人的光，就这么注视着她："不过，总得讲究个先来后到吧？"

尹澄眼里噙着笑，目光从他硬朗的下颌线滑到露出的脖子和喉结上。他搭在阳台上的手臂隔空圈住了她，身后无人机的光亮消失了，他的瞳孔变成了漆黑的旋涡，将人吸进眼底。

他们在露台上喝完了最后几瓶酒，和大金毛道别，便离开了。无人机表演结束后，人流量少了许多，巷与巷之间变得宁静。

夜风一吹，微醺的感觉浮了上来，尹澄的脚步也变得轻盈。她走在前面，小短衫露出细窄的腰线，紧身微喇裤将她完美的腰臀比勾勒出来。

她一回眸，张扬耀目的美带着锋芒，穿透夜的黑暗落进梁延商的眼中。

他望着她，眼里有笑："还行吗？"

"你看呢？"

踏着青石板路，一砖一瓦构成鳞次栉比的民居。很远的地方有游客放了孔明灯，此时被风吹来了这里，摇曳的烛光落在宁静的河面，这一切像吴冠中画笔下的世外桃源。

尹澄坐在河边的石栏上，她只要抬头去看孔明灯，身子总是不禁往后仰。她的身后是蜿蜒的河道，一个不小心得栽下去，梁延商站在旁边替她提着心。

他建议："去前面找个地方坐。"

尹澄却不肯再往前走，她的嗓音带着微醺的绵软："我喝多了，不想走。"

"那你坐稳了，别往后仰。"

谁料，这时尹澄又谑笑道："你真以为我喝多了？"

"……"

梁延商也不知道她到底有没有喝多，为安全起见，他离她近了两步以防万一。

他紧绷的轮廓映在阴影里，看着她微荡的鬓发，将一直压在心中的疑问说了出来。

"为什么不打算要小孩？"

3

酒精在夜风的催化下，让尹澄的眼尾愈显迷离。然而，听到梁延商提到关于孩子的问题时，她的眼瞳透出几分冷静的犀利感。

"答案就是我的微信名。"

"Y-O-L-O？"

"You only live once."

她用一种超脱于万物的缓慢语调念出了这句话。

有人选择天伦之乐，她选择不被世俗捆绑，没有对错，只因人只活一次，向心而行。

当然，这是一种抽象的解释，为了让这种解释更加具象，她问道："你身边有生过孩子的朋友吗？有了孩子后会不会见不到人？"

梁延商想了下，回答她："两极分化，有的生了孩子就不怎么出来了，有的和之前没区别。"

"你指的没区别是指生活状态？"

"差不多。"

尹澄又道："这就是问题。经过生育这件事后，绝大多数人不得不为了抚养孩子做出妥协。我指的妥协不光是精力，还有时间、发展，甚至人生规划，没有人可以完全将这件事平衡得很好。

"举个例子，如果一意孤行，维持生育前的生活状态，包括人生目标，遭殃的势必是婚姻中的另一个人。他／她半夜起来换尿布、喂奶、抱着孩子一哄一整夜的时候，另一半在实现自己的人生价值。等到孩子好不容易脱离了哺乳阶段，随之而来的教育问题会让人更加头大。

"你说的两极分化，要么是牺牲自己，要么是牺牲对方，或者共同妥协。在这件事上没有人能独善其身，'责任'两个字会压在人头上。"

梁延商听得颇为认真，提出了个合理的解决方案。

"或许可以请保姆协助。"

"那么又会激发新的问题，孩子是否合适长期交由保姆，毕竟保姆不是万能的。退一步说，这个保姆本身受过良好的教育，性格好，对孩子足够有耐心，孩子自然跟保姆亲近，这是无法改变的事实。现实情况是保姆满足了父母所有的期待，仍然会有父母觉得她抢走了自己的孩子，孩子跟自己不亲，对保姆产生敌意。从人性的角度来说，这也是无法改变的事实。

"辞退保姆，自己抚养教育，又回归到了第一个问题。"

尹澄叹了声，接着道："所以这件事至少需要耗费我们一半的精力，如果我是个碌碌无为的螺丝钉，我为国家人口基数添砖加瓦，或许是我能做出的最大贡献。"

说到这里，她流转的眼眸轻轻一勾："可我不是螺丝钉。"

她不是螺丝钉，她想成为一台机器，一台可以搭载人类进程的机器。用生育后代这件事所耗费的精力，她可以做出更大的贡献。

这是他们第一次如此深入地探讨一个问题，面对面，可以直观地感受到对方的想法。

梁延商看见了尹澄身上散发出的自信，这样的自信让她的野心变得合情合理。

不过，她话锋又一转："可是谁知道呢？我现在是这个想法，不代表我以后不会改变，有的人到了中年会突然想要个孩子，我家人就是四十岁以后生我的。"

聊到这个话题，尹澄不免俗地问了句："你喜欢小孩？"

梁延商耸了耸肩："谈不上喜欢或不喜欢，没想过这个问题，总觉得离自己很远。"

"长辈一般不能接受。"

尹澄抛出了一个敏感话题，这是绝大多数传统家庭都迈不过去的坎。

她试图在梁延商脸上找出一丝为难的痕迹，如果她找到了，大概率会取回她的行李，和他再见。

这条街已经没有游客了，商家也陆续关了门。那些招牌上的灯灭掉后，河岸边还原了古镇朴素的安宁，空气静得只余身后潺潺的流水声。

梁延商垂下视线，牵起嘴角："家里人从前对我说，让我千万不要考虑传宗接代的事，担心我的小孩像我，祸害遗千年。"

一句玩笑话让原本趋于紧张的气氛瞬间荡然无存。她问得隐晦，他回得也隐晦，将矛盾化解于无形。

和梁延商聊天不会聊到死胡同，他是个充满智慧的聊天对手，能够精准地捕捉到她说话的意图，给予回应。

更为关键的是，他的回应往往和她相向而行。

尹澄再次抬头寻找早已飞远的孔明灯，这一次她伸直了腿，双脚离开地面，这样的动作在旁人看来，像是突然失去了重心。

在她向后仰的同时，一只手臂横到了她的后背，尹澄腰上一紧，人被带离石栏，双脚刚落到地面，打了个趔趄，向前迈了步，眼前一黑。

这一切发生在两秒之间，快到让她的大脑短暂地失去运作。等意识聚拢，她才察觉到自己撞进了梁延商的胸口。他没有躲开让她出洋相，而是纹丝不动，像堵人墙。

他的外套是敞开的，里面是简约的 T 恤。隔着薄薄的布料，尹澄感受到了他强有力的心跳和被包裹着的踏实感。这样的身高差、宽阔温暖的胸膛和梦中的感受无限接近，很奇妙的体验。

尹澄没有立马弹开，就这样恍惚了一会儿。

梁延商原本准备收回的手臂因为她的迟疑而停留，此时松开手臂等同于推开她，他没有让这件事发生，只是垂下头任由她柔软的发丝从下颌拂过，似轻柔的羽毛穿越时空的轨道飘落进他的心尖，挠起一些久远的记忆，挠得人心痒。

阑珊的星光忽明忽暗，夜晚的微风来了又走。

虽然这并不是一个紧密的相拥，却是他们认识以来距离最近的接触。

多巴胺和酒精的双重助燃或许能让尹澄一时上头，但并没有维持太久，她很快就冷静下来退后一步，同时梁延商也收回了手臂。

尹澄的脸颊染上一抹绯色，成了这春夜里最吸引人的色彩。

她若无其事地说："你不是怕我掉下去吧？"

她的佯装镇定从梁延商眼底一闪而过，他眸子里隐有笑意："这水只是看着浅。"

他的眼神有些烫人，尹澄不再与他对视，而是故意撇开视线，往前走："我会游泳。"

天色渐晚，梁延商对她说："我喝了酒，不方便开车送你回去，把你交给别人也不放心。在这儿待一晚，明天走会耽误吗？"

尹澄今晚走了很多路，也不想折腾了，问道："停车场离这儿远吗？我要先拿个行李。"

"待会儿让人去取。"

梁延商指着河对岸的方向："我住在那边的民宿，是个套间，多间房没人住。不过那是家庭房，没有门，不知道你介不介意？不方便的话，我去旁边的民宿问问还有没有空房。"

"有什么关系，难不成你半夜还能跑进我房间？"

梁延商压着笑意，没说话。

尹澄跟着他走到民宿，她办理完入住，行李也被取来了。

这家民宿刚建没多久，环境雅致干净，设施都很新。沿着鹅卵石铺成的小道，穿过自带的小花园，推开了套间的门。

套间里的两间卧室虽然都没有门，但公共区域将两间房隔开，房间里自带卫浴，倒也没有感觉不方便。

梁延商将尹澄的行李提到那间空着的房门口，便停住了脚步，但也没有立即离开。他低垂着眼看着她："你觉得我应该怎么称呼你？你刚才说不喜欢被叫名字。"

周围的人会叫她师姐、师妹、尹工、小尹，家里人会喊她的乳名——娃娃。不过，这些称呼要是梁延商叫起来都有些怪怪的。

"还是叫尹澄吧。"

"我这算不算特殊待遇？"天生的黄金笑线衬得他的唇型迷人。

尹澄的目光似有若无地扫过，笑而不答，低头将行李推进房间。

"尹澄。"他叫了她一声，沉冷的声线像充满力量的钟声撞进她的心底，回响不断。

尹澄抬起头，空气中萦绕着销魂蚀骨的暧昧，隐隐的悸动在血液里沸腾，目光交汇，如坠云雾。

空气安静了几秒钟，梁延商率先打破了沉寂："我到前面跟老板说几句话，你安心洗。"

尹澄点了点头，回过身时，脚步像踩在了棉花上。

她洗好从房间出来，梁延商还没回来，她便打开套房大门向外瞧了眼。朦胧的月光下，一道身影坐在门前的小花园里，长腿随意跷着，手指夹根烟，半晌也没抽一口，只是任它缓缓燃烧。另一只手拿着手机，随意地刷着页面。

尹澄这才知道，梁延商没有去找老板，大概是怕她觉得在没有门的房间里洗澡别扭，才回避的。

她对着他的背影喊了声："我好了。"

梁延商掐灭了烟，回过头来，随之收起手机起身。

尹澄已经回了房，不过她并没有睡意，听着另一个房间传来的水声，她的思绪越来越飘忽。她总算知道梁延商在她洗澡的时候为什么要出去了，这声音的确容易让人产生羞耻的画面感。更令人抓狂的是，越想屏蔽，听觉反而越发放大。

好在没一会儿，水声消失了，房间那头没了响动。

其实他们一开始相处的时候还挺自然的，自从在河边她停留在梁延商的怀里后，他们之间就变得有些微妙。

尹澄不知道梁延商有没有睡下，她拿出手机打开对话框。

YOLO：我之前做过一个梦，和你靠近的时候想起了那个梦，所以对比了下。

尹澄试图解释自己绝对没有投怀送抱的意思。梁延商的手机没有调静音，她消息刚发过去，就听见房间那头的提示音，让她的心跟着一拧，不知道梁延商会怎么回。隔着房间这样发消息还是第一次，有些刺激和不真实。

商：你梦里的人是我吗？

YOLO：看不清长相，就是看完《绿皮书》那晚。

消息刚发过去，她清晰地听见了一道短促的笑声，悦耳低沉，蔓延在这寂静的夜里，让心跳跟着加快。

商：恭喜你，梦想成真。

……

YOLO 拍了拍商，锁屏、睡觉。

4

梁延商早上起来时，另一个房间已经空了。被子铺得平平整整，房间里没留下任何东西，好似没人住过一般。

他从前台那儿得知，尹澄是天蒙蒙亮的时候离开的，走时还从前台那儿撕了张便笺，留言给他：

我回去做打工人了。春不渡，万里梦，黎坞再见。

梁延商坐在民宿的花园里，喝着晨起的第一杯咖啡，看着手中的字条，特别是最后一句话，隐含着别离的意味。他的目光落在那排行云流水的字体上，直到咖啡喝尽，他才拿起手机。

此时的尹澄已经坐上回程的大巴，手机在包里响动了下，梁延商的消息弹了出来。

要不是这张字条成为我们见面的证据，我以为昨晚是场梦。

他在用委婉的方式说出她的不告而别，这种方式将他的情绪隐藏得很好，让尹澄无从判断。

YOLO：走得太早了，不想打扰你。

商：是不想还是没准备好？

他问得颇具技巧，尹澄看着这条消息，直到屏幕自动黑掉，才回复。

YOLO：坦白地说，我对你的感觉还不错。但我不清楚这是不是多巴胺在作祟，毕竟我们才见第二面。

消息发过去，手机一直很安静，就在屏幕快要黑掉时，梁延商回复过来：我说过了，可以慢慢来，等你准备好了，我们再探讨这个问题。

换言之，她需要时间，他就给她时间。

昨晚两人之间的进展有些雾里看花，喝了酒的缘故，再加上气氛到那儿了，不管什么意外导致的，两人维持了一会儿不算亲密但也充满暧昧的拥抱。暧昧这件事，最危险在于它像极了爱情的模样，但不是爱情。起码在尹澄看来，她不可能这么快爱上一个刚接触不久的相亲对象。

所以她干脆地遁了，以免这事难以收场。

梁延商没有再发任何消息，屏幕这次是彻底黑掉了。

此时尹澄才发现，原本摔裂的手机膜被一张崭新的贴膜所取代，屏幕光滑如新，明明昨晚睡觉前，她还用着那张有裂痕的膜。

她的记忆开始倒带，依稀记得昨天半梦半醒之间梁延商好像出门了。尽管他的动静很小，但套房门关上时，还是会发出电子门锁的声音。

后来，她的意识就混沌了，唯一的可能就是他半夜出门买的，回来给她换上了。

尹澄的拇指从屏幕上划拉过，她对早上的不告而别生出了些许内疚。

这种内疚的情绪没有停留太久，回去后尹澄很快便投入实验室中，大量数据塞满了她的脑子，让她无心再去想其他事情。

梁延商不似其他相亲对象，见过面觉得不错就要确定关系，或者刨根问底一探究竟。他给足了她空间，也许是不想让她觉得他在催她，这几天没再联系。

安静的手机让尹澄有些不习惯，特别是晚上从实验室出来拿起手机，屏幕上没有任何消息。

尹澄换下实验服，回到办公室，加班的人寥寥无几。她洗了个手准备下班，余光瞥见那头的桌子上放着一本书。之所以会注意到那本书，是因为书封上印有血红色的脏器，着实有些突兀。

她抽了一张纸巾，边擦着手边走到桌前探过头，是一本人体解剖学的书。

刚瞄了一眼，忽然一个人影闪了进来，紧接着那本书便被罗哲拿了起来，塞进背包里。

尹澄掠他一眼，他拉上背包拉链，缓缓抬起头："师姐，我回去了。"

尹澄没说什么，点了下头："明天见。"

罗哲走后，尹澄将东西收拾好，朝电梯走去。电梯门打开，遇见魏圣宏，他恰好也下班，笑着对尹澄说："捎我一程呗。"

"没开车？"

"开车不喝酒，喝酒不开车，我待会儿有饭局。带到你家附近，我打个车就起步价。"

尹澄："祝你早日省出一套豪宅。"

"指日可待。"

路上，尹澄忍不住问魏圣宏："罗哲是不是跟着你实习过一阵子，这人怎么样？"

魏圣宏："标准的学霸，他那种学霸跟你不同。你是懂得用巧劲，他是正儿八经下狠功夫。我们出去跟甲方沟通，把项目书重点提前勾画一下。他不一样，他把整本项目书背下来，这么厚……"

魏圣宏比画了下："标点符号都不差的，这孩子也不知道是不是彪？"

说到这儿，魏圣宏笑了起来："不过也有趣，我们谈到每个进程，甲方那边项目书还没来得及翻，他就告诉对方哪一页第几行，弄得甲方打趣我们所的人才堪比 AI 数据库。"

尹澄听闻眉梢一挑，不禁说道："总感觉他有点怪，我刚才碰见他在看人体解剖学的书。"

魏圣宏不足为奇："可能想涉猎各领域的知识，年轻就是精力旺盛。"

魏圣宏反问尹澄："你多久没去书店了？"

"嗨，"尹澄拍了下方向盘，"你这么说我最近得抽空去逛逛。"

车子停在路边，魏圣宏下车前对她说："你周末跟我去品鉴会转转吧，别闲得尽琢磨人家看什么书。"

尹澄含糊地说："我对品酒不感兴趣。"

"没叫你去品酒，就当换个环境，结识些新朋友，就这么说好了。"

魏圣宏丢下这句话，人就走了。

对于魏圣宏参加的这个品鉴会，尹澄也不大了解，只知道魏圣宏在英国交流期间热爱上了品酒，还抽空考了个品酒师证。回国后，他很快在国内找到了组织，这些人会定期聚会。

这已经不是魏圣宏第一次喊尹澄参加他们那个什么品鉴会了，尹澄总是以各种理由推托。主要原因是她不热衷品酒，也不认识那些人，跑过去怕无聊。

但这次推托不掉了，魏圣宏告诉她，他带了瓶好酒过去，尹澄怎么也是自己人，肥水不流外人田，让她定要过去一品，要不然可惜了。

既然是去品酒的，他们俩都没开车。傍晚前，魏圣宏打车来接尹澄，尹澄为了给足师哥面子，特地穿了条做工精致的淡茶色吊带鱼尾裙，外面是米色坎肩，收腰的设计，方形领口露出脖颈优美的曲线，很有女人味。

魏圣宏抱着个木盒子站在街边上，差点都不敢认她。在单位里，大家都是一套实验服走天下，就是出差，也多是轻装上阵，别说小礼服了，魏圣宏平时连裙子都没见尹澄穿过。见她突然打扮得这么精致，他都有点不习惯了。

尹澄刚走到他身边，他就咧着嘴笑道：“够上道，师哥平时没有白关照你。”

一路上魏圣宏都抱着那个木盒子，跟宝贝一样。

尹澄问他：“我们去哪儿喝酒？”

魏圣宏笑她：“这话怎么从你嘴里说出来跟要去拼酒一样。

“去一个朋友的姨妈家。”

尹澄以为这品酒地点要么是高端会所，要么是私人酒窖，总之，得是个高大上的地方，才能配得上他们这个神秘组织吧，结果是人家姨妈家。这是什么匪夷所思的地点？

魏圣宏告诉她，品酒地点每次都不一样，大家轮流组织，没有特定的地方。

“你们这个品酒，是怎么个品法？不会每人喝口酒还得发表品酒感言吧？”

尹澄想着要真是这种流程，她是不是得临时搜一段台词先背下来。

好在魏圣宏说道：“没有没有，随性就好，就是大家聚一聚，没那么多规矩。”

虽说没有死规矩，但每次品酒是有主题的。比如主题定为巴罗萨谷，那么需要携带这个产区的葡萄酒出席。还可以定品牌，大家都带这个品牌的酒，当然这时候产区就不限制了。

尹澄不禁问道：“今天的主题是什么？”

魏圣宏颇为神秘地说：“年份，千禧年。”

尹澄恍然，怪不得他这么宝贝地抱着怀中的酒。二十几年的酒，随便开一瓶，价值都摆在那儿。

尹澄不禁打趣道：“你今天开了这瓶酒，离豪宅的目标又远了。”

“我收藏好几年了，早想开了，有好东西才喊你来的。”

出租车在别墅前停下后，尹澄才知道是自己肤浅了。虽然是别人的姨妈家，但别人有个豪门的姨妈。

品鉴会正是开在这位姨妈家的后花园里，他们穿过中庭来到后花园时，其余人刚到不久。

满园春色，正是赏花好时节。魏圣宏朋友的姨妈，也就是这位优雅时髦的女主人，将花园打理得十分漂亮，来这里的人都叫她"陶姐"。

陶姐和魏圣宏他们差了辈分，却并没有长辈的架子，对于小辈们喊她"陶姐"一点都不在意，待人很是热情。虽然和尹澄第一次见面，也给了她一个拥抱。当听闻尹澄也是搞地质研究工作后，对她连连夸赞。

魏圣宏悄悄告诉尹澄："陶姐就喜欢接触知识分子。"

尹澄没太当回事，有人问起陶姐："你儿子最近没回来啊？"

陶姐笑道："说曹操，曹操马上就到。我让他找瓶好酒给我送过来了。"

主人家的酒未到，大家当然要等一会儿。陶姐先安排大家品茗，于是众人纷纷围到了茶桌这儿，不知怎的尹澄就被安排在了陶姐的右手边。陶姐一身香奶奶套装，年过五十的年纪保养得当，手上也没什么褶子，一看就是养尊处优。

家里阿姨端来茶具，陶姐亲自为大家洗茶、泡茶，然后招呼大伙来喝茶。

这时候，不知道哪位女士说了句："这杯子怎么裂了？"

陶姐显然是听见了，脸上的笑容略显尴尬。坐在她右手边的尹澄，抬起手从茶托中找到那杯子，拿了起来端到面前，语气中有了赞许之意："五大名窑，汝窑为魁。陶姐的这个杯子养了许久吧，开片很有艺术感。"

开片是指窑火烧制时，胎土与瓷釉之间由于膨胀系数不同而造成的热胀冷缩现象，这种现象会使釉面轻微开裂。随着使用茶具后茶汤的持续滋养，釉面渐渐出现蝉翼纹，又叫开片。这是品茶人的一种乐趣，也称为汝窑开片艺术。

茶具是由阿姨端出来的，端来之前应该没做检查，导致被个冒失鬼说杯子是坏的。陶姐作为主人用有瑕疵的杯子招待客人，面子自然挂不住，尹澄仅用三言两语便替她解了围。

此时，这个茶杯就在尹澄手中，到底是真裂还是开片别人无从得知，也不会当真有人不识趣上前查看。

尹澄喝完杯中茶，不着痕迹地将茶杯递给阿姨，就这么化解了品酒前的小尴尬。

陶姐不禁多看了尹澄几眼，发觉这个姑娘不仅长得标致，身上还透着一种大气从容的灵敏劲，越看越喜欢。她又看了眼尹澄身旁坐着的魏圣宏，暗自叹了声。

就在这时，陶姐的儿子回来了。众人放下手中茶，抬头瞧去，主要是想瞧一瞧陶姐的儿子到底带来了什么好酒。

尹澄也顺着众人的视线看了过去，一道熟悉的身影冷不丁地闯入她的视线中。

5

当看见梁延商提着酒大步走来时，尹澄刚准备送入口的草莓干，就这么停在指尖。

别说她震惊，就连梁延商的表情都愣了下。

从古镇回来后，他就没再收到过尹澄的消息，谁承想她会突然跑来他家，安然地坐在他家的后花园里，还打扮得这么吸引眼球。

两人的视线穿过众人短暂地停留、交汇。直到陶姐的身影阻隔目光，她从梁延商手中接过酒后，将酒拿到桌上，打开包装介绍道："上帝遗留在人间的美酒，罗曼尼·康帝。"

大家的注意力全部转移到那瓶红酒上，陶姐很是大方地说："我儿子那儿还有更早年份的，下次有机会让他带来跟大家交流交流。"

有人笑道："陶姐，让你儿子放血了。"

尹澄看着那瓶被众人轮流拿起来查看的红酒，偏了下头，问魏圣宏："那酒和你带来的有什么区别？"

魏圣宏压低声音告诉她："巧了，都是波尔多产区的。区别在于我的酒价值五位数，他的要六位数，你待会儿记得喝他那瓶。"

尹澄收回视线时，发现梁延商拉开她对面的椅子，坐了下来，目光在她和魏圣宏身上扫了眼。

陶姐这会儿才回过身，对梁延商说："你不是有事要忙吗？你去忙就是了。"

梁延商目不斜视地回道："现在不忙了。"

明明刚才电话里喊他留下来待会儿，他说有事送个酒就走，这会儿却自个儿坐了下来，陶姐莫名其妙道："不忙就留下来跟大家认识下。"

"嗯。"

梁延商口头上应着，却没去跟其他人攀谈，眼神依然徘徊在尹澄身上。

尹澄压根儿没想到陶姐竟然是梁延商的妈妈，她要是提前知道，怎么也不可能来这个酒局的。

和梁延商的关系还在发展阶段，却见了对方家长，这怎么都有些尴尬。特别是此时在大家的眼皮子底下，梁延商毫不避讳地盯着她。

尹澄只能垂着视线，吃着面前的草莓干，掩饰这微妙的尴尬。

梁延商瞧见她刻意回避的样子，笑了下站起身，走去一旁和人打起招呼，尹澄这才松了口气。

有人拿着相机给他们拍照，陶姐作为女主人自然是焦点，大家都跑去跟她合影。尹澄本来坐在角落，想尽量降低存在感的，谁料陶姐主动邀请她，尹澄只好起身走到她身旁。

她才站定，陶姐就挽着她的胳膊，对她说："以后常来玩啊。"

尹澄客气地应了声，本来觉得陶姐是个挺亲和的长辈，这会儿得知她的身份后，尤为别扭。

快门按下时，一阵风吹过，尹澄的小坎肩被吹乱了，拍照的人说："衣服整理一下，再来一张。"

陶姐侧过身，亲自将尹澄被风吹乱的坎肩打理好，笑着对她说："好了。"

陶姐身上散发着丁香和松油混合的淡香，似依兰的味道，让尹澄感觉到一丝亲切。

陶姐重新站好后，看见梁延商走了过来，出声问道："你过来干吗？"

梁延商若无其事地站在尹澄身后，回道："照相啊。"

陶姐没再管他，重新挽着尹澄，对镜头露出笑容。

照完相，陶姐就被其他人喊走了，大家纷纷开始了品酒，此时三三两两，或站或坐地聚在一起交流。

尹澄重新坐回刚才的位置，魏圣宏也走开了，和相熟的人在一起品着酒。

尹澄只有无聊地拿出手机刷了刷，面前落下一杯红酒，紧接着一道身影在她旁边坐了下来。

尹澄放下手机侧过头，对上梁延商的眸子，听见他语气带笑地说："这么巧啊？"

尹澄解释道："我是被我师哥拽来的，我发誓真不知道陶姐是你妈妈。"

梁延商手上也拿着一杯红酒，与她面前的杯子轻轻碰了下，眉梢微扬："你叫我妈'姐'，那我得叫你什么？"

尹澄反应过来，笑着拿起红酒："这是谁的酒？"

"我的。"

"那我要多喝点，师哥说你的酒比较贵。"

坐下来短短几分钟，她口中出现了两次"师哥"，梁延商不禁问道："你说的师哥就是那个凡人？"

尹澄曾经告诉过梁延商，她有个师哥说她习惯性地站在上帝视角与人交流，梁延商评价那是凡人对她的解读。

尹澄扬起嘴角："对，就是他。"

梁延商回头瞧了眼远处的魏圣宏。

此时绝大多数人都在品酒交流，尹澄和梁延商单独坐在这里，虽然暂时没什么人注意到他们，但人家妈妈还在旁边，尹澄难免觉得不自在。

她又拿起了草莓干，梁延商问了句："你喜欢吃这个？"

从刚才到现在尹澄一直在吃草莓干，主要是无事可做，总要假装自己很忙的样子，面前只有吃的，她也就机械化地拿起来往嘴里送。

被问到这个问题的时候，她的手才停住，回道："其实不喜欢，太甜了。"

"那你还吃？"

既然拿起来了，再放回去不合适，她环顾身旁，也没找到垃圾桶。

梁延商摊开掌心朝她递了过去，尹澄便把手中的草莓干给了他，松掉草莓干的时候，梁延商收起五指。

两人的指尖短暂地勾缠，随即又分开。陌生的温度，有力的骨节，隐秘而禁忌的悸动一触即发。

尹澄无法确定这是巧合还是他故意为之，她侧过头去看他，梁延商面色如常地将那颗她不吃的草莓干送入自己嘴里。

身后的脚步声渐渐走近，阿姨来和梁延商说要找什么东西，他便起身走进屋中。

梁延商从楼上下来的时候，瞧见魏圣宏和庄烨在前院闲聊。

庄烨问魏圣宏："讲真的，这么漂亮的女孩怎么不发展一下？"

魏圣宏："别乱点鸳鸯谱，她是我师妹。"

"师妹又不是亲妹妹，有什么关系？"

魏圣宏端着酒，轻轻晃了晃，笑道："你别说，我以前在国内读本科的时候还真想过追她。"

梁延商走到院子中，靠在一边点燃一根烟，目光淡淡地睨着魏圣宏。

庄烨跟梁延商有过一面之缘，也算认识，听见动静回头朝梁延商点了下头，便继续问道："后来怎么不追了？"

魏圣宏："我有自知之明，我这个师妹，一般人搞不定。"

庄烨："怎么说？"

梁延商离他们大约三四米的距离，边抽烟边瞧着他们。

魏圣宏说道："除了专业方面，她不会对某件事过分投入，一旦发现苗头不对，就会适可而止或者及时抽身。就说她现在接触的这个人，在一起耍耍行，深入发展那就比较难了。"

淡淡的烟雾飘散过来，魏圣宏侧过头去，恰好对上梁延商冷峻的目光。他黑衣黑裤立在阴影处，修长的身影给人一种凛冽的压迫感。

魏圣宏收回视线，对庄烨说："我们回去吧。"

两人拐过屋子，魏圣宏才问起："陶姐的儿子是做什么的，怎么从来没见过？"

庄烨说："我也不熟，听说是个海归。"

酒局结束，魏圣宏带着尹澄和陶姐告辞。陶姐很是热情地拉着尹澄的手腕，对她说："我们加个联系方式吧，我有个亲戚家小孩也想报考地质专业，到时候不懂的可以咨询你。"

梁延商坐在一边，目光落在老妈拉着尹澄的手上。

尹澄匆匆瞥了眼梁延商，拿出手机。当着他的面和他妈妈交换联系方式，这走向多少有点奇特。

一大群人告别了陶姐，走出院落聚集在门口互相道别。出租车开了进来，魏圣宏和尹澄先上了车。

坐上车后，尹澄朝窗外看去，梁延商的身影出现在这些人的后面，靠在紫铜门上望着她。

车子开出去好远后，尹澄回过头看见那道身影依然在那儿，目送她离开。

梁延商走回后院时，陶姐正带着阿姨收拾东西。

他拉开椅子调侃道："陶姐啊，我怎么不知道你还有亲戚家小孩对地质学感兴趣，你亲戚那边不是连一个本科都没考出来吗？"

陶姐将手中的花瓶递给阿姨，走到梁延商面前，说他："别人喊我'陶姐'你也喊，没大没小。"

说罢，她坐了下来，问道："你清不清楚今天到咱家来的那个魏博士，和他带来的姑娘是不是一对？"

梁延商眉梢轻挑："不是。"

"不是就好，我看那姑娘长得漂亮，人也聪明。"

陶姐将品茶时的小插曲说给梁延商听——她说起一件事来总是夸大其词，没完没了。梁延商从小就怕听她唠叨，只要陶女士一开启唠嗑模式，梁延商总要想方设法地抽身。

今天倒是例外，梁延商不仅不急着走，还坐在那儿极有耐心地听她讲，虽然一句话她已经颠过来倒过去说了三次，就连旁边干活的阿姨都觉得奇怪，陶姐的儿子今天挺闲啊。

陶姐终于把这个小插曲和自己的感受叙述完毕了，问梁延商："这姑娘怎么样？"

梁延商十分迎合地点点头："挺好。"

陶姐一看儿子点头，立马笑靥如花："我也觉得挺好，看着就合眼缘，你花点心思把她追过来。"

"我尽力。"

由于梁延商回答得过于爽快，导致陶姐本来准备的一大堆台词并没有派上用场。

说起梁延商，老大不小的了，之前一说起给他介绍对象，不是推三阻四，就是满脸不乐意。

所以当他回答得如此爽快后，陶姐反而有些难以置信地问："你就这么……答应了？"

"不然呢，还要我给你写个保证书？"

陶姐把手机拿出来："你看，号码我都给你要到了。"

她自以为很高明地将手机递给梁延商，梁延商瞧着那串数字，嘴角泛笑。

第四章 ·
南校区和北校区

1

出租车开远后，尹澄才意识到走的时候都没有跟梁延商打声招呼，怎么说来的也是他家。

她打开微信对话框，页面还停留在几天前的聊天记录。她在思考应该发什么内容过去，人都走了，现在突然发条"再见"，会不会有点突兀。

于是她打了又删，隔了几分钟，一条也没发。就在她准备锁屏先回家时，对话框突然动了。尹澄本能地确认自己有没有误点发送，定睛一看，才发现是梁延商发过来的。

商：8号见面吗？

她愣了几秒，是有心灵感应吗？他的消息恰好给了尹澄一个台阶，她顺势回道：好啊。

如果不是黎坞古镇的偶遇，8号原本是他们初次见面的日子。既然谁都没有取消约定，那么约定照旧。

商：来东发中心？

那是他踢球的地方，尹澄不介意去看看，于是又回了个：好。

梁延商拍了下她：只会发"好"了？

YOLO：可以。（OK手势）

他发了个表情包过来，文字是"说你什么好"，配上工藤新一温柔的眼神，有种宠溺的味道。

他没有再提她的不告而别，也没有询问她这些天到底是怎么想的，这样的对话让两人的关系又回归到轻松的状态。

不过事与愿违，8号那天尹澄需要加班。她一早就发消息告诉梁延商，她上午要去趟所里，不确定几点能结束。如果结束了，她直接去东发中心找他。

梁延商回复：不用着急，我一整天都在这儿。

言下之意，她随时过去都可以。

尹澄这才安下心忙自己的事，等忙完已经下午三点了。开车过去加上堵车起码要一个小时，坐地铁最快，并且可以直达，她选择坐地铁过去。

东发中心是个私人性质的运动馆，和市里其他向大众开放的运动馆比，这里收费要昂贵许多。因为在郊区，占地面积大，环境自然也是其他场馆无法比拟的。主要是对会员开放，提供足球场、篮球场、网球馆等包场服务。

尹澄到了那儿后，才发现需要刷会员或者预约才能入内。她发了消息给梁延商，并没有收到回复。她猜想如果他在场上可能根本不会看手机，这就尴尬了。

接待处有个工作人员见她踌躇的模样，走了过来询问："请问您是梁先生的朋友吗？"

尹澄点了点头，看见他胸前挂着经理的工作牌，男人对她笑道："梁先生交代过了，您跟我来吧。"

这里私密性很好，场馆之间需要刷卡进入。尹澄跟着这位工作人员，一路畅通无阻地进入足球场，随之眼前一亮。足球场的建造完全达到了比赛标准，周围一圈还有看台。

她以为梁延商的业余爱好只是和一些志同道合的朋友踢着玩，亲眼所见才发现他们玩得这么认真。两队人都穿着各自队伍的球衣，从专业的足球鞋到足球袜、护膝、护腿板等装备齐全，不知道的还以为是两个职业队在踢比赛。

没多久，尹澄就锁定了梁延商的身影，即便在满场驰骋的球员中，他的身高依然醒目。

梁延商穿着白色球服，此时，他们那队正控制着足球。梁延商从边路突破奔袭，浑身裹挟着强悍的爆发力。队友瞥见了他的身影，将球传给他。对方队伍里的两个人立即朝梁延商包抄过来，看得尹澄跟着捏了把汗。

这是尹澄第一次来看现场，和在电视上观看的感觉截然不同。现场看球更刺激，特别是场中还有认识的人，无疑让面前的对峙变得扣人心弦。

好在梁延商带球过人的技能炉火纯青，不仅速度快，且动作轻盈，一点都没有受到身高限制。想到他说过小学就开始踢球的经历，亲眼所见后，尹澄相信他还是有点童子功在身上的。

梁延商将球传出去后，队友射门，球出界，场中响起口哨声。

梁延商回头瞧见了站在场边的尹澄，朝她扬唇一笑。那赤忱热血的身姿，让她对梁延商有了新的认知。

梁延商跟队友打了个手势，换了一个人上场，他则朝着尹澄小跑过来。

球衣拉扯出清晰的肌肉线条，偾张紧实，没有过于夸张，给人一种挺拔有力的感觉。

尹澄再怎么也没料到，她会在这种场合意外地了解了他的肌肉状况。

梁延商出了很多汗，停在了离尹澄几步距离的地方，没有靠近她。

"来时没堵车吧？"

"我坐地铁来的。"

自从误打误撞跑到梁延商家里见了他妈妈后，再面对他，尹澄总觉得有种微妙的尴尬。

为了掩饰这莫名其妙的情绪，她随意开启了一个话题："感觉你们连裁判都跟专业的一样。"

"是专业裁判，花钱请来的。"

"……"

见她露出讶异的表情，梁延商垂眸笑了下。他笑起来露出齐整的白齿，一侧脸颊有个酒窝，让他的笑容极具感染力，前两次见面尹澄竟然没有留意到。

旁边的队友将梁延商的水壶扔了过来，他抬手接过后，瞥见了尹澄手上拿着的运动饮料，顿了下，问道："给我的吗？"

"是啊。"

每次都是他给她带咖啡，尹澄这次下了地铁特地给他带了饮料，想着他踢球消耗比较大。此时看着他手中特大号的运动水壶，好像她多此一举了。

谁知梁延商直接抬手拿过饮料，将自己的水壶塞给她，拧开运动饮料就大口灌了下去。

尹澄抱着他的水壶，抬眸望着他喉结滚动的模样，不得不说，很性感。

梁延商一口气喝完了一整瓶运动饮料，看得尹澄目瞪口呆，男人喝水可以这么猛吗？

中场休息了，一起踢球的兄弟发现了尹澄的身影，纷纷过来拍着梁延商，打趣道："哟，对象啊？"

梁延商知道这帮人的德行，怕尹澄不舒服，回了句："别瞎说。"

哪料这句话让一群人越发起哄道："既然跟你没关系，那我们跟她认识下，你不介意吧？"

"美女，加个微信不？"

梁延商拿起空饮料瓶毫不客气地砸了过去。

尹澄笑着看他们，知道是开玩笑的，也没放在心上。她让梁延商去场上，不用管她，她坐这儿看他们踢球挺有意思的。

于是梁延商待了一会儿就回到了场中，只不过后半场他踢得心不在焉，不时朝场边的身影瞧上一眼。

尹澄安静地坐在看台上，手中还抱着他的水壶，这种感觉尤为不真实。

球场外又进来一批人，四个男人还有个女人。为首的瘦高男叫万一洪，穿着高调的老花束腰夹克，一进来就朝场中喊了声："大梁。"

此时比赛刚结束，梁延商回过身："你们怎么来了？"

万一洪熟门熟路地和其他人打了声招呼，看向梁延商："听说你在这儿待了一天，我们来看看什么情况。"

梁延商眉头微蹙，余光朝尹澄的方向瞥了眼。

万一洪很快察觉到什么，下意识地转头看去。本来不经意的一瞥便收回了视线，但想想有什么地方不对劲，他再次将目光移了过去。紧接着，他的表情开始渐渐四分五裂，瞳孔以肉眼可见的幅度疯狂地震动。

他抬起手搂着旁边的张柱，惊道："你看，那边的美女长得像不像尹主席？"

尹澄今天从研究所赶来，穿得中规中矩，浅色短衫配上一条卷边法棍裤，双腿又直又细。不需要刻意修饰，便流露出从容独特的气场，明明很随意地坐在那儿，却好似自带光环。

柱子眯起眼睛瞧了一会儿，咋舌道："太像了，会不会就是啊？"

梁延商清了清嗓子，还没来得及说话，就听见万一洪插道："别做梦了，我们上学那会儿，尹主席什么时候来过球场？但凡她来看我踢过一次球，我早凭一己之力踢进世界杯八强了我告诉你。"

话音刚落，场边的女人动了，她拿着水壶站起身，众人眼睁睁地看着这个女人朝他们走了过来……

2

当尹澄的身影越靠越近时，柱子和万一洪俨然像被钉子钉住，站在原地神情愣怔，似乎失去了行动能力。

一旁的胡骏下意识地回头看了圈，除了他们这群人，其余人都走到了场边。他正纳闷这女人找谁的，就见尹澄已经停在了面前，抬起手将水壶递给了梁延商。

梁延商接过水壶的刹那，所有人的脖子整齐划一地扭了过去，然后……空气死一般的寂静。

这种寂静夹杂着震惊、不解、质疑、激动，各种神情汇聚在众人脸上，简而言之归纳成两个字——复杂。

尹澄察觉到气氛不对，不知道发生了什么事，目光疑惑地看向梁延商。

也就在一瞬之间，所有人的视线都聚集在梁延商身上，试图从他那里找到答案。

梁延商垂眸打开水壶，介绍道："尹澄。"

柱子问了句："我们学校的？"

梁延商掠了他一眼，没说话。胡骏笑道："你是不是傻了？"

万一洪的眼神却仿佛黏在了尹澄身上，看得她略感不自然。

胡骏为了缓解气氛，对尹澄解释道："别见外，我们原来是北校区的。"

尹澄听到"北校区"三个字后，目光顿了下，打量了番万一洪和柱子。

柱子还算克制，跟她点了点头："你好，我是张柱。"

万一洪则情绪亢奋，朝前一步让尹澄看得清楚，顺带说道："我以前经常到你们那栋楼，你还记得不？"

尹澄盯着万一洪仔细辨认了一会儿，发觉对这个人还真有点印象，但具体的画面想不起来了。

"感觉应该见过。"

她随口的一句话，让万一洪顿时笑逐颜开，感慨道："真没想到啊，毕业这么多年还能碰到面。"

于是他提议找个地方大家聚一聚，他来做东。

梁延商将尹澄喊到一旁，对她说："不想去也没关系，我打发他们。"

尹澄侧眸瞄了他们一眼，几人对她回以笑容，还挺真诚。

"其实也没关系，吃顿饭而已。"

梁延商听她这么说，走回那群人面前。万一洪提议尹澄跟他们的车走，梁延商换完衣服直接到吃饭的地方会合。梁延商没点头，丢下一句："你们先去，尹澄跟我的车走。"

他的语气不容置喙，显然没打算把尹澄交给别人，胡骏扯了下万一洪："我们先去订位。"

于是，几人就先往外走了，边走还边回过头来，朝尹澄喊道："待会儿见啊。"

尹澄对他们挥了挥手。

走到更衣室有段距离，这会儿球赛刚结束，大家都往男更衣室挤，球场已经没有人了。梁延商没把尹澄带到乱哄哄的男更衣室那头，也没留她一个人在这儿干等。而是带着她来到场边的冲凉棚，这里倒是一个人都没有。

淋浴头在墙的背面，梁延商将运动包交给尹澄，对她说："我冲下，很快。"

尹澄接过包："不急。"

一墙之隔，梁延商在冲澡，尹澄坐在蓝色塑料椅上，他的运动包安静地放在尹澄身边。

说来也神奇，这已经是她第二次听梁延商洗澡的声音了。不过上一次隔着客厅，她在另一个房间里，倒也不觉得有什么。

这次却不一样，清爽的沐浴露淡香飘散在空气中，水落在皮肤上的声音清晰可闻，让人耳郭发烫。

她的余光甚至能瞥见泡沫被水流冲进了排水孔里，所有的感官被无限放大，以至于当水流的声音戛然而止时，她心跳莫名加快。

窸窸窣窣的声音传了过来，尹澄的眼神没再乱飘，目光笔直地盯着面前斑驳晃动的树影。

直到面前的人影覆盖了那些斑驳，尹澄抬起视线的时候，梁延商俯下身来，他换上了干净简约的浅色卫衣，微湿的短发立在头顶，好闻的味道萦绕在尹澄的鼻息间。他的眼神清澈柔和，出声道："我要是不约你，你是不是不会主动联系我？"

尹澄抬眸望着他，他半弯着腰，身影将她笼罩，清冽的男性气息包裹而来，尹澄不禁抿了下唇。

她无法正常回答他的问题，目光总是不自觉地落在他鬓角处一滴晶莹的水珠上，这滴水珠正在以缓慢的速度向下流淌，很……诱人。

梁延商顺手提起放在她旁边的运动包，直起身子，声音里勾着一丝笑："我随便问问，你脸红什么？"

"……天热。"

今天梁延商没有开那辆霸气的越野车，而是开了辆 AMG GT（四门跑车）。

尹澄上了车后，梁延商问她："如果没碰见他们，你打算吃什么？"

"火锅吧，不过随便，都可以。"

于是，梁延商拨通了万一洪的电话："到了吗？"

万一洪的声音外放出来："在停车。"

"换家火锅店。"

电话挂断后，尹澄说道："不用那么麻烦，而且你刚才问的是如果就我们两人的情况下。"

"委屈什么都不能委屈自己的胃。"

显然他很清楚直接问尹澄，她会客随主便，所以他换了种问法。

虽然尹澄觉得这样也太兴师动众了，完全没必要，但是万一洪刚才答应得爽快，一群人已经前往另一个地点集合了。

等红灯的时候，梁延商侧过头来看向尹澄，她今天把头发绑了上去，露出优美的颈部线条，赏心悦目。

尹澄察觉到他的视线，问了句："你是北校区的？"

梁延商收回视线，绿灯亮起，他踩下油门，"嗯"了声，尹澄便没再说话了。

育中是市里数一数二的中学，但北校区和南校区的生源差别很大。南校区都是本市尖子生按分数择优，常年来学霸云集，升学率很高，之后才有了北校区。

有些有钱人家的小孩成绩上不了南校区，又冲着育中的名气，想方设法把小孩送进北校区，久而久之，北校区就成了富二代聚集地。

尹澄高中时期，北校区的土地被征用修建地铁。新的教学用地坐落在南校区附近，在建好之前北校区在读生需要在南校区过渡。

南校区教职工将教学楼划分出来，学校突然多了几百号人，有一半都是混日子的纨绔子弟，整天在校园里晃荡，没事找事。南校区的学霸们自然瞧不上他们，就连老师们都觉得硌硬——福利没有北校区的老师好，带的班要比北校区的老师多，还要同待一个屋檐下瓜分资源。

矛盾日趋激化，育中爆发了建校以来规模最大的群体事件。起因就是南、北校区的学生因为一块篮球场地使用权引起的冲突。

校领导高度重视，幸亏当时网络没有那么发达，事情被压了下来。荒唐的是，带头起冲突的是南校区学生会主席，这个男生在事后被罢免。

两个校区领导连夜协商，为了更好地促进两方学生和平共处，不能把南校区和北校区划分得那么清楚，激化学生之间的矛盾，所以临时决定两个校区启用同一批学生代表和干事。合并教学期间，师资进行轮换。

尹澄便是在那个风口浪尖上，被校领导推上学生会主席的位置，在此之前她一直是学宣部长，各项组织能力得到校方认可，被临时任命。

在尹澄正式上任前，北校区部分学生私下集结，有人破口大骂，有人摔桌踢凳以示不满。

大意是双方都闹事了，校方却选择了一个南校区的人，来坐这个学生会主席的位置，着实咽不下这口气，并商量要在周一校大会上，让新上任的学生会主席哭着下场。

当这个穿着整洁的校服，梳着马尾，皮肤冷白的女生走上台时，操场陷入一种前所未有的肃静。

尹澄手握话筒，从容不迫地看着上千号师生，清冷的身姿融进晨曦中。

有那么一瞬间，绝大多数同学都犹豫了。并不单是这个女生让人眼前一亮的样貌，更多的是，她身上有种无法侵犯的气场，就藏在纤细的身躯里，迎上每一个不怀好意的眼神，再稳稳地回以一个毫无设防的微笑。

那天，尹澄将早已烂熟于心的发言稿，透过扩音器传到操场的每一个角落，她的声音像风铃驱散了夏日的炎热，让北校区原本蠢蠢欲动的学生迟疑、观望，一时间不太忍心弄脏主席台上的女生纯白的校服衬衫。

但并不是每一个人都改变主意，总有头铁的热血青年冲上前，掏出从家里带来的西红柿对准主席台上的女生以表愤慨。

西红柿像一颗飞弹进入尹澄的余光，砸在她的左肩瞬间烂成一摊泥，红色的汁水顺着肩膀流到胸口，印染了洁白的衬衫，全校哗然。

那一幕对任何一个十几岁的女孩来说都是难堪至极的场面。

北校区那些人试图通过这种方式羞辱这个学生会主席，让她自动退位，顺便让校领导和南校区的人都下不来台。真追究起来，西红柿砸不伤人，顶多背个处分，不至于闹大大。

意外的是，尹澄没有逃走，也没有中止发言跑去处理狼狈不堪的自己。她仅仅眨了下眼，便再次拿起话筒继续未完的发言稿，没有表现出丝毫慌张和失态。

北校区的学生情绪被调动起来，混乱中第二人朝尹澄扔去西红柿。当所有人都认为这个不受欢迎的姑娘会再次遭殃时，台上的女生突然毫无征兆地朝前迈了一步，抬起手接住了那颗西红柿。

随后她掂了掂手中的西红柿，高举过头，看着北校区乌泱泱的人群，露出无懈可击的笑容：“感谢大家体谅我站在烈日下发言，特地为我送来果蔬消暑，很抱歉第一颗没接到让大家担心了，还有要送礼的吗？”

一句话问得操场鸦雀无声。

其实所有人都清楚，不管对校方的决定如何不满，发泄在一个女生身上都有失公允，只是愤怒让这群处在青春期的热血青年变得冲动和不计后果。

尹澄的眼神犹如巴掌，狠狠扇在那些对她不怀好意的男生脸上，唤醒了他们的良知。很多人开始心虚，渐渐收回蠢蠢欲动的手。

那场演讲最终进行完毕，没有人知道这个姑娘在离场后，有没有委屈地大哭一场，只知道北校区放出的狂话“让她哭着离场”这件事没有做到。尹澄步履从容、身姿挺立地消失在众人的视线中，没有掉一滴泪，为整个南校区挣回了主场。

谁能想到多年后，尹澄会和一帮北校区的人坐在一张桌子上，只能说世事无常。

3

尹澄和梁延商走进包间的时候，刚才那几个人已经到了。

他们当中唯一的姑娘是乔子晖带来的，人称喵妹，二十刚出头的年纪，是个小网红，打扮得时髦。

要去人均几千的食鮨是她提出来的，本来几个男人还挺迁就她。结果到了食鮨门口，梁延商一个电话，他们车子都停好了，二话不说，直接换了地方。

喵妹哪里见过这些平日里说一不二的款爷为了请个女人吃饭，如此大费周章，不禁对尹澄多了几分好奇。当尹澄跟着梁延商走进包间时，喵妹的眼神始终落在尹澄身上，明目张胆地打量着她。

同为女人，尹澄自然能察觉到一个空间里的另一个女人不太友善的小心思，她坐下后掠了喵妹一眼，便移开了视线。

万一洪很热情，让尹澄先点菜。推托了两下后，尹澄也不矫情，点完后就将菜单递给梁延商，梁延商扫了眼菜单又递给了别人。

服务员将菜陆续端进包间，梁延商瞥了下猪脑花，递给万一洪一个眼神。万一洪秒懂，伸手就将猪脑花拿了起来。

坐在旁边的喵妹不乐意了，嚷道："才开吃你就下猪脑花，让别人怎么吃嘛。谁点的？"

尹澄徐徐出了声："我。"

喵妹抬眼看向尹澄，语气娇嗔里带着点故意针对的意思："那东西看着就可怕，你能不能最后再吃？"

尹澄吃不吃的也无所谓，倒是梁延商丝毫不惯着这位"小公举"，掀起眼帘，不咸不淡地说："可怕什么，吃你脑子了？"

喵妹被撑得愣在当场。她跟乔子晖出来的时候，见过几次梁延商，挺好说话的一个人，从来不会跟女人计较，何时用这种语气同她讲过话。

她还没反应过来，就听见张柱插道："小喵啊，你知道你为什么书读不好吗？就是脑花吃少了。人家为什么能保送名牌大学，这就是吃脑补脑的结果。"

虽然张柱是笑着说的，但明眼人都能看出来他在偏袒谁。

喵妹顿时有些委屈，看向乔子晖。乔子晖虽说不认识尹澄，但了解兄弟们。喵妹是骄纵了些，有时候作天作地，但兄弟们看在他的面子上，再怎么也不会对他的人指手画脚。

特别是梁延商，乔子晖还是第一次看见梁延商如此维护一个女人，他不禁高看了尹澄一眼，端起酒杯没说话。

喵妹见乔子晖无动于衷，立马急了眼，往椅背上一靠，双手抱胸，气鼓鼓的样子。

万一洪拿着脑花，嘴角微斜，喊道："服务员。"

门口的服务员走了进来，万一洪将脑花递给他。

"在旁边单独开个包间，给我上个锅底烫脑花。"

服务员有些为难道："包间是有最低消费的，就烫个脑花，这也……"

万一洪眼神轻轻一瞥，那表情明明白白地写着：老子有钱，任性。

服务员当即心领神会，拿着脑花就去安排了。

喵妹被面前男人一系列的操作惊到了，她回过神，仔仔细细瞧了遍尹澄。

要说尹澄，谈不上多时尚，妆容简单也就打了个底，只是天生浓颜系的长相，即便没有刻意修饰，优越的骨相依然让她的美貌极具存在感。

不过在座的都是百花丛中过的主，再漂亮的姑娘也见得多了，没见他们对哪个女人这么照顾。

喵妹忍不住问："你们上学时就认识了？"

万一洪指着张柱，对喵妹说："我和柱子高中那会儿还为尹主席打过架。"说罢，看向尹澄，"你不知道吧？"

尹澄怎么可能知道，她连他们是谁都不知道。

"为什么要为我打架？"她觉得莫名其妙。

看见她惊讶的表情，张柱和万一洪都笑了，笑得颇感无奈。

这事还要从西红柿事件讲起。

当年带头扔西红柿的人叫二毛，头发比三毛还稀疏故得此名。二毛扔完西红柿后，就神隐在人群中。他长得瘦弱不易被发现，事件发生后有校领导介入调查，也没能把二毛揪出来。

当天傍晚，上晚自习的同学都回了班，校园里陷入一片寂静，路灯陆续亮了起来，一群男生推推搡搡地从操场翻了出来。

刚哄闹着进了通道，一颗西红柿不偏不倚地在二毛的衣服上炸开，汁水四溅。

众人抬眼望去，靠在通道方柱上的尹澄缓缓立起，声音平铺直叙地响起："家里人从小就嘱咐我，贫者不受嗟来之食，这东西我得还给你。"

她说得真诚且坦荡，仿佛真的只是来还西红柿，而非"羞辱"，对方没接住，她也无可奈何。

丢下这句话，她泰然地转身离开，全然不顾面前剑拔弩张的气氛。那帮男生还真被她的气场唬住了，没有一个人追上去找她麻烦。

这件事凑巧被在二楼拐角偷摸抽烟的万一洪他们撞见，三人当中，除了胡骏当时有个心仪对象，万一洪和柱子当即就对这个不按套路出牌的好学生产生了极大的兴趣。

为了女神花落谁家这个问题，万一洪和柱子动过真怒。最后谁都不服谁，两人打得难舍难分，均挂了彩，闹到了家长那儿。

两家人认识多年，看着小孩从小玩到大，关系一直不错，谁能想到小时候在一起玩都没打过架，上了高中都是大小伙子了还能打成这样，匪夷所思。

问两人因为什么事打架，他们倒十分默契，绝口不提。

打架事件过去后，两人很快又冰释前嫌，相约一起到北楼看女神。

尹澄的身影走过了万一洪和柱子的青春，在那个懵懂的少年时代，偶尔在综合楼前面的林荫小道蹭到尹澄路过，都跟中了彩票一样，高兴一整天。

只不过这些在他们青春里浓墨重彩的往事，尹澄本人毫不知情。现在听闻，她的感受同样匪夷所思。

万一洪整瓶啤酒下肚，话也就多了起来。

"我和柱子那会儿经常往你们北楼跑，还拉过胡骏一起。他那时候跟隔壁班一个女孩关系好，那女孩见他去北楼，怀疑他在北楼也谈了一个，闹着要分手。"

尹澄看向胡骏。胡骏拿起酒，笑着摇了摇头："我也就去过两次便不去了，还是分了。"

他们所说的这些和尹澄有关的往事，在尹澄看来像在听故事，毕竟她没有任何参与感。

尹澄侧过头，问梁延商："你知道？"

万一洪把话接了过去："他知道什么？你第一次上台发言，就是学生代表大会那次，他都没来学校。高中的时候，他整天不知道忙什么，有时候课上到一半人就不见了。看我们往北楼跑，还骂我们傻。"

尹澄疑惑地瞅了眼梁延商，他脸上挂着淡淡的笑意，没吱声。

胡骏玩笑道："人家大梁上学的时候，围着他转的女孩多了去了，哪像你们。"

万一洪呵笑："得了吧，还不是在书上画人家姑娘，那时候我们就怀疑过大梁喜欢我们班花。"

尹澄眉梢微挑，侧过视线，梁延商扭头迎上她的目光。她眼里是若隐若现的笑，梁延商的眸光却克制而深邃，面部轮廓微微绷着，眼里的情绪深如海，无从探寻。

柱子想起什么，对尹澄说："你应该还记得二毛吧？"

尹澄收回视线："二毛是谁？"

"就是拿西红柿砸你的人，大梁后来因为什么事和他起了冲突，还把他暴揍了一顿，也算阴差阳错替你报了仇。"

万一洪大笑起来："我记得这事，二毛不小心踩了大梁刚买的球鞋嘛。不过就这屁大点的事，你怎么想起来揍他的？"

众人都把目光落在梁延商身上，梁延商垂着视线，不紧不慢地回了一句："限量版的。"

服务员将烫好的脑花端了进来，万一洪立马起身接过，送到了尹澄面前。他瞧着对面的喵妹，说道："小丫头，你懂什么叫白月光吗？白月光就是她只要出现，什么事都不用做就已经赢了，知道为什么吗？"

喵妹眨了眨眼，听见万一洪道："哥们年少时的心动，一辈子就一次，跟你讲你也不懂。柱子要不是英年早婚，我要不是商业联姻推不掉，今天还得跟他干一架。"

胡骏打趣他："你家卖马桶的跟谁联姻，马桶刷子啊？"

大家哄笑起来，喵妹却一头雾水地问："照你这么说，尹姐是你和柱子哥的白月光，那为什么会跟梁哥在一起？"

包间内的笑声渐渐消失了，被重逢冲昏头脑的万一洪和柱子突然如梦初醒，齐刷刷地盯着梁延商和尹澄，同时问道："你们怎么认识的？"

4

关于尹澄和梁延商正在接触这件事，说出去也没什么不妥。两个成年人，各自单身，互相认识了解也是挺正常的事。

但由于万一洪他们刚亢奋激昂地说了一番白月光的言论，梁延商作为他们的兄弟，正在接触他们的白月光，这事吧，多少就有点难以启齿了。

所以，当万一洪和柱子同时问出这个问题时，尹澄端起酒杯，沉默以对，问题自然而然地到了梁延商那儿。

梁延商倒没有回避，很寻常地回了句："通过朋友认识的。"

他说的是通过朋友"认识"，而不是通过朋友"介绍"，虽然只是两个字之差，却造成了仁者见仁，智者见智的效果。

"介绍"有着很强的目的性，而"认识"这个词有点模棱两可。

在座的几个男人都在斟酌两人的关系，倒是喵妹，毫无顾忌地问出口："你们是在处对象吗？"

原本热闹的包间顷刻间气氛变得微妙起来，万一洪和柱子此时看梁延商的眼神，酸得就跟吞了两斤柠檬，不是滋味。

尹澄打了个圆场，回道："不是。"

万一洪和柱子的表情当即松懈下来，梁延商端着茶侧眸，耐人寻味地瞧着尹澄。

胡骏的眼神在梁延商和尹澄之间转了一圈，似笑非笑地拿起酒杯，找一旁的乔子晖喝酒。

大家都很有默契，不再提起这个话题，聊起了别的。

酒下了两箱，尹澄倒是没什么醉意，不过对面的喵妹显然是喝大了。不知怎的，她又把话题绕了回来："我就弄不懂了，你们高中的时候，为什么不跟尹姐表白啊？"

万一洪喝了酒后，说话不过脑子，口无遮拦道："怎么表白？尹主席跟那个书呆子……"

柱子在桌子底下蹬了他一脚，尹澄的表情倒是没有丝毫变化，像个局外人。

万一洪骂道："你蹬我干吗？上学那会儿我就看那个书呆子不顺眼，早知道他后来干的混账事，我早就……"

"咚"的一声，梁延商手中的茶杯重重磕在了桌子上。他掀着眼皮，目光冷峻地盯着万一洪。万一洪顿时酒醒了大半，仓促地瞥了眼尹澄，拿起酒自己干了起来。

最后，这顿饭在不尴不尬中结束了。

尹澄从洗手间出来的时候，正好碰见在过道抽烟的万一洪，便径直向他走去，万一洪赶忙掐灭了烟。

尹澄对他笑了笑："我想向你了解个事。"

万一洪态度殷勤："什么事，尽管说。"

"我高中时有点两耳不闻窗外事，还真没太关注别人是怎么议论我的，现在就是单纯好奇，可以跟我说说吗？"

万一洪的表情变得有些不自然："也没什么，就是你和学生会那个男的。"

"谢晋。"尹澄帮他补充了名字。

尹澄的确只当过一段时间的学生会主席，短暂而轰动。轰动倒不是因为她优异的成绩和校服短裤下的大长腿，更多的是她身为学生会主席和学生会干事"早恋"那件事。

那位干事便是谢晋，谢晋和尹澄同班，两人都是妥妥的学霸。本来才子配才女实乃校园里的一段佳话，即便班主任听到了什么风声，也都以不影响学习为前提，对两人多加包容。

直到双方家长闹到学校，还当着教导主任和大校长的面动了手，事情影响极其恶劣。一周后学校免去了尹澄学生会主席一职，据传那之后他们两人被家长棒打鸳鸯。

尹澄为此大病一场，三天都没来学校。为情痴，为情狂，为情暴瘦一大圈。

后来两人就转为地下恋模式，还是有不少人撞见他们放学一同回家，感情很要好。

尹澄保送去了 F 大，也就是尹教授当时任职的大学，谢晋凭实力在高考后也被这所国内顶尖 985 录取。

两人携手打破了罗密欧与朱丽叶式的悲惨命运，共赴辉煌前程。

事情到这里，似乎是个大家喜闻乐见的结局，但现实的不堪，往往给人重重一击。

他们熬过了家长、熬过了高考，却没熬过住在上铺的第三者。

据说谢晋和尹澄同宿舍的白富美勾搭上一阵子后，尹澄才撞见。这件事对她打击很大，以至于她中途休学了两个月，好不容易才调整过来。后来一直单着，对谢晋无法忘怀，用情至深。

"原来我还是个痴情种啊！"尹澄听完自己的故事后，不禁感慨了一番。

万一洪说了个痛快后，不免骂骂咧咧道："那兔崽子就是不识好歹，势利眼。"

尹澄认同地点点头："你说得对。"

其余人都叫了代驾，梁延商没喝酒，将车子开了过来，停在火锅店门口。

喵妹见尹澄出来了，跑上前挽着尹澄的胳膊，嗲嗲地对她说："尹姐，我就是不吃脑花，没别的意思，你没生我气吧？下次我请你吃别的。"

一顿饭下来，她倒是看清了形势，能屈也能伸。

尹澄当然不会跟个小丫头计较，随便应付了两句就上了车。

梁延商没给万一洪这些人东拉西扯的机会，尹澄刚上车，他就直接将车子开离。

夜幕低垂，街边的路灯落下暖黄的光线，梁延商对尹澄说："他们胡言乱语，你别放在心上。"

尹澄饶有兴致地问："你高中不上课的时候都忙什么？"

"忙着钱生钱，记得我说过想组建俱乐部的事吗？"

"记得，我以为你说着玩的。"

"那时候以为有了钱一切都好办，后来真赚了点钱，反而没这个想法了。"

"理想有时候只是起到导航的作用，它把你带到该去的路上，虽然不一定到得了目的地，但起码途中你赚到了钱。"

红灯停下，梁延商侧过头看向她。尹澄寥寥几句，却给了他荒唐的青春一种最恰当的诠释，他扬唇一笑，越发觉得她的身体里蕴藏着无穷无尽的宝藏。

梁延商按照尹澄所说的地址，将车子停在尹教授所住的小区门口。他朝窗外瞧了眼，不算很新的小区，但门卫森严，地段也不错。

尹澄对他说："我爸出院后，我就搬回来了。"

"你之前不住家里？"

"住所里，有宿舍。"

梁延商打开储物格，拿出一个黑色的盒子。

"这个本来是打算第一次见面给你的，前几次碰见都不在预料中。"

"你还准备礼物了？我都没准备，这多不好。"

尹澄看着那个小盒子，无法估计礼物的价值。

梁延商瞧出了她的顾虑，将盒子放在她手上："不是什么特别贵重的东西，不要有负担。"

尹澄拿着这个小盒子，为难道："我要是不收，是不是不太好？"

梁延商侧过身子，嘴角绽出笑："你先拿回去看看，不喜欢再说。"

他都这么说了，尹澄再拒绝就有些扫兴了。

回到家后，尹澄打开了这个黑色的盒子，里面是一条锁骨链。特别的是，锁骨链上挂着一颗橙红色切割精湛的小吊坠。

在看见这条项链的时候，尹澄总觉得有种似曾相识的感觉，却想不起来这种熟悉感来自哪里。

她把项链放在脖子上，对着镜子照了照。在镜灯的折射下，这颗落在锁骨上的小吊坠散发出晶莹剔透的光泽，像一颗诱人的朱砂痣。

她把包装盒拿起来瞧了瞧，没看见什么大牌 LOGO（标识），就是一个很普通的黑色首饰盒。

第一次见相亲对象，不会有人准备特别贵重的东西，尹澄猜测大概率就是个小饰品，并且很入她的眼，也就收下了。

尹澄在浴室洗澡的时候，立在支架上的手机忽然响了，是梁延商打来的。

她犹豫了一下，关掉水，伸出一根手指接通了电话，按了免提。

手机那头传来他的声音："到家了。"

尹澄将沐浴露打出很多泡沫，边涂抹在身上边回道："你在跟我报备吗？"

电话里的男人轻笑着默认。

尹澄看着手机屏幕，想起来问道："对了，手机膜是你那天半夜贴的吗？"

"睡不着，总要找点事做。"

"怎么没把我叫醒？"

"不忍心。"

柔软的泡沫轻抚在身上，包裹着每一寸肌肤，让人的心底也跟着柔软起来。

尹澄打趣道："贴膜技术不错，以后要是失业了去天桥下面摆个摊，肯定不愁生计。"

"我也就给你贴过，别人请我那就是另外的价钱了。"

说罢，梁延商又问："乔子晖的小女友没说什么让你不开心的话吧？"

"没有，她就跟我解释她不喜欢吃脑花的事。"

梁延商突然问起："你喜欢吃毛鸡蛋吗？"

尹澄有些诧异："你怎么知道？"

"猜的，一般吃脑花的人对美食的接受度比较高。"

尹澄笑道："你说对了，我除了人肉什么都吃。"

"……"

"研究生期间做地调，有大量时间是需要待在野外的。去过最荒的地方在青藏高原，附近连个农家都找不到，只能搭帐篷。食物紧缺的情况下，还不是有什么吃什么，填饱肚子就行。我要这个不吃那个嫌弃，早饿死了。"

"会遇到弹尽粮绝的情况吗？"

"一般不会，出去都提前估算好食物和水。不过我专门研究过可以食用的植物，当然也包括昆虫，以免真遇上突发状况。"

尹澄浑身都是泡沫，站在这儿讲了一会儿电话有点冷，于是她打开了花洒。

她这里的动静准确无误地传进电话里，梁延商出声问："你在干吗？"

"在洗澡。"

电话里安静了几秒。

"不挂电话吗？"他问。

尹澄笑了起来："你白天都让我听你洗澡了，礼尚往来嘛。"

"……你在调戏我？"低沉的嗓音有细微波动。

"你上钩了吗？"

电话里又是一阵沉默。

再开口时，他的声线有着明显的起伏："尹澄，你是魔鬼。"

第五章 ·
我们现在什么关系

1

第二天一早小姑就跑来尹澄家里，送她刚包好的肉粽，并让尹教授放在冰箱里冻起来，饿的时候，可以拿出来热着吃。

尹教授虽然有四个姊妹，但平时来往的只有小姑，归根结底，还是因为尹教授结婚晚。他参加工作以后，小姑还在上学。其他姊妹早早结婚离开家自立门户了，只有尹教授和小姑待在家的时间最长，感情自然也与其他人不同。小姑送完粽子就要回去，尹澄要去上班，顺路送小姑一程。

路上的时候，小姑叹道："你以前经常在家，你爸还知道为你忙忙饭菜，自从你读大学，他一个人怎么将就怎么来。你妈走了以后，他这日子就冷锅冷灶的，依我看，你爸就应该找个老伴。"

小姑嘴上这么说，其实她也清楚，尹教授情愿跟他的鸟共度余生，也不可能再找老伴。

尹澄闲聊道："我爸在我妈之前处过一个对象的事，你知道吗？"

小姑回道："你爸什么事我不清楚，你妈退回来的情书，都是我替你爸保管的。"

"……"这么惨的吗？

说起这事，小姑絮叨着："处什么对象，你爸也没跟人家正儿八经处过。当年是那个女人非要跟你爸。你爸文化程度高，工作单位也好，要不是被你妈耽误了，想跟他的女人多了去了。"

"我爸说跟那个人还见过几次呢。"

小姑轻晒道："那女人让她爸妈跑咱们家来说媒，你爷爷奶奶脸皮薄，心说人家姑娘都主动上门了，怎么好拒绝，就逼着你爸跟她相处看看。你爸每次跟那个女人出去，回来都闷闷不乐的，最后干脆不去了。那女人要死要活，非说你爸始乱终弃，到处败坏你爸名声。你爸跟她单独出去这事，街坊邻里都知道，跳进黄河也洗不清。你爷爷奶奶就劝他娶进门得了。为了这事，你爸差点就要想不开。"

尹澄有些讶异："还有这事？后来怎么解决的？"

"孟博士出马解决的，她听说你爸的困境后，自己一个人就跑到那女人家里，跟那女人对峙。孟博士以前用法语跟外国人吵架都不会输，那女人哪是她的对手，三两下就给诈了出来。走的时候，那家人反过来跟孟博士赔礼道歉了。"

"那时候我妈和我爸在一起了？"

"没有，孟博士纯属就是帮忙。但是这么一来，你爸那个死脑筋认为你妈救了他一命，更是非她不娶了。经过那件事，你爷爷奶奶也想开了，只要你爸好好的，想怎么样就怎么样吧。"

车子停了下来，尹澄好奇地问："那女的长得怎么样？"

小姑解开安全带，说了一句："什么长得怎么样，你又不是没见过。"

尹澄诧异道："啊？我还见过？"

"不就是你那个同学谢晋他妈嘛。"

"……"

自从早上冷不丁得知，谢晋他妈跟尹教授年轻的时候有过一段纠葛后，尹澄整个人都不好了，以至于一个上午都不在状态。

据小姑所言，当年谢晋他妈被孟博士找上门后就不敢再作妖了。她家里人为了她的名声，第二年替她找了个男人。男人是县城上来的，有点入赘的意思。尹澄依稀记得上学那会儿，谢晋有几次跑来她家，说他爸妈在家吵架，实在太烦。

现在回想，很多当年解释不通的细节渐渐变得清晰明了。

包括高中的时候，尹教授和谢晋家人在教导处起的冲突，恐怕也有点新仇旧恨一起算的意思。否则以尹教授的性格，孩子之间的事再怎么处理，不至于升级到肢体冲突。尹澄还记得那天尹教授回家时，脸上和脖子上都留有指甲印，一看就是女人的杰作。如此推断是跟谢晋妈妈起的冲突，而非他爸，男人之间的较量应该上的是拳头才对。

事后，尹教授对学校发生的事闭口不提，就和在山顶聊起那个女人一样。

谢晋父母这么多年来感情不和似乎是有迹可循的，如果谢晋妈妈把婚后过得不好算在了尹教授头上，自然对他恨之入骨。

只不过从前孟博士在世，她欺负不到尹教授头上。

难怪尹澄以前就总觉得谢晋的妈妈有点偏激，但凡谢晋考试没考过她，回家必定要遭到一顿毒打。不是吓唬吓唬的那种，他家的钢尺都被他妈打弯好几把了。

结合最近谢晋要结婚的消息传出来，找的还是家大业大的白富美，这不得把谢晋他妈嘚瑟坏了。如果她跑去菜场嘚瑟，恰巧遇见去买菜的尹教授，会发生什么？

所有的事情串联起来，尹澄越想越不对劲，她觉得有必要找谢晋谈谈，于是拿出手机发消息给他：这两天有空吗？找你谈点事。

谢晋没想到尹澄会突然联系他，回复过来：有什么事电话里不能说？

YOLO：你不方便？

谢晋回复：没有，那明天下班吧。

尹澄本想着下班在小区里找谢晋问问清楚，结果谢晋发来一个地址，让尹澄到地址上的那家新缘茶社见面。

这家新缘茶社坐落在城市新的中央商务区附近，和尹教授家的老城区相隔二十公里。那里近十年来慢慢变成了本市的金融中心，大型综合体纷纷在周围落户，房价水涨船高，早已超过了市中心，成了一个新的富人聚集地。

尹澄本来狐疑谢晋干吗非要约她去那里见面，到了地方才知道。

谢晋指着茶社南面那高端气派的小区，对尹澄说："我才在都和府买的房，到这儿来方便。"

呵呵。

都和府致力于打造高端科技住宅，随便一个户型都是千万级别。以谢晋家的经济状况，凑个首付都困难，这房子到底是谁买的，尹澄没说破，给他留了几分面子。

谁料谢晋坐下来后，依然自顾自地说："我现在大多数时间都住在这儿，新城这里就是舒服，规划也好，附近都是高级料理，人的素质也不一样。"

他穿着一身名牌，自信心爆棚地坐在尹澄对面，句句不提钱，但句句都在炫。

他无疑是通过这种方式来显示他现在过得多么如鱼得水，并暗戳戳地内涵尹澄，即便进入科研领域，工作体面，对面的都和府她依然住不起。

尹澄不是来跟他叙旧的，没心情听他炫耀，开门见山道："你那天在小区里看见我躲什么？"

谢晋愣了下："我什么时候看见你了？"

虽然他矢口否认，但尹澄还是捕捉到他眼里一闪而过的局促。

她直截了当地问："我爸住院的事，你家知道吗？"

"不知道。"这下他回得很快，几乎不假思索。

"那就奇怪了，120来小区接人的时候，周围人都出来了，你家隔音效果那么好？"

谢晋的表情略显不自然："我不清楚，我不在家，我妈他们说不定也出门了。"

"你问过你妈？"

这句话把谢晋说急了："你爸住院跟我们家有什么关系？"

尹澄毫不客气地说："我今天能坐下来跟你聊这件事，是抱着解决问题的态度。我爸停职那年因高血压差点命都没了，你是知道的。我不相信菜场没有监控，但凡我爸出一点事，是谁造成的，我一定查清楚把她送进局子。"

谢晋一听警察局，表情变得不对劲起来："你说话注意点。"

尹澄冷笑了下，缓缓靠在沙发椅背上，戏谑地盯着对面一派精英打扮的谢晋，语气淡然地说："你紧张什么？"

谢晋抿着唇不说话，他太熟悉尹澄这个表情了，她越是懒散蔑视地盯着一个人，越是危险，没人知道她接下来会干出什么超乎预料的事。

就在两人都没有进一步表示的时候，茶社的门被推开了，走进来一个女人，提着蓝色印花马鞍包径直走到他们面前，把手上的包往桌上重重一砸。

尹澄闪了下身子，茶水没溅到身上。谢晋就比较惨了，躲闪不及，面前的壶被砸翻，水直接泼在了他的裆部。滚烫的水也不知道有没有烫坏他的子孙根，就见他表情痛苦扭曲，条件反射地站起来擦着水，那画面多少有些不雅观。

女人叫韩芊蕾，尹澄的大学室友，谢晋的未婚妻。

尹澄记得她从前挺温柔的，属于小鸟依人的类型。然而，此时的韩芊蕾早已没了温柔的模样，气急败坏地逮着谢晋，质问道："搞了半天，原来是出来会老情人了，我当你昨天鬼鬼祟祟跟谁发消息呢！还跟我说去公司拿东西，你拿东西能拿到茶社来？我再迟点过来，你是不是要去酒店的床上拿了？"

谢晋赶忙安抚她："你别乱说，我们在讲正经事，不是你认为的那样。"

韩芊蕾一把甩开谢晋的手："什么正经事需要背着我偷偷摸摸出来见面？"

"这不是怕你误会嘛！"

韩芊蕾越听越火大："你心里没鬼，我误会什么？我就知道你放不下尹澄，要不然你为什么要把她设置成特别关注？你说啊！"

她在气头上，说的话越来越不堪入耳。茶社里的人纷纷投来异样的眼神，就连工作人员都在往这儿瞧，犹豫着要不要上前劝一下。

尹澄倒是依然坐在沙发上，冷眼看着这一幕。要说她和谢晋，大二上半学期几乎就不联系了，她也没想到谢晋现在背地里还在关注她，关注她什么？他们又不用比考试成绩了，总不能为了监视她的科研成果吧。尹澄听见韩芊蕾这么说，也有些意外，她的目光看向谢晋。

谢晋此时百口莫辩，转过头来，对尹澄说："你跟芊蕾讲你找我什么事，简直不可理喻。"

谢晋是想让尹澄帮着一起跟韩芊蕾解释清楚，奈何尹澄只是似笑非笑地看着他，明显不打算插手的意思，原因谢晋当然心知肚明，尹教授的事情还没个说法。

谢晋既然解释不清楚，干脆把手机拿出来，递给韩芊蕾："你自己看，是她主动找的我，非说要跟我见面，关我什么事。"

尹澄没想到谢晋家里的事情还没洗刷干净，就开始栽赃陷害了。

韩芊蕾扫了眼消息，将手机举到尹澄面前："你什么意思？明知道我和谢晋都要结婚了，你勾引他出来想干吗？"

她拿出一副正宫的架势，此时周围的人看尹澄的目光都开始不对劲起来。

尹澄倒是很淡定，端起面前的茶喝了一口，润了润嗓子。

"能干吗，让他放弃驸马爷跟我私奔啊？"

谢晋听到"驸马爷"三个字脸色铁青。

尹澄丝毫不惧的态度让韩芊蕾火冒三丈，张口就骂道："你要不要脸？"

这四个字使尹澄嘴角嘲弄的笑意彻底隐去，她目露寒意地盯着韩芊蕾："你哪儿来的底气对我说这句话的？是不是这么多年我不提你当初干的龌龊事，你就真当自己是纯情芭比了？"

韩芊蕾表情骤变，防备地盯着尹澄。谢晋则出声问她："你干什么了？"

这转折再转折的戏码，看得围观群众直呼"好家伙"。

具体韩芊蕾干了什么事，尹澄什么都没说，却用了一句四两拨千斤的话，将这些异样的眼光还给了她。

韩大小姐哪里受过这种委屈，憋着一肚子气就拿起水杯。

她的手刚举起来，手腕一阵刺痛，强劲有力的手掌钳制住了她。韩芊蕾还没看清是谁，挣扎中那杯水再次泼在了谢晋的裆部，让他原本半干的布料这下彻底滴出水来，他站在那儿滴水的样子像极了尿失禁。

……

梁延商坐在茶社二楼半敞开式的包间里与人谈事情。

尹澄和谢晋刚走进来时，他就注意到了。

友人见梁延商的目光时不时落向楼下靠窗的那桌，禁不住问："认识啊？"

梁延商瞧着谢晋帮尹澄添茶的动作，收回视线没说话，继续和友人交谈。

直到门口突然冲进来个女人跑到楼下那桌大吵大闹，坐在梁延商对面的友人才止了声，朝楼下瞧去，看了半天热闹，评价道："坐着的女人有点东西，一挑二还有心思喝茶。"

话音落下，就看见站着的女人不知道因为什么事被刺激到了，一副要发飙的样子。

友人"啧"了一声，刚准备说"要有大戏了"，余光瞥见原本坐在他对面的梁延商身子一闪，人不见了。

他还奇怪梁延商招呼都没打突然跑去哪儿，紧接着就看见梁延商的身影出现在了楼下，并攥住了快要发飙的女人的手，再紧接着那杯茶又泼到了那个男人身上。

二楼的友人看得目瞪口呆，嘴巴不自觉变成了一个"○"的形状，怎么也没想到，这场大戏的光环竟然被梁延商抢去了。

尹澄也很诧异，她都没反应过来梁延商到底是从哪里冒出来的，也没见大门口有人走进来，仿佛他是突然一下子就出现了。

当然，此时最诧异的绝对不是二楼的友人和尹澄，而是手腕还在发疼的韩芊蕾，她满脸蒙地回过头看着梁延商，问道："你是谁啊？拽我干吗？"

梁延商表情阴鸷，对站在一旁的男人说了句："田总，还看着呢，有人闹事你也不怕影响生意？"

他说话的语气虽然稀松平常，但跟他认识已久的茶社老板立刻就听出了声音里的不悦。

敞开门做生意，自然是没有得罪老客的道理，田总赶忙上前，对韩芊蕾说："不好意思女士，你们有什么纠纷还请换个地方处理，不要打扰其他客人。"

韩芊蕾平时出去消费都是被人当上帝一般供着，这还是第一次被老板变相往外赶，加之她十分清楚继续跟尹澄掰扯，也不可能从尹澄那儿占到什么便宜，于是气得两眼一翻，拎起包头也不回地走了。

谢晋见状也顾不得"尿失禁"就追了出去。

他们一走，店里人的目光不禁落在了尹澄身上。

田总刚想跟梁延商寒暄几句，亲自送他回二楼包间，结果瞧见他直接坐了下来。

见田总还杵在旁边，梁延商眼皮微掀，看了他一眼，田总立马心领神会地招呼道："你们聊，有需要再叫我。"

尹澄讶异地瞧着此时此刻坐在她对面的梁延商，出声问道："你这是在我身上装了追踪器吗？为什么我到哪儿都能碰见你？"

梁延商将谢晋的杯子毫不客气地推到一边，双手交叠在桌上，目露笑意："上次是你去我家品酒，对吧？"

尹澄不置可否："这次呢？"

"这次是你来我家门口喝茶，要说追踪器，也应该是你在我身上装的。"

"你家不是在流庭湖那边吗？"

"那是我爸妈家，我住这里。"梁延商看向窗外，抬了抬下巴，"都和府。"

尹澄侧过头去，那片高端气派的小区再次映入她眼帘。

短短一个小时，已经是第二个人跟她说住在都和府了，她甚至开始怀疑这世道是不是都人均千万的节奏。

区别在于，谢晋跟她说这话的时候，能明显感觉到他身上掩饰不住的优越感。而梁延商只是在说他的住址，仅此而已。

尹澄瞥了眼其他桌仍然时不时打量她的人，对梁延商说："我还是走吧，别人老盯着我看。"

她拿起手机，突然想起什么，问道："对了，你现在有空吗？"

梁延商抿唇轻笑："想约我？"

尹澄也笑了："是啊，赏脸吗？请你吃饭，一直说请也没请。"

梁延商跟着站起身："这么好的事，没空也得应邀。"

坐在二楼的友人本来还准备等梁延商回来，问问他什么情况，却看见他居然要跟楼下那个女人一道走了，立马起身叫住他："你这就走了？"

梁延商回过身，抬起头回道："今天就这样，电话联系。"

他让田总把楼上包间和楼下这桌的账算他头上，就跟尹澄一道离开了，徒留二楼一头雾水的友人。

出了茶社，尹澄回头瞧了眼，问道："那是你朋友？"

"嗯。"

"把他丢下会不会不好？"

梁延商半开玩笑地说："大不了下次见面被他多说几句重色轻友，又不会少块肉。"

"……"

尹澄还是第一次遇见把重色轻友说得这么理直气壮的男人。

"不过，你为什么要拦着韩芊蕾？就是刚才那个女人。"

"既然我都碰见了，还能看你在自家门口被人欺负？"

尹澄注意到他说的是"自家"，这个用词说得好像他们俩是一家似的。

随即她意识到了什么，笑容在嘴角绽放开来。

"你不会以为韩芊蕾打算拿茶泼我吧？我说梁先生，你是不是个泰剧迷？"

梁延商眼眸轻挑："难道不是吗？"

这下尹澄笑得更加放肆了。

"借她十个胆她也不敢,她拿的是谢晋的杯子,八成是话说多了口渴了。"

"……"

这下换梁延商愣住了,联想到刚才的情况,那女人被他拽住后,的确露出了迷惑不解的眼神。

如果是她打算拿起杯子喝水,他还钳制住她,那就太莫名其妙了。

尹澄看着梁延商站在原地一副自我怀疑的神情,捂着肚子笑得根本停不下来。

梁延商的眼神渐渐聚拢,瞧着尹澄心荡神驰的笑容,低下头来,视线一点点填满她的轮廓,威胁的语气里带了一丝笑意:"我定力有限,你要再对着我笑,我就对你不客气了。"

2

梁延商问尹澄想吃什么,尹澄环顾四周整洁宽敞的街道,各色现代化的地标建筑,不远处是生态景观绿环,忽然就想到了刚才谢晋的那句"新城这里就是舒服,规划也好,附近都是高级料理"。

她收回视线,对梁延商说:"你们这边的料理到底有多高级?"

梁延商发笑道:"哪里吃的不都差不多。"

他的回答和谢晋截然不同,那些在谢晋看来人均消费偏高的餐厅,梁延商却不以为意。

他问尹澄:"你不常来新城这边?"

"很少,家和单位都在城中一带,说出来你可能不信,我在这里生活了二十几年,好多地方都没去过。"

"那正好,带你在附近转转,顺便看看想吃什么。"

"好啊。"

尹澄正有此意,于是她和梁延商顺着绿化优美的步行道,一路往中央商务区走。

道路两旁是可供观赏的紫花地丁和松果菊,还有各色郁金香点缀在绿岛周围。夕阳半落,暖金色的余晖照在有轨电车上,更远的地方是白色圆顶的大剧院。大剧院旁边便是新开的书城,尖顶的设计给人一种全新的视觉效果,不仅能感受到浓郁的文化氛围,同时并存着与国际接轨的金融中心。

尹澄不禁感慨:"怪不得刚才谢晋一见着我就吹嘘这里多好,现在看看,你们这儿的确不错,就是我暂时买不起。"

他们停下脚步等红灯，梁延商瞧着她说："房子不是一般由男方出吗？"

尹澄只是随口说了句，没想到他回答的角度如此奇特。

"这不好说，万一找的男人没房呢？"

"就不能在这里找个有房的？"

绿灯放行，尹澄笑着说："谢谢你的建议。"

"不客气。"

他们担心人多，没去商场里，梁延商带尹澄去了一条全是餐厅的街道。道路两旁多是一些装修复古的咖啡厅和各国特色的料理店。最后他们进了家烧鸟屋，点了烤串、刺身、寿喜锅。

原本可以坐包间里的榻榻米，但尹澄说吃烧鸟就要坐吧台，喝酒吃肉，欣赏老板烤串才有感觉。

于是，梁延商依着她坐吧台。

清酒上来后，尹澄对他说："每次见面我好像都在喝酒，你会不会认为我是个酒鬼？"

"那倒不会。"

尹澄端起酒："大二的时候有段时间喝得比较频繁，我休学过，你知道吗？"

"说来惭愧，前阵子才听说。"

尹澄笑道："这有什么好惭愧的，很正常，我是说你总要知道自己在跟什么样的人来往。"

显然梁延商口中的惭愧和尹澄理解的惭愧并不是一层意思，不过梁延商没点破，只是侧过视线笑看着她。

尹澄拿了串鸡皮递给他，梁延商摆了摆手："我不吃这个。"

她举着鸡皮推荐道："尝尝嘛。"

烧鸟屋有种很奇特的氛围，灯光昏暗，周围客人的交谈声掺杂在一起，烧鸟在烤炉上香气四溢，烟火气和酒香混在一起，人与人之间并排坐着，不自觉地拉近距离。

尹澄自己都没察觉出，她劝梁延商尝鸡皮的声音带着点耍赖的味道，这个声音驱使着梁延商接过鸡皮。

他不太喜欢鸡皮这种东西，纵使这样他也没有暴露出喜好，而是在尹澄注视的目光中，鬼使神差地将鸡皮送入嘴里。

当尹澄充满期待地问他好不好吃时，他脱口而出："挺香。"

这不是一句违心话，而是真实评价，他都怀疑面前的女人给自己下了蛊。

"其实你可以直接问我的，我觉得这挺正常，有的人第一次见面就问对方公积金缴纳金额呢！"

"为什么要了解公积金？"

尹澄眼眸狡黠一瞥："大部分单位公积金缴纳比例是工资的10%左右，得知公积金状况，等于变相了解对方的收入咯。"

梁延商恍然："相亲市场上还有这种套路？"

尹澄以一种过来人的口吻宽慰他："你多相亲几次，也能套路别人了。"

梁延商拿起酒摇着头："还是别了，我是老实人。"

老实人此时泛着笑，垂眼看着她，深邃的眼瞳盛着勾人的温度。

尹澄从寿喜锅里夹了牛肉片裹上无菌蛋塞进嘴里，这才放下筷子，端起酒问道："话说回来，你认为我为什么会休学？"

梁延商喝完杯中酒，缓缓放下杯子："都过去了，还想他干吗，别人怎么说是别人的事。"

尹澄听出来他的语气里带着安慰的意思，干脆将上次饭局上大家都避讳的话题挑明了。

"你说的'他'是谢晋吗？"

梁延商的手指在桌上轻敲了下，转过眸："所以我们现在是要聊你的……初恋？"

尹澄听到"初恋"两个字时，先是愣了下，随后抑制不住地笑了起来。

她今天穿了件白色中长款的收腰上衣，长发拨到了一边的肩膀上，颇有种文艺女青年的气质。高挺的鼻梁，自带媚感的眼型，不笑的时候，是具有攻击性的长相。不过此时，她端着酒笑的样子却极尽妖媚，圆润的鼻尖和弯成月牙的漂亮眼瞳，像只撞进人心口的小鹿。

就连烤串的老板都忍不住回头，盯着这个笑眼盈盈的女客人多看几眼。

这已经是今天尹澄第二次这样盯着梁延商笑了，他嗓子有些燥，端起酒一饮而尽，问道："这么好笑？"

尹澄点点头："是很好笑，特别是那天，听你老同学万一洪说我是个痴情女的时候，我差点都要被自己感动了呢！"

梁延商的表情略显诧异，显然他现在一头雾水。

顿了好半晌，他才问："到底怎么回事？"

"记得我跟你说过高中的时候，有个老师非常热衷点我名吗？"

"这和那男的有什么关系？"

说起这事，还是有点关系的，当初尹澄在那种情况下，被临时任命学生会主席一职，实乃是权宜之计。

她上面还有经验丰富的学长、学姐，如果不出这事，按理说怎么也轮不到她来担任这一职。

偏偏在那个节骨眼上，有能力的人纷纷以要备战高考为由，婉拒了校方的任命。

所有谈话的干事中，只有尹澄不卑不亢，态度淡然。虽然她资历尚浅，但这时候校方需要的是一个可以承担各方压力的代表，并不需要这个代表做什么实事，于是尹澄意外被选中了。

西红柿事件以后，她的处事能力和心理素质得到校方赞许，在学生群体中的认可度也日趋攀升，这让她进一步坐稳了这个位置。

随之而来的问题也困扰着她，她的一言一行都要受到老师和同学们的议论监督。特别是那位数学老师，几乎每个星期都要找她谈话，让她以身作则，上课四十五分钟必须要全神贯注。

万一别的班老师和同学路过，看见她在忙自己的事，不仅对班级影响不好，对整个学校的风气来说，也起到了极坏的带头作用，毕竟她是学生会主席。

那段时间，尹澄过得很压抑，在校园里的一言一行都被无数双眼睛盯着。这对于向来我行我素的她来说，简直像在坐牢。

既然南校区和北校区的矛盾得到缓解，她便试图跟校领导请辞，校领导就做她的思想工作，以没有其他合适人选为由，拒绝批准她的请求。

正好那时候，谢晋冒冒失失地给她写了一封千字情书。

谢晋这人从小就比较激进，他的争强好胜体现在方方面面。例如尹澄做了哪套课外练习，他总是想方设法弄到手。尹澄上了什么课外班，他也向来不甘落后。

虽然明面上两人住一个小区，还是同学，和和气气的，背地里却有种隐性的竞争关系。当然这种竞争，绝大多数是谢晋单方面的，尹澄倒是不太在意。

要说两人认识这么多年，谢晋也从来没有表现出对尹澄有什么男女之情。偏偏在尹澄当上学生会主席后，谢晋对她的态度有了改变。

那段时间无数的信件和小卡片纷至沓来，有好些男生还是通过谢晋这层关系递给尹澄的。尹澄对这些无聊的男生向来不感兴趣，连正眼都没瞧过他们一下，加上那会儿她自己都要烦死了，时常冷着脸，没笑容，这难免在男同学的心目中，塑造了一种冰山美人的印象。

在这样的情况下，谢晋的心态发生了微妙的变化。处于青春期的男孩在这方面多少有点虚荣心，特别是在别人想方设法都得不到一样东西的时候，他那种争强好胜的心理，再次给激发出来。

于是就有了那封千字情书，尹澄泛泛看了下，写得跟流水账似的，文采倒是不错，就是缺乏感情，更像是记叙文，写出了他们同窗多年以来并不算多美好的交集。大意体现了他们来往要比其他人密集，以他们的交情，他是最适合尹澄的人选，无论是从了解程度还是成绩的匹配度。

通篇充斥着教唆洗脑和道德绑架。

收到这封情书的当口，正值尹澄苦恼如何摆脱学生会主席一职的时期，于是她拿着情书找谢晋商量。

能不能假借交往一事，帮她一个小忙，没想到谢晋居然同意了。

于是两人各取所需，也算合作一场。对外尹澄和谢晋情投意合，青梅竹马，强强联合。别的男生看见谢晋都是一脸佩服的神情，这让谢晋走路都带风。对内尹澄可以顺便摆脱那些不胜其烦的情书，还如愿以偿被校领导约谈。

只不过后来尹教授和谢家人起冲突的事，是他们都始料未及的，当然那时候尹澄并不知道上一辈之间的纠葛。

"据说我还因为早恋被叫家长大病一场，几天没来学校，你说荒不荒谬？"

梁延商此时端着酒，高耸的眉峰微微拢着，目光专注："那你为什么没去学校？"

尹澄理所当然地回道："参加科创赛去了啊，不然你以为我凭什么被保送？"

"……"

梁延商就这么看着她，眼里的光一点点灼热起来。他仰起头喝掉了手中的清酒，抬手让服务员再上一壶。

尹澄见他今天兴致不错，串没吃多少，酒倒是下得很快，也就跟他聊起了一些无关紧要的事。

那年尹澄被成功罢免后，终于不用再整天装作德智体美劳模范，又回归到了我行我素的学习状态，和谢晋的表面关系也没必要维持下去，便对他爱搭不理了。

这时候谢晋反而对她认真起来，不是一开始为了争面子而提出的幼稚想法。他对尹澄动了真心思，见尹澄有意疏远他，便惨兮兮地说她过河拆桥，他这段时间因为她，被家里人严加管教，成绩都下滑了，再这样下去怕考不上理想大学。

尹澄没想过影响谢晋的学习，如果真因为这件事让谢晋最终高考失利，别说她过意不去，恐怕谢家人也会跑到她家大吵大闹。

既然是自己挖的坑，那么尹澄也就顺手埋了。

她同意高中毕业前对外不撇清跟谢晋的关系，他愿意让别人误以为他们在交往，她也无所谓。

碍着这层关系，谢晋从尹澄那里蹭来不少笔记和重点题型。就连放学的时候他也时常缠着尹澄，交流题目和高考规划。为免他总说她过河拆桥，尹澄也会跟他交流几句，反正回家顺路，不耽误事。

只不过她从来没想过，这些事情看在别人眼里的解读，居然是她和谢晋转入地下，简直就是见了鬼了。

尹澄夹了一片三文鱼腩，蘸了点酱油和芥末送入口中，如此便没再继续说下去。

梁延商给她倒上了酒："收回我刚才那句'初恋'，他不配。"

尹澄却歪着头，暖黄的光晕染在她脸上，眼里闪着动人的光："要说初恋也勉勉强强算是吧，我的确和谢晋交往过，不是名义上的交往，是抱着认真的态度去恋爱的。"

梁延商的手还抬着，目光却从杯中酒缓缓移到了镜中人身上。

尹澄回视着他如炬的目光："不是高中的时候，是上大学以后。"

上了大学，她和谢晋一道前往那个陌生的环境。比起从未打过交道的面孔，她和谢晋毕竟知根知底，经常约着一起去图书馆，互相帮忙占座。或者谁有空去食堂，帮忙排个队。诸如此类的事情让他们的联系比较频繁，就连身边的人都误以为他们是真在交往。

如此过了半个学期，到了大一那年寒假的时候，谢晋提出想和尹澄来真的。

"你同意了？"梁延商酌着酒，问道。

清酒已经不知喝了几壶，相比啤酒度数到底要高一些，微醺的感觉让尹澄放任了自己的慵懒。

她单手托着下巴，歪头看向梁延商："同意了，不同意好像也有点说不过去，我天天跟他待在一起，兴趣基本相同。当然也不算什么兴趣，就是泡图书馆嘛。总之，生活节奏差不多，身边没其他更合适的选择，在一起也是自然而然的事了。"

说到这里，她眯眼一笑："还有个原因是，我那时候正好开窍了。"

"对感情开窍了？"

谁料，尹澄摇了摇头，朝他凑过身子，声音轻得几不可闻："对那方面开窍了。"

烟火的气息，醉人的酒香，米黄色的暧昧灯光，布料之间的轻微摩擦。她离他很近，用只有他们才能听到的声音，悄悄对他说了一件隐秘的私事。

这样的话题无疑让人的血一下子冲到脑子里，梁延商克制着眼底的躁动，似有若无地笑看着她。

他这样的表情体现出他是个包容力极强的聆听者，给了尹澄说下去的欲望。

"你别笑我，在那以前我从来没有好奇过男人的身体构造，可能到年龄了吧，就是突然有一天，产生一种强烈的求知欲。你们男人应该也会吧？年少的时候，比如做那种梦……"

梁延商刚喝下去的一口酒，差点咳了出来。尹澄睨着他："坦诚点，你第一次做那种梦是多大？"

梁延商放下酒杯，耐人寻味地侧过视线："十六岁。"

尹澄诧异道："嚯，记这么清楚？"

说完，她就去摸酒了，全然没注意到梁延商眸底翻涌的神色。

"所以你十六岁就开窍了，我快二十岁才对男女关系感到好奇。"

"后来分手是因为刚才那个女人？"

"只能算是部分原因，在谢晋背着我跟她好上前，我和谢晋之间其实就出了点问题。"

"可以告诉我避避雷吗？"

梁延商的问法逗笑了尹澄，她回他："告诉你也没事，不过我先喝了这杯酒。"

这次尹澄没有小酌，她喝得比较急，直接一饮而尽，似乎在为接下来的话题做准备，毕竟她从来没有跟一个异性聊过这些。

梁延商耐心地等着，她放下酒杯故作神秘地让他凑近些，梁延商顺从地挨了过去。

"和他确定关系大概也就几天吧，他就打算把我往宾馆带。"

梁延商眉梢微挑："你拒绝了？"

"那时候我虽然对男女关系有点好奇，但也是有底线的好吧。这种事情难道不应该是和对方产生感觉以后水到渠成的吗？他目的性那么强，好像我的贞操是他的战利品一样，我当然会感觉不舒服。"

梁延商皱了皱眉："他就这么直白地对你发出邀约？"

"没有太直白，但也够生硬的。你会在大中午的，一边满头大汗地吃着三鲜皮肚面一边嚼着大蒜，和女朋友商量下午翘课去开房的事？"

说完，她还补充道："更何况还是第一次，我要真跟他去了，八成这辈子都会对这件事产生不太美妙的感受。"

梁延商摇头评价道："人才啊！"

"不过，我后来也动摇了，毕竟那时候在交往嘛，总是拒绝好像显得我很没有诚意的样子，而且……"

她的声音突然停顿了下，侧过头来："我的确也想看看不一样的构造，我是说亲眼看看。"

梁延商无法确定她是不是醉了，因为她在说这句话的时候，目光落在他身上，紧接着往下瞟了眼。只有一秒，短暂的一秒，足以像燎原的火苗将他点着，他不着痕迹地换了个坐姿。

尹澄停止了这个话题，问道："你会不会觉得我跟你聊这个，尺度有点大？"

周围是喝酒交谈的嘈杂声，他们在这样的环境下聊着如此禁忌的话题，的确够刺激的。

梁延商眼底沉着摄人的光，笑道："作为你的倾诉对象，话题尺度不受限。"

尹澄粲然一笑，接着说："我是打算在暑假的时候和谢晋切磋一下，这样不耽误课程，时间也会比较充裕。"

"这种事情还要做计划？"他好似听到了什么惹人发笑的事。

"计划赶不上变化，那时候出了个事，我和谢晋就彻底分道扬镳了，休学也和这件事有关。"

梁延商顺着她的话，问道："很严重吗？"

他没有直截了当地询问事情的缘由，而是从侧面了解事情的严重性。

尹澄脸上的表情收敛了些，放松的姿态变得有些紧绷。她端起酒，对梁延商说："有点严重，以后有机会告诉你。"

梁延商没再说话，陷入了沉默，端起酒连干了两杯，喝得比她还要猛。

他将空掉的酒杯搁在吧台上，转过头来，目光汹涌地盯着她："所以你对谢晋……"

"根本不是传闻中的那样。"

梁延商欲言又止，最后什么话也没说，低头倒酒，满腹心事。

两人这顿饭吃了几个小时，酒也没少喝。

出了烧鸟店，梁延商问尹澄："开车来的吗？"

"没有，对这里不熟，怕不好停，打车来的。"

"我送你回去。"

两人都喝了酒，梁延商要送她只能是打车。

"不用了吧，这不是多此一举嘛，你把我送回家还得再打车回来。"

"想和你多待会儿，非要拆我台吗？"

梁延商站在路灯下，轮廓分明的骨相，该是凌厉俊冷的样子，盯着她的时候却眸色温柔，这样的反差在夜风的轻拂下撩动人心，尹澄没有拒绝他的提议。

往路边走的时候，尹澄瞧见对面的地铁站，低头看了眼时间，对梁延商说："坐地铁吧，这时候应该还能赶上最后一两班。"

他们进了地铁站，站台冷冷清清，除了很远处一个戴着耳机的年轻小伙子，根本没啥人。

等了没一会儿，地铁来了，他们上的这节车厢空空荡荡。虽然位置都是空着的，尹澄却并没有坐，而是走到对面的门边。

地铁发动，梁延商扶着把手，立在她身前。摇摇晃晃的车厢，飞驰而过的广告牌，壁挂电视里播放着循环音乐。熟悉的场景中此时除了他们一个人也没有，所有的一切调和成一种令人沉醉的氛围。

尹澄歪着头靠在玻璃上，随着地铁穿梭在蜿蜒的通道中，她的脑袋也会不时轻微磕碰一下。一只大手穿过她的发丝横在她与玻璃之间，成了她脑袋的缓冲地带。

她的后脑落入他手中，掌心的温度透过发丝传进心底。

尹澄抬起头，眸色迷离："梁延商。"

他低下头，在离她很近的地方悬停住，她嘴角的笑意融化开来："我今天好像喝多了。"

他双眸却依然清润，脸色也一如往常。

尹澄撇了下嘴角："可是你好像都没反应。"

梁延商的呼吸很近，有着烫人的灼热："你想让我有什么反应？"

尹澄的目光滑落到他的唇上，薄厚适中的唇际，令人荡漾的弧度，更为重要的是，他的嘴唇看上去润润的，似乎很好亲的样子。

尹澄伸手拽住他的衣襟稍稍用力，他顺着她的力道弯下腰来。

没有预兆，没有言语，只有沸腾的冲动在胸腔蔓延，她抬起头贴上他的唇。

3

不知方向的交错感在地铁通道里蜿蜒，梁延商唇瓣的触感如尹澄想象中一样柔韧、温热。

仿佛只是为了验证自己的猜测，她蜻蜓点水地碰了下，浅尝辄止。

这个举动轻而易举地点着了梁延商眼底的火光，他收紧掌心的力道，将她的脑袋带离玻璃门，拉到身前，垂下目光牢牢看着她："你有没有醉？"

尹澄被他的视线锁住，不得动弹，地铁滑过轨道的嗡嗡声和心跳声掺杂在一起，她思绪混乱地回复："还不至于。"

梁延商呼吸起伏，再次问道："你确定是清醒的？"

尹澄点了下头，他们是从地铁行驶方向的左侧车门上的车，此时到了下一站，门又突然从右侧打开。

尹澄的半个身子还倚靠在右侧车门上，车门打开的一瞬，梁延商的手臂拢在她的腰间，回过身将她带到左侧车门，俯身吻了下来。

车门外是稀稀拉拉的乘客，悠扬的女声用中英文切换着报站，尹澄感觉好像有人走进这节车厢。梁延商高大的背影挡住了乘客的视线，尹澄被他圈在怀里，刺激却又充满安全感的位置让她紧张得头皮发麻。

梁延商轻蹭着她的唇瓣，他们的呼吸交织在一起，醉人的酒香缠绕在心间，蔓过一阵阵酥麻。

他像在试探、在挑逗、在等待，更像是一种蛊惑，让她没有力气推开他，也不想推开。

当唇齿被撬开的刹那，尹澄的心脏狠狠颤了下，脑袋里一片空白，周遭的一切都变得模糊不清，只感觉到腿发软，有点站不住，像是真醉了。

似乎是担心惊到怀中人，梁延商吻得细致且温柔，没有纠缠很久，点到即止松开了她。

随着他的离开，尹澄的身体突然卸了力道，靠在车门上。

她刚才的确是起了好奇心，也仗着空荡的车厢行事大胆了点。但她没想到梁延商会回吻上来，还是这么惊心动魄的一个吻。

尹澄的呼吸明显急喘，有酒精上头的原因，也有心跳加速的原因，清透的脸颊泛着异样的红晕。

梁延商直起身，问她："去旁边坐着吗？"

尹澄果断地摇头拒绝，虽然刚上来的乘客不见得注意到他们在干吗，毕竟有梁延商的身体挡着，但尹澄还是觉得跟干了亏心事一样。

地铁的座位都是面对面的，让她跟有可能窥见刚才一幕的陌生人面对面大眼瞪小眼，还不如继续窝在这儿得了。

她拉了下梁延商，往他身前凑了凑。他明白过来她这是不好意思了，唇畔浮起笑，单手撑在车门上，替她挡住别人的视线。

也许是今晚他们聊天的尺度有些超标，气氛自然而然变得热切，她吻他的时候，行动不受思维控制，本能驱使着她这么做了。

但显然梁延商要比她清醒多了，起码他还问了她两个问题，确认她是不是清醒而为，这足以证明他当时的状态并不如她这般冲动。至于他为什么还是回吻过来，尹澄不得而知，或许是礼尚往来吧。

地铁匀速向前，停了又开。他们却没再说话，暧昧的氛围在车厢里发酵。梁延商的目光平视着门外掠过的广告牌，尹澄则不时抬起视线偷瞄他。一开始他总能及时捉住她的眼神，垂下视线迎上她，尹澄便赶紧瞥向其他地方，与他视线错开。如此来回几次，就像一场无声的追逐赛，氤氲着只有他们两人才能体会到的趣味。

最终还是梁延商退了一步，他弯着嘴角不再去捕捉她的目光，抬起视线任由她看个够。

尹澄的目光落到了他的唇上，被他亲吻的感受再次浮了上来，像柳叶抚过河面溅起阵阵涟漪，一圈圈回荡，又轻又痒。

根据她身体的反应来判断，梁延商的吻技应该属于不错的。

是有专门历练过，还是天赋异禀，尹澄不得而知。那次听胡骏的意思，梁延商上学时还挺讨女孩欢心的，加上长相、身高在这儿，他要真想动点心思，应该能顺利地游走在各色女人之间吧。

只不过这个问题，此时此刻不太适合问出口，她也就压了下去。

出了地铁站，他们反而拉开了距离，两人之间变得略显生疏。刚才在地铁里发生的一幕，他俩都心照不宣没再提起，话题突然就变得正经起来。

"你平时都忙什么？"尹澄问起。

"之前运作的一些已经成熟的项目，需要定期维护和考察。也会发掘一些新的合作意向，就像上次我在清吧跟你发消息，记得吗？"

"记得。"那时候他们还没有见过面。

"那天就是去朋友店里跟他聊合作，看后期能不能在黎坞进行复制。"

尹澄："我说你为什么去清吧却不喝酒呢，原来不是等我消息的。"

梁延商压着嘴角的笑意："边聊边等，手机一直拿手上。"

不知不觉走到了小区门口，尹澄停下脚步，对他说："我陪你等车吧。"

梁延商却说道："不用，我看着你进去。"

尹澄双手背在身后，倒退了几步，莞尔一笑，他们现在这个样子，还真有点难舍难分的意思。

"那，再见咯。"她说。

梁延商没跟进去，露出笑意目送她。

月光幽幽淡淡，空气中已经有了些许初夏的气息，混合着四周泥土的芬芳，融成一种只属于这个季节的特殊气味。

尹澄的身影融进夜色里，像缥缈的云雾，一阵风吹过，好似就能吹散。

不远不近，却难以触及。

就在尹澄转过身的时候，梁延商叫住了她。

"尹澄。"

她回过身来，停在原地望着他。

梁延商站在黑暗中，温柔的月光沉溺在他漆黑的瞳孔里，他与她遥遥相望，牵起嘴角，问她："我们现在什么关系？"

时间静悄悄地在他们之间流逝，尹澄这会儿感觉真有点喝多了，脑袋开始发晕。

她从不会在思维不清晰的时候做任何决定，于是回答他："睡醒后给你答复。"

尹澄回家的步伐有些飘忽，她本想着到家后洗个澡就睡觉的。

然而从浴室出来的时候，她的情绪却始终处于亢奋的状态，躺在床上辗转反侧无法入眠，只要一闭上眼睛，那种撩人心弦的触感仿佛依然停留在唇上。

如果说第一次见面，小桥流水的古镇让她产生了上头的错觉。那么这几次接触下来，梁延商的确给了她一种不同的感受，这种持续的心悸让人躁动不安。

她干脆坐起身，靠在床头拿出手机发给沈廉：睡了吗？就是你介绍给我的那个人，我想跟他试试。

沈廉秒回：不会吧！

她用感叹号将她的震惊从手机那头传递过来，人是她介绍的，他们成了沈廉怎么自己先震惊上了？

尹澄还没来得及问她，沈廉的电话直接追了过来。

尹澄刚接通，沈廉就咋呼道："你还没和他确定关系吧？"

"还没有，就是才产生这个想法，跟你说一声。"

沈廉的嗓门提高了几个分贝："你先等等，先别急着确定，你明天有时间吗？我带娃走不开，你抽空来趟我家。"

尹澄听出不寻常来："什么情况？"

沈廉郑重其事地对她说："当面说吧，我当面跟你解释。"

尹澄中午通常有两个多小时的休息时间，和沈廉约好明天中午去她家，如此便挂断了电话。

这通电话把尹澄亢奋的情绪扑灭了，她有种不太妙的预感，思来想去，还是明天和沈廉见了面再说。

第二天中午尹澄顺路在母婴店买了套宝宝衣服，又拎了盒玩具去往沈廉家。

沈廉在老同学之中是公认嫁得不错的，她老公岁数不大，已经是律所合伙人，在业内挺有名气。沈廉自从怀孕后就辞了工作，婆家给他们在市中心买了两百平方米的大平层，让她安心养胎。

尹澄登门的时候，沈廉家里正鸡飞狗跳。锅上的羹溢了出来，流到了灶台上，房间里的娃哭得惊天动地，沈廉和阿姨在争论辅食的事情。明明挺大面积的屋子，却到处堆着宝宝用品。

沈廉接过尹澄手上的东西，说了她一句："来就来，买什么东西。"

她让尹澄随便坐，她过去交代一句就来，然后又跑去继续和阿姨争论了。

尹澄干脆大步走进厨房，关掉了灶台的火，拿抹布将灶台上的汤汁擦掉。

沈廉找来的时候，"哎哟"了一声："你怎么还上手了？快放着。"

尹澄将抹布洗干净挂上，转头对她说："我要再不上手，你家就要失火了。"

"别提了，这阿姨才换的，手脚不利索。"

尹澄这才发现，一段时间没见，沈廉变化挺大的。倒不是身材走样，而是气质上不似从前了。她以前是个挺佛系的姑娘，偶尔迷糊，偶尔犯懒，没什么大目标，日子过得也挺惬意。

现在一边利索地替娃换衣服，一边皱着眉和阿姨争论，仿佛化身三头六臂。

好不容易把小孩搞定交给阿姨后，沈廉拉着尹澄去客厅。

尹澄问："之前的阿姨不干了？"

沈廉告诉她："小宝不是冒话了吗？那个阿姨有口头禅，小宝有样学样。那次去他奶奶家，不知道怎么就冒了句，被他爷爷奶奶听见了，非让我把阿姨换了。其实那个张姨人挺好的，做事也麻利。可是怎么办呢，爷爷奶奶的长孙。"

尹澄从她的语气里听出了点无奈，沈廉的老公家是标准的中产阶级，而沈廉家庭条件一般，父母都是工薪阶层。虽然在外人看来公婆疼她，房子、车子都是婆家买的，但悬殊的家庭背景到底让沈廉在某些方面有些被动。

不过这都是别人的家事，尹澄没有接话，而是开口问道："到底什么事要当面说？"

沈廉这才连连道歉："是我的错，我没了解清楚情况就把你介绍给他了。主要那天他说得特诚恳，说就想找个合适的对象认真发展。我还跟他强调，你和我都是多少年的交情了，他再三跟我保证我才同意的。我是前天才听说他跟另一个女人没有断干净，我第一时间就找他了，劈头盖脸把他骂了一顿。他跟我发誓他没找你，我才放他一马，狗男人居然又骗我。"

尹澄猝不及防地听见这个消息，思维僵住了，心脏缓缓下沉，胸口像被细密的沙子不停冲刷着，摩擦出火热的温度，沉默在当场。

和梁延商接触的次数不算多，但他的坦诚和细致是尹澄能感到的。

他会在她陪护无聊的时候，隔着看不见的网线陪她看着同一部电影。

他会在她熬夜赶工的时候，为她送来一碗热乎乎的粥。

他会在她遇到困境的时候，慷慨解囊。

也会在前往外地的时候，依然惦记着给她带特产。

甚至深更半夜外出为她寻找一张合适的手机膜。

尹澄不会轻易对一个男人动心，梁延商是个意外，一个她主动想探索的美好意外。

而这场意外同时属于另一个女人，这就不能称为美好了。

沈廉见尹澄面色发冷，抓住她的手臂晃悠着："对不起，都是我的错，我是想着先跟你说清楚，再去找那个狗男人，我这次肯定不会放过他，要他给个说法。"

尹澄的视线缓缓下落，情绪没有表现出太大的起伏，只是声音极淡地说了句："真没想到，梁延商这么深藏不露。"

沈廉先是愣了下，而后问道："梁延商是谁？"

"……"

第六章 ·
希望你以后遇见对的人

1

客厅里，沈廉和尹澄互相对望着，梁延商是沈廉介绍的，现在沈廉反过来问她梁延商是谁？这就离了个大谱。

于是，尹澄反问了一句："你刚才说了半天的男人是谁？"

沈廉："杨勋啊。"

尹澄："那梁延商又是谁？"

沈廉舔了舔唇："对啊，是谁？"

"……"

尹澄都要无语了，弄了半天，她们在鸡同鸭讲，亏她刚才心情还波动了一下。

"他说是通过你介绍的。"尹澄说。

沈廉将一孕傻三年发挥得淋漓尽致，先是挠了挠头，然后一脸疑惑，又着急忙慌地跑进房间。等她再走回来的时候，拿着手机，不知道拨通了谁的电话。

其间，尹澄迷惑地看着她来来回回，直到她挂了电话才走回尹澄身边，对尹澄说："我知道怎么回事了。"

沈廉打算把杨勋介绍给尹澄的那几天，恰好年级群里有人聊天提起尹澄，问她有没有跟谢晋结婚。有人在群里回复谢晋的确要结婚了，但新娘并不是尹澄。

老同学们纷纷唏嘘，说什么可惜了，两人多般配云云。

沈廉看见后实在忍不住，就跳出来拐弯抹角内涵了谢晋一句。

当天隔壁班的肖大鹏就在小窗口找她，说他有个朋友曾经和她一个学校的，能不能介绍跟尹澄认识。沈廉当时忙着带娃，也就心不在焉地跟他闲扯了几句，没当回事。

所以后来尹澄问是不是给她介绍了对象时，沈廉压根儿就没往肖大鹏那儿想，理所当然地以为是杨勋联系尹澄了。

昨天晚上，尹澄说要跟杨勋试的时候，沈廉着实是吓了一跳，气得都要涨奶了。

此时才弄清楚乌龙一场，沈廉那颗颤抖的心总算平息下来。

那么，紧接着的问题是："所以你其实根本不认识梁延商，也不了解他的背景？"

沈廉无辜道："我只知道杨勋的。"

尹澄都要被她气笑了，沈廉着急忙慌地说："别急别急，我不知道，肖大鹏知道啊，我问问他，肯定给你搞清楚，你等等。"

于是沈廉又跑去打电话了，尹澄这会儿倒是不着急了，她连梁延商的家都去过了，再怎么他也不至于是个骗子。

然而沈廉的这通电话却打得惊心动魄，尹澄坐在旁边就听见她一惊一乍地说道："真的啊？"

"我的天。"

"你怎么不早说？"

"真的假的啊？"

尹澄看着沈廉满脸吃惊的表情，渐渐蹙起眉，刚平复下来的心又提了起来。

沈廉这通电话打了足足十五分钟才挂断。

也许是刚才已经被她吓过一次了，当沈廉再次拿着手机走回来时，尹澄淡定许多，问道："不会真是个骗子吧？"

沈廉却忽然谨慎起来："你跟他见过面吗？"

"见过几次，怎么了？"

"你感觉他怎么样？"

"哪方面？"

"经济条件。"

尹澄没想到沈廉会直接忽略样貌、性格，直击这方面的问题。

"他自己说是无业游民，不过接触下来感觉他是有些经济来源的，为什么这么问？"

沈廉吞咽了下，声音有些亢奋外加激动，对尹澄说："你知道你在接触个什么样的人吗？"

尹澄判断不出来这句话背后是好消息还是坏消息，直截了当地问："别卖关子了，那个人说了什么？"

"梁延商对吧？"

尹澄点了点头。

"听大鹏说他在我们这里算是个传奇人物了，在房价飞涨的那几年，他还是个学生，通过他的监护人购得了一批不动产，那批不动产的位置在如今的新城板块，你想象一下十几年前新城是什么样子？"

"大农村。"尹澄回道。

"对，可不就是大农村嘛，鸟不拉屎的地方，还靠着变电站，城里人谁会往那儿跑。我记得我们初中的时候都没有公交车通新城，那时候新城房价多便宜，卖都卖不掉。谁知道后来变电站会突然搬迁，市政府又在那里打造金融城，等规划建设落地，大家纷纷考虑入手新城板块，他却把手头的房产全部抛售，赚了一大桶金。后来他面临出国留学，把手上的资金大半投入了商业地产中。出了国后也没闲着，一开始捣鼓代购，后来又做起了外贸，大学期间在境外成立了外贸公司。除此，他还涉足大宗商品，这个和他家里的产业有关。代购刚有没落的苗头，他就看准风口，和国内的跨境电商合作。在他回国以前，据说身价已经过亿，还记得他留学前投资的那批商业地产吗？"

尹澄看着沈廉发亮的双瞳，已经有了隐隐的预感，紧接着听见沈廉激动地说："就在金融中心那一带。"

这个消息像个重磅炸弹在尹澄胸口爆开，如今金融城那里的商业估值自然不言而喻，这让她对梁延商的认知突然变得模糊起来。

沈廉接着说："我们上学的时候，身上能有个大几百已经可以随意挥霍了，你不好奇他哪来那么多钱吗？虽然新城那时候房价便宜，但是再便宜一套房几十万还是要的吧？"

"他家里是做什么的？"

沈廉见尹澄问到了点子上，打了个响指："华本建钢听过吗？"

尹澄摇了摇头，沈廉说："我也没听过，不过大鹏说这个厂子是他家的。"

说到这儿的时候，沈廉的老公潘律师正好回来，瞧见尹澄过来了，放下公文包，过来跟尹澄打了声招呼。

沈廉问她老公："你怎么回来了？"

潘律师说下午三点约了个当事人，对方是个企业老总，公司就在家附近，顺便回来整理下东西。

沈廉顺道问起："你听说过华本建钢吗？"

潘律师松了松衬衫袖口："听过，问这个干吗？"

"这是什么规模的厂子？橙子最近认识了一个男的，听说这个厂是他家里的。"

潘律师卷袖子的手顿了下，抬头看向尹澄："建钢集团啊，主要做管件钢材的，算是本地建材厂的头部企业了。你们在大街上看到的这些叫得上名的楼盘和综合体，基本上都有建钢的身影。"

沈廉兴奋道："这么说，就是很有钱了？"

潘律师笑着问尹澄："你觉得我算有钱吗？"

据尹澄所知，潘律师本来家世背景就不错，加上他如今坐上合伙人的位置，年收入几百上千万应该是有的。跟他们这种搞科研的比，当然算是有钱人了。

谁料他接下来道："我这种条件放在他们面前，算是穷人。"

"……"

从沈廉家离开后，尹澄的思绪很乱，如果潘律师都觉得在梁延商面前算是穷人，那她岂不是穷人中的战斗机了？

尹澄想过梁延商的家境不错，毕竟陶姐住在流庭湖富人区那里的别墅，家里光做事的阿姨就不止一两个。他本身在都和府有房，两次开的车都是百万级别的，手头上还运作了一些项目。怎么都不能算是穷人，只是她没想到，他的背景会这么深。

要说起来尹澄身边的人，家庭条件都不算差，就拿魏圣宏来说，虽然老拿豪宅打趣他，但他家里在市区几套房还是有的。

所以梁延商体现出来的这些，尹澄也不足为奇，但现在想来似乎一切又有迹可循。

第二次见面他就同她说过，初中到高中六年他都在想方设法搞钱。显然，尹澄理解的搞钱和他操作的事情不是一个量级的。

那次吃完火锅，梁延商送她回家的路上，也提到真赚了点钱反而没有组建俱乐部的想法了。他用的措辞是"赚了点钱"，这再次对她造成了一定程度的误导。

种种迹象都能察觉出他是有一定经济实力的，只不过尹澄一直以为，他的经济来源就是他所说的那些所谓的小生意。

然而现在摆在她面前的是一个头脑清晰、实力雄厚的生意人。

一个有矿可以继承的富二代。

一个超出她认知、标准意义上的富豪家庭。

她拉着这个有钱人站在垃圾桶旁吃生蚝，排队买竹筒杯，还提议去赶末班地铁，现在想来就有种淡淡的荒谬感。

和沈廉告别的时候，她倒是一个劲对尹澄说："你赚到了。"

尹澄却不这么认为，梁延商的背景让她产生了顾虑，特别是听说他还是家中独子。

车子开回研究所停好后，尹澄没有下车，坐在车中拿出手机打开微信，拍了下梁延商。

他很快有了回复。

商：考虑好了？

尹澄看着这四个字，昨晚地铁上的一幕再次浮了上来，让她心绪不宁。

她头一次对一件事、一个人产生了如此纠结的情绪。

YOLO：我中午见了沈廉，从她那里了解了一些关于你的事。

商：比如？

YOLO：比如你几次赶上风口，如何赚钱的过往，再比如华本建钢。

她的单刀直入让手机安静了一会儿，直到再次收到梁延商的消息。

商：你想对我说什么？

YOLO：我的确有些想法。

商：下班我来接你，见面说。

昨天两人之间才发生了亲昵举动，今天真见了面，有些话未必能说出口，她的理智让她必须回归清醒。

YOLO：还是不了吧，我今天可能要加一会儿班，晚些时候我发消息给你。

2

尹澄偶尔也会放任自己的情绪，但她绝对不是爱情至上的人。在对待很多事情上，她往往能够超前意识到问题，从而做出最有利的预判，以此来杜绝可能会产生的不利因素。

如果梁延商出自一个中产家庭，或者靠着生意小富即安，尹澄倒是不介意跟他发展一段风花雪月的故事。

但以他的条件来说，已经不单单是考虑经济问题了，而是阶层矛盾。未来需要权衡的东西太繁杂，尹澄向来又是我行我素的性子。她不可能成为八面玲珑的阔太太，也不会成为相夫教子的贤内助，更不可能化身为商业女强人陪着另一半叱咤风云。

她只想在她从事的领域潜心深耕，那些名利、钱财、人情世故对她来说是一种羁绊。久而久之，价值观的不同所产生的矛盾必然难以调和。

她在很短的时间里，将所有因素进行整合，从而冷静地做出了对彼此最优的判断。

实际上，尹澄今天并没有加班，只是她需要一些时间理清自己的思路，顺便在情感上有个接受的过程。

所以消息发过去的时候，已经将近晚上九点。

YOLO：耽误了你这么久，其实早就该给你个正面回复了。只不过我这个人随心所欲惯了，不太善于处理感情上的事。今天我一直在考虑我们的关系，想了很多，先告诉你结果吧，我觉得我们可能不太合适。当然不是说你不好，你挺不错的，硬要挑刺的话，可能是你太有钱了（捂脸）。也许你觉得这不算什么问题，但这是我深思熟虑的结果。

按下发送键，尹澄的内心躁动不安，血液在身体里隐隐沸腾。

时间一分一秒地流逝，她没有收到梁延商的回复。

在他们刚接触的时候，尹澄就发过一些劝退他的消息，那时候即便梁延商没有立即回消息，尹澄觉得也是理所当然的事。

而现在，安静的手机让她越发焦躁。

她不确定梁延商是还没看到消息，还是看到了却故意不回。如果不回，他又在想什么。

接下来无论是去客厅，还是敲击键盘，抑或是到阳台收衣服，尹澄都要拿出手机瞧上一眼。

直到夜幕渐浓，尹澄准备上床的时候，手机响了。

她解锁，打开微信，看见梁延商回复过来：我希望你是在欲擒故纵。

看到这条回复的时候，尹澄顿时睡意全无，脸颊微微发烫。昨天在地铁里是她先吻他的，不论后来发生了什么，也都是她先主动的。

今天却要跟他一刀两断，颇显绝情不说，还有点耍人的意思，她无法猜测梁延商是在什么样的心情下回复她的。

又一条消息发过来。

商：你再说透彻点，你的顾虑。

尹澄长舒了口气，靠在床上回复消息。她庆幸梁延商是个情绪稳定的聊天对象，没有爆粗或者冷处理，还能够心平气和地说清楚。

YOLO：记得我上次对你说过为了摆脱学生会干的事吗？通过那件事你应该能看出来我是个什么样的人。名利、名声对我来说是浮云。我觉得以你的条件完全可以找个更合适的人，这样以后相处起来能避免很多矛盾，我是说从长远考虑。

商：你指的合适，是我应该找个可以迎合我父母，出去能充当门面，最好没有自己的事业，一心相夫教子，对我百依百顺，给我生个十个八个的姑娘？

商：交往对象不是定制AI。

尹澄的呼吸滞了几秒，在这几秒里，她脑海里跳出过一个不管不顾的想法，但这个想法刚冒出来，就被更多的问题淹没了。

YOLO：实话说，我可以不顾及你的将来，也可以完全不考虑你的家人，一意孤行。可是没办法，你妈妈是个好人。

她说得虽然委婉，但想表达的意思已经很明确了。

她不会为了家庭放弃自己要走的道路，更不会迎合谁做出生活上的改变。

未来她在这条路上投入的时间和精力只会更多，能分给家庭的少之又少，从家人的角度来说这是自私的，可她的无私早在很多年前就决定投入大家而非小我。

如果梁延商的家人难以相处，态度恶劣，不明事理，她大可以不用跟他们来往，或者不用顾及他们的感受。然而尹澄见过陶姐，她是个待人真诚、热情善良的女人。尹澄没有任何理由，明知将来会产生无法调和的矛盾，还跟她的儿子纠缠不清，这有点不道德。

须臾，梁延商回复：这就是你的全部想法？

YOLO：差不多吧，趁我们还没有投入太多，早点说清楚也是对大家负责。不管怎么样，希望你以后遇见对的人。抱歉。

手机再次安静下来，一句"抱歉"将他们这么长时间以来的联系彻底斩断。

那些误以为对味的暧昧、心动、接近，在这个如深渊一般的夜里变得缥缈、模糊，最终化为虚无。

她的理智还是战胜了所有冲动，为这段未确定的关系画上了句号。

成年人的相互靠近不是光靠荷尔蒙就能不计后果，往往更加复杂、波谲云诡。

尹澄关掉了房间的灯，她认为自己会很快入睡，就像以往很多个夜晚一样。可今晚她失眠了，翻来覆去睡不着，这样的状态有点折磨人。

她以为和梁延商的聊天到此结束，他半天都没有回复，可能也不会再回复了。

就在她再次翻过身来的时候，手机却忽然亮了。

商：我知道了，早点睡吧，晚安。

尹澄盯着这条消息看了好几分钟，也没看明白这条消息背后的含义。她都祝福过他了，总该客气一下再祝福回来，做个形式上的告别吧。

或者跟她争论几句，哪怕对这段时间的接触总结几句，抑或是商业互捧，例如"我也觉得你不错，可惜了"之类的，毕竟都聊了这么久了。

然而都没有，就是一句稀松平常的晚安，好像只是结束了今天的对话，明天他们还会联系。

直到几天后，尹澄才意识到，梁延商的那句"晚安"就是他们最后的对话了。

他不会再出现在她的屏幕弹窗上，随着时间的推移，他的头像也被其他同事和群组渐渐挤到了下方看不见的地方。

一开始当然会不习惯，比如她还是会下意识去查看消息，抑或是特地点开他的朋友圈，看看他有没有发布什么最新动态。然而自那天夜里和他摊牌以后，他真的就从她的世界消失了，就好像……从来没有遇见过这个人，不过是梦一场。

明明和梁延商没见过几次，也谈不上交往，可是夜游古镇、烧鸟畅谈，一幕幕还是会偶尔出现在尹澄的脑海中。仿佛谈了一场短暂而美好的恋爱，结束的时候，有种失恋的落寞感。

但渐渐地，这种情绪会被繁忙的日常所取代，除了起初的几天，她不会再去关注梁延商的一切动态。

最近所里都在忙大檎山的靶区圈定项目，魏圣宏他们已经去过两趟了，前期的地质调查结果资源潜力较大，目前有两个待确定的靶区需要深入勘查。

他们所里抽调了五个研究员组成调研组，带上分析仪前往大檎山，进行进一步的土壤样品测试，尹澄被选入其中。

调研组由魏圣宏带队，尹澄中午在所里碰见他，他忙得都快飞起了，脚下生风边走路边回过头，对尹澄说："告诉你个好消息，我联系到住的地方了。"

尹澄停住脚步，问他："你们之前过去住哪儿的？"

"住野外啊，都要被蚊子抬走了。你还不快谢我，那个人你见过。"

尹澄倒是想谢呢，奈何他话说完人就没影了，也不知道他在说哪个人是她见过的。

下班的时候，外面下起了大雨，尹澄的车子被堵在了路上。

她看着窗外亮起的一排排车尾灯，意识到前方发生了车祸。她落下车窗，喇叭声、吵架声和雨点砸在玻璃上的噪声同时袭来。

关上了车窗，窗外混乱的世界与她再无关系。夹杂在这车水马龙的街道中，周围嘈杂不堪，她却好像置身在真空地带，有种格格不入的清冷感。

尹澄拿出手机，对着正前方拍了张照，发在朋友圈：下雨天果然和堵车最配。

她很少发动态，偶尔露面，保持着年均三条的节奏。

刚发出去，下面就有了评论，尹澄随手点开，目光微滞，给她留言的居然是陶姐。

开慢点注意安全哦。

尹澄盯着这条消息看了半晌，考虑要不要回复：到底是长辈，不回复似乎不太合适；可是回复，梁延商势必能看到，两人都不再联系了，被他瞧见跟他妈妈一说一答的，多少有点尴尬。

想到梁延商，尹澄许久没有点开他的动态了，她往下划拉了一下，找到了他的头像。

令尹澄意外的是，不知道什么时候，梁延商换头像了，原来那个捧着橙子的图片，换成了一个被剥开皮的橙子。

看到他的新头像时，尹澄有些迷惑，不明白都是橙子，他换头像的用意在哪儿。

交警来了后，前方终于松动了，尹澄放下了手机。

晚些时候，尹澄打开了朋友圈，想着已经过去几个小时了，她在梁延商手机里的动态应该会被其他消息压下去。

此时回复陶姐，他应该不会看见，于是她打下：谢谢阿姨。

3

大檎山周边前些年开发了不少景点和农家乐项目，不过尹澄他们前往的地方是大檎山腹地，周围多是原始森林。

他们这个调研组，除了魏圣宏和尹澄，还有罗哲和另外两个男人。

魏圣宏他们前几次过来地调都是随身携带帐篷，在野外搭建个临时住所，条件艰苦不说，碰上雨季随时被困在山里，叫苦不迭。好在那时候由于季节原因，蛇虫鼠蚁不算多。

现在就不同了，六月底的天气，该出来活动的都出来了，一路上魏圣宏没少嘱咐他们需注意的事项。

到了夏天，附近省份来避暑的人多，好点的住宿都要一千多一晚。好在魏圣宏这次联系了一家民宿，就在大檎山里面。他们这次可以不用风餐露宿，尽量早出晚归，在民宿落脚，这样很大程度降低了在野外过夜的风险。

以前他们来这种地方短期出差，也会尽量找民宿或者附近的村子落脚，不过环境都不大好，能有个遮风避雨的地方就不错了，哪能奢求食宿条件。即便能找到不错的住所，那种大多是要做游客生意的。经费有限，他们不得不退而求其次。

所以尽管魏圣宏告诉他们联系到了民宿，其余人也并没有抱多大的希望。

到了县城后，他们和地矿队的人会合，那边多是增派的技术人员。一辆依维柯把他们拉进山，直到车子沿着蜿蜒的山道开到民宿大门口时，一群人才发出叹为观止的声音。

这哪是民宿，是避暑山庄吧！有泳池、屋顶花园和儿童游乐区，条件好得以为是来度假的。

大家纷纷围着魏圣宏，问他经费有没有超标，魏圣宏嘿嘿一笑："他们按照我们的住宿标准收的费，多出来的钱老板赞助，就当支持国家地质开发工作。"

人群中发出雀跃的声音，陆续把行李从车上拿下来，办理入住。

他们这群人当中，一共有三位女士，其他两个都是地矿队那边负责数据工作的，自然安排了一个房间里，如此尹澄单独住了一间。

房间在二楼，宽敞干净，两米的大床，床品整洁如新，浴室自带按摩浴缸，算是尹澄出差以来住过最好的地方了。

推开阳台的门，楼下就是一片绿油油的草地，有可供烧烤的露营区，晚上氛围灯打开，还挺有情调。有个环境不错的落脚地，即使出差任务再艰巨，心情也会愉悦不少。

晚上的时候，民宿老板特地让人杀了两只跑山鸡，为他们接风洗尘。来的第一天伙食就这么好，大伙儿自然对魏圣宏的安排感激不尽。

魏圣宏说不用谢他，得谢老板，他们住在这儿伙食是由民宿承包的，没收他们钱。

吃饭的时候，每位女士都分到了一个大鸡腿，尹澄当然也不例外。魏圣宏扒了两口饭，就回房规划明天的路线了。

后来民宿老板过来跟他们打招呼，这陈老板是个有些微胖的中年男人，大家纷纷感谢老板款待。陈老板却说，他也就做个顺水人情，这话是什么意思，大伙儿也就没深问了。

尹澄听着他们议论这家民宿的价格，说是在手机上搜过了，现在临近暑假，属于旺季，平时一间房七八百，这时候的价格都快飙到两千了。他们这群人浩浩荡荡地过来，一下子霸占了人家那么多房间，给的都是白菜价，显然要亏不少。不过，看陈老板笑呵呵的样子，好像也不太在乎。

休整了一晚上，第二天刚蒙蒙亮，尹澄就收拾完毕了。她拉开窗帘，远处的山脉还笼罩在一片雾蒙蒙之中。

尹澄走到阳台向下张望，本想看看其他人有没有收拾好，目光所及之处，一辆越野车停在草坪前面的空地上。由于这辆外观霸气的越野车造型太特殊，以至于她一眼就瞧见了，定睛一看，熟悉的三连号车牌正是她开过的那辆。

不可思议的感觉顿时涌上心头，尹澄拽着背包就下了楼。

刚到一楼，她就瞧见魏圣宏和一个男人站在民宿门口说话。尹澄的脚步顿在当场，隔着十几步的距离，男人背对着她，熟悉的背影让她呼吸停滞。

旁边有同事对她说："尹工，你的包先放在前台。"

听到有人叫她，那道身影转了过来，两人的目光猝不及防地相撞，尹澄攥着包的指节微微紧缩。

距离上次地铁一别，他们已经一个月没见了，突然在这种地方碰上，意外到让尹澄的脚步仿佛灌了铅。

魏圣宏也回过身，对她招了招手："你看看谁来了。"

尹澄穿着黄色的冲锋衣，扎着利落的马尾，精神饱满。在她走向他们时，表情已经及时调整好，起码表面上看不出任何波澜的样子。

魏圣宏对她说道："梁延商，陶姐的儿子，上次见过的，还记得吧？"

尹澄停在他们面前，抬起视线，匆匆瞥了眼，含糊地"嗯"了声。

许久没见，梁延商的头发变短了，强烈的线条感让他的五官更加硬朗。他的目光落在尹澄身上，坦荡且自然，黑瞳里摄人的旋涡无声地搅动着，看得尹澄耳根发烫，避开了视线。

魏圣宏见她沉默不语，问了句："见着人也不说话，没睡醒啊？"

尹澄重新跟梁延商寒暄了句："早上好。"

一句问候说得干巴巴，毫无客套可言。

"早饭吃了吗？"梁延商开口问，熟悉的语调，熟悉的关心。

尹澄恍惚中产生了一种错觉，好像他们之间什么也没发生，她没有对他说那些绝情的话，他们也没有失去联系。

魏圣宏这才想起来提醒她："你快去吃东西，我们早点走，赶在天黑前回来。"

尹澄点了下头，转过身大步朝餐厅的方向走去。

梁延商瞧着她的背影，听见魏圣宏对他说："别介意，我这个师妹有点个性，熟了就好了。"

"这样啊，看来我跟她还不够熟。"

餐厅就在一楼，自助式的。一起过来的同事告诉尹澄，本来六点开放的，这段时间都会提早半个小时开，方便他们早做准备，这样不耽误时间，能早点回来。毕竟山里夜路不好走，据说他们去的那一片区域，还会有野猪出没。

尹澄拿了点吃的，准备速战速决。她坐在餐厅里，抬头就能透过玻璃看见站在民宿门口和魏圣宏说话的梁延商。

刚才面对面，她表现得十分克制，此时端着粥坐在窗边，目光倒是肆无忌惮地打量着他。

山里早上气温低，梁延商穿了件藏蓝色的休闲外套，上衣随意敞开，雅致中带了点桀骜的味道。明明是沉稳内敛的穿着，然而他身上不经意间散发出的松弛感，又让他的魅力显得与众不同。

特别是和队伍里那些风吹日晒、不修边幅的工程师站在一起，要养眼多了。

本来尹澄以为隔了这么远，他不会注意到她，才毫无顾忌地打量。谁料梁延商会突然侧过视线，两人目光意外对上。

尹澄赶忙低头去找勺子，等勺子握在手上，她余光再朝那处瞄去时，梁延商眉眼上扬，似乎在笑，不过已经收回了视线。

魏圣宏到餐厅来喊人，尹澄三两口把东西塞进嘴里，背上包就跟着大家一起出发了。

停在门口的那辆越野车后备厢开着，队伍路过车子旁，魏圣宏看见梁延商站在那儿弯腰整理东西，便开口朝他喊了句："我们走了。"

梁延商直起身子瞧了过来："中午在外面吃？"

魏圣宏拍了拍包："都准备好了。"

"路上慢点。"

说完，他的视线越过众人落在尹澄身上，短暂地停留。

出了民宿大门，尹澄跟上魏圣宏，问道："他为什么过来？"

魏圣宏告诉她："这次我们能有个落脚的地方多亏了梁延商，他之前在这里搞开发，与这一片的民宿老板都熟得很。"

尹澄看着脚下的路，嘀咕了一句："打声招呼的事，干吗还特地跑过来？"

说到这里，魏圣宏遥望祖国大好河山，感慨道："嗨呀，没想到我跟梁延商仅有一面之缘，他还这么卖我面子，昨天特地连夜开车过来的，应该是怕民宿老板照顾不周，真够义气啊！"

尹澄侧过视线，掠着这位自我感觉良好的师哥，抿了抿唇，什么话也没说。

第一天回来不算太迟，赶着夕阳回到民宿。刚进大门就瞧见了袅袅炊烟，随之而来的肉香味把奔波了一天的他们都要馋哭了。

大伙儿稍作休整就围到了院子里，鲜嫩多汁的烤全羊勾起了所有人的食欲。陈老板在他们回来前就忙活了半天，那肉看着外酥内软，色香味俱全。

尹澄放下东西从房间下来的时候，大伙儿都已经围在烤全羊周围了。魏圣宏递给尹澄一个凳子，她坐在人群外围，听见有人说了句："陈老板，让你破费了，这要放在内蒙古属于招待贵宾的礼遇了。"

陈老板笑着说："我也就出了点力，不是我破费，这头羊是我们领导白天亲自开车去村子里拖回来的。"

大家顺着他的视线看向坐在角落竹椅上的梁延商，虽然不知道陈老板口中的领导到底是什么身份，但还是对他表示感谢。只有尹澄从头到尾低着头刷手机，一副没有存在感的样子。

分肉的时候照例是女士优先，魏圣宏喊了声"尹澄"，尹澄对另外两个女同事说："你们先来。"

于是，陈老板先分了两块羊腿肉给她们，分到尹澄的时候，梁延商从竹椅上起身，走到陈老板旁边，接过刀对他说："我来吧。"

他握刀的姿势很有讲究，精确无误地割了块肉下来。

同事郑工讲："领导一看就会吃，羊身上最嫩的两块瘦肉就在这脊部了。"

梁延商没吱声，抬手将盘子递给尹澄。尹澄离他几步的距离，这会儿大家都看着，不接显然不合适，她只好起身朝他走去，接过盘子，生硬地说了一句："谢谢。"

"不客气。"

似乎是为了让他的行为合情合理，他还顺道给魏圣宏也分了一块，才将刀还给陈老板。

陈老板拿出一个大碗，对众人说："这是我们领导在你们回来前特调的灵魂蘸料，大家试试。"

分到肉的几个人被叫去尝了尝。

旁边人伸着头问尹澄："怎么样？"

香嫩流油的羊肉配上这灵魂蘸料，只能说是："绝了。"

坐在竹椅上的梁延商嘴角微不可见地勾了下。

4

大家围坐在一起吃全羊，头顶璀璨的星空，目及连绵的山脉，美味之余，气氛轻松，让一天的疲劳得到缓解。

当然，吃完后，大家也不忘一起收拾残局。总不能吃人家的、住人家的，还给民宿老板增加工作量。

尹澄前去帮忙的时候，魏圣宏说了她一句："你就别忙活了，手臂的伤口处理了吗？"

尹澄不太在意地说："小伤，等会儿再说。"

虽说不让她动手，她也不好意思现在就上楼睡觉，于是将凳子收拾起来，坐在一边等大家忙完了，再一起回房。

尹澄拿出手机坐在角落看了一会儿，面前走来一道身影，她抬起头看见梁延商拿着一支药膏，停在她面前，问道："哪只手？"

尹澄匆匆瞥了眼其他人，见没人注意他们，回了一句："不用。"

梁延商眸色微动："你是在跟我赌气？"

"没有。"

"没有你矫情什么？"

他都这么说了，她再刻意保持距离反而有点无中生有了。

"右手臂，被树枝划了下。"

梁延商拖了把椅子，坐在她右手边："卷起来我看看。"

尹澄没有动。

"要我帮？"

这下她动了，将袖子拉了上去，扯袖子的动作很小心，表情也有些紧绷。

梁延商低头瞧着伤口，眉骨投下的阴影越发深邃，清晰的轮廓和周正的五官近在咫尺。夜风撩动中，他拉着她袖子的动作格外轻柔，每一帧都变得缓慢。

尹澄不大自然地说："药给我，我自己来。"

"这个位置你怎么来？"

伤口不算大，但在手肘外侧，自己上药有些不便，一直悬着胳膊也费劲。

于是梁延商拧开药膏，拍了下膝盖，对她说："放上来。"

尹澄看着他的膝盖迟疑了，梁延商见她愣着，脸上挂着分明的笑意："你不是胆子挺大吗，跟我扭捏什么？"

尹澄充分怀疑，他在暗指她地铁上主动吻他的事，但是她没有证据。

"这能一样吗？那时候是相互接触，现在又不是。"

梁延商轻哂："本质上是你思想不纯洁，哪个凡人给你上药你会别扭？你要真能把我当成不相干的人，表现出来的应该是坦坦荡荡。"

尹澄盯着他，眨巴了一下眼："我从前怎么没发觉你这么能说？"

"过奖。"

四目相对，气氛有点异样，药膏已经拧开了，空气中飘散着淡淡的药味。

尹澄撇过头去，把手轻轻搭在了他的膝盖上。梁延商上药的时候，她就用另一只手刷手机，尽量分散注意力。

后来尹澄被一条短视频内容吸引了，等她看完这条视频内容，发现梁延商许久都没动了。

她转过头来的时候，药膏早被他拧上扔在了一边，她的手竟然还搭在他膝盖上，他半点要提醒她的意思都没有。

尹澄倏地收回手臂，由于动静太大，拉扯到了伤口，疼得她"嘶"了一声。

梁延商的声音不紧不慢地传了过来："反应这么大干吗？不想跟我好就不好呗，我还能吃了你不成？"

尹澄不甘示弱地反问他："那你过来干吗？"

"我妈在酒局上碰到你师哥，你师哥说来大橛山出差条件艰苦，我妈跑来让我帮忙。老母亲都发话了，这个忙我能不帮？"说罢，他话锋一转，"不然你以为是什么？"

尹澄一口血气堵在胸口，为了避免继续跟他聊下去聊出内伤，她果断拿起小板凳，丢下一句："记得把你坐的椅子拿进去。"

梁延商对着她的背影，慢悠悠地提醒："洗澡注意点，伤口别碰水。"

尹澄头也不回地加快脚步。

早起的缘故，他们收拾完东西都早早回房休息了。

尹澄上床倒是挺早的，就是翻来覆去睡不着。白天的时候，她还觉得魏圣宏自我感觉挺良好，到了晚上就成了她自我感觉良好了。自己感觉良好也就算了，她还当着梁延商的面说出来了，说出来也就算了，他还否认了，显得她自作多情。

伴随着这种自作多情的羞耻感，尹澄当晚的睡眠质量有点糟糕，导致第二天早上起来，大脑昏昏沉沉的。

民宿一楼有台自助式咖啡机，尹澄打算出发前喝杯咖啡提提神。就在她弯着腰研究功能键时，一根手指伸了过来，点了几下，咖啡顺滑地落入杯中。

尹澄直起身子，看见梁延商冷峻的侧脸。他转过视线对上她，拿起那杯咖啡，抬手向她伸来："没睡好？"

尹澄的失眠与他有关，但被本人问出口，就有种被看穿的羞恼了，于是口是心非地回道："睡得挺好。"

她转身大步走开，没有去接那杯咖啡。

这一幕刚好被魏圣宏瞧见，他几步跟上尹澄，叫住了她。

"我说你啊，对人家态度就不能好点？"

尹澄停住脚步，不以为然地问："我态度有不好吗？难道要我见到他露出八颗牙齿才算态度好？"

魏圣宏当然清楚，尹澄向来对那套虚伪的人情世故不屑一顾，但她平时待人都算礼貌，起码面子上说得过去，不知道为什么，他总感觉尹澄对待梁延商有些冷淡。

他劝道："这次也是承蒙人家关照。"

尹澄："是哦，他卖的是你的面子，不是我的。"

魏圣宏笑道："好吧，我对他露八颗牙去。"

魏圣宏走开后，尹澄朝咖啡机那头瞧了眼。梁延商单手拿着那杯原本给她的咖啡，跟陈老板在说话，淡淡的晨辉笼罩在他的肩膀上，让他的身影变得有些虚化。

原本只是一次很平常的出差，却因为梁延商的出现，让尹澄的神经有点紧绷。

她会不自觉地留意他，即便他离她很远，或者坐在角落，依然存在感强烈，这种感觉是她无法忽视的。

他们依然早早离开民宿，要说这次出来，队伍中资历最浅的就数罗哲了。他话比较少，挺能吃苦，不怕脏不怕累，属于前辈们指哪儿他打哪儿。

尹澄之前对罗哲有些看法，不过这两天的野外工作忙下来，她觉得这个小伙子还挺踏实肯干的，对他的印象稍微好转了些。

第二天回来的时候，他们走错了一个山口，绕了一大圈才回到民宿，天都黑了，大伙儿也饥肠辘辘。

尹澄手上沾了泥土，擦汗的时候泥土又碰到了脸上，被同行的人提醒，尹澄拿出手机照了照。

颧骨那里有些脏，看上去灰头土脸的。她停下脚步，落在了队伍后面，从背包里拿出湿纸巾，将脸擦拭干净。

魏圣宏回过头来说她："这都到家了，回去洗个脸不就行了。"

尹澄将湿纸巾收进随身携带的垃圾袋中，若无其事地跟上他们。尽管和梁延商没有再继续发展下去，但是在他面前，她还是有点形象包袱的，虽然她并不想承认。

然而刚走进民宿，尹澄发现原本停在草坪前面的越野车不见了。她上楼放完东西，下来吃饭的一路上，也没瞧见梁延商。

今晚陈老板安排了红烧排骨和酱麻鸭，还有一桌当地农民自己种的菜，可谓是丰盛佳肴。

经过这两天下来，大家也都弄清楚了，这次出差之所以能受到这么好的招待，主要是陈老板的那位领导和魏圣宏有点交情。

此时众人才陆续发现梁延商的车子不在了，有人开口问陈老板："你们领导走了？"

尹澄低头吃着饭，注意力却在陈老板身上，听见他回道："早上你们刚出门，他就走了。"

"……"脸算是白擦了。

梁延商在这里的时候，哪怕尹澄跟他不待在一个空间，空气中都有种丝丝缕缕的拉扯。即便尹澄跟他再怎么保持距离，神经也总是不自觉紧绷着。尽管别人并不知道她曾经和梁延商接触过一段时间，但总归是有些别扭的。

这下听说他离开了，紧绷的神经一下子就松懈下来，随之而来的还有点空落落的感觉。

这种感觉很微妙，让人毫无头绪。

这两天他们陆续采集了一批土壤样品，吃完饭后，魏圣宏带着大家开了个小会。打算明天先留一个人下来用便携式分析仪对部分样品进行初步测试，其余人按照原计划进山，等待测试结果出来，再进一步确定后面的工作重点。商量过后，他们决定留尹澄下来负责测试工作。

既然第二天不用赶个大早，尹澄干脆将样品拿进房间，晚上就提前开始了工作。

不知不觉，月上梢头，尹澄伸了个懒腰，打算下楼冲杯咖啡再回来坚持一个小时。

民宿的客人都是提前预订房间的，今天夜里没有人办理入住，大门一锁，值班的人早早进入后仓打起了盹。

尹澄来到一楼的时候，楼下只亮着几盏微弱的射灯，空无一人。

她径直走到咖啡机旁边，点了几下按钮，毫无反应。她记得早上梁延商按的也是这几个按钮，然后就跳出了功能选项，总不能咖啡机还认人吧？

尹澄弯着腰戳了几下，屏幕都没有亮。她意识到是电源的问题，于是直起身子踮着脚，往咖啡机后面的电源线瞧去，顺着电源接口一路瞧到了桌子下面，随后找到了插头。

尹澄蹲下身子钻到了桌子底下，钻下去后才发现电源是开着的，插头也插得好好的。她又怀疑是不是接触不良，于是拔掉插头，重新插下去。就在这时，不知道哪台机器发出"嘀"的一声，在寂静的夜里突然响起，像是什么东西的警报声惊人一跳。

尹澄当即就从桌子底下钻了出来，一头撞上桌沿，疼得她捂着脑袋盯着罪魁祸首，不知道为什么一个放咖啡机的桌子要做成半弧形，多出来一块。

她立在原地恼羞成怒地低咒了声。

黑暗中，某个未知的方向突然发出了一声低沉的轻笑。尹澄骤然转身，敏感地环顾四周。一楼就这么大，她并没有看到任何人，刚才的声音是怎么回事，她顿感头皮发麻。

就在她准备收回视线的时候，瞥见火星微闪。她定睛看去，发现靠近大门角落的竹椅上坐着个人。那里的灯没有开，身影融入夜色中，要不是他手上燃着的烟，尹澄压根儿就没有注意到。

她朝角落走了几步，借着月光渐渐看清了坐着的人，正是原本已经离开的梁延商。

第七章 ·

山野万里，草木皆动

1

梁延商此时跷着腿坐在竹椅上，一派悠闲的模样，用似笑非笑的眸光，注视着尹澄。显然，她刚才一系列略显愚蠢的操作，都落进了他眼底。

尹澄有些羞恼地问："坐这儿吓人干吗？"

梁延商颇感无奈地说："我在这儿坐了有一会儿了，又不知道这么晚还会有人下来。"

"那你看着我捣鼓半天也不出个声？"

"你要我出声跟你说什么？尹小姐，你早上才拒绝了我的帮忙。"

尹澄顿时语塞，梁延商为自己的袖手旁观找了个让她根本无法反驳的理由，关键，这个因还是自己早上种下的。

尹澄抿了下唇，语气淡然地说："你不是走了吗？"

"好久没来了，去县城看望几个长辈，他们留我下来吃了顿饭。"

他还真一五一十地跟她交代了。

夜幕浓稠，月影如钩。

有那么几秒他们谁也没说话，寂静的深夜总会制造出一些令人遐想的氛围。

尹澄转过身去，继续戳了几下咖啡机，仍然没有反应，她嘀咕了一句："怎么回事？"又回过头来，语气硬邦邦地说，"你就看着？"

梁延商这才掐灭了烟，从竹椅上起身，朝她走来。

当他的身影渐渐靠近时，周围的空气仿佛也跟着搅动开，一种无形的磁场朝尹澄压迫而来，她下意识退了一步，和他保持一定的安全距离。

这细微的动作引起了梁延商的注意，他转过头来，瞧着她刻意避嫌的样子，轻呵了声，按下咖啡机身右侧下方的黑色开关按钮，屏幕立马亮起来。

"好了。"

"……"

他一秒搞定，显得尹澄刚才那番操作更加迷惑。

咖啡机打开后，梁延商没走开，有了早上的经验教训，他也没上手帮她，就这么靠在一边，抱胸看着。

好在尹澄悟性较高，看他操作过一次，已经能够掌握这台机子的使用方法。

在选择单双杯定量萃取时，尹澄的余光瞄了眼梁延商，不问他倒显得小家子气了，于是问了一句："你要吗？"

"谢了。"他回。

尹澄按下双杯的选项，他们谁都没再说话，只是安静地站在咖啡机前，深色液体落进杯中，这细微的流淌声成了深夜里唯一的响动。

咖啡的香气弥漫开，尹澄将两个杯子同时拿了起来，在准备递给梁延商的时候，她心里嘀咕了下。毕竟早上他给她递咖啡的时候，她没接，现在他不会为了打击报复，也故意不接吧。

然而尹澄的手刚抬起来，梁延商就接了过去，没有就早上一事跟她计较，反而开口问了句："头还疼吗？"

如果不是他这句问候，尹澄都忘了刚才撞到头的事，这会儿经他提醒，她才皱了下眉，抬手揉了揉被撞到的地方，声音淡漠："疼又怎样？你还能替我报仇了？"

"哦。"他端着咖啡走开了，路过桌角的时候，握起拳头给桌角来了一下。

尹澄看着他的背影目瞪口呆，他回过头来，对她说了声："不谢。"

尹澄将咖啡送到唇边，掩饰住微微上扬的嘴角，转身上了楼。

魏圣宏他们第二天傍晚还没有回来，尹澄的数据都已经核对两遍，眼看天都要完全黑了，她有些心焦，跑到一楼等着。

下楼后，她发现梁延商竟然还靠在昨天那把竹椅上，只不过现在睡着了。要不是他衣服换了一套，尹澄都要怀疑他从昨天夜里到现在一直待在那儿了。

尹澄坐在离他几米的沙发上，不时抬头瞧他一眼。他穿着件合身的短袖，头上戴着顶黑色鸭舌帽，帽檐较低，几乎遮住半张脸。从尹澄的这个角度望过去，他流畅的下颌线条特有漫画感。

尹澄拿起手机，调至静音，对着他拍了一张。拍完后，她又看了眼，梁延商今天穿了条深灰色的运动裤，跷着腿打盹的模样，像个不谙世事的叛逆少年。

她伸出两根手指，将照片放大定格到他的脸上，鼻子以上被帽子遮住，只能看见他的嘴唇，唇瓣的触感忽然在尹澄脑海中被唤醒，她的心弦无端波动了下。

她抬起头再次向梁延商看去，却赫然发现他不知道什么时候醒了，那炯然的双眼从帽檐下露了出来，正一瞬不瞬地盯着她。

尹澄赶忙锁屏，将手机放进口袋中，若无其事地转过视线，瞟向民宿大门口，没再去看梁延商。直到一刻钟以后，她再朝他看去时，发现他又睡着了。

快到八点的时候，大部队终于回来了，一问之下才知道山中下了暴雨，他们被困了三个小时。民宿这里却一滴雨都没下，太阳出了一整天。据陈老板说，这个季节山里就是这样，暴雨一阵一阵的，有时候山这边还出着太阳，山那边大雨倾盆。

总之，今天大家都很狼狈，尹澄这里的进展也不太理想，就目前采集的样品来看，没有多少达到标准的，明天开始他们必须要更换路线。

所有人在民宿一楼开会，夜幕笼罩着山脉，屋外更阑人静，屋内却讨论得热火朝天。

陈老板路过时，停下步子，在旁边插了一句："你们要是这样走，体力和时间都在路上耽搁了，应该从西坡村北面的那条小道上去。"

众人一听，纷纷向陈老板打听西坡村的具体方位。远倒是不远，但西坡村住的大多是少数民族，年轻人都出去打工了，老一辈人轻易不会给外人指路。

郑工提议："那我们给点钱呢？"

陈老板笑道："不是钱不钱的问题，西坡村那边一到雨季就容易突发泥石流，老一辈人认为是惹怒了山神，所以不会轻易给外人指路，打扰山神。"

魏圣宏问："那陈老板你认识吧，要不然你帮忙带我们过去？"

"我光带你们找到山口也没用，那条上山的路，路况比较复杂，你们即使上去了，也不一定能找对路。这一来一回，最起码要一天时间，主要我这里走不开。"

陈老板瞥了眼坐在角落的梁延商，尹澄这时才发现梁延商醒了，也不知道是不是他们议论声太大，扰了他的好觉。此时他坐直了身子，靠在竹椅上听着他们商量。

魏圣宏还在试图说服陈老板，陈老板脸上露出为难的神色，再次看向梁延商。

"我带他们去吧，你忙你的。"

一直坐在角落没被注意到的梁延商突然出声，大家才陆续转过头看向他。

魏圣宏问："你也认得上山的路？"

梁延商的嘴角划过漫不经心的弧度，陈老板告诉他："那条路就是他发现的，我们这儿刚开发的时候，他在这边住了几个月。当时这里没有民宿，他就是住在一个少数民族老人的家里，经常跟老头子去爬山，别说找路了，估计土话也能说几句吧？"

魏圣宏一拍大腿："那太好了！又要麻烦梁兄弟了，我们这都欠你几个人情了，你需要什么尽管提。"

"需要……"

梁延商的眼神轻轻扫过，在尹澄的身上短暂地停留了下，缓缓收回视线。

"虽然谈钱有点俗气，不过我们也不好意思白白找你帮忙。"

梁延商轻笑："钱就不用了，魏博士身边要有合适的姑娘，帮我介绍一个。"

众人都笑了起来，魏圣宏爽快地应道："没问题。"

只有尹澄垂着头，一言不发。

第二天一早集合完毕后，梁延商和郑工他们走在最前面，尹澄跟在队伍后面。

前几次郑工带队进山，大伙儿跟得都比较吃力。今天换成梁延商带队，每到难走的地方或者拐弯处，他会刻意放慢脚步，这样一来，即便走在队伍末端的人也较为轻松，不至于掉队。

如陈老板所说，他们抵达西坡村后，发现这个村子果然较为封闭，村民们见着外人来，都有种防备的感觉。梁延商过去，用几句方言跟他们沟通过后，村里的老人才露出笑容。

尹澄环顾这个村落，很难想象梁延商会在这种土路、平房的环境下待上几个月。

西坡村北面的山路，有一段坡度较大，好处是离他们的勘查位置直线距离最近。

到达目的地他们的工作节奏立马就会紧张起来，也只有路途休息的几分钟里，大家才会闲聊。

一路上山，众人和梁延商熟悉了些，有人打趣道："梁领队啊，我有个表妹还单着，要不回去介绍给你认识？"

梁延商眼帘微抬，尹澄坐在另一边的石头上，兀自拧开水壶补给，仿佛没听见他们的对话。

"昨天跟你们开玩笑的，我有中意的姑娘了。"他笑着回道。

尹澄抬起头喝水，一副置身事外的样子。

"那怎么没跟人家在一起？"又有人问了句。

尹澄将水壶关上放进包里，太阳穴突突地跳，听见梁延商回道："她看不上我。"

尹澄匆忙站起身，把背包重新背上，目光不经意地扫过梁延商。他穿着黑色T恤，腰间扎了件长袖外套，下身是一条卡其色的工装裤，立在远处的斜坡上，身形修长干练。

坐在尹澄面前的聂军锋插话道："梁队这条件都看不上，那人眼神得多不好，皇亲国戚还是仙女下凡啊？"

尹澄瞪了聂军锋一眼："你话怎么这么多？"

聂军锋是魏圣宏的徒弟，性格开朗，跟尹澄也熟，嬉皮笑脸地回了句："又没说你。"

"……"你闭嘴吧你。

其他人没当一回事，只有梁延商低着头，唇边挂着浅若无痕的笑意。

2

除去来回路上所耗费的时长，他们抵达勘探地后时间紧迫，便立即开展了工作。

这是梁延商第一次瞧见工作中的尹澄，没有半分娇气。无论是满是荆棘的灌木，还是泥泞不堪的野道，只要是需要抵达的位置，她都不带犹豫的。

其他人员在附近展开了样品采集工作，尹澄和聂军锋站在一起讨论布置路线，罗哲在旁边听着。

目前的情况是周围灌木较高，他们目及范围有限。过程中，尹澄不时抬起头盯着面前陡峭的崖壁。

聂军锋顺着她的视线，问道："这上面有什么？"

尹澄向前走了一步，拍了拍岩石，对聂军锋说："够结实，应该能爬上去。"

说着，她把手上的东西往旁边一扔，当真就要往上爬，被聂军锋一把扯住，叫道："我说姑奶奶，你千万别，要是摔到哪儿，我得被师父骂死。"

"那你上。"尹澄干脆道。

聂军锋张了张嘴，又看了看险峻的崖壁，一脸为难。罗哲笑呵呵地走开了。

坐在一旁的梁延商倒是缓缓站起身走了过来，观察了一番崖壁的结构，找准发力点手脚并用向上爬去，把聂军锋和尹澄吓了一跳。

尹澄刚才也就随便说说，她只是想往上踩几步看看，没打算真爬，她当然知道这么陡的崖壁，自己不可能爬得上去，更何况在没有任何防护措施的情况下。

她赶忙喊道："喂，梁延商，下来，我说着玩的。"

梁延商的确停住了，低下头问她："拿什么拍？"

见她愣住，他又问了一遍："我问你拿什么设备拍？"

尹澄慌忙从口袋里抽出手机："拿我手机。"

"扔上来。"

他松掉一只手垂了下来，看得尹澄出了一身冷汗。她没有犹豫，当即将手机朝他扔了上去。

好在没有扔歪，梁延商一把接住，往兜里一揣，继续向上攀爬，四肢和腰部同时发力，短袖下的手臂线条偾张清晰。一眨眼的工夫，他已经爬到了非常高的位置。

聂军锋抬着头，提心吊胆地问："这个梁大哥是做什么的，搞攀岩的？"

尹澄无法告诉聂军锋，这位大哥其实是个家里有矿的富豪，他要是摔到哪儿，估计把他们整个调研组卖了都赔不起，也只能跟着提心吊胆。

好在梁延商很顺利地爬到了最高处，拿出手机的时候，他顿了下，向下喊了声："密码？"

尹澄抬起头："我生日9408……"

尹澄还在报着，上面的梁延商已经解锁成功，开始对着周围拍照了。

聂军锋疑惑道："他知道你生日？"

"我不是报给他了吗？"

"你没报完。"

"……我没报完吗？"

"对啊。"

"……"

等梁延商从崖壁下来的时候，衣服、裤子已经被磨得不成样子。他把手机还给尹澄，尹澄抽出湿纸巾给他擦手，不忘气急败坏地说他："你不要命了吗？爬那么高。我们摔着怎么也能算个工伤，你要是摔着，我们是不是还得承担责任啊？你这么高的个儿，真摔着哪里都没法抬你下山。"

梁延商低着头，一边擦手一边听她教育，还一副无所谓的语气："抬下山多麻烦，这边全是土堆，顺手埋了方便。"

尹澄目露凶光地瞪着他："知道我们到野外出任务最忌讳什么吗？你要再让我听到这种话，我就……"

梁延商等着她接下去的话，愣是没等到，他眉梢微抬："你就？"

"揍死你。"

看着站在面前低他一个头的纤瘦女人说要揍死他，梁延商像是听到了什么好笑的事情，嘴角当即漾开了耀目的笑容。

"你就这么担心我？"山里的微风荡漾着，他的声音也变得轻柔。

尹澄没好气地回道："是啊，担心我们本来就捉襟见肘的经费，不够赔你的医药费。"

梁延商不逗她了，说回正题："你先看看拍得行不行？"

尹澄打开相册的时候，问道："你知道我生日？"

"在黎坞办入住的时候，你身份证上不写着嘛。"

尹澄这才想起来，那天前台登记完后，梁延商顺手将身份证递给了她，没想到他这么有心，记住了她的生日。

尹澄看了他一眼，没再说话，低头检查照片。

一张张翻过去，梁延商每个方向都拍了好几张，还是挺有参考价值的。

翻着翻着，屏幕上突然跳出来一张梁延商靠在竹椅上睡觉的照片。尹澄猛地愣住，当即锁了手机，回过头去，对上照片本人耐人寻味的眼神。

她面色紧绷地说："差不多了，麻烦你了。"然后便赶紧走开了。

尹澄昨晚之所以会拍下这张照片，是当时梁延商坐在角落的姿势在构图上很有漫画感。大长腿、鸭舌帽，坐那儿不动时冷酷英气的身姿，再配合上半明半暗的光影，拍出来会是幅不错的画面。

但这个行为看在别人眼里，就有种跳进黄河也洗不清的嫌疑了，毕竟谁会没事对着一个异性偷拍。

自从发生了这个插曲后，尹澄恨不得找个地洞钻一下。尽管她已经走得很远了，但只要在忙碌的间隙对上梁延商的目光，他总是露出那种意味深长的眼神，弄得尹澄十分抓狂。

忙到将近一点，众人才歇下来吃点东西。尹澄忍受不了这种尴尬的局面，主动走到梁延商面前，打算跟他说清楚。

梁延商抬头瞄了她一眼，往旁边挪了挪，将他坐过的那块稍微干净点的地方让了出来。

尹澄也没跟他客气，坐下来后，翻找着包中的压缩饼干，低着头对他说："我拍你没别的意思，就是你坐的那个地方光线构图很好，纯艺术的角度。"

没听到梁延商出声，尹澄抬头朝他看去，他凝视着她，嗓音隐匿着难以分辨的低柔："又没有不给你拍。"

他的回答倒让尹澄的解释多此一举了，越发显得她这是心虚的表现。

尹澄这时候才发现梁延商直接坐在了地上，泥土沾上他的裤子，他那双早上出门时还干净崭新的运动鞋，这会儿也脏了。

尹澄移开视线，几秒后，还是转了回来，忍不住说："坐在地上不脏吗？"

梁延商环顾四周，理所当然道："大家不都是坐地上的吗？"

"你这身价倒是不讲究。"

梁延商笑了起来："跑到荒郊野外来讲究，不是脑子坏了？"

尹澄没再吱声。

聂军锋总共就带了两个手剥橙上山，扔给了梁延商一个，感谢他刚才帮忙。

尹澄看着梁延商手中的橙子，忽然问了一句："我高中时的绰号叫橙子，你知道吗？"

"是吗？"他垂着眸，漫不经心地应了声。

"你头像怎么换了？"

梁延商将手中的橙子拿到尹澄面前，神情严肃地盯着它："你看这个橙子长得又光又亮的，谁知道剥开后里面是不是黑心的，是不是得剥开看看？"

"……"尹澄将包抱在怀里转过身，拒绝跟他交流。

没一会儿，她的右边伸来一只手，梁延商将剥好的橙子果肉递给她，尹澄啃着干巴巴的饼干，没好气道："你自己吃吧。"

"哦。"

他收回了手，尹澄回头瞧他，他把橙子一掰两半，再次朝她递了过来："不是黑心的，是糖心的。"

他的声音倒是挺平常的，就是说出来的话像是在哄人。尹澄快要被饼干噎死了，接过橙子没再跟他计较。

梁延商的目光微转，瞧向另一边的罗哲。罗哲接收到了梁延商冷厉的眼神，当即垂下视线吃东西。

梁延商往前倾了倾身子，压低声音，问道："那边戴眼镜的那小子就是你上次说的师弟？"

尹澄抬头看了眼："罗哲啊，可能上次我误会他了，这段时间他挺正常的。"

梁延商直起身，视线在罗哲身上打量了一番。罗哲再次抬眼时，发现梁延商还在看他，由于梁延商的目光太有穿透力，给人造成一种强烈的压迫感，罗哲不太自在地走到另一边去坐着了。

尹澄见梁延商就吃了半个橙子，不禁问道："你没带东西上来吗？"

"带了。"

然后，尹澄眼睁睁看着他从随身携带的运动包里，拿出了一个塑料袋，要不是她凑近看了看，都看不出来塑料袋里是一个被完全压扁的白面馒头。

她啧啧称奇："你这是带了个什么东西上山，这玩意儿能吃吗？"

梁延商昨天晚上才决定跟他们来山上，也没什么时间准备。本来陈老板让他带几个包子上来，但包子那东西本来就有味，捂在袋子里到了中午得馊了。

于是陈老板就给他装了个馒头，还有两个鸡蛋。

此时梁延商看着手里的这个大白饼，眉头不禁皱了起来，不过还好，他还有两个鸡蛋。

于是他又开始低头翻找，尹澄就这么眼睁睁看着他再次拎出来个塑料袋。这下即使她凑近了，都没瞧出来塑料袋里到底是什么奇特的食物，有黄有白还有壳搅和在一起，稀巴烂。

梁延商想起来上山途中貌似拿包垫着坐了一会儿。

空气中弥漫着淡淡的尴尬，尹澄憋住笑意转过身去，把两包饼干递给梁延商，清了清嗓子对他说："吃不下了，我去忙了，你帮忙解决一下。"

说完，她还从包里拿了块没拆封的鸡胸肉扔给他。

尹澄继续忙碌起来，梁延商坐在一边，吞咽着尹澄施舍给他的饼干和鸡胸肉。

3

返回民宿后，调研组几人随便塞了两口饭，就开始整理编录资料。其间尹澄看见梁延商换了身干净的衣服，开着车走了，也不知道去了哪儿。

等他再回来已经九点多了，下车的时候，手上拎着两大包东西。

正好有两个昨天入住民宿东面的年轻女人在泳池边拍夜景，碰见梁延商主动上前询问："帅哥，你这些东西是在哪儿买的？"

梁延商回道："镇上。"

"远吗？"

"开车来回一个多小时。"

两个女人对看了一眼，其中一个短发女开口道："你后面还会去镇上吗？要么我们加个微信，你要再去的话，带上我们一起。"

另一个女人则瞄着停在一边的三连号越野车，眼里露出兴味："我叫袁菲，认识一下。"

她朝梁延商伸出手，美甲上的碎钻闪着勾人的光。

大檎山附近的旅游项目，一到夏天就会举办各式各样的音乐节、篝火晚会，打着"邂逅真爱"的噱头，这两年每到这时候就会吸引来自全国各地的单身男女。

他们来了之后，山里民宿生意也给带动起来。梁延商又不是十七八岁的毛头小子了，面前两个女人什么用意，他当然能瞧出来。

他垂下视线，瞥了眼伸到面前的手，没动，余光看见从民宿大门走出来伸着懒腰的尹澄，便抬眸回道："不好意思，加了你们我回去就得跪榴梿了。"

说罢，他煞有介事地看向尹澄，还对她投去一个迷人的笑容，面前两个女人也回头看去。

就看见一个穿着热裤T恤、跶着拖鞋的女人站在那儿伸懒腰，白晃晃的腿又直又细，一头慵懒的大波浪披散下来，极尽妖媚。

尹澄懒腰伸到一半，发现远处三个人同时朝她瞧来，特别是梁延商，露出那种意味不明的笑意，让她舒坦的懒腰戛然而止。

尹澄把手放下来时，那两个女人已经走远了，边走边回过头来打量她。梁延商提着两个大袋子朝她走来，尹澄莫名其妙地问："那两人看我干吗，谁啊？"

"不认识。"

"不认识你跟她们聊这么开心？"

梁延商侧过头来："你哪只眼睛看见我开心了？"

"你笑了啊。"

"我对着谁笑的？"

他从她身边擦肩而过，尹澄回过头来瞧着他的背影，转过身回到室内，梁延商问了她一句："吃泡面吗？"

尹澄下楼就是来找吃的，只不过绕了一圈，没见到陈老板。

她走回吧台，回道："来一碗。"

尹澄本想帮着一起撕调料包，梁延商却对她丢了一句："坐着等。"

如此便没给她上手，尹澄只有拿出手机低着头。咖啡机旁边有台饮水机，梁延商调节水温，等水烧开。

另一头的沙发上还坐着几个人，正在进行数据汇总，他们这半边倒是安静得很，只有饮水机发出咕噜咕噜的水声。

尹澄察觉到梁延商的目光，侧过头去，瞧见他靠在半弧形的台边盯着她。在她向他看去的时候，梁延商忽然出声："你的感觉真是来去匆匆。"

尹澄握着手机没有说话。他曾经问过她会为什么妥协，她说是感觉，她不知道它什么时候会来，一旦消失了，就不会再停留了。

可是扪心自问，她对梁延商的感觉消失了吗？其实都这么长时间了，对他的感觉本来该冷掉了，如果不是他再次出现在她眼前。

尹澄收回视线重新低下头，梁延商将两盒泡面接上水。

月光似絮，他们并排坐着。说来上一次这样还是在烧鸟店，只是那时候是相互靠近的两颗心，现在中间却横着难以突破的隔阂。

梁延商吃得较快，用叉子把泡面卷了几道，三两口就吃完了。他把泡面盖上，将叉子扎在桶边，也没走开，就这么坐着。

尹澄抬起头，对上他的视线，对他说："不用等我，你吃好了先去休息吧。"

梁延商将那两袋东西提了过来，放在她面前："白天吃你的东西，还你。"

"……"倒也不用这么客气。

尹澄吃饭的时候就没看见梁延商，貌似他洗了个澡就开车出去了，不会是饭都没吃就为了还她两袋食物吧？

他白天爬高上低，坐在土堆上啃她剩下来的压缩饼干，现在又窝在这里吃泡面，他那吃面的速度，尹澄都怀疑他到底有没有吃饱。

"你图什么呢？"她忍不住说了句。

"放着好日子不过，跑到这儿来吃苦。"

梁延商"啧"了声："你是不是对我们这种家庭出来的人有什么刻板印象，觉得就应该是手不能提，肩不能担，一点苦都吃不得，家里一句话屁都不敢放。"

"我不是这个意思。"

"你们在吃学习上的苦时，我在吃社会上的苦。哪有什么钱是大风刮来的，三教九流、鱼龙混杂的地方我都待过。那时候在工地上搞土石方，跟渣土车司机打交道，夜里到凌晨这个时间段车子才能上路，搞完从工地直接去学校。"

尹澄有些诧异："这么拼吗？你家里人不给你生活费？"

"断了，说我心思不在学习上，整天到处瞎混，怕把我养成不学无术的败家子，他们以为我没有钱就会乖乖回学校学习了。"

"然而你一身反骨。"

梁延商听见这个评价笑了起来："年轻嘛，不服气，各种野路子都来，所以我那时候就明白个道理。"

尹澄沉默不语地望着他，听见他说："经济自由决定人生自由，当我不需要依附家里的时候，他们也无法左右我的人生。"

偶有夜风拂过，玻璃外斑驳的树影在两人之间晃动，他赤忱的眸光落进尹澄的眼中，点燃那些被她强行扑灭的躁动。

她假装听不明白他的意思，低头继续吃面。

梁延商的声音却清晰地传了过来："我在这里你会不会不自在？"

"怎么会呢？"她含糊其词地应付着。

临走时，他留下一句话："幸亏你是个女人，如果我们性别互换，你想想。"

尹澄回房躺在床上的时候，还真辗转反侧想起了这句话，甚至代入了跟梁延商接触以来的种种。

先是古镇碰面，前一晚两人聊得挺上头，第二天一早她就丢下他跑了。

回来后也没主动跟他联系，晾了他好几天没给个说法。

后来还给他撞见她跟传说中的前男友相约喝茶，虽然这事后来说清楚了。

当天晚上她就在地铁里亲了他，亲完第二天就要跟他划清界限。

假如性别互换，这不是妥妥的渣男是什么？

被梁延商这么一说，尹澄就有点无法直视自己的行为了，多少带着点玩弄男人的嫌疑。虽然主观上她并没有，但是客观上的确造成了这种现象。

以至于第二天早上再看见梁延商的时候，尹澄竟然还对他生出了些许愧疚来，不过也就一点，不多。

今天再上山的时候，梁延商没有带队，而是跟在了队伍后面。尹澄几次回过头来看他，他都默不作声地跟队伍保持着一定的距离。

直到爬到一个山口的时候，梁延商忽然对着前面喊了句："走错了，这边往左。"

队伍前方的魏圣宏立马停了下来，对聂军锋交代道："在这个地方做个标记，其余人也都记一下，明天就没人帮我们带路了，今天必须把路摸熟。"

尹澄这才知道，梁延商是提前和魏圣宏商量好的，他们自己摸索地形，梁延商在队伍后方适时提醒，原因是他要离开了。

昨天晚上一起吃面的时候，他都没提要走的事，不过倒是问了她一句，他在这里，她会不会不自在，也不知道回去这事是不是临时决定的。

尹澄回过头看向他，梁延商的目光从前方收了回来，用眼神询问尹澄什么事。

她什么话也没说，继续向上爬。

中途他们还是在昨天那个平坦的地方稍作休整，顺便等等聂军锋，他今天一路上来需要沿途做上标记，速度会慢些。

尹澄本来想问问梁延商的，奈何郑工他们一直在同他说话，压根儿找不到机会。他们好不容易沟通完后，他又坐在离她较远的地方。

尹澄干脆拿出手机给梁延商发了一条消息。

YOLO：你晚上就走了？

消息刚发出去，她就看向远处坐着的梁延商。梁延商手里还拿着水，他把水放在了脚边，侧了下身子，从裤子口袋里将手机拿出来瞧了一眼，抬起头朝尹澄看来。

这次尹澄的眼神没有躲开，目光笔直地看着他。梁延商在低下头的时候，嘴角微扬。

尹澄掌心的手机响动，她低下头。

商：不想我走？

尹澄盯着这条消息，看了足足半分钟都没有任何动作，似乎怎么回都有点奇怪。

是的，你快走吧；或者的确不想你走，留下来吧。

无论哪种回答，都会让她掉进一个怪圈，所以她干脆没有回复，收起手机，也没再朝梁延商看去。接下来的路一直埋头爬山，尽管她清楚他就跟在她后面。

路过那段接近45度的陡坡时，几乎要手脚并用。由于那段山路较窄，只能一个人一个人上去。几个年纪轻的男人先爬了上去，在平坦一点的地方做接应。跟在尹澄后面的梁延商突然超到了前面，或许是他腿长的缘故，本来难以下脚的地方，他直接一步就跨了上去，颇为轻松。

尹澄爬到那里时，稍微斟酌了一下落脚的位置，犹豫的这几秒，两只手同时朝她伸了过来。

尹澄动作停住，抬头看见魏圣宏和梁延商站在她的上方，她的目光落在面前的两只手上，眉心微动。

魏圣宏侧过视线瞄向梁延商，梁延商也目光冷峻地转过头回视着他，一种属于男人之间微妙的较量在他们的眼神中弥漫开来。

魏圣宏先开了口，玩笑道："来看看我师妹会选谁？"

话音刚落，梁延商感受到微凉的指尖，唇畔轻勾，刚握紧尹澄就发现她同时也抓住了魏圣宏，拉住他们脚一蹬上了陡坡。

旁边有人打趣道："尹工这叫雨露均沾。"

魏圣宏笑着松开她，去拉后面的人，然而梁延商却收紧指节，将她往自己面前轻轻一拽，低声道："人的欲望要适度释放，总是压抑着会出毛病的。"

说完，他松开她，这隐秘的动作，除了尹澄没有人发觉，让她不禁心尖微颤。

她拽了下包袋："谢谢提醒。"

4

他们抵达勘测位置的时候，太阳正火辣。尹澄本来为了防晒是不愿意脱掉外套的，后来热得实在胸闷气短，也顾不得什么紫外线，脱了外套挂在树杈上。真忙活起来也就女人当男人用，男人当超人用了。

休息的时间很短，众人随便填饱肚子，就聚在一起碰了个头。随身物品统一堆在一个地方，梁延商看见罗哲过去翻找东西，罗哲手边的那个包好像是尹澄的。

尹澄回来拿东西的时候，梁延商多问了一句："你包里有带什么资料吗？"

"没有啊，怎么了？"

"我以为你那个师弟到你包里找东西。"

尹澄没有跟梁延商说几句就被叫走了。

今天采集样品的范围扩大了，为了提高效率，几乎全员出动。两人一组，兵分几路，按照昨晚商量的路线，分别前往不同的方向，两个小时后回来集合。

郑工把梁延商叫到一边，麻烦他帮忙看着这些仪器，又跟他简单交代了一番。等梁延商再折返回来的时候，尹澄他们已经出发了。

梁延商找了处地势较高的地方，靠在树上打盹。不知道过了多久，迷迷糊糊听到山间传来什么声音，他倏地睁开眼，直起身子。

环顾四周，风无声地吹着，太阳安静地穿梭在云层中，重峦叠嶂的山脉静得连蚊虫的声音都消失不见，宁静的山谷没有任何异样，但如此一来，梁延商却睡意全无了。

两个小时在山外风和日丽，大山深处的气候却瞬息万变。

不知不觉起了风，有人陆续回来了，梁延商问了一句："看到尹澄了吗？"

那人回道："尹工跟我们不是一条路线。"

"她跟谁一道的？"

"他们那边的小罗吧。"

梁延商眸色微紧，出声问道："他们走的哪个方向？"

尹澄和罗哲根据 GPS 定位的采样路线往东南方向行进。

或许是出发前梁延商问尹澄的那句话，给她造成了一定程度上的心理暗示，这一路上她有点防着罗哲。但是走之前她检查过自己的包，没多出什么，也没少什么，该在的都在，并未发现任何异样。

起初两人配合还很顺利，走了大概半个多小时的时候，罗哲总问她累不累，要不要休息一会儿。

尽管尹澄一再强调，他们最好节省时间，忙完回去再休息，罗哲还是建议她可以歇几分钟喝口水。

他一开始说这话的时候，尹澄并没有当回事，然而当他第二次提出喝水时，尹澄照做了。

她停下脚步拧开水壶，背过身去喝了一口，然后将水壶放进包里。一旁的罗哲只是看着，镜片后的双眼过于冷静，给尹澄一种不太舒服的感觉。

两人又继续向前，刚走五分钟，罗哲便问尹澄累不累。

尹澄停下脚步，顺势回道："是挺累的。"

罗哲警惕地看了眼四周，对她说："那我们就再休息一会儿。"

尹澄将包扔在了一边："好啊。"

在她扔完包的间隙，顺势看了眼手表，按照时间推断，现在太阳的位置在西南方向。她不露痕迹地抬起眼帘，望了眼上空，然后蹲下身面朝东北，顺势在包里翻找东西。

其间她刻意放缓了动作，关注着垂直在地上的影子。

当身后的人影渐渐靠近时，尹澄已经摸到了包里的地质锤。

……

梁延商的脚步越来越快，他不停地拨打着尹澄的电话，手机根本无人接听。穿过荆棘的灌木，踏着泥泞的土坑，他急切地喊着尹澄的名字，吼声回荡在山谷间。

尹澄听见了，回了声："在这儿。"

树林里响起了急促的脚步声，罗哲拎着包拔腿就跑，那小短腿速度惊人。梁延商猛地从丛林里窜了出来，朝着罗哲的方向就追了过去。

尹澄对他喊道："别追了。"

梁延商这才回过头来，这一眼看得他心脏一紧。尹澄惊魂未定地拿着地质锤，上面都是血，就连四周的地上也血腥点点。

他大步走到她面前，问道："伤着哪儿了？"

尹澄大口喘息着，对梁延商摇头："不是……不是我的血，是罗哲的。"

"他干了什么？"

"他可能在我的水里动了手脚，我不确定。"

梁延商立马想到罗哲刚才鬼鬼祟祟的行为，询问道："你喝了？"

"我的确当着他的面把水拿出来了，让他误以为我喝了，之后他拿出了一截麻绳。"

梁延商开始检查尹澄露在外面的皮肤，确定没有受伤后，问道："他拿麻绳做什么，想绑了你？"

"有可能，我快他一步动了手。"

说到这里，尹澄把沾满罗哲血的地质锤扔了。

梁延商直接爆了粗口，让尹澄愣了下，这还是她第一次听见梁延商骂人。

紧接着，他拿出手机走到一边，不知道打给了谁，对着电话里的人说："一米七出头，穿灰色衣服，戴副眼镜，长得像西蓝花。"

尹澄侧目瞧去，这是什么比喻？而后又回想了下，罗哲那发型的确有点西蓝花的感觉，梁延商描述得还挺形象。

随即就听见他声音冷厉地对电话里的人说："不行就直接封村找，你去找周村长，就说是我找人，让他配合……"

尹澄将沾了血的地方擦干净，湿纸巾落在皮肤上本来该是有些凉快的，此时她却竖起了汗毛，隐约感觉到空气中两股对冲的气流。她下意识地抬头看去，那片隆起的宝塔状黑云已经悄无声息地笼罩而来。

尹澄迅速侧过头，喊了声："梁延商。"

梁延商还在打电话，这会儿信号不好，时断时续的。

尹澄顾不得那么多，背起地上的包，再次对他喊道："梁延商，挂了，快。"

梁延商意识到不对劲，挂断电话，问："怎么了？"

"要下暴雨了。"

梁延商当即收起手机："先回去。"

"来不及了，找地方躲雨。"

"我上来的地方有个土坡。"

他说完就要转身，尹澄知道他说的是哪里，一把抓住他的手腕，眼里瞬间翻起一阵汹涌："不要去，你听我的，跟我走。"

她不给梁延商反驳的机会，拽着他就往高处爬。梁延商低头，看着紧攥着他的手腕，反手握住她，另一只手从她肩上挑过背包扔在自己肩头。

果然不出两分钟就有雨点砸了下来，头顶的光线被渐渐阻隔，不过转瞬即逝的工夫，天一下子就暗了下来。

途中，梁延商发现一处可以躲避的地方。

尹澄瞥了眼，脚步却没有丝毫停留，扯着梁延商继续往上。她刻意避开陡坎处好走的地方，往葳蕤的丛林里跑。

交错断裂的古树和莽莽榛榛的藤蔓从眼前一一掠过，不时出现在脚边的蚂蟥、蜈蚣和他们一样到处逃窜，似有追兵。

雨势已经压了下来，落在树叶上溅湿泥土。梁延商不知道尹澄要带他去哪儿，但她的手心和他贴在一起，如此紧密，刀山火海，他也得跟着走一遭。

当然，尹澄不可能带着梁延商去赴火海，爬到高处较为平坦的地方后，尹澄便停下了。虽然位置安全了，周围却找不到合适的避雨处，只有个仅能容得下一人的石缝。

眼看雨势越来越大，尹澄从背包里拿出雨衣，对梁延商说："你坐进去躲雨，我在外面。"

梁延商一把扯过她的雨衣塞进缝隙，铺在泥泞的土上，弯着腰先将身体卡了进去，对尹澄招手："快来，挤一挤。"

尹澄还杵在外面，发丝已经被雨水打湿，梁延商对她喊道："什么时候了，你还跟我矫情？"

尹澄将背包扔给他，蜷起身体钻了进去。石缝实在太窄，即便尹澄已经将身体缩到不能再缩了，手肘依然跟他紧挨着，避无可避。

此时的尹澄已经有些精疲力竭，采样工作走了一个多小时的山路，又跟罗哲恶斗一番，还跑了这么长时间，人一坐进来就有点虚脱了，偏偏这个缝隙太小，只能僵直着身体。

梁延商瞧了她一眼："刚才找的那两处地方你不去，非要跟我挤在这儿。"

尹澄气喘吁吁："陈老板不是说这里会发山洪嘛，那边是下坡路，土质太松不能避雨。后来那个地方地质凹陷，碎石多不安全。"

梁延商挑了下眉："搞地质工作的就是不一样，那种情况你还能分析地形？"

暴雨彻底倾泻而下，大雨顺着石缝的边缘形成密集的雨帘，将缝隙里阻隔成狭小的空间。尹澄缩了缩脚，抱住膝盖，目光空洞地看着黝黑低垂的天际。

梁延商见她面色苍白，问道："刚才没吓着吧？你这一路拽着我跑跟逃命一样。"

尹澄没有说话，眼神凝滞，好似陷入了自己的世界。再次开口时，她的声音像从天边回荡过来，冰冷、单薄。

"我妈死于山洪。"

残酷的暴雨溅起泥土的气息，再砸到他们身上。

梁延商缓缓侧过视线看着她，顷刻之间，便读懂了她拽住他时颤抖的眼神。

"遗体没搜寻到，有人说被冲到山坳里埋住了。"

尹澄目光发直地盯着流淌的雨帘，声音断断续续。

"她从事地质工作将近三十年，足迹踏遍西南地区。有时候为了帮村民找到一口水质好的井，能待上几十天不回家。我小时候其实不常能看见她，她要参与地质灾害预防，在外面几个月都算短的。"

尹澄垂下眼帘，打湿的睫毛贴了下来，模糊了视线。气温越来越低，中午的时候还烈日当空，热得出汗，这会儿却瑟瑟发抖。

梁延商脱下外套，艰难地伸直胳膊，将衣服罩在她身上。

"你那时候多大？"

"十二岁，接到消息的时候，我还在上课，我爸来学校给我请假，告诉我……我妈没了。我其实不太相信的，那些人又没找到她，说不定她还活着。她那么厉害，从小就教我怎么辨别气象变化，怎么避险逃生，怎么可能没有事先发现不对劲呢。也许她跟以往一样，出去几个月，哪怕一年半载就突然回来了，那时候我就是这么认为的。"

孟博士走后，很多人来尹澄家里慰问，有地质局的领导，有当地电视台的记者。直到凤山小学的校长，不远千里带着学生家长们的感谢信，亲自来到尹澄家中。

那天，尹澄躲在房间里，听见了那个校长和尹教授的对话。

事故发生当天，原本已经要离开的孟博士发现了山体滑坡的迹象，她中途折返回了村子，带着村民们紧急撤离。

所有人刚撤离到安全地带，就听见了轰隆声，泥石流张牙舞爪地向下冲来。

孟博士询问村民学生有没有放学，大多数学生都回了家，只有几个值日的孩子还在路上。

自告奋勇的村民跟着孟博士去找孩子。

从上游冲刷下来的泥泞没过膝盖，截断了山路。几个孩子被困在了半道上，有两个孩子身体陷入泥流中，摇摇欲坠。

村民们拉起人墙，在孟博士的指挥下对这几个孩子实施营救。

其中一个孩子在救援过程中，被上游冲下来的石块砸中腿部失去重心，六神无主的村民们当即要往下游跑，去救孩子。

他们不清楚危险程度，但孟博士清楚，越往下走，生还概率越渺茫。她命令所有人待在原地，如果十分钟后她没有回来，带着孩子赶紧撤离，说完就朝下游跑去。

那个被冲走的孩子受了伤，好在他抱住了一个卡在石缝里的木桩。找到他的时候，他也已经耗尽力气，苦苦挣扎。

孟博士跳进泥堆中，将那个小男孩推离洪流。就在她准备带着男孩往回跑时，男孩拉住孟博士，对她说："黄芯芯还在后面，求你救救她。"

等那个男孩带着孟博士找到黄芯芯的时候，小女孩坐在一块石头上，石头四周湍急的泥流随时可能没过她小小的身体，无助的孩子挂着眼泪，害怕而绝望地看着他们。

孟博士蹲下身，对小男孩交代完逃离路线后，就朝着小女孩跑去。

狂风卷着暴雨将大自然残酷的一面展示在世人面前。尹澄从前一直认为妈妈是无所不能的，她可以搞定生活中任何困难的事，却终究敌不过无情的自然灾害。

持续的暴雨冲塌了几处进山的道路，村民们被困在了山上。救援队将塌方的山路抢修出来后，才发现全村人几乎都撤离到了安全位置，这场声势浩大的山洪并没有造成严重的人员伤亡。

只有孟博士和那个叫黄芯芯的女孩永远地消失在了泥流中。

"你知道吗？有很长一段时间我都挺恨她的，或者说是嫉妒吧。恨她为了救别的小女孩命都不要了，扔下我和爸爸。嫉妒那个跟我差不多大的女孩能跟她待在一起，直到最后一刻。"

温热的雾气浮上眼眶，尹澄深呼吸道："后来有一天我突然想通了，在我进入这个领域后。我想，要是我遇到那种情况，会不会拿自己的命去赌，万一赢了呢？"

她转过头看向梁延商，眼里是跳跃的光。

"万一赢了，就救回一条鲜活的生命，我能眼睁睁看着不管，自己逃命吗？"

她看似在问他，实则在拷问自己。

梁延商却依然回答了。

"她当时肯定也犹豫过，跟你现在的想法一样，谁会不怕死？只不过，她没忍心丢下那个小女孩一个人面对可怕的山洪。"

梁延商的声音顿了下，握住了尹澄放在膝盖上的手，目光坚定："我相信她之所以做出那个决定，一定是在小女孩身上看见了你的影子。"

微凉的掌心被他的温度一点点浸染，山野万里，草木皆动。

尹澄仰起脸，有风拂过，心底深处常年盘踞着的阴霾瞬间透出了光。

第八章 ·
以后都听你的

1

在尹澄得知孟博士的死因后，有一个阶段，她始终深陷于难以自拔的思维定式中。那段时间里，她会对妈妈产生一种失望的情绪。她认为孟博士明明有能力对风险进行评估，为什么还要去送死。

即便后来这个问题不再困扰她，但依然在她心底扎根、溃烂，成了不能触碰的伤疤。

直到这一刻，梁延商还原了孟博士的另一个身份。不是经验丰富的专家，也不是冷静睿智的从业者，而是一个母亲。一个可以为了孩子不惜赌上万分之一的机会，也要冲进泥流的母亲。

孟博士不像其他妈妈那样，在尹澄随时需要她的时候，出现在尹澄身旁。在很小的时候，尹澄甚至怀疑过妈妈是不是没有那么爱自己，起码不像别的妈妈那样爱自己的孩子。

所以这么多年以来，尹澄从来没有站在母亲这个身份，思考孟博士当年做出的决定。

在所有人看来，孟博士安全转移了那么多村民，挽救了那么多条生命，最后死在了山洪中，她的牺牲无疑是伟大的、令人敬仰的。

尹澄作为孟博士的女儿，该为她骄傲才对，又怎么能产生自私的情绪，甚至埋怨她。孩童时期，尹澄当然不能理解这是因为过于思念妈妈的缘故，她只知道这些情绪烦扰着她，让她羞耻。她不敢对第二个人说，哪怕是尹教授。

可是在这样一个暴雨中，她将笼罩了她整个童年的阴霾，展示在了梁延商的面前。

直到这几年，尹澄进入地质领域后，沿着妈妈走过的路摸索，才一点点将童年的缺失拼凑完整。

梁延商的一番话，让尹澄仿佛看见了妈妈在人生的最后一刻，还在记挂着她，心底的伤疤突然之间就被治愈了，连同着整个人都轻松不少，虽然他们现在身处的环境仍然很糟糕。

尹澄从那段记忆中抽离出来后，低头盯着梁延商握着自己的手看了一会儿，侧过眸，嘴角浅勾："不过……你牵我的手干吗？"

梁延商的眼神微滞，没想到她的画风转变得如此之快，刚才还眉宇紧锁，沉浸在那段过往之中，这会儿突然又跟一只狡黠的狐狸一样，瞄着他。

尹澄的五官之中要数这双眼睛最特别，双眼皮的弧度清晰，眼尾较长，充满灵动和智慧。不待见一个人的时候，这双眼睛里折射出的光可以冷到让人发毛、心虚，甚至自我怀疑。

但只要她对某个人、某件事产生兴趣，那淡淡的眸色就会变得充满灵气，好似能释放出电流，让人无力招架。

梁延商在她的注视下僵硬地抽回手，颇为坦荡且正派地应对道："不是在安慰你吗？"

"你一般安慰女人都是这么安慰的？"她没打算放过他，乘胜追击道。

"我又没安慰过其他女人。"

见她不说话，梁延商又补了句："你认为除了你，有哪个女人下大雨不往山下赶，还拉着我往山上爬的？"

尹澄本来觉得自己的行为挺正常的，被梁延商这么一说，就好像有点不太正常的样子了。

对话暂停，只有细密的雨声成了两人之间唯一的背景乐。

隔了一会儿，尹澄主动打破了这安静的氛围。

"你出来这么长时间没事吗？"

"能有什么事？"他有些不解。

"就算你自己的生意运作上了轨道，那你家的企业呢？你平时都不用打理吗？"

梁延商明白过来她要问什么了，禁不住笑道："你以为是皇位还要世袭？说说看，你到底是怎么想我的，让我听听。"

尹澄慢悠悠地告诉他："你应该每天都有开不完的会，参加不完的大小活动。睁开眼就有管家为你服务，女仆站成一排90度鞠躬对你说'少爷，早上好'。你摆出一张扑克脸，对那些试图接近你的秘书啊、助理啊、女客户啊正眼都不瞧一下，因为……你是个上位者，你的目标是继承家业，坚决不被儿女私情所牵绊。"

梁延商已经笑开了，捂着额直摇头："你怎么不把我的名字改成慕容延商？"

"好吧，我说得有点浮夸了，但就是这个意思。"

尹澄说完他生活状态的猜想后，梁延商弯着嘴角盯着尹澄，越想越好笑。虽然他平时是个硬汉的形象，但笑起来的时候整齐的白齿和嘴角勾起的好看弧度实在太有感染力，让尹澄都有点不大好意思跟他对视了。

她别开视线，听见他说："那请问，我都有开不完的会，参加不完的活动，还有一堆女人接近我，我为什么要加入相亲市场？"

他精准地找到破绽，尹澄反问了一句："是啊，为什么呢？"

梁延商无奈地道："华本建钢早就从私营转联营了，又不是家族企业。我爸的确任职董事长，但这不代表我就要跑去坐他那个位置。他那个位置有什么好的，这几年楼市波动，利润压缩厉害，市场需求减缓，供需矛盾不断加剧。对外跟各大券商周旋，对内那么多派系斗争，钱又不是都进他口袋。他忙得才四十岁的时候，头发就白了一半，我妈嫌弃他应酬多，有一阵子要跟他闹离婚，给他急得为数不多的黑发也白光了。

"我费劲坐他那个位置图什么，图别人叫我一声'梁董'就能把我捧上天，还是图他那把会转的老板椅？"

尹澄噗地笑出声："你还真是个另类的富二代。"

"没跟你开玩笑，人这一生可以体验的乐趣多的是，干吗非要把自己绑在一个位置上。当然，如果他以后打算把股份送给我，我还是很乐意接受分红的。不给我也没关系，我又不靠他吃饭。"

雨柱连成朦胧的珠线，将石缝外的群山切割成细碎的绿点。尹澄转过头来看着梁延商，眼里荡着轻柔的光，对眼前这个背景深厚的男人有了新的认识。

可能是她看得太专注，梁延商调侃道："你在研究我的五官构造？"

他的外套给了她，此时身上就套着一件T恤，暴雨让山里的气温骤降十来度，尹澄不禁问了句："你不冷吗？"

"冷啊。"他轻笑，将这么糟糕的天气说得云淡风轻，随后垂下眸，揉了揉腿，"你看我这无处安放的大长腿，麻了。"

"那你伸直啊。"

梁延商听从了尹澄的建议，艰难地将两条蜷着的腿试图伸直。

然而石缝就这么大，他又不可能把腿搭在尹澄身上，只能尽量绕过她的身侧。这样一来，尹澄只能被迫坐在了他的双腿之间，这个姿势简直有种谜之尴尬。尹澄尽力调整坐姿背对着梁延商，这样起码不用两人大眼瞪小眼一起尴尬。

为了缓解这微妙的气氛，尹澄提起："你说罗哲打算用麻绳绑完后，对我做什么？"

梁延商的声音从她后方传来："实施侵犯吧，人渣。"

"我总感觉没那么简单，他看我的眼神不像是一个男人想侵犯女人时该有的样子，我是说，最起码得有点情欲吧。"

孤男寡女探讨情欲，虽然只是对罗哲刚才的行为提出合理怀疑，但总归有种旖旎的氛围悄无声息地氤氲而生。

尹澄忽然想起了那本放在办公室桌上的人体解剖学的书，不禁打了个寒战。比起侵犯，她现在所联想到的事情更加恐怖。

梁延商对她说："先别自己吓自己，待会儿下山找到他后再说。"

群山好似笼上轻薄的白纱，这场大雨已经持续了半个小时，依然没有停下来的迹象。

尹澄一直僵着身子，维持一种十分累人的坐姿，才能让自己既不会挤到梁延商，也不会淋到太多雨。此时俨然已经达到了极限，她的身体再扭曲下去就要断了。

"梁延商。"

"嗯？"他在她身后轻微动了下。

"我的腰快废了。"

"你往后靠就是了。"梁延商的声音里带着些纵容。

尹澄没办法跟自己的身体过不去，在梁延商说完这句话后，她的重心立即向后倒去，靠在了他宽阔紧实的胸膛上，当下就松了口气，浑身的力气全部卸给了他。

刚才尹澄冷得缩手缩脚，这会儿窝在梁延商身前，被温热的气息环绕着，暖和多了。

她本能地朝着暖和的怀里钻了下，汲取着他身上传来的温度。

梁延商抬起双臂搭在膝盖上半环住她，将她笼在身前，低头看着她睫毛微垂的样子，听见她说："这让我想起了小时候我妈带我去农村烧大灶，零下七八度的天气，窝在大灶后面不停往里放稻草和木材取暖。"

虽然坐在稻草上，周围墙壁都是灰土，但她的记忆里是暖和的、温馨的，和现在一样。

"我小时候觉得那可有意思了，还可以往里面放红薯烤，你没见过吧？"

梁延商好笑道："我又不是外太空来的。"

"我的意思是，你可能没有机会接触到那些。"

"你看，你又用刻板印象思考事情了，得改改。"

"好的。"她答得爽脆，把梁延商惹笑了。

他搭在膝盖上的双臂向她靠近，她没有抗拒，安静地依偎在他身前，默认了他的行为。梁延商便将双手垂在她的身前，逐渐圈住了她。

暖和的人形靠垫让尹澄酸痛的身体得到放松，她不是没注意到梁延商的动作，只是她并不排斥，甚至觉得这样很有安全感。

也许是距离的拉近，让话题也变得越发大胆。

"喂，说实话，你在国外交往过几个，有金发碧眼的吗？"她问。

"那倒没有，文化差异，处不来。"

尹澄眉梢微挑："二十岁左右不应该是注重长相、身材的年纪吗？你还要跟人家交流文化？"

梁延商低眸凝视着她，隔了几秒，才道："我说你就非要让我承认当时我英文说不好，跟外国人没法沟通是吗？是，去的第一年就有女生约我钻小树林，我以为她问我厕所在哪儿，把她带去女厕所门口就走了。"

"……"

尹澄唇边的笑容渐渐扩大，后来实在忍不住，笑得肩膀耸动。

"交往过一个，中国人，朋友介绍的。"

她收起了笑容，听见他说："大二升大三的时候，跟你情况差不多，没处多长时间就分了。"

"女孩提出分手的？"

"我提的。"

"那又是为什么？"

"她做了一些……让我不太舒服的事。"

这句话让尹澄浮想联翩，要说男人做一些让女人不舒服的事情倒很容易意会。那么女人能做什么让男人不舒服的事呢？

"给你戴绿帽了？"这是她唯一能想到的。

梁延商轻哂："你觉得可能吗，想方设法跟我在一起就为了给我戴顶绿帽子，那得是多大的仇恨？"

"哈哈，她这么迷恋你？"

梁延商没接话，似乎是想起那个女人，让他有些不太愉悦。

"是什么不舒服的事呢？"尹澄忍不住询问。

半晌，没听见梁延商说话，她抬起头来看他，却和他的目光勾缠在了一起。他眼里盛着烫人的温度，眸光复杂却浓烈，一瞬不瞬地盯着她。

"还是不说了吧，朋友的妹妹，可能那时候小，不大懂事，不提她了。"

147

他勾起了尹澄的好奇心，却又不说了，她不满地嘟囔："你不想说出来让我也避避雷吗？"

这句心照不宣的暗示带来的意外和惊喜，在梁延商的瞳孔里融化，再慢慢升温变得灼人。

他收紧了手臂的力道，低下头来，用尹澄从未听过的温柔嗓音对她说："放心，你永远不可能踩那些雷。"

"为什么？"

"那些雷看着你得绕道走。"

"……"

他的手臂圈在她身前，又轻又痒的呼吸像猫爪挠着尹澄的心脏。

"所以，你这次过来到底是？"

"你觉得呢？"

"我师哥觉得你是个仗义的人。"

"呵，凡人。我就是再闲，也不至于为了个大男人跑这么远待着，我有病吗？"

他的胸膛微微起伏，眼里是让人沉沦的光："当然是为了你。"

再开口时，他的声音里满是无奈和宠溺："除了你，还能为谁？"

雨水不停地从石缝外溅进来，似有规律地落在她的心脏上，打湿了最柔软的部分。

尹澄垂下眸，唇边蔓开浅浅的笑意，但是没一会儿，她的表情就变得古怪起来。

"梁延商。"她声音异样地叫他一声。

"怎么了？"他问道。

"你是不是……有反应了？"

寂静，诡异的寂静弥漫在两人之间。

不仅没人再说话，就连姿势都变得僵硬。

直到梁延商不太自然地挪动了一下坐姿："这都能感觉到？"

"你硌我半天了。"

"……"

又是寂静，本来和谐温馨的氛围突然就陷入了无比尴尬的境地。

"怀里坐着个有感觉的女人，我又不是和尚。"

他那处的存在感太强烈，即便尹澄已经努力调整坐姿，还是能清晰地感受到。这弄得她有些不知所措，长这么大还是第一次遇到如此棘手的问题。

如此僵持了两分钟，在这两分钟里，尹澄脑海中闪过无数乱七八糟的想法。

她担心梁延商会憋不住，据说男人憋到一定程度会兽性大发，但这个地方实在不利于发挥。

她又想怎么样能消下去，需不需要跟他说点别的分散一下他的注意力。

说实在的，她有点担心他。

梁延商却忽然直起身子，对她说："你坐着，我出去。"

"你出去干吗？"

"出去淋一会儿雨。"

"……"

2

这场暴雨下了一个多小时，好在并没有持续到晚上，否则他们的处境就危险了。

雨停后，天色亮了一些，他们没再耽搁，深一脚浅一脚地往集合地走。

魏圣宏他们的情况也好不到哪里去，临时搭建的防雨棚被吹倒了，大多数人也都成了落汤鸡。

罗哲没有返回这里，不知道逃到了哪儿，他们听说刚才的事后，大为震惊。

发生了这么大的事，众人又都淋了雨，只能赶紧往山下走。

回到民宿的时候，看见民宿外面站了不少当地村民。周村长一见着梁延商，就跑过来对他说："人控制住了，在里面。"

梁延商重重拍了下周村长的肩膀："麻烦周伯了。"

说完，他便在村民们的簇拥下大步往里走去，地质队的人也赶忙跟了进去。

就见罗哲低着头，坐在民宿前的台阶上，陈老板他们围着他。

罗哲浑身也被淋透了，那头"西蓝花"软趴趴地顶在头上，肩膀处浸着血，不过还能从那么高的山上跑下来，应该也只是皮外伤。

梁延商在瞧见他时，眼里的凌厉让人不寒而栗，他身高腿长，气势逼人，陈老板他们纷纷退开。梁延商大步走到罗哲面前，二话不说拎起他的衣领，将他的小身板直接从地上提了起来，上去就是一拳，直接把罗哲揍翻在地。

罗哲在梁延商面前毫无还手之力，只能一个劲地往后缩。

这一幕看得地质队众人惊慌失措，魏圣宏赶忙上前拦住梁延商："别动手、别动手，先搞清楚情况。"

梁延商毫不客气地转身，对魏圣宏说："你们单位要是不给个处理结果，我就自己处理了。"

魏圣宏保证道："肯定得处理，这么大的事瞒也瞒不住的。"

魏圣宏和队里几个年长的人商量了一番，又跟何教授请示过后，便直接报了警。

当地的警察在傍晚时抵达民宿，将罗哲带走了。

尹澄也得过去配合调查，魏圣宏作为负责人一道跟了过去，折腾一番再回到民宿，已经不早了。

魏圣宏在二楼拐弯处跟尹澄分别，宽慰了她一句："真是没想到，看着老实巴交的小伙子能干出这事。你今天受惊了，何老板也很担心你，跟我打了好几个电话。还好你没出什么事，要不然我回去真的难辞其咎了。"

"别跟我爸爸说。"尹澄交代了一句。

魏圣宏："放心，你别想太多，赶紧回房休息。"

尹澄跟魏圣宏道了声晚安，便回房了。魏圣宏在转身之际才突然察觉有哪里不太对劲。

尹澄受袭，他这个师哥担心也就算了，梁延商为什么发那么大火？还要亲自处理罗哲。

魏圣宏脚步一顿，回过头去瞧了眼关上的房门。刚才场面混乱他倒是没深想，这会儿突然就明白过来。只是他想不通，尹澄和梁延商来这里才见第二面，梁延商就对他师妹情根深种了？他越想越觉得不可思议，拿捏男人方面还得是他师妹啊！

尹澄从浴室出来，刚将头发吹干，房门就被敲响了。她以为魏圣宏又来找她说什么事，她这个师哥从回来的路上，就叨叨个没完。

然而房门打开，立在门外的却是梁延商。

"没睡吧？"他双手抄在裤兜里，站姿有些松弛。

"没有，才洗完澡。"

说完，两人就干瞪着，尹澄又不能让他一直站在房门口，这要是给哪个路过的同事瞧见，指不定怎么想呢。

于是，她侧了下身子："进来？"

梁延商提步走进她房间，尹澄随手关上房门。

房间里随处可见尹澄的私人物品，摆放整齐有序，又处处透着女人的精致感。

梁延商环顾了下房间，尹澄招呼他："随便坐。"

浴室里飘散出的沁人香气萦绕在卧室里，梁延商清了清嗓子，没有选择坐在床上，而是绕到阳台边的椅子，坐了下来。

尹澄换上了宽大的长款睡衣，杏色的，有些松垮。她坐在床沿，正对着梁延商，白净的小腿露在外面，线条优美，令人遐想。

梁延商的视线不经意掠过，又很快收回，问道："警察怎么说？"

"让我们先回来等，目前还不知道他的作案动机，估计还在审讯吧。"

"你要……喝点水吗？"尹澄问道。

"不用，别忙。绳子找到了吗？"

"搜过他的包了，里面没有可疑的东西，绳子也没有，我觉得应该是下山途中就处理掉了。你怎么看？"

梁延商眉头微蹙："现在找不到证物，加上你没有受到实质性的伤害，他要是一口咬定对你不存在任何侵害的想法，反过来咬你一口，说你拿东西砸了他，他才逃跑的，那么……"

说到这里，梁延商又问："水壶交给警方了吗？"

"交了。"

"也只有等检测结果了。"

尹澄"嗯"了一声："我一直想问，在山上的时候，你问我包里有没有资料是为什么？"

"我怕他篡改你什么数据，或者偷窃你的材料。同事之间不是难免钩心斗角、争权夺利的吗？"

尹澄双腿盘在床上，笑道："你这是职场宫斗剧看多了吧？"

梁延商嘴角轻勾："谁能料到你们单位上演的不是职场剧，是刑侦剧。"

尹澄也跟着笑了起来，随后两人都没再出声。

她本来以为梁延商大晚上跑来，就是问问警局的情况，然而这事说完了，他也没有要走的意思，手肘搭在扶手上撑着脑袋，坐姿越来越松弛。

通常来说，梁延商很少会这么晚找她，即便以前还在接触的时候，如果发消息到很晚，他也总会提醒她早点睡，更何况今天已经折腾一天了。

以尹澄对梁延商的了解，他顶多发个消息或者打个电话问一下，不太会这么晚还来她的房间，这多少有点反常。

尹澄拿起手机不着痕迹地看了眼时间，快十二点，已经很晚了，但她也不好意思提醒，只能这么不尴不尬地僵持着。

尹澄用余光瞄着梁延商，他洗过澡了，头发没有打理，显得蓬松清爽，纯白色的T恤外面叠穿了一件黑色长袖外套，简单沉稳。

夜深人静，共处一室，话题一旦冷场，空气中便荡开细微的波澜，看不见，摸不着，却让室内的温度缓缓上升。

不多一会儿，尹澄越发觉得梁延商有点不大对劲，歪着头看她时眼神迷离……

不会是下午那股劲还没过去吧？

尹澄在心里默默算了下时间，最起码有八个小时了。她也不知道男人在没有外因干扰的情况下，是不是能保持八个小时的持续状态，那是不是有点太凶猛了？

所以他半夜到访，莫不是想跟她发生点什么，否则她实在想不出一个大男人夜里待在一个女人房间，还能想做什么？总不能是为了跟她干瞪眼吧。

想到这种可能性，尹澄极其缓慢地将双腿规规矩矩地放了下去，莫名就有点心脏发紧，思绪到处乱飘，想得越深越感到哪儿都不自在，连嗓子都有点发干。

她站起身，强行缓解尴尬："还是喝点水吧。"

尹澄拿起两瓶矿泉水，顺手递给梁延商一瓶。他接过水的时候，尹澄不经意碰到了他的指尖，很烫，超乎寻常的烫。

她下意识就将掌心贴上他的脑门，惊叫一声："梁延商，你是不是发烧了？"

"没有吧。"他低头拧开矿泉水。

尹澄蹲下身，从行李箱中翻出体温计递给他："你测一下。"

梁延商站起身就要走："不用了，你早点睡吧。"

尹澄这会儿却不让他走了，执意将体温计塞给他："测完再走。"

没办法，梁延商只有重新坐下去，将体温计放好位置。

其间，他还调侃了句："紧张什么，发烧我能不知道？我这体格很少生病。"

尹澄没搭话，低头刷着手机，等测温结果。

几分钟过去了，尹澄再抬起头时，发现梁延商竟然垂着脑袋闭上了眼。

她几步走过去，喊了他一声："梁延商。"

梁延商没有任何反应，她上手摇了他一下："梁延商，体温计给我。"

这下梁延商才迷迷糊糊地睁开眼，将体温计递给尹澄。尹澄低头一看，直接开骂道："近40摄氏度你跟我说你没发烧，你脑子烧坏了吧？"

梁延商此时的反应已经慢了半拍，盯着她眨了下眼，"哦"了声，站了起来："那我回房了。"

尹澄一把扯住他的衣服，问道："你的车钥匙呢？"

梁延商在上衣口袋里左摸摸、右摸摸，最后在裤子口袋里将车钥匙找了出来，递给她，还不忘问一句："你要车钥匙干吗？"

"把你的车卖了。"

他也没有多大反应，回道："行吧。"

然后他便打算往门口走，被尹澄扯住就推坐在床上，命令道："你给我等着，我换个衣服带你去医院。"

梁延商坐在床尾，弯着腰，手臂撑在膝盖上。尹澄拿着衣服进了浴室，浴室的门是磨砂玻璃，虽然看不见里面，但隐约能瞧见模糊的轮廓在晃动。

梁延商的目光扫过玻璃门，这会儿是真感觉到自己发烧了，浑身烫得厉害。

尹澄换了身长袖长裤，带着梁延商就下了楼。上了车后，她才发现压根儿不知道开去哪儿。

她问梁延商："你知道这附近哪里有医院吗？"

梁延商坐在副驾驶座，想了下，对她说："山脚好像有一个，田庄房车俱乐部附近。"

尹澄也不指望他指路了，用地图搜索一番，导航开了过去。

到了地方才发现，根本不是什么医院，也就一个小诊所。好在这个诊所有急诊，晚上依然开门。

尹澄将车子停好，带梁延商进去找值班医生。做完检查，医生给他开了两瓶水，让他先去挂着。

他都烧成这样了，拿药的时候，见尹澄要付钱，还不忘阻止道："你别付，我来。"

尹澄挡开了他，回头压低声音，说道："行了，坐着去，你淋雨也是因我而起，就当赔你医药费了。"

梁延商眉峰一挑，笑而不语。虽然医生就坐在面前，不过尹澄说的话也只有他们俩能懂。

小诊所没有什么正儿八经的输液室，夜里来挂水的人都坐在过道的椅子上。

他们坐下来插上针已经夜里一点多了。尹澄这还是第一次凌晨陪人出来挂水，她打了个哈欠，见梁延商没精打采的模样，故意逗弄他："发烧我能不知道？我这体格很少生病。"

说完，她侧过头笑道："你什么体格？"

梁延商压下视线，语气威胁："你笑吧，笑得再欢点，等我烧退了让你见识见识什么体格。"

果然，尹澄不再笑他了，抬起手拧了他一下，梁延商不怒反笑。

他们刚来的时候，还有另外三个人在挂水，陆续有两个人都走了，只剩下一个老头坐在他们斜对面。

梁延商耷拉个脑袋合着眼，却始终找不到一个合适的支撑点。尹澄盯着那台壁挂电视，看着无聊的综艺节目打发时间。

过了好半晌，他对尹澄说："你能借我靠下吗？"

尹澄已经注意他有一会儿了，身后的椅背太短，他应该是靠得不太舒服。发烧的人总是没劲的，这里又没地方能躺下。

她起身换到梁延商没有扎针的另一边，梁延商歪了下头，靠在她的肩膀上。

没一会儿，尹澄又听见他的喉咙里挤出断断续续的低沉声音，她低下头仔细聆听，他好像在说胡话，含在喉咙里，不清不楚的。

再细细听来，貌似他在喊她的名字，一声声地唤着。

"尹澄。

"尹澄。

"尹澄……"

耳鬓厮磨的嗓音带着滚烫的气息落在她的锁骨上，沙哑却又黏糊。

尹澄拿这样的梁延商一点办法都没有，只能轻声细语地问他："是不是哪里不舒服？"

"有点冷。"

于是，她伸出手臂搂着他。他的头发落在她的颈窝处，痒痒的，还有种好闻的柑橘香。他闭着眼安静的样子和平时判若两人，此时此刻，他身上的凌厉和锋锐全部消失不见，变得毫无攻击性，还有点好欺负。

但不管怎么样，她抱个将近一米九的大男人，画风到底是有些奇怪的，对面那个老头一直拿异样的眼神瞄着他们，看得尹澄极其不自然。

想到这里民风淳朴，老头此时的心理活动应该挺丰富，尹澄对梁延商说："我觉得……你还是自己坐吧。"

他在她颈窝里摩挲了下："别动。"

"你就不能坚强点。"

他闭着眼回她："我发着40摄氏度的烧你让我怎么坚强，出去跑两千米？"

"……"尹澄也只能忍受着老头怪异的眼神，任由梁延商靠着。

3

不知道过了多久，综艺节目变成了枯燥的广告。尹澄低下头来查看梁延商的状态，他半睁着眼，不知道在想什么。

尹澄诧异道："你没睡着啊？"

他"嗯"了一声。

隔了半晌，他忽然开了口："带孩子耗费精力不是主要因素吧？"

"你说什么？"

"我说，你不打算生小孩的决定，是不想你的孩子跟你小时候一样，在期盼和失望中度过童年吧？"

也许是今天经历了太多大起大伏，人的神经变得有些敏感，又或是此时安静的过道被漆黑的夜幕笼罩着，使人脆弱，有那么一瞬间，尹澄鼻尖酸涩。

她撇过视线，喉间哽了下："梁延商，别以为你多了解我。"

"我们来做个假设。"

"什么假设？"

"假设你结婚了，十年后，你厌烦了平淡如水的婚姻关系，也懒得再去沟通那些鸡毛蒜皮的争吵。每次外出，家里的琐事总会让你分心，你也许会后悔当初的决定。要是一个人多好，自由自在的。

"假设你没有结婚，十年后，你身边的朋友、同事都有了各自的家庭。每次你工作结束寂寞无聊的时候，想约别人出来聚一聚，别人不是和孩子团圆，就是和爱人回父母家，看着人家都幸福美满的，你会不会觉得落寞？

"你看，其实人生这条路不管你怎么选都有遗憾，没有一条路会一帆风顺。即使你把所有能预测到的因素量化出来，还有一种东西叫作意外，可能是好的，也可能是坏的。你得先迈出去，才能知道好坏，是不是？"

尹澄嗅了嗅鼻子："你在给我洗脑？"

梁延商轻笑："我在给你催眠。"

"我属于不易被催眠人群。"

梁延商没再出声，直到广告从一个切换到另一个，他都没有再说话。

尹澄垂眸看他，他仍然半睁着眼。

"我当初拒绝你的时候，你怎么没说这些？你连一句客套话都没有。"

"那时候你沉浸在自己的情绪里，一心想跟我划清界限，又不愿意见我，表现得跟壮士割腕一样。我要一条条短信发过去缠着你解释来解释去，只会让你更反感，或者更为难吧。"

尹澄沉默了，她不得不承认梁延商考虑得很周全。用他的话来说，当得知他的家庭背景时，她已经对他产生了一种刻板印象。在那种刻板印象的影响下，他解释再多，她也会觉得是画大饼式的花言巧语。不一定能听进去不说，可能还会更加困扰。

他没有第一时间挽留他们这段关系，也没有迫切地向她保证什么。

他只是等她足够冷静后，再将诚意摊在她的眼前，让她自己判断。

淡淡的消毒水味弥漫在走廊，电视里的光影忽明忽暗地跳动着，时间悄无声息地流淌。

他的声音融进夜色里："尹澄，跟我处处看，我不会让你后悔。"

这句话悄无声息地浸入她的心脏，层层包裹、温暖、融化。

她哂笑道："我看你脑子挺清楚的，哪像发高烧的样子？"

梁延商嘴角压着笑，又听见她说："我没法对你做任何承诺，就像你刚才说的，人生总是充满意外。我以后的规划还没定下来，我也不能确定这些会不会影响我们的关系，只能是走一步算一步，你能接受吗？"

"所以你这是不打算对我负责的意思？"

尹澄笑着打趣他："可以吗？"

沉默良久，梁延商忽然就坐直了身子，伸出手臂搂住尹澄的脑袋按进怀里，呼吸起伏地落在她的头顶："你只管照着你的人生目标走，剩下的问题，我会解决。"

这个动作是尹澄始料未及的，可能对面的老头也没料到，刚才还像病秧子的男人突然就雄起了，此时老头用更加奇奇怪怪的眼神看着他们。

尹澄的脸埋进了他的胸口，她扭动了一下，说："你不是冷吗？不会是套路我的吧？"

梁延商的声音里带着明显的笑意："冷是真的冷，没套路你。待会儿还有一袋药水要换，你先睡一会儿，好了我叫你。"

尹澄嘀咕："你刚才不还挺不住了吗？"

"刚才我是单身，难免空虚寂寞冷；这会儿有女朋友了，得坚强点。"

"……"

梁延商的手臂环住尹澄，他身上很烫，所有温度覆盖着她，像个巨大的暖炉。尹澄抬起手穿过他的腰轻轻搭着，找到一个舒服的姿势，合上了眼。

梁延商垂眸看着横在他腰腹间的细胳膊，勾着嘴角，将吻埋在她的发丝间。

尹澄其实已经很累了，头搭在梁延商胸前，人就有点犯迷糊，她并没有睡沉，一直处于恍恍惚惚的状态，还能感觉到梁延商一会儿摸摸她的头发，一会儿拿起她的手也不知道在瞧什么，总之动个不停，没有一刻安生下来。但她又十分疲惫，实在管不了他这些小动作。

也不知道过了多久，尹澄听到护士在说话，她刚睁开眼，就看见梁延商对护士说："小声点，别吵醒她。"

但尹澄已经坐直了，瞧着拔掉的针，打了个哈欠："好了啊，可以走了吗？"

梁延商站起身活动了一下："走吧。"

尹澄跟着起身，低头看了眼手机，都快凌晨四点了。梁延商停下脚步，她抬起头来，见他回过身对她说："手机收起来。"

尹澄将手机放进口袋里，问道："怎么了？"

她空出来的手当即被梁延商攥紧，十指交扣牵着她往诊所外面走。

尹澄回到民宿后都记不得有没有跟梁延商道别，回房瘫在床上人就没有意识了，困得不行。

不知道睡了多久，她被魏圣宏的电话叫醒，告诉她临时接到所里通知，让他们留一个人下来继续配合工作，其余人今天就回程，汇报罗哲事件的情况。

尹澄爬起床收拾行李，顺便看了眼时间，现在才早上八点多，梁延商肯定还在休息。可是不说一声就这么走了，等他醒来发现她又跑了，未免太离谱。

她拿起手机，给梁延商发去一条消息：所里让我们今天回程，我已经在收拾行李了。

消息发过去，没有动静，如她猜测的一样，他这会儿应该是看不见。

下楼的时候，魏圣宏和聂军锋已经在一楼休息区等她了。

磨蹭中，她又给梁延商发了一条消息：我到一楼了，你怎么样了？

刚按下发送，楼梯上就响起了消息提示声，她抬眼瞧去，梁延商竟然下来了。

魏圣宏瞧见他，立马迎了上去："正好，我还想说跟你打声招呼呢。领导让我们今天就赶回去，事情比较突然，你打算什么时候走？"

梁延商双手抄在裤兜里，目光清明冷然，看不出任何身体不舒服的迹象。

"我可能要再留几天。"他回道。

聂军锋也走上前，热情地伸出手，对梁延商说："这次我们多亏哥关照了。"

梁延商不太习惯跟男人拉拉扯扯的，双手依然放在兜里，没有拿出来的意思。聂军锋自来熟地将梁延商的左手抽了出来，与他握了握，说道："回去以后，我和我师父请你吃饭。"

魏圣宏也笑道："是啊，我们只有回去再聚了。"

梁延商不动声色地抽回手："不客气。"

魏圣宏转过身来，笑着对尹澄说："你不过来跟梁延商道个别？"

梁延商看向她，她背着双肩包，扎了个丸子头，已经收拾利索。

那双灵动的眼睛盯着他，好像有很多话要说的样子，最后说出来的只有一句："那你注意身体。"

魏圣宏：？

聂军锋：？

157

两人均露出问号脸。他们并不知道梁延商发烧的事，见尹澄好好地让人家注意身体，顿感莫名其妙，又不是七老八十的长辈，嘱咐人家注意身体干吗？

梁延商眼尾上翘："知道了。"

车子已经来了，聂军锋把尹澄的行李拎上车，魏圣宏也忙着把后备厢的位置腾出来。

尹澄走到车门旁，回身看着梁延商，他将他们送到民宿门口。

车子快要开出民宿时，尹澄突然让司机停下，对他们说："我有东西忘拿了，你们等我一下，很快。"

魏圣宏说道："赶紧去拿，还好没开远。"

梁延商坐在吧台边倒了一杯热水，刚捧起杯子喝了一口，就听见身后响起急促的脚步声。

他放下杯子回过头来，见尹澄又跑了回来，开衫被风吹到两边，黑色背心包裹着她姣好的身材。

她大步走到他面前，抬起头问道："军令不可违，你没生气吧？"

梁延商靠在吧台边，不言不语地低眸看着她，嘴角微弯，有些漫不经心，让人无从判断他是在笑还是什么。

尹澄朝窗外看了眼，凑近了一步，伸出手拽了下他的衣服："不会真生气了吧？你一个人到底行不行？"

梁延商的目光滑落到她的手腕上，握住她往身前一拉。尹澄被束缚进他怀中，他将她反身圈在吧台里面，低下头，喉结微动，吻住了她的唇。

一瞬间的悸动爬满心脏，腰被他扣着，越吻越深。

温滑勾缠的吻让她心乱如麻，浑身像过电一样酥软，身体融进他怀里，思绪全部搅和在一起，直到她呼吸困难，他才放开她，对她说："我留下来等警察那边的检测结果。"

尹澄发蒙地看着他，那双漂亮的眼睛里闪着动情的水润。

梁延商的掌心覆在她的后颈，轻轻摩挲："傻了？没生你气。再不走你师哥以为我把你怎么了。"

尹澄这才回神，刚准备往外走，抬眼便瞧见民宿前台的小伙子正目瞪口呆地盯着他们，可能盯了有一会儿了。

她神情微愣，脸上立马攀上一抹绯色，小伙子尴尬地喊了声："梁哥早。"

梁延商倒是很自若，见尹澄目露心虚之色，对小伙子说："叫嫂子。"

小伙子当即反应过来，对着尹澄叫道："嫂子早。"

虽然他也不知道这个冷静少言的女研究员怎么突然就成了嫂子。

158

尹澄回到车上后，心脏还在怦怦跳着，久久无法平静。比起上次地铁上点到即止的纠缠，这次的吻要更加激烈。直到车子开出好远，她还沉溺在他的气息里。

她拿出手机本想分散一下注意力，不知怎的就翻到了梁延商的微信，他的头像不知道什么时候又换了。

同样是他的手，只不过不是握着橙子，而是握着一个女人的手。尹澄点开来放大，发现竟然是她的手，她都不知道梁延商是什么时候拍的。

回想一下，也只能是昨晚陪他挂水的时候，她记得他的确握着她的手摆弄来摆弄去的。

她拍了拍他：头像换了？

梁延商当即回了过来：这么快就被你发现了，我以为你要回去才能看到。

而后，他又发了一条过来：想我了？

隔着手机，尹澄仿佛都能感觉到他自带低音气泡感勾人的语气。

她笑了起来：我好像才和你分开十分钟。

商：十分钟就想我了，真是难为你了。

YOLO：先把药吃了，去睡觉，醒了量体温拍照发给我。

梁延商发了个表情包过来，一个男小人抱住女小人，配文"以后都听你的"。

159

第九章 ·
撩完就跑，你好样的

1

尹澄他们回去后，就去所里将事情汇报了一番，所里暂时决定对罗哲进行停职处理，等待警方调查结果。

几天后，尹澄收到了梁延商那边的消息。她的水壶里未检测出什么致幻或者致使人失去意识的药物，加上尹澄所说的直接证物在案发地没有找到，根据调查结果，罗哲在工作生活中和尹澄也没有任何冲突和矛盾，现有的证据难以认定罗哲有主观犯罪的意图。

这个结果是让尹澄没有想到的。

尹澄在电话里对梁延商说："他既然对我没有侵害的想法，干吗还要把东西处理掉？这不合逻辑。"

梁延商还在警局，周围有些吵。

"不着急，等我回去再说。"

这边刚和梁延商挂了电话，紧接着手机里就弹出了一条消息，尹澄打开一看，竟然是梁延商的妈妈，陶姐。

你在忙吗？现在能接电话吗？

尹澄第一个反应就是，她和梁延商的关系暴露了，他妈妈要找她做什么，不会打算找她谈判吧？

尹澄拿着手机仿佛握着烫手山芋，斟酌了一会儿，把各种情况都预估了一遍，才回复陶姐：可以的。

陶姐的电话随即打了过来，尹澄从来没有和男友妈妈这类人打过交道。虽然陶姐人不错，但之前尹澄毕竟是客人，现在身份一变，保不齐陶姐对她的态度也会发生变化。

她做好了被刁难的心理准备，然而电话接通，那头传来陶姐热情的声音："喂，是澄澄吗？"

"……"从来没有人这么肉麻地叫过她。

"咳，是我。阿姨好。"

"明天周末你休息吧？有没有空，能不能来一趟我们家？"

"……"尹澄没想到谈判还要见面，说实话她觉得真的没必要，她跟梁延商也就刚刚确定关系，实在不同意，她又不会缠着他。

见尹澄没有出声，陶姐又问："没空吗？"

尹澄："是……有什么事吗？"

"有件重要的事情得麻烦你，我上次不是跟你说亲戚家有个小孩，对地质专业感兴趣吗？但是他成绩欠缺点，你能不能抽空来趟家里帮个忙？"

"……"

尹澄白酝酿了半天，没想到陶姐找她竟然是为了这个事。既然是梁延商的亲戚，她也不好推辞，便应了下来。

挂了电话后，尹澄给梁延商发去一条消息：你妈妈让我明天下午去你家。

商：？？？

梁延商还没回来，尹澄这边就要上门了，这事显然也让他猝不及防。

YOLO：去帮你家亲戚选专业，我去坐一会儿就走。

她觉得既然是去梁延商家里，这事还是有必要知会他一声的。

尹澄距离高中毕业已经好些年了，现在的录取情况她也不大清楚。为了更有效地帮助梁延商这个亲戚，她在去之前还特地将这几年全国各大地质类院校的录取分数线、专业类型搜集分析了一番才出发。

然而到了陶姐家，尹澄就蒙了，面前站着的是一个小学四年级的男孩，她都不知道自己跑来是干什么的。

陶姐穿着翠绿色的改良款中式对襟长衫，热络地拉着尹澄喝茶吃点心，对尹澄说那个小男孩是她二表哥家的孩子，学习一塌糊涂，整天就知道在家里挖土。

尹澄本来还不太明白在家里怎么挖土，经了解才知道，现在玩具店有卖那种土块，里面藏着宝石或者恐龙玩具。这个小男孩沉迷于挖土无心学习，于是家里人认定他是棵干地质的好苗子。

尹澄和陶姐闲聊的时候，小男孩就坐在一边写作业，看上去不太聪明的样子，几道简便计算从尹澄进门到现在他都没写完，她看着都着急。

既然来都来了，尹澄也就顺便帮忙辅导一下这个热爱挖土的小男孩。

……

梁延商风尘仆仆地赶回来时，陶姐正哼着小曲儿修剪她精心培育的花卉。

看见梁延商进屋，小曲儿也没中断，她瞥了他一眼，便继续手中的活儿。

梁延商瞧着她悠闲的模样，问道："哪里借来的小孩？"

陶姐不紧不慢地回道："借是什么话？你二表舅的小外孙，涛涛。他小时候你还抱过，记得吗？"

"……"

梁延商印象中就没抱过哪家婴儿。

见陶姐脸不红心不跳地胡扯，他开门见山道："说吧，整什么幺蛾子？"

陶姐放下剪子："你还好意思问我，要不是你追个人这么费劲，我用得着拐弯抹角把人请回来，给你制造机会？"

梁延商眸色淡淡的："你要是个恶婆婆我早追到了。"

陶姐愣了下："什么意思，尹澄喜欢恶婆婆？"

话说出来就觉得没道理，她瞪了眼梁延商："你少胡说八道的。"

梁延商没瞧见尹澄的身影，问道："人呢？"

陶姐瞥了瞥楼上："在客房里教涛涛数学。"

梁延商转身就往楼上走，陶姐提醒他："你别去打扰他们写作业。"

"我不去怎么制造机会？"

"……那你去吧。"

"……"

尹澄本来认为数学学不好的孩子，一定是方式方法存在问题，特别是小学数学这么简单的课程，认真理解怎么可能有学不会的道理。

今天总算让她见识到了，还真有。

这个叫涛涛的孩子数感差也就算了，关键还有鱼的记忆，刚教到乘法结合律，交换律又忘了，复习一下交换律，结合律又不会了。总之不能同时掌握两种规律，多会一样好像就要小命不保。

尹澄为了让他加强记忆，就用例题帮他巩固。梁延商上来的时候，她正耐心地引导涛涛的解题思路。她额边的碎发垂了下来，房间的窗户开着，微风轻拂进来，她的发丝随风微荡，这个场景让梁延商目光停滞，似曾相识。

尹澄终于讲解完一题，抬起头来的时候，看见梁延商长身而立靠在房门口，沉静地注视着她。

她怔了下，诧异道："你什么时候回来的？"

他眼里浮起一丝笑意："刚才。"

涛涛也侧过头来，叫了一声："舅舅好。"

梁延商走进屋中，摸了摸涛涛的脑袋，问道："还有多少没写完？"

尹澄对他说："我把这些教完吧。"

"好，不急。"

他拖了把椅子坐在他们身后，尹澄回头瞧了他一眼，见他拿出了手机，也就没再管他了，继续教涛涛题目。

没一会儿，她垂在身边的手就被梁延商牵了起来，握在掌心里。她侧眸看去，他哪里在看手机，分明在看她，凌厉细长的眼型都压不住他此时眸子里那股风流劲。

涛涛侧过身问尹澄："尹阿姨，是这样写吗？"

尹澄赶忙把手往回抽，要说四年级的男孩也应该懂事了，给他看见她和他舅舅拉着手像什么样子。

梁延商却故意收紧力道勾住她，看着她佯装镇定地跟涛涛说话，还故意用身子挡住一只手臂的样子，梁延商眼里的笑容扩散开来。

他的拇指从她的骨节抚过，指腹一点点烫着她的皮肤，她的手细窄柔软，滑腻的触感让人上瘾。

尹澄声音不大自然地对涛涛说："你就按照这个方法，先自己写吧。"

说完，她站起身，梁延商随即松开她，对涛涛说了句："好好写。"然后跟了出去，带上房间的门。

尹澄站在过道里，似笑非笑地问："你故意整我吗？就不怕涛涛回头问你好好的牵我手干吗？"

梁延商勾着嘴角："那我就告诉他，这是增进友谊的途径。"

"你也不怕教坏小孩。"

尹澄走近一步，问道："身体恢复得怎么样了？"

梁延商克制着嘴角的弧度。

"怎么不说话，不会还没好吧？"

"恢复得挺好，想检验？"

尹澄语塞，好像顿悟过来他刚才为什么要压着笑了。

梁延商见她略显羞赧的样子，弯着腰低下头来："我是说给你检验一下额头的温度，你当是检验什么？"

尹澄抿了抿唇，当然不会承认此时此刻脑子里想的是黄色废料。

她云淡风轻地说："不用了，我看你精神不错。"

梁延商缓缓直起身子，笑得颇有深意。

尹澄看向走廊另一头，问道："你房间在哪儿？"

"去看看吗？"

说着便带尹澄往他的卧室走去。

"你现在还会回来住吗？"

"偶尔，过年过节的时候会回来待几天。"

说罢，梁延商打开他卧室的门，侧身让尹澄进去。

尹澄本来以为就是一间普通的卧室，可能跟刚才的客房格局差不多。

走进去后才发现他的卧室很大，算是一个宽敞的套房，有一面墙摆放的全是各种类型的汽车、摩托车、卡车模型。

尹澄站在那面墙前，叹道："这是你的藏品？"

"我高中以前收集的，高中毕业我就不住家里了，东西基本上也没人动过。"

怪不得尹澄总感觉他的卧室有点热血青年的调性，原来是保留了他少年时期的影子。

尹澄感兴趣地绕到房间一角，L形写字台上方的储物格里也有很多手办和漫画，正儿八经的书倒是没有多少。

她笑道："看出来了，你小时候不太热爱学习。"

"比涛涛强点吧。"

"……"

尹澄的目光落在一个相框上，她指着相框里的照片，对梁延商说："我记得这里，是高二训练营，你也去了？"

"你这话说得好像我跟你不是一个学校似的。"

照片里的梁延商穿着校服运动裤和T恤，短袖都卷到了肩膀上，虽然比现在要清瘦一些，不过臂膀的肌肉线条依然清晰可见，发型和现在不大一样，留着酷酷的刘海，介于痞帅和阳光之间，少年感十足。

只不过照片的构图实在是奇怪，他腰上绑着安全带正在溜索，身影都是虚的，也就一个侧脸，看得不是很清楚。这都不能称为一张正常的照片，更像是抓拍，背景全是学生，显得有些凌乱。

这样一张技术堪忧的照片，他居然还给洗出来，弄了个相框，摆在写字台上方正中间的位置，也不知道为什么。像这种不清楚的照片，尹澄一般都是直接删除的。

想起那次训练营，尹澄说道："要不是看见你这照片，我都想不起来训练营有什么项目了。我去是去了，就是好像没怎么参加。唯一能记得的就是，我带了个电子单词卡去，坐在树荫后面，戴着耳机没听见喊集合，等我跑到大门口时，只剩一辆学校大巴还没走。我上去才发现，那辆大巴上的人，我一个也不认得，就这样稀里糊涂地跟着回了校。"

梁延商无声地勾着笑，微敛的眼皮覆盖着眸底异样的情愫。

尹澄又盯着那张照片看了眼，照片里的人实在太多，都穿着校服，也分不清楚长相，她伸出手拿起相框，想近距离看一看。

照片还没拿到近前，便被梁延商一把夺了过去扔进抽屉，他一系列操作快到让尹澄都没反应过来。

她随即眯起眼睛，瞧着他："这照片上有什么，不会你还在照片后面写了暗恋对象的名字吧？"

梁延商居高临下地盯着她，漆黑的瞳孔里压抑着不太自然的情绪："没有，就是照得不太好看。"

尹澄狐疑地道："不好看你还洗出来放房间里天天看？"

梁延商生硬地转移了话题："对了，罗哲说他手上拿的不是麻绳，是卷尺，当时他拉开卷尺准备测量，警方也的确在他的随身物品中，发现了他口中的卷尺。"

尹澄神情微顿，抬起视线："卷尺和麻绳我还能看错？"

"罗哲整个审讯过程都很冷静，无论警察怎么盘问，他都表示没有攻击你的想法。目前证据不足，无法定他故意伤害罪。"

尹澄眉头蹙起，说："那他当时总是暗示我喝水干吗呢，难道是我自己想多了？"

"他应该不会留下那么明显的把柄，暗示你喝水，也许只是想寻找合适的契机。"

尹澄懊恼道："我是不是下手太快了，应该等他先动手再反击的？"

"我认为你的判断没有问题，咱们不能拿自己的安危去冒险。"

"可是现在没法定他罪。"

梁延商的目光凝重起来："你听过恋物癖吧？"

这个问题太突然，尹澄不解地点了下头。

"有的男人对丝袜、女性用过的衣物有某方面的冲动和迷恋。这种对物品的癖好可能并不会造成太大的社会危害，但其中有一种叫恋体癖，迷恋对象不是物品而是人体，这部分人群会对女性的头发、脚趾、腿部或胸部等一些部位产生性冲动。在恋体癖这个群体里，最危险的就是器官偏爱癖。从国外的一些案件来看，常见的有割取乳房、臀部甚至人体器官来满足视觉和心理上的刺激，这是一种很极端的恋物癖现象。"

尹澄听到这里已经脸色发白，下意识双臂交叉，抱着胸："你的意思是罗哲有器官偏爱癖？"

"我通过一些途径查找到他之前的几条浏览记录，但这并不能证明他有这方面的倾向，只能是对他动机的猜测。"

尹澄追问道："浏览记录是什么内容？"

"医学相关的，单看这些内容都没什么问题。但如果站在器官偏爱癖的角度来看，他想要的很有可能是女性的内生殖器官。"

"……"

尹澄都没法形容听到这番话后的心情，震惊之余还有些后怕。她从来没想过现实生活中，身边还能有这样一个心理变态，这都是什么闻所未闻的事。

她都开始怀疑，难不成之前和同事之间闲聊透露过不打算生育的想法，被罗哲注意到了，才会盯上自己。

总之，这个猜测一旦发酵，就越来越让人细思极恐。

"我回来的路上已经把这些信息告诉你师哥了。"

见尹澄面色紧绷，梁延商抬起手，用手背碰了碰她的脸，岔开话题："我妈刚才有对你说什么吗？"

说起这个，尹澄不禁问道："你妈不知道我们的事吧？"

"我还没来得及说，想让他们知道吗？"

"还是别了吧，刚确定关系就告诉父母，万一……"

她的声音在梁延商无比压迫的眼神中戛然而止，随即她抿起笑意。

梁延商靠在身后的写字台上："我妈联系你的时候，你以为她知道了？"

"是啊，我刚跟你通完电话，她就来找我，我以为她要扔给我一千万，让我离开你呢！"

他嘴角微斜："你能同意？"

尹澄眉梢飞扬："同意啊，为什么不同意？哪里能有这种好事。"

梁延商毫不客气地捏住她的腰将她搂到身前，清冽幽怨地注视着她："我就值一千万？"

尹澄弯着眼："一千万已经很多了。"

她靠在他的双腿之间，目光落在他微动的喉结上，听见他清冷沉磁的声音从头顶落了下来："别逼我收拾你。"

话音刚落，就听见房门口传来涛涛稚嫩的嗓音："舅舅，我要告诉姑婆你欺负尹阿姨。"

"……"

2

最后梁延商是用一个汽车模型作为交换，打发走涛涛，涛涛还选了个最大的。也不知道涛涛是真糊涂，还是装的，总之他外公来接他的时候，他抱着汽车模型，笑得像个二傻子。

涛涛走后，时间也不早了，尹澄打算告辞，陶姐非要留她吃晚饭。

她拉着尹澄热络地说："你这么远跑来一趟，怎么也得吃个便饭，听阿姨的，留下来吃完饭，让延商送你回去。"

尹澄瞥向梁延商，他站在一边忍俊不禁。

晚饭的时候，尹澄见到了梁延商的父亲，那位传说中的梁董事长。跟尹澄想象中不大一样，她以为起码应该是挺威严、不苟言笑的样子。

虽然梁爸看上去是气宇轩昂的长相，但是还挺亲和的，待人接物并没有很严肃，反而从坐下来就招呼尹澄不要客气，当在自己家。

尹澄特意留心了一下梁爸的头发，明明就是一头乌黑浓密的短发。

她悄声对梁延商说："你爸的头发哪里白了？"

梁延商道："你听说过有种洗发水，洗完头发就黑了吗？"

"还有这种东西？"

"类似染发吧，你看我爸，效果好吗？"

尹澄当真好奇地盯着梁爸瞧了瞧，挺想打听一下哪个牌子，回去给尹教授整一套。

当然，梁爸并不知道他们在议论他的头发，还笑呵呵地对尹澄点了点头。

家里的阿姨备了满满一桌子菜，冰糖甲鱼、紫菜海胆、黑松露炒虾球、龙胆鱼、麻油姜母鸭，圆桌中间拆了只帝王蟹，阿姨还在源源不断地端菜过来。

陶姐亲自端了一盅佛跳墙给尹澄，说这是她特地煨制的。陶姐祖上是福建的，这手艺还是陶姐外婆传给她的，让尹澄一定要尝尝。

金边润玉的器皿，里面的海参、鲍鱼、蹄筋等食材选用的都是上乘的。

尹澄以为就一顿便饭而已，便饭在她的理解里就是家常菜嘛。然而梁家的家常菜，真就不太家常，这么隆重，跟过年一样，让她有点受宠若惊。

她压低声音，问旁边的梁延商："你家平时都是这个伙食？"

梁延商侧了下身子："我反正没享受过这个待遇。"

"……"

阿姨已经事先将帝王蟹腿撬开，只需要拿着蟹脚蘸料就能吃了。

饶是如此，开席后，梁爸还是替陶姐把蟹肉剔进碗里，将小料蘸好了放在她面前。

陶姐拿着精致的小勺子，吃蟹肉的姿态优雅端庄，不知道的以为在品燕窝。

看得尹澄有些意外，梁爸在做这些的时候，没有半分身居高位的架子。在尹澄的想象中，这么大的老总，就算外面没个三妻四妾，在家里可能也跟个大爷一样。

可梁爸对梁妈的照顾是那么自然，有些颠覆她的想象。

她侧过头去，对梁延商挑了下眉，梁延商当即也拿了个蟹腿过来，笑道："我给你弄？"

尹澄接了过来："谢谢，不用。"

陶姐的父辈是做生意的，后来嫁给梁爸，梁爸的生意也越做越大。虽然钱没少赚，但整个家族都没出过一个高学历的人才。

陶姐曾经也有过望子成龙的梦想，为了培养梁延商，没少在他身上下功夫。奈何她这个儿子其他方面脑子转得倒挺快，唯独学习不开窍。

想当年为了备战高考，她花重金请回来的家庭教师，没到一个星期就被梁延商策反。他对那个家庭教师说，带家教没"钱途"，让对方去玩互联网，去网上卖课。那老师请教梁延商怎么玩，梁延商说要做他的合伙人，让他把家教的钱全部拿出来做前期投资。就这么把陶姐付给家教老师的钱，又忽悠了回来。

后来那个家庭教师还真赚到了钱，成了早一批网络在线教育的受益者，然而梁延商的高考成绩却惨不忍睹。

陶姐现在想起那事，依然气得心脏疼，所以她对尹澄这样聪明省心的小辈，打从心眼里喜欢。

席间，陶姐和尹澄闲聊，问起她初中在哪儿上的，尹澄告诉她育中金科班。一直没怎么说话的梁爸，抬起视线看了眼尹澄。

那个号称市里师资力量最强的顶尖优录班，据说小升初入班门槛三门总分298分以上，加国家级比赛证书综合评定择优录取。

问起高中，同样是育中的，但她是直升市第一南校区的实验班。陶姐不免好奇，这样的学霸高考发挥得怎么样。得到的答案是她没有参加高考，提前就保送了。

在了解了尹澄这开挂的学习生涯后，陶姐看梁延商的眼神，就跟看捡来的孩子一样。

"你毕业后就进研究所工作了？"陶姐问。

"暂时是这样的，积累一些工作经验。"

听见她这么说，陶姐便问："你以后还有其他打算？"

尹澄顿了下，回道："继续深造吧。"

"你现在已经是硕士了吧，继续深造是打算读博？"

尹澄余光瞥向梁延商，她从来没有和他讨论过以后的规划，当然以他们目前的状态，好像还没有必要计划未来那么久远的事情。

所以这也是梁延商第一次听说尹澄有读博的打算，他的目光落在尹澄身上，两人的视线短暂地触碰。

这时候，坐在旁边的梁爸发话了。

"读博好，年轻人就应该多去学习。小尹啊，延商还是第一次带女孩子回来，你不用有顾虑，我们家里人会全力支持你的。"

陶姐："……"

尹澄："……"

梁延商："……"

梁爸今天一回家就瞧见陶姐满脸喜气地忙前忙后，还神秘兮兮地跟他说家里来了人。后来他又看见梁延商和尹澄一道从楼上下来，有说有笑的。

加上陶姐破天荒地亲自下厨，这不明摆着是招待儿媳妇的标准嘛，他理所当然地认为是儿子带女朋友回来了，自认为刚才那番话说得挺得体。

却见陶姐在一旁挤眉弄眼地提醒："他们还没在一起！"

梁爸一脸状况外地问："啊？还没在一起？"

"……"

陶姐尴尬地对着尹澄笑了笑，尹澄也只有同样尴尬地笑了笑。

只有一旁的梁延商抬手捂着额笑开了。

尹澄是开车过来的，梁延商让她把车子停他家，开他的车。

明天他再把车子给她送回去。

尹澄："这多麻烦？"

梁延商已经打开他车子的副驾驶车门，回过身掠着她："我乐意。"

回去的路上，尹澄不禁说道："看不出来，你爸还挺疼老婆。"

"老婆是从别人手上好不容易抢来的，能不疼吗？"

"嗯？"尹澄诧异道。

"我妈那时候家里安排了结婚对象，那个男人在外面不太安分，我妈本来心里就有芥蒂，结婚当天，那个男人喝多了，也不知道闹了什么事，我爸是去喝喜酒的。"

梁延商侧眸笑道："喝我妈的喜酒去的。"

尹澄不可思议："去喝喜酒，顺便把新娘抢跑了？"

"差不多就是这样，我外公和爷爷两家是旧识，我爸妈算是从小就认识了，但是我妈对我爸不来电，她喜欢那种油头粉面的。我爸年轻的时候，要么整天待在车间，穿着厂服跟工人打交道，要么就是戴着安全帽，在工地灰头土脸的，我妈瞧不上他。"

"那后来怎么愿意跟他的？"

"不愿意，都结婚了还不愿意跟我爸待在一起，整天往娘家跑。我爸每天得穿过大半个城去看她，这样维持了差不多两年多，我妈才肯跟他回家。"

尹澄不禁唏嘘，怪不得陶姐这个年纪了，岁月依然善待她。原来善待她的不是岁月，是梁爸。

车子刚停在尹澄家小区门口，一辆白色轿车从尹澄这半边的窗外开了过去，驶进小区。

尹澄盯着窗外瞧了眼。

梁延商问道："认识？"

"谢晋的车子。"

梁延商的目光落向白色车尾："你跟谢晋上次在茶社聊什么的？"

"我以为你不在意呢，憋到现在才问？"

"在意，只不过那时候身份还不够格过问太多。"

"记得我爸前阵子住院的事吗？和谢晋家里有关。"

尹澄简单地跟梁延商说了一番，说完后，她突然意识到，尹教授近来不爱出门或许是不想碰见谢晋这一家子。

"我爸从前教当代文学，是谢晋他们系里的教授，后来他出了点事，被打击得挺厉害，进了医院差点没抢救过来。谢晋没来看过一眼，跟我们家保持距离，或者说故意躲着我吧。其实也能理解，他怕殃及自身，别人对他指指点点，更怕耽误自己的前程。理解归理解，就是觉得这个人挺没意思的，我也就跟他断绝了来往。

"我爸始终把我跟谢晋闹掰的事归结到自己身上，即便谢家出言不逊，他大概也不会反驳。估计我不在家的时候，谢晋他妈没少干恶心人的事。我爸的性格是多一事不如少一事，能忍就忍了。我又不可能天天在家守着，你说我是不是得帮我爸搬个家啊？"

所谓小人难缠大概就是这个理，上一辈的恩恩怨怨积怨已深。但是劝尹教授搬家并不容易，他连家里的旧家具都舍不得扔，又怎么舍得离开这个他和孟博士曾经共同经营起来的家。

梁延商沉默了一瞬，对她说："送你进去吧。"

尹澄以为他要下车送她，然而梁延商直接把车子开进了小区。

小区门禁系统扫码临时车牌，按小时计费，抬杆后，梁延商将车子开到了尹澄家楼下，下了车目送她进去。

尹澄快进入单元门时，梁延商叫了她一声："尹澄。"

尹澄回过头来，他清隽的身影靠在车门上，含笑看着她："没什么，去吧。"

尹澄总觉得梁延商像是有话要说的样子，但是不知道什么原因没说。

她回到家后，给他发去消息：你刚才想说什么？

手机显示"对方正在输入"，他回复过来：想抱抱你。

尹澄拿着手机，快速扫了眼尹教授，躲回了房间。

YOLO：那你怎么没说？

商：真抱了可能就没法放你走了，太晚了。

尹澄笑着打下：你回都和府了？

商：回我爸妈家，明天给你送车。

尹澄这才回过味来，他是想明天再见面。

第二天是周日，尹澄多睡了一会儿，起来的时候瞧见尹教授站在阳台边往楼下看。

尹澄随口问了句："爸，你看什么呢？"

"楼下这辆车不是咱们小区的吧，一大早就停在那儿了，我们小区好像没人开这么大的车。"

听说是大车子，尹澄也走到阳台边，往楼下瞧了眼，这一看才发现尹教授口中的大车子，竟然是梁延商的三连号越野车。

难道是梁延商昨晚送她回来人没走，在车里睡了一夜？

她惊道："车里有人吗？"

尹教授说："我看过了，没人。"

尹澄伸头查看了一番，越野车停在谢晋那辆白色宝马的正前方，将他的车子堵得严严实实。

她当即拿出手机，给梁延商发了条消息：你昨晚车子没开走？

商：忘了。

YOLO：……

商：我下午来拿。

尹澄不时往楼下张望，从上午到中午她看到过谢晋两次，站在越野车边上不停打电话。

她发消息问梁延商：你接到电话了吗？谢晋是不是让你挪车？

商：接到了，我忙完过去。你想吃什么？

这种情况还要讨论吃什么，尹澄觉得他这心态没谁了。

梁延商是傍晚前赶到小区的，穿着质地精良的衬衫西裤，一副雅人深致的打扮。

本来他是准备把车子挪走的，奈何车子前挡风玻璃和左右两侧玻璃上，分别都贴上了一大块不干胶贴。

他正在查看车子的时候，谢晋下来了，径直朝梁延商走了过来，问道："车子是你的？"

梁延商不答反问："玻璃上的东西是你贴的？"

到底是在自家门口，谢晋底气颇足地说："不是我贴的，你车子乱停，堵在这儿一天一夜了，别人的车都不走了？"

梁延商神色很淡："堵着你的车了？"

谢晋："你不是废话嘛，赶紧开走。"

梁延商冷笑一声："那就有意思了，我堵的是你的车，别人没事找事替你打抱不平？"

谢晋指着梁延商的鼻子："你开不开走？不开走我就报警了。"

"你报吧。"

梁延商干脆的回答让谢晋愣了下，他随即拿出手机拨打110，谢晋妈妈也气冲冲地跑下楼来。

谢晋总觉得这个男人有点面熟，好像在哪儿见过，又一时想不起来了。

尹澄是听见警车的声音向下张望，才看见梁延商站在车子旁，谢晋和他妈妈都在。

她刚想下楼，就收到一条消息。

商：你不用露面，我来处理。

警察来了后，梁延商对于堵到车的事该道歉就道歉，一点都不含糊，表现得十分讲道理的样子。

反观谢晋妈，一直嚷嚷个没完，吵得人头疼，警察几次劝她不要喊，好好说。

谢晋那边更是不承认往梁延商车上贴纸的事，还扬言让梁延商有本事去物业调监控。小区里的人都知道，那个角落是监控盲区，找了物业也没用。

梁延商寡淡地说："调监控就不用了，直接看行车记录仪就行。"

172

谢晋脸色微变，梁延商一番操作过后，行车记录仪里的视频调了出来。谢晋妈妈一张大脸撑到玻璃前的画面拍得清清楚楚，贴也就算了，她还用指甲来来回回刮了好几下。怪不得刚才梁延商和警察都试了下，一点也撕不掉。

这视频拿在警察手里，铁证如山。周围邻居都议论开了，原因是不止一家的车子被贴过这种难撕的胶贴。

小区车位有限，外来车辆临时在路边停一下，哪怕没堵着道，留了联系方式也会被贴。业主们一直以为是物业干的，为了这事还跑去物业吵了好几回。

梁延商这行车记录仪调出来后，所有人看谢晋家的眼神都发生了变化，加上谢晋妈妈平时在小区里就像社区警察一样，什么事都要管，好些人早看她不顺眼了。

人群中，几个中年女人站出来质问谢晋妈妈，上次自己的儿子开车回来，玻璃上的纸是不是她贴的。

谢晋妈妈被众人质问，一时间哑口无言，只能连连否认。

但否认得了邻居，梁延商这辆车可是板上钉钉的证据，她抵赖不了。

梁延商配合态度积极，愿意主动道歉，只要撕掉贴纸，他不追究任何责任，并把车子挪走。

警察的处理结果也很明确，个人没有执法权，恶意造成别人驾驶视野遮挡的，自行清除贴纸，恢复原样。

尹澄下楼的时候，警察已经离开了，周围的邻居也陆续散开回家吃饭。

谢晋妈妈干的事，儿子留下来擦屁股。奈何那贴纸太难撕，谢晋拎了热水瓶下来泡了半天都撕不掉，只能拿刀片一点点刮，梁延商在一旁冷眼瞧着。

谢晋看见尹澄，以为她是听见动静下来找他的，他刚直起身子准备跟尹澄打个招呼，就见尹澄目不斜视地朝梁延商走去。

她停在梁延商身前，低声道："真有你的。"

谢晋见尹澄跟那个男人说话了，开口问了句："你跟他认识？"

尹澄这才悠悠转过身来，故作惊讶道："你怎么在这儿？"

谢晋丢下刀片，走了过来："正好，你要是认识能不能跟这兄弟商量一下，我出钱，车子开去修理厂弄，这东西实在撕不下来。"

尹澄瞥了眼梁延商，看向谢晋淡然道："我说不上话，我跟他又不熟。"

谢晋只能继续拿起刀片刮，梁延商眼里闪过笑意，抬起头问道："你家住几楼？"

"上去看看吗？"

"好，我拿个东西。"

梁延商折返回尹澄的车中将袋子拎了出来，连同她的车钥匙一起递给她。

尹澄看见包装袋，眼里就放光了，这是从前他们学校对面的青团糕，晚自习饿的时候，总会偷偷跑出去买，可管饱了。

但是毕业后，尹澄就没再吃过了，前阵子听说变成了网红店，好多人排队去买。

尹澄问道："你路过育中了？"

"特地绕过去的。"

谢晋抬起头来，看见不熟的两个人一起往尹澄家的楼栋走去。

他着急忙慌地喊了声："尹澄，你带他去哪儿？"

尹澄回过头来，对他说："带他回家啊。"

"你不是跟他不熟吗，带他回家干吗？"

"带回家认识一下，不就一回生二回熟了。"

梁延商不忘提醒谢晋："玻璃别刮花了，弄好了我来挪车。"

谢晋隐忍着怒意，想拿刀片给面前的车门来一下，但这辆车的价值提醒着他，要冷静。

3

踏入尹家大门，浓浓的书香气息便萦绕而来，胡桃木柜里摆满了各类书，很多都是早已绝版的古籍，被尹教授翻烂了也舍不得扔掉。墙上挂着一幅戴复古的词作《木兰花慢·莺啼啼不尽》，是尹教授早年间的书法作品，为了悼念亡妻挥墨而下。

那时候尹教授的字还苍劲连绵，随着年事渐高，眼睛大不如前，写出来的字到底差了点劲健透逸之姿。

前几年，尹教授便又把这幅字找了出来，托人装裱了一番，挂在家中。

家里入眼之处没有任何娱乐性的东西，除了书还是书。再加上偏古典的中式家具，实木茶几和摆放整齐的茶盘，给人一种严谨厚重的观感。

梁延商立在客厅中间，环顾道："你爸不在家？"

"出门买东西了。"

说罢，见梁延商负手而立的样子，她笑道："你不自在吗？这又不是教导主任办公室，你随意点。"

"你家这氛围，还真有点像教导主任办公室。"

"……"

尹澄轻笑出声，从前尹教授的学生来家里也跟梁延商差不多，一进门看见整面墙的书就开始不自在，好像下一秒尹教授就会随机从书柜里拿出一本繁体古籍考他们似的。总之就是一种学术氛围的气场压制，尹澄从小在这样的环境中长大，倒不觉得有什么。

她笑着对梁延商说："要么来我房间吧。"

梁延商跟随尹澄走进她的卧房，那种紧张的学术气场稍稍减弱，虽然尹澄房间里的书也不少，不过被女性化的元素冲淡了些。

"现在很多人都看电子书了，我还是觉得纸质书更有感觉，翻阅完一整本书的成就感，像打完了一场仗。这点可能受到我爸的影响，看完的书舍不得扔掉，有时候突然想起来什么有需要查阅的，还能翻出来再看看。如果是电子书，可能看完就想不起来再看了，所以你看家里的空间都被书占了。"

"可以开图书馆了。"

梁延商随手翻开一本历史类的小说，应该是尹澄近期看的，她看得很仔细，还有特别标注。

"你平时会看书吗？"尹澄问。

"以前不会，在国内读书的时候身边全是兄弟，每天出去疯的时间都不够，哪有心思看书。"

尹澄笑他："你有，你看了不少漫画书。"

梁延商也跟着笑了："那是看图画，字都是一带而过。大学以后一个人在国外，没事干倒经常找些书看，不过我不怎么看这类书。"

他拿着手中那本晃了晃。

"我看工具书比较多。"

"不是更枯燥？"尹澄说。

"也还好，需要用到那方面的内容，就不觉得枯燥了。就像查字典，正好需要答案。比如我搞贸易的时候，对国际货物买卖合同、贸易法、理论政策类的书籍就会特别感兴趣。我看书比较务实，没怎么涉猎这么广。"

尹澄的目光落在那本历史小说上，抬了抬下巴："借你看看啊？"

她故意逗他的，这本书将近六百页，整体布局像一座迷宫，人物关系错综复杂，又多是诗词，读起来晦涩难懂，很多人坚持不到第一章节就放弃了。

未料，梁延商还真应下了："那我回去试试。"

他侧了下视线，看向靠墙的米白色床，床上摆了一个枕头和一个靠枕，淡蓝色的冰丝面料整洁温馨。

"你平时晚上是躺在这里跟我发消息的？"

"不然呢，我总不能站在厨房里发消息吧。"

窗户开着，窗帘微晃，夕阳淡淡的光浸了进来。房间没开灯，光线半暗，气氛也变得暧昧。

"第一次听见你的声音，就是躺在床上，当时以为你应该是挺斯文的长相，戴眼镜那种。"

梁延商听见她这个形容，皱起眉峰："你不会跟我妈一样肤浅，喜欢那种油头粉面的小生，就像楼下撕贴纸的那位吧？"

尹澄靠在飘窗上，余光正好能瞄见下面卖力的谢晋，他叉开双腿奋力抠贴画的模样，让尹澄开始怀疑自己从前是不是瞎了。

她自嘲地笑了起来，清冷的眉目一旦舒展，好似满园的春色在脸上绽放，让人挪不开视线。

"你昨天晚上怎么回家的？"

梁延商放下书，他的气息靠近，裹挟着令人着迷的清爽感："走回家的。"

"少唬人了，那得多远。"

他黑亮的眸子里含着似有若无的笑意，勾起她的手："心疼了？"

尹澄垂下眼睫，掩饰着突如其来的悸动，听见他说："人不能太好说话，你和你爸爸在这儿住了这么多年，闹开了不好看，这个恶人我来做。"

摇曳的光在尹澄的眼里晕染开，她曾经也是个一心只读圣贤书、没有什么压力的小女孩。自从大二那年尹教授出事后，她遭受到四面八方的嘲讽谩骂。谢晋的冷漠，亲人的远离，她承受着前所未有的恶意，将尹教授从阎王手里夺了回来。休学打官司，披上盔甲与整个世界为敌。

她习惯了踽踽独行，从未想过有人能与她并肩而行，甚至成为她的后盾。

再抬起眸时，那摇曳的光融化成温柔的笑意，扫过梁延商的心尖。

他的目光越来越幽深，双手撑在飘窗上，姿势暧昧，低下头来，嗓音磨人："怎么办？想你了。"

尹澄的心跳不自觉加快："我们……不是昨天才见了吗？"

他笑容迷人："是啊，昨天到今天都过去一天了。能抱吗？"

英气逼人的轮廓加上颇具磁性的嗓音，一旦说起情话来反差感太大，蛊惑人心，让人的思维也跟着黏黏糊糊的。

尹澄被他圈在身前，脑袋已经贴在他胸口了。

"你现在，不在抱着吗？"

显然不够，他还想要更多，下巴轻蹭着她的发旋，手攀上了她细窄的腰，俯身亲吻她的额头。

但还算克制，一步步试探她的底线。

在尹澄抬头的瞬间，两人自然而然地接吻。已经不是第一次了，但每次尹澄的感受都不同。

前两次有点陌生，这次就不太一样了。私密的空间，没有第三个人来打扰。梁延商将内心的冲动释放了一角，将她抵在飘窗上细密地吻着。眼里的欲望越来越浓烈，滚烫的气息纠缠着她的舌头，直到她发麻发酸，神魂颠倒地软在他怀里。

他的掌心慢慢向上，徘徊在她的身侧，介于不安分和克制之间。

隔着薄薄的布料，烫人的温度让她敏感，尹澄眼里渐渐浮上迷离之色。

她就穿了件薄薄的白色家居服，经不起几下折腾，领口诱人的光景便若隐若现。

那颗橙红色的小吊坠露了出来，仿佛给了梁延商很大的触动，他眸色搅动着难掩的情绪，伸出拇指贴上她的锁骨，拿起那颗小吊坠。

"你戴上了啊？"

"嗯……为什么送我这个，有什么特殊含义吗？"

问完后，尹澄发现自己说话的声音已经不正常了，气息非常不稳。

梁延商没有回答她的问题，只是无端笑了下，垂下头沿着她的锁骨吻得越来越炙热。

尹澄的意识在不断下陷，身体落入绵软的沼泽，越陷越深。衣领被撩开，滑到一侧，酥肩半露。她被圈在飘窗上，和梁延商意乱情迷之时，余光还能看见谢晋在楼下扎着马步抠贴纸，这感觉让人刺激到血气上涌。

却在这个时候，家里大门响了，尹教授的声音从门口传了过来。

"娃娃，我怎么看见谢晋在楼下洗车啊？洗的就是那辆大车。"

"……"

梁延商拦腰将尹澄从飘窗上抱了下来，顺势拉好她的衣服。

尹澄心虚地清了清嗓子，让声音恢复正常。

尹教授刚把买来的卤菜倒进盘子里，就瞄见尹澄从房间出来了，后面还跟着个人高马大的男人。

尹教授神情微顿："你有朋友来？"

尹澄介绍道："梁延商，就是你上次住院替我们安排床位的。"

尹教授听闻后，放下卤菜，走上前："小梁啊，你好你好。"

"尹教授好，过来之前我也没打招呼，打扰了。"

尹教授："不打扰，不打扰。我早就让娃娃把你请到家里来吃饭，上次的事情多亏你帮忙联系康主任了。正好多买了几个菜，留下来吃饭。"

梁延商嘴角挂着笑："好啊。"

他答应得十分爽快。

尹家很久没来客人了，以前尹教授还在职时，倒是三不五时会有人来找尹教授。自从他退休后，家里总是很冷清。

难得有客人上门，尹教授忙前忙后。尹澄也去厨房里帮忙，梁延商一个人坐着总觉得不太合适，于是也进了厨房。

厨房就那么大，梁延商大高个往里面一站，光线都感觉暗了不少。

他主动提议："我来盛饭吧，您去坐着。"

尹教授本来还客气两句，让梁延商不用忙，但见梁延商已经凑到了尹澄面前，突然感觉到自己有点多余，便眉眼微展，退了出去。

尹澄将碗递给梁延商，他拿着饭勺，侧过眸笑道："娃娃？"

被他这么一喊，尹澄突然感觉到自己的乳名有点羞耻。

"为什么是娃娃？"

这还要从孟博士怀上尹澄说起。自从得知孟博士怀孕后，尹教授就开始绞尽脑汁给未来的娃娃想名字。在他看来必须要取一个旷世奇名，才能配得上他和孟博士的结晶。

于是翻遍古诗词集，研究生辰八字，最后纠结来纠结去，觉得这么重大的事情，应该由孟博士决定。

然而孟博士直到被送进产房的前一刻，还在组织地质灾害防治会议，哪有工夫去想什么名字的事。

所以尹澄呱呱坠地都没个名字，亲朋好友来看望只能暂时"娃娃，娃娃"地叫她。就这样叫了一个月，到了上户口的时候必须要有个名字。

那天正好天气不错，孟博士推开窗看见澄澈的天空，于是就给她取名尹澄。

"这么随意的吗？"梁延商接过另一个碗。

"我爸也觉得太随意，以为我妈是随便取一个，后面想到合适的还要改的，所以就一直叫我娃娃。后来我名字没被改过，他也叫习惯了。"

梁延商把最后一碗饭盛好，让尹澄拿着筷子。他大手一捧，三碗饭全被他端了起来，侧身问道："我能叫你'娃娃'吗？"

"……不能。"尹澄黑着脸。

梁延商笑得越发肆意，低下头，声音略带宠溺："娃娃。"

"……"

谢晋跑到尹澄家来按门铃的时候，梁延商和尹家父女正在其乐融融地吃着晚饭。

他站在门口瞧见这个场面，脸色当即就难看至极。

谢晋和尹澄早就不来往了，他突然登门让尹教授很是诧异，以为他是来找尹澄的，完全没想到他居然是来找梁延商的。

谢晋站在门口，冷着个脸，看着梁延商："弄好了，车子开走。"

梁延商漫不经心地抽了张纸巾，对尹教授说："您慢用，我下去挪个车。"

说完，他便起身出去带上了门，尹教授满眼疑惑地问："楼下那辆大车是梁延商的，谢晋为什么要帮小梁洗车？"

"……发展副业吧。"

谢晋一开始的确没有认出梁延商，只觉得这个男人有些面熟。但自从梁延商跟着尹澄上楼后，谢晋越想越不对劲，慢慢也就想起了上次茶社那件事。

谢晋当时以为梁延商就是个不相干的客人，如今看来，似乎并没有他想的那么简单。

直到尹家大门打开，梁延商跟尹澄坐在一起吃饭，才证实了谢晋的猜测。

梁延商这边刚关上门，谢晋就眼含怒意地说："搞了半天原来你是故意的，你跟尹澄到底什么关系？"

梁延商没有搭理他，提步打开安全通道的门，走入楼梯间。

谢晋赶忙跟了上去，安全通道的门再次打开、关上，谢晋上去就扯住梁延商："你给我说话！"

梁延商当即转身反制住他，将他狠狠砸在过道的墙上，眼里是慑人的寒意，阴鸷的气场立马压制而来。

梁延商沉着声音对谢晋说："他们父女是文化人，涵养好不跟你们一家子计较。但是不好意思，我这个人不太好说话。回去告诉你家里人，少没事找事，再让我听到一点风声……"

他提起谢晋的衣领，周身阴沉的气息让人不寒而栗。

"我多的是恶心人的方法，不信邪的你可以试试看。"

梁延商再次回来已经是二十分钟后了，尹澄见他去了那么久，问道："没事吧？"

他云淡风轻地回道："能有什么事？"

梁延商没有久留，跟尹教授闲聊了一会儿，就起身道别了，走的时候还不忘问尹澄要走了那本历史小说。

梁延商走后，尹教授站在阳台上，看似在逗鸟，实则目光不停地向下张望，直到梁延商的车尾消失在拐角。

他回过头来问尹澄："你跟小梁是不是在处对象？"

尹澄刚准备开口，突然想到昨天跟梁延商说才确定关系就告诉家人不大合适。今天要是转身就告诉尹教授，多少有点双标。于是，她也就含糊其词道："没有啊。"

尹教授沉吟："挺好的小伙子，长得端端正正的，个儿还那么高。"

尹澄故意打趣："想让他给你做女婿？"

尹教授一本正经地拎起鸟笼："我没说啊。"

尹澄最近在整理论文，弄到很晚，手机突然响了，她拿起来看了眼。

商：尹澄，睡不着。

她一看时间，果然不早了，关了电脑上了床。

YOLO：怎么了？

商：有点折磨人。

YOLO：谁折磨你了？

商：你。

尹澄的目光不自觉移到飘窗那儿，暧昧横生的画面一下子涌进脑海中，搅动着寂静的深夜。

YOLO：我爸今天要是没回来，你是不是想跟我发生点什么？

这条消息发过去后，尹澄的呼吸跟着紊乱起来。

梁延商没有立即回复，但尹澄知道他在手机那头。

几分钟后，他问：你呢？

商：会不会觉得太快了？

这个问法似乎是默认了刚才尹澄的问题，她将手机扔在一边，拉过毯子盖住自己的脸，抑制不住加快的心跳。

缓了一会儿后，她重新拿起手机：说实话，挺有感觉。

她第一次被个男人在自己房间里撩拨到动了情，疯狂又刺激。

她的诚实不知道给梁延商带去什么感受，他半天没有回复。

尹澄盯着屏幕都开始犯困了，手机才响动。

商：我就不应该找你聊天，更不可能睡着了。

尹澄又看了眼时间，赶紧调好闹钟。

YOLO：我要睡了。

商：撩完就跑，你好样的。

第十章·
最怕男朋友突然的关心

1

尹教授近来报了个新疆喀纳斯加上伊犁环线的十二日双飞游，跟群里那些退休老同事一起组了个旅行团。

尹澄倒是挺支持爸爸多出去玩玩，奈何前段时间他身体抱恙，心情又不好。这次他总算愿意踏出家门，出去走走了。

尹澄下班回到家的时候，发现他大包小包都收拾好了。她问尹教授明天几点的飞机，送他去机场。

尹教授却说："不用了，小梁送我过去。"

"？"

"你什么时候有梁延商联系方式的？"

尹澄感到匪夷所思，梁延商不是才来过家里一次吗，已经跟尹教授单线联系上了？

"他路过咱们小区，顺道上来看我。"

"……"路过这种鬼话你也信？

尹教授指着墙角的一堆礼盒："你看这孩子，还带了这么多东西过来。"

尹澄这才注意到，墙边摆放了好几盒茶叶，还有一套高档精美的紫砂茶具。

"他什么时候来的？"

"上午过来的，陪我下了一会儿棋。我问他会不会下围棋，他说下得不好。我看他是不怎么会下，就教了教他，他一看就会，下午的时候，都能用我教他的布局来引我入阵了。"

尹澄扭过头："他还在这儿待到了下午？"

尹教授答非所问地沉浸在自己的思绪里，自言自语道："这孩子脑子聪明。"

"……据说他读书时成绩不好。"

尹教授反过来说尹澄："成绩不是检测一个人能力的唯一标准。"

尹澄讶异地看着老爸这副双标的样子："你从前对你学生可不是这么说的。"

尹教授略显尴尬地咳嗽一声，去阳台倒鸟食去了。

尹澄走进房间，打给梁延商，他那边倒是接得很快。

"到家了？"他声音里带着笑意，口吻愉悦。

"嗯，你今天来我家怎么没和我说啊？"

"你在上班，怕打扰你。"

"你怎么还带那么多东西来呢？"

"我才从黎坞回来，顺手给你爸捎点当地的茶。"

"你这样破费不太好，下次不要了。"

尹澄有她的顾虑，她和梁延商交流感情可以，但是牵扯到太多物质上的东西，以后会很麻烦。

梁延商却说："茶叶没多少钱。"

"紫砂茶具呢？"

这下梁延商没话可说了，只能在电话里干笑道："尹澄，你什么时候才能不跟我这么见外？"

他的声音很松弛，伴随着听筒里的音乐声。

尹澄问道："你在外面？"

"在跟朋友吃饭。"

"夜生活真丰富，你吃吧，我先挂了。"

梁延商叫住她："等等，生气了？"

尹澄笑了起来："没有，我能生什么气？"

"马上就走了。"他带着哄人的语气。

梁延商挂了电话后，起身对乔子晖他们说："单我买了，你们吃，我先走了。"

乔子晖诧异道："不是说好待会儿换个场子第二轮嘛，你走去哪儿？我发现你最近很不对劲啊！胡骏他们联系你都联系不上，说你一直在外地。你老跑外地待着干吗，在外面养个情人啊？"

"我这不是回来了吗？"

"回来也见不到你人啊，难得聚一下你还要走，你是不是有情况？"

梁延商勾起嘴角，但笑不语。

乔子晖对他说："过阵子小凯回国，组织我们这帮当年在外面的人聚一聚。这也算是大家回国以来，第一次这么多人聚在一起，携伴到场，懂什么意思吧？别整天藏着掖着。"

梁延商拍了拍他："知道。"

半个小时后，尹澄收到梁延商发来的定位，他已经回到了都和府。

第二天一早六点钟，梁延商准时来到尹澄家，将尹教授的行李搬上了车。他动静很轻，没有吵醒还在睡梦中的尹澄。

上了车后，尹教授对梁延商说："小梁，待会儿能不能请你帮个忙，假装是娃娃的男朋友。我之前啊，跟我那些老同事说娃娃有男朋友了。"

梁延商眼角微弯："这样啊。"

"要不这样说，他们老记挂着给我家娃娃牵线搭桥，我家娃娃又不乐意。"

梁延商应得爽利："我知道怎么做了。"

到了机场，梁延商将车子停在停车场，亲自送尹教授去出发大厅。

他一手推着行李箱，另一只手拎着尹教授的行李包，肩膀上还挂着尹教授出行要用的双肩包。虽然身上都是东西，但手长脚长的，倒也不显得累赘，反而轻松利落的样子。

反观尹教授，双手一背，优哉游哉地走在一边，还不时停下来盯着广告牌瞧一瞧。

老同事们说好了在2号出发口集合。尹教授晃到那儿的时候，那些老同事陆续到了，举着小旗、戴着同一款式的帽子聊得那是热火朝天。

尹教授当即赋诗一句："转眼数载又重逢，老友相聚话从前啊！"

大家转过身来，就见尹教授后面跟着个仪表堂堂的帅小伙，而尹教授两手空空背在身后，跟首长巡察似的，便打趣他："老尹啊，从哪儿找来这么个大帅小子给你拎行李？"

尹教授停在众人面前，身子一侧："不是我找的，是我女儿找的。我来介绍一下，梁延商。"

大爷大妈们当即喜笑颜开，纷纷围了上来问东问西。

什么工作单位在哪儿，今年多大，家里几口人，父母哪边的。

差点就要把梁延商祖宗十八代的信息给挖出来了。

这些老同事中，有好些从前还教过尹澄，特别是孟博士离世后，大家同情这姑娘小小年纪没了妈，都对尹澄多加关照。那时候尹教授工作忙起来，经常把尹澄送到这些老同事家里写作业补习。

所以大家看待尹澄都跟自家小辈一样关心，盼着这个从小看到大的姑娘有个好归宿，自然对梁延商多了些好奇。

梁延商含着笑耐心回答长辈们的关心，他个子高的缘故，跟这些长辈说话会特意弯下腰来。虽然只是细枝末节的举动，却让这些长辈对他多了份好感。

时间差不多了，大家说要去换登机牌，梁延商便将重的行李一个个搬到传送带上。

如此一来，大家对他的印象都挺不错，有个大妈笑着问他："小伙子得加紧，什么时候能让我们吃上喜酒，年内能不能成？"

梁延商也笑了起来："我尽量。"

这大妈转头对尹教授说："日子定下来得第一时间在群里告诉我们。"

尹教授打着哈哈。

梁延商一直将大爷大妈们送到安检口，众人围着他挨个跟他道别，还让他好好照顾尹澄。引得旁边路过的人都投来异样的眼光，也不知道这个小伙子到底干了啥，被一群大爷大妈如此嘱托。

尹教授最后一个过安检，他略带抱歉地对梁延商说："今天真是麻烦你了。"

"不麻烦，应该的。"

尹教授让他回去开车慢点，道了别走向安检口。

快到安检口的时候，尹教授越想心里越犯嘀咕。梁延商说"不麻烦"倒是一句客套话，那怎么就"应该的"呢？

他回过身来，有些狐疑地看向梁延商，梁延商还没走，依然站在原地目送着他。见尹教授回过头来这副表情，梁延商忽然就笑了起来，对他说："尹澄交给我，您安心玩。"

尹教授当即便露出笑意，对他点了下头，走进安检口。

尹澄醒来后，尹教授连同他的行李都不在了。

她发消息问梁延商：你早上几点来我家的，怎么没叫醒我？

商：就是为了让你多睡一会儿，上班族的晨觉是最宝贵的。

尹澄看了眼窗外，七月的阳光好像也没有那么火辣，反而有些暖融融的味道。

梁延商的消息又发了过来：给你带了早餐，放在你家桌上了，记得吃。

经他提醒，尹澄才看见桌上放着一个食盒，她打开看见里面色泽诱人的厚烧鸡蛋卷。看不出来放了什么食材，但是一口咬下去，松软可口，能感觉到爆浆的蛋滑和大颗虾仁，用料可以说很实在了。

她发消息问：哪家买的？

商：下次你想吃告诉我。

YOLO：把我爸送到机场了？

梁延商发了张照片过来，背景是在机场出发大厅的花圃前面。大爷大妈们站成两排，笑得那叫一个灿烂。最前面的一排还拉着个横幅，也不知道这个横幅是什么时候做的，居然还有团名。人没走，团魂已经立起来了，就夸张了。

尹澄发了个大拇指过去，笑着收起手机。到了所里她便钻进实验室，开始了一天的忙碌。

罗哲那边虽然由于证据不足无法定罪，但梁延商提供的那些参考信息，到底让所里的领导有了顾虑，暂时没有恢复罗哲的工作。

其他同事近来都在议论领导对罗哲的态度，毕竟他不可能一直处于停职状态，总要有个处理决定出来。

然而所里的通知还没下来，周五的时候，罗哲就主动过来办理辞职了。

有同事特地到实验室来告诉尹澄，她才得知的。

不管罗哲到底有没有侵害意图，也不管他到底是不是个心理变态。反正经此一事，他大概也觉得待不下去了，主动辞职让大家都松了口气，当然也包括尹澄。

尹澄知道罗哲来所里办理离职手续后，为了避免碰到面大家都难堪，刻意在实验室待了一天没出去。

直到过了下班点，她才换下实验服走出实验室。

本想着这个点了，人事部门的同事差不多都下了班，罗哲应该早就办完手续离开了。

然而电梯落到一楼，门刚打开，尹澄便看见研究所大门口徘徊着一个身影，在夜幕即将来临的笼罩下，显得越发阴森。

尹澄当即就按下关门键，电梯再次徐徐上升。

罗哲是下午两点多来办理离职手续的，这都已经六点了，再复杂的手续也应该弄完了，不知道出于什么原因他还没走。

在这短短的十几秒里，无数猜测从尹澄的脑海中闪过。

她拿出手机，给梁延商发去一条消息：罗哲在我们单位大门口，不知道想干吗。

消息刚发过去，梁延商的电话就追了过来："你现在在哪儿？"

"我打算先回办公室观望一下。"

"待在楼上别走，我来接你。"

二十分钟后，尹澄的手机响了，梁延商让她下去。

尹澄重新来到一楼，这次电梯门打开时，她看见了梁延商站在电梯外等她，悬着的心一下子落了地。

外面的天色已经完全黑了，她向大门口张望，来来往往的人影模糊不清。

她问梁延商："你进来的时候看见罗哲了吗？"

"没有。"

尹澄往楼外走了几步："人走了？"

梁延商叫住了她："尹澄。"

她回过身来，梁延商走到她面前，垂下视线对她说："我进来前在周围观察了一下，没看见罗哲的身影，但不敢保证他是不是躲在哪个暗处。他熟悉你的车，万一跟踪到你家小区，掌握了你的家庭住址就麻烦了。我觉得你的车最好停在单位不要动了，你爸这段时间都不在家，你一个人回家不太安全。要不……"

尹澄等着他接下来的话，他的目光牢牢注视着她，试探地问："去我那里？"

还没等尹澄回答，梁延商接着说道："如果你觉得不方便，我带你找个酒店。总之，我的意思是，你近期最好不要回家，先看看情况。就怕他产生什么扭曲的报复心理，要是你家住址暴露了，你爸回来也不太安全。"

尹澄觉得梁延商考虑得挺有道理的，谁知道罗哲那种不太正常的思维，会不会把辞职的事情算在她头上。

正当她琢磨这事的时候，梁延商又道："不过再好的酒店每天客来客往的，如果有心为之的话，不排除有混进去的可能。最稳妥的还是去我家，他不可能混进都和府。就算找到我那儿，我也不会让他有机会接近你。"

尹澄的眼珠子在眼眶里动了动，抬起视线，似笑非笑地看着梁延商。

梁延商眉梢微挑："我不是那个意思，我家房间多，你随便住。"

上次在尹澄的卧室差点擦枪走火的行为，让他这番话十分没有说服力，他自己说出口后也笑了。

"可是我总要拿点日用品、衣服什么的，不能就这么去吧？"

"买新的，走吧。"

说着已经牵住尹澄的手。

梁延商将车子开去新城最大的购物中心，有三层楼全是女装，一楼化妆和护肤品牌齐全，负一楼还有个大型超市，所有东西在里面都能搞定。

他先陪着尹澄在楼上挑选了几件衣服。令尹澄最头疼的是付钱的时候，她这边刚进试衣间把衣服换下来，梁延商那边已经付好款了。

"你都不问问我喜不喜欢就买？"

他拎着购物袋，对她说："我喜欢。"

"去对面那家店，你再挑几件。"

尹澄却停下步子："我顶多去你家待个两三天，有两套衣服暂时换一下就行了，买那么多干吗？又不是长住，还有，刚才那件衣服多少钱？你给我看下。"

"我说你非要跟我算那么清，男朋友给女朋友买两件衣服不是很正常吗？难道你希望我给别的女人花钱？"

见尹澄沉默了，他还故意低下头来，视线压迫着她："嗯？说话。"

"行吧，你愿意散财就散吧。"

"那再去对面挑几件。"

"……"

尹澄穿在外面的衣服买得差不多了，但总要再买几件内衣。好几次路过内衣店，尹澄都没好意思带梁延商进去，主要是内衣店里全是女人，她带个大男人进去，往店里一杵，就怪怪的。

于是她对梁延商说："那个，我有点口渴了，你帮我去买杯奶茶，三分糖去冰，我到前面逛逛。"

总算把梁延商支开后，尹澄大步朝着内衣店走去。

她平时穿内衣以舒适为主，特别是夏天衣服都比较轻薄的情况下，她的内衣大多是肉色或者白色光面的，这样不至于让内衣的痕迹太明显。

但不知道为什么，今天在店员的推荐下，她鬼使神差地拿了几套和她平时风格不大一样的内衣去了更衣间。有深 V 黑色蕾丝聚拢款的、有胸前绑带式的，还有 U 形美背的。

其中有一套内衣配的还是丁字裤，尹澄觉得有点过于性感了，还想再挑挑看。然而她刚从更衣间出来就看见梁延商鹤立鸡群地站在两排文胸之间，手上还提着奶茶和一堆购物袋，默默地等着她。

两人的视线冷不防地撞上，随后梁延商的目光缓缓向下移动，落了尹澄的手中。尹澄从对面的镜子中看见自己的小拇指正勾着那条丁字裤。

她脸色微红，转过身将手中一堆内衣全部塞给店员，对店员说："算下总共多少钱？"

店员笑着跟她确认道："都拿 C 杯的是吧？"

尹澄瞬间"社死"。

梁延商好像突然知道了什么了不得的秘密，视线在她的胸前短暂地停留了两秒，又默默地飘开了……

2

衣服买好后，他们把东西放上车，又去负一楼的生活超市逛了一圈。尹澄买了些日用品，梁延商拿了不少吃的。

尹澄问他："你拿这么多吃的干吗？"

"怕你夜里饿了想吃东西。"

"我夜里一般不吃东西。"

"那万一我饿了。"

"……"

临近周末的缘故，来逛超市的人很多。他们去结账的时候，每台自助结账机前都排了队。

到底是新城这里物品最齐全的精品超市，就连结账机旁的货架上，放的套套种类都是五花八门的，各种图案的小方盒子摆成一面，色彩很有视觉冲击力，很难被人忽视。

两人本来还在商量待会儿吃什么，等排到货架旁时，他们同时噤了声，不再交流。

尹澄的注意力全被那一整面小方盒吸引了。她从前去超市买东西也不是没有看过，无非是那几个大众耳熟能详的牌子，她从未停留，更别说研究这些品牌类型了。

今天乍一看见这么多牌子、这么多类型款式，着实大开眼界，原来这个产业如此百花齐放。

而梁延商之所以沉默，是发觉到尹澄的目光一直落在那排货柜上。他不知道尹澄是什么意思，是不是打算买点，却不好意思拿。

总之，两人就这么安静着，不尴不尬地结完了账，然后在商场里随便吃了点东西，就开车回了都和府。

进了都和府后，尹澄才知道罗哲为什么不可能混进来。都和府从大门到车库再到电梯，有着非常严密的安保系统。高大威猛的保安定时定点巡逻，非业主想进小区，不仅要进行实名登记，楼层管家还会亲自将外来客人送进小区与业主对接。

外卖和快递一律是进不来的，全部放在指定的配送房内，由楼层管家进行小区内的送达。这样既确保了绝对的私密性，也保证了业主的人身财产安全。

尹澄听说都和府最小的户型是两百平方米，但梁延商所住的8号楼，位于都和府园林中央，电梯直达入户，将近五百平方米，光门厅的面积就差不多抵上个两室一厅了。整体装修风格偏现代感，没有太繁杂的装饰，空间色彩和谐统一，低饱和度的家具高档质感，和他流庭湖卧室的风格迥然不同。

他家里生活区的功能划分也十分多元化，宽敞的岛台分隔开中西厨房。原本的保姆房和客房被打通了娱乐室，放了台球桌和麻将桌，休息区有一面放洋酒的酒柜，还有一排可供选择的球杆，氛围灯一打，像到了私人俱乐部。

穿过这间房，是一个运动室，里面有跑步机、臂力器、各种大小的哑铃，还有一组庞大的多功能综合训练器材。

尹澄指着那台综合训练器，问梁延商："那玩意儿怎么练？"

"你想练吗？我教你。"

"今天不了吧。"

尹澄走出这间房，继续往里看，北侧还有个家庭影院，可谓将享乐发挥到了极致。

她问："那次看《绿皮书》，你就是在这里看的？"

"是啊。"

尹澄咂了下嘴："会享受。"

她将整个家都参观了一番，虽然整体偏现代简约风，但硬件设施都非常豪横，随便一个物件都是独立设计师品牌，在生活格调这方面，梁延商还挺有品位。从家居装修能看出来，他是个懂得享受生活的男人，却又不是那种张扬浮夸的类型。

要说尹澄最喜欢的，是他家横跨几个房间的弧形露台，新城璀璨的灯光可以尽收眼底，特别是夜晚望出去，有种君临天下的畅快感。

但是很快，她就发现了一个不容忽视的问题。

"你家房间是挺多的，但有床的就一间，你还让我随便住，请问我有得选吗？"

梁延商低着头，哑然一笑："我就一个人住，也没想过多买几张床。"

"朋友、亲戚来你家的话，怎么留宿？"

"真有外地的朋友、亲戚过来，需要招待的，都和府不是有都和酒店嘛，都安排在酒店套房，一般也不会留他们下来住。"

尹澄无语了，问他："那今晚怎么睡？"

梁延商散漫不羁地牵起嘴角："我床大，挤一挤就是了。"

"……"

说着，他还抬手圈住尹澄，搂着她进了卧室。

虽然他的卧室很宽敞，床也的确够大，但这刚进家半个小时都不到，户型还没摸熟就直接被带进房，未免太迅速了。

尹澄打从进房后，就开始浑身不自在。

梁延商将尹澄按坐在床边，俯下身来，气息缠绕着她："你看行吗？"

虽然他已经刻意压制住了笑意，但尹澄依然觉得他有做妖孽的本事，眼里都是电流，勾人得很。

尹澄憋红着脸，说他："你还挺讲究效率的，一刻都不耽搁。"

梁延商见她羞赧的模样，这下彻底笑了，直起身子走进里面的衣帽间，拿了套家居服出来："逗你的，你睡房间，我明天去买床。"

"那你睡哪儿？"

"我有地方睡。"

说完，他就出去了，没一会儿又折返回来，将刚买的一堆购物袋帮她拎进了房间。

卧房里有卫浴，尹澄站在浴室门口，回过头来，对他说："我好像忘买睡衣了。"

梁延商再次走进衣帽间："我找件T恤给你。"

他递给尹澄一件球服，够大，套上去正好能遮到膝盖。

尹澄先将刚买的内衣拿出来，新内衣总要洗完才能贴身穿。但是洗好后，又面临了一个新的问题，晾在哪儿？

她在卧室里转悠了一圈，都没找到可以挂内衣的地方，只能打开门去找梁延商。

她跑去客厅，没有看见人，也不知道他在哪间房，就喊了他一声。

没一会儿，梁延商出来了，他是澡洗到一半被尹澄喊出来的，头发湿漉漉的还在滴水，身上披着件松松垮垮的浴袍，急急忙忙出来都没系好腰带，肌理分明的胸膛半敞着，恰到好处的线条清晰可见，水珠顺着头发滴落到浴袍里。这样子太欲了，看得尹澄呼吸微滞，就听见他问："怎么了？"

她目光闪烁："就……你家有没有晾衣服的地方？"

"有烘干机。"

"内衣不能烘干，会变形。"

梁延商突然了解到了奇奇怪怪的生活常识，顿了顿，大步走向露台，按了个按钮。

随后隐形晾衣架缓缓落了下来，他转过身对尹澄说："你挂这儿吧。"

"哦……嗯……"

就在他伸手去找按钮的时候，腰间的系带在拉扯之间又松了些许，他转过身时，尹澄甚至瞧见了他性感的胸膛。

浓烈的荷尔蒙气息就快逼到她脸上了，尹澄匆忙避开视线，回房拿上洗好的内衣。

紧接着，她就发现了一件尴尬的事情，露台是连通着的，还是弧形的。也就是梁延商无论从哪个房间走出去，第一眼就能看见她飘扬的内衣。

这都是什么破事？

此时尹澄也顾不得那么多，匆匆挂好内衣就回了房，眼不见为净。

她回房后，将晚上买的东西收拾出来，瓶瓶罐罐的暂时放在梁延商的床头柜上。那些衣服不知道挂在哪儿，干脆还放在袋子里，没有拿出来。

正在她收拾的时候，突然听见大门关上的声音，她奇怪地探头出去看了眼，喊道："梁延商？"

没有人回答她，貌似他出门了，尹澄也不知道他这么晚出门去哪儿，于是打算先洗个澡。

等她洗好澡，听见大门又响了，她套着宽大的衣服走出房间，问道："你干吗去了？"

梁延商手上拿着一瓶运动饮料，正在玄关换鞋，听见声音抬起头来。

尹澄穿着他的球服，头发半干地披散在身前，曲线优美的腿露在外面，妩媚又撩人，让人一下子血脉偾张。

他动作迟缓地举了下手中的饮料："买水。"

"你家冰箱里不全是水吗？干吗还下楼买？"

梁延商轻咳道："想喝你上次买的这种运动饮料。"

尹澄总感觉他这行径有点不太正常，夜里走出小区去大街上，就为了买瓶水，得有多想喝，至于吗？

梁延商说着便往里走，尹澄回过身来瞧着他。他换上了简单的纯色 T 恤和一条休闲短裤，短裤后面的口袋里鼓鼓囊囊的。

尹澄拉住他，梁延商停下脚步，感觉到她贴上来的气息，身子僵了下。

下一秒，裤兜一松，尹澄伸出两根手指，将他裤兜里的小方盒夹了出来，缓缓绕到他的身前，眯起眼睛，晃了晃手中的东西。

梁延商见被她发现了，也不躲闪，还十分坦荡地对她说："不是怕你不好意思买嘛，你又不想要小孩，万一你对我有想法，我这是为你考虑，以防发生意外。"

"所以你是怕我对你下手，就给自己先准备上了？到哪里找你这么贴心的男友？"尹澄抛着手上的盒子调侃他，笑得颇为揶揄。

梁延商拧开饮料瓶盖喝水，脸上难得出现一丝不太好意思的神情。

尹澄将盒子递给他，梁延商刚准备接住，尹澄又拿走了，凑近看了眼尺寸，大号。

"这玩意儿不是橡胶做的有弹性吗？我还以为是均码的。"

梁延商绷着脸，一把夺过东西扔进茶几的抽屉中。

尹澄看见茶几上放着她给梁延商的那本历史小说，没想到他还真看了。她弯腰将书拿了起来，发现梁延商竟然都熬过第一章看到第三章了。

她不禁问道："感觉怎么样？"

梁延商在沙发上坐了下来，对她说："头大，刚搞清楚人物关系，又出来新的人物，名字都差不多，得费劲去记。不过也挺有意思，这些人各怀鬼胎，不知道后面怎么发展。"

尹澄坐在他身旁，问道："你觉得翠凌是个什么样的人？"

"那个路上买来的奴婢？对她没什么印象。"

"她和叶家的长孙好过。"

梁延商侧眸而视："这怎么看出来的，第二章里面叶渭信不就成亲了？"

尹澄眼睛微弯："这本书基本没有感情线，背景虽然没有明说，但能看出来是建立在全民皆商的宋朝。这个朝代有项立法，平民可以经商，贵族官僚禁止与民争利。所以后面叶家能在洛阳道上开辟一番天地，这个在前半本书里根本没有存在感的翠凌是个关键人物。她为什么要为叶家搭上自己，除非叶家里面有她在意的人，这样整个逻辑才能自洽。我看到一半的时候，也觉得她就是个打酱油的。"

梁延商："起码我现在看不出来她跟叶渭信有什么瓜葛。"

"后面也看不出来，这都是我猜的。文中有句话'少年梦影尽凋落'，这句话出现在翠凌离开叶家时。梦中的情影是谁，别忘了翠凌这个人物刚出场是跟着叶渭信的马车队伍。虽然那时候的叶渭信才十几岁，不过古时候男人十几岁睡个奴婢也不是什么新鲜事吧，你十六岁不就做那种梦了。"

"……怎么说到我身上来了？"

尹澄抿着唇笑了起来，她将双脚放到沙发上，用宽大的球服将自己屈起的腿包裹住。这个姿势实在有点奇怪得可爱，像个蚕宝宝。

她问梁延商："你梦里的人是女优、明星，还是现实生活中的人？"

梁延商拧开水，喝了一口，掩饰住眼底的不自然："为什么要跟我讨论这个？"

"好奇啊，又没有其他人可以讨论，难不成你让我下楼去找保安讨论？"

梁延商侧过身子，有些玩味："你们这种搞研究的正经人还会好奇这种事？"

"我们也是人，本质上也是有七情六欲的，就是有你们这样的偏见，总觉得我们就应该整天搞学术研究，思想古板枯燥无聊。所以你看，我长这么大了，也没人跟我讨论过这种两性话题。"

她说得好像还有点委屈的样子，梁延商无奈地笑道："行吧，你想讨论什么？"

"就是刚才那个问题，你做那种梦的时候是有特定对象，还是就一个……"

"一个？"

"一个躯体。"

"……有特定对象。"

"是现实生活中能见到的人吗？"

"……嗯。"

得到这个答案后，尹澄的表情变得微妙起来。

"那不尴尬吗？前一天才梦到某个人，第二天碰见她，你不会对她产生反应？总会有画面感的吧。"

沉默。

梁延商垂着视线，富有张力的轮廓略微紧绷。他不说话，尹澄难免侧过头来看他。

高耸的眉骨让他的侧脸颜值非常耐看，是一种充满男性化的俊朗感。他双肘撑在膝盖上，有一下没一下地捏着那个饮料瓶，回了一句："忘了。"

"怎么可能？"尹澄显然不太好糊弄。在她想来，这种事情不就跟初恋一样，人生中的第一次应该是刻骨铭心才对，怎么还能忘呢？

梁延商回过头来瞧着她，喉结轻滚，漆黑的眼里射出透亮的光。

莫名地，尹澄觉得他的目光很烫人，总之就是一种带有侵略意味的狼性，她不自觉缩了下身子。

梁延商出声问她："你干吗把自己包成这样，冷吗？"

尹澄抬了抬下巴，梁延商顺着她下巴指的方向调转过视线，那排飘啊飘的小布料落入他眼中的同时，身旁的女人告诉他："我内衣……洗了。"

"……"

所以尹澄只有这样坐，衣服才不至于贴在胸前，显得尴尬。

最怕空气突然安静，最怕男朋友突然的关心。

3

静谧的氛围，空气变得黏稠，难以忽视的蕾丝轻微晃动，将原本平静的夜，搅动成一发不可收的状态。

两个人的聊天陷入了无法挽回的局面，就这样干坐了一会儿。

直到梁延商突然起身大步流星地走进卫浴间。

门关上的那一刻，尹澄还没有意识到发生了什么事。然而十几分钟过去了，他仍然没有出来，就算是再迟钝的人，也反应过来他进去干啥了。

为了避免他待会儿出来两人都尴尬，尹澄并没有跟他道晚安，默默起身回了卧室。

她庆幸梁延商在冲动的时候，还能保有一丝理智，进的是公共卫浴间，而不是他自己的卧室，否则尹澄真不知道该如何自处了。

尹澄的人是回卧室了，但思绪还飘散在外面。

也不知道明明是他有了感觉，她跟着紧张什么？

总之就是躺在床上辗转忐忑，特别是柔软的大床上有他身上清爽的柑橘味。她第一次闻到这个味道，就觉得熟悉极了，和她从前用的一款洗发水味道很像，充满了阳光、甜美，或许还带着点酸涩的果香，令人愉悦之余，还有些青春撩动的影子。

不过此时，这种让尹澄愉悦的气味就有点让人无法入眠了。

在不知道翻了多少次身后，她"啧"了声，拿出手机，看了眼时间，不知不觉居然翻来覆去到了凌晨两点都没能睡着。

尹澄干脆也不睡了，下了床打开房门。客厅的灯已经调暗了，空空荡荡，公共卫浴间里也早没了人。

她顺着露台绕了半圈，看见北面的家庭影院透出些许光线，她再次来到屋中向着那里走去。

梁延商整个人陷进沙发里，半躺半靠。里面播放着马丁·斯科塞斯执导的《禁闭岛》，英文原声放得很低，似乎是刻意降低了音量。梁延商的手边还放着一杯喝了三分之二的洋酒。

尹澄停住脚步，靠在门边，目光瞥了眼影片里的小李子，而后看向梁延商。梁延商察觉到门口的人影，恰好转过了视线。

内暗外亮的光线，让尹澄的五官变得模糊，只能看见光影将她曼妙的曲线勾勒出来。她倚靠在门边，有些慵懒的站姿。

梁延商出声问她："你是醒了，还是没睡？"

尹澄轻轻耸了下肩："我可能有点认床，睡不着。"

时间短暂地停留在他们之间，只余英文台词还在悄无声息地响着。

恍惚时，她听见梁延商对她说："尹澄，过来。"

她直起身子向他走去，他依然半躺着，没有挪动分毫。在尹澄走到他面前时，梁延商抬起手臂横过她的腰，将她带进怀中。

尹澄随着他手臂的力道，落进皮质沙发里，和他躺在一起，梁延商从她身后环住她。

尹澄没有动，目光一瞬不瞬地盯着电影。声音有些小，很考验听力，她只有聚精会神，才能听清人物对话内容。

沙发很宽，两个人侧身躺应该不觉得太拥挤才对。然而尹澄却被圈在了沙发边缘，她得依附着梁延商，才不会掉下去。

她用后背挤了挤他，示意他往后点。梁延商没有半分退让，她碰他一次，他就抱她更紧。

最后尹澄干脆不动了，专注看电影。但身后的人无心再关注电影内容，从她入怀起，梁延商的注意力就全部放在了她身上。

尹澄身上有种独特干净的气质，无论她处在哪个年龄段，这种气质始终如影随形，让人难以染指，却又忍不住想拥有。

他撩开她颊边的碎发，落下吻，呼吸一点点灼烧着她，带着醉人的酒香。

她看着瘦，抱在怀里却是香软的，想克制，却无法安分，心口躁得慌。

尹澄已经尽量忽视他的小动作，直到梁延商的手滑了进去，她的神经开始紧绷。这时候什么都看不进去了，所有感官在此刻都被无限放大，心跳动得厉害，快要冒出嗓子眼。

她不好意思回过身看他，只能继续假装认真地看电影，直到手掌撑开领口。

她微微倒抽一口凉气，感觉自己的心脏被他抓在手里，呼吸停止了，电影变成了默片，她的大脑嗡嗡作响。

本来想着他应该就是感受一下，未料，他碰上就没离开过。

尹澄的心脏一点点地沦陷，声音如水般软得不像样子，喊他："梁延商，难受……"

"哪里难受？"

这让她怎么说呢，她无法形容，总之就是一种不知道该如何是好的难受。

她干涩地问了句："你喝酒了？"

"喝了一点，不多。"他低沉的嗓音贴在她的耳边，回答她，有意无意的触碰让尹澄的心仿佛瞬间从高空坠落，发紧、动荡。

"喝了什么酒？"她可能也需要来点。

"伏特加，要尝尝吗？"

尹澄"嗯"了一声，横在身前的手臂将她翻转过来，他的身影笼罩而上。

忽明忽暗的光线里，他轻轻咬了下她的唇瓣，她嘴唇微启时，他闯了进去，肆意勾缠，有些失控地吻着她。

他唇齿之间是淡淡的酒香，侵蚀着人的心魂。尹澄没想到，他是用这种方式让她尝到伏特加的味道，更没想到他用这种方式轻而易举地灌醉了她。

他的身体很烫，连带着她都感觉有些热。站起来的时候，球服还能到膝盖的位置，躺下来后被他翻过来覆过去的，早短了一截，并且越掀越高。

尹澄好几次想去拉衣摆，被梁延商按住，他掌心带着火热的温度覆了上去。控制不住，一碰到她人就疯了。

尹澄的唇被他吻得艳红，瞳孔里是动人的媚气，将梁延商的魂勾得七荤八素。

他哑着嗓音问她："试试吗？"

他的声音太性感，尹澄的耳郭都跟着发烫。

"我有点紧张。"对未知的紧张。

"你要是不舒服跟我说，我就停下来。"

电影依然播放着，已经无人再关心剧情走到了哪里。

昏暗中，尹澄感觉自己烫得惊人，和发了高烧一般。梁延商的情况比她好不到哪里，他起伏的呼吸声让她脸红耳热。

她问他："你是不是也紧张？我感觉你有点发颤。"

"……是激动。尹澄，你不懂，是激动。"

自带柔光的氛围灯让她眼里的光起起伏伏，像海浪一层层地汹涌，让动荡的夜一会儿升至银河，一会儿又坠入花海。

电影里的声音从安静到喧嚣，光影交替，直至影片播放完毕又自动从头开始。

在这样一个完全封闭的昏暗环境中，尹澄对时间完全失去了概念。她甚至觉得自己陷入了一个从未体验过的梦境，梦里她被一个男妖精纠缠到支离破碎。他是个强势的入侵者，入侵着她的思维、意识、身体百骸的每一个角落都标记上属于他的记号，将她彻底占领。

尹澄只记得梁延商将她抱回房的时候，那部电影再次放到了她刚进来的片段。

如果一部电影一百多分钟，那么他们最起码在影音室待了两个小时。

回到卧室，尹澄拿起手机看了眼，果不其然，都快早上五点了。她竟然一晚上没睡觉，幸亏是周六。

梁延商进浴室冲澡了，他很热，整个过程都很热。尹澄建议他将温度调低，他又担心冻着她，没肯。

两个小时有几次，尹澄其实是迷糊的。因为她感觉梁延商就没停下来休息过。

梁延商冲完澡出来，干脆连上衣都不穿了，没羞没臊地在尹澄面前晃悠，问她饿不饿。

刚才影音室太暗，加上种种令人心惊肉跳的原因，尹澄都没来得及仔细看他。

这下房间灯光大亮，他宽肩窄腰，充满性张力的人鱼线落入尹澄眼中，太具冲击力，让她好不容易平复的情绪，又泛起涟漪。

梁延商跨上床，拉下毯子悬在她上方，声音温柔到了极致。

"问你话，饿不饿？我去弄点吃的，你吃什么？"

"都可以。"

可能是太累的缘故，梁延商离开的这十几分钟里，尹澄差点要睡着，但听见动静后她又醒了。

梁延商走进来，嗓音带笑地问她："行不行？不能下床我端进来给你吃。"

尹澄一下子坐了起来："我又不是纸糊的。"

虽然这么说，但走到餐桌边坐下来时，她还是小心翼翼的。

这会儿梁延商知道心疼了，找了个软垫子过来帮她垫好。

尹澄一点都不领他的情，明明开始之前说好她不适，他就停下来的。

枪上膛后就不是这么回事了。刚开始的时候不太顺利，尹澄有些紧绷，都想放弃了。梁延商倒是很有耐心，他揽住她，教她放松、享受。

她的大脑一片空白，她从没想过一个男人愿意这样带她放松，像被他放了一把大火，烧得连骨头都不剩。

她问他："你有这样对过别人吗？"

他回她："当然没有，我疯了？"

"那你为什么要这样对我？"

长久的沉默过后，在她以为他不会回答她时，他凑上来，咬住她的耳朵，让她记住："稀罕你。"

这会儿面对面坐着，尹澄终于忍不住问道："我就奇怪了，晚上坐在客厅聊天的时候，你为什么情愿自助服务都没碰我？"

梁延商神情顿了下，听见她这个"自助服务"的形容，失笑道："我答应你爸让他放心把你交给我照顾，你才来我家第一天，我就把你照顾到床上了，对他有愧。”

尹澄都震惊了："那你刚才在做什么？"

"不是过十二点了吗？第二天了。"

"……你还真是个讲究人。"

"可不是嘛。"

"……"

第十一章 ·
感谢你弥补我的青春

1

尹澄上次熬夜还是在实验室，不过加班熬夜费的是脑子，今天却有种骨架被拆散的酸痛感。

晨光微亮的时候，她躺在床上闭上了眼，身旁的位置凹陷了下去，梁延商俯身问她："要不要我抱着你睡？"

尹澄背对着他，含含糊糊地"嗯"了声。

她以为梁延商是想从她身后抱着她的意思，未承想他长臂一捞，直接将她整个人都抱到了身上，而他自己则靠坐在床头。

尹澄瞬间就清醒了过来，眨巴了下眼，望着他近在咫尺的轮廓，整个人都有点蒙。

上一次被人这么打横抱在身上还是在她幼儿时期，她不明白梁延商折腾了一夜，怎么还能这么精神，他双眼炯亮，居然毫无睡意。

她不禁问道："你为什么要这样抱着我？"

"你先睡，让我抱一会儿。"

尹澄便靠在他的胸膛上闭了眼，梁延商低垂着视线目光流连，他还是第一次距离这么近地瞧着她，从细细的眉，到她翘挺的鼻尖，甚至是有点可爱的人中。

单个五官看都是温柔可人的，但组合在一起被优越的骨相撑起来，便成了气场很冷的神韵。

从前她眼里没有任何人，眼神总是透着平静和疏淡，只可远观却无法亵渎。

如今她就在他怀中，任他疼爱。他将她越抱越紧，经过了一夜，仍然觉得有点不太真实。

他禁不住低头挨个亲吻，声音压抑着难掩的情绪："橙子，你是我的了。"

尹澄已经很困了，但还不忘嘟囔着反驳道："我是我自己的。"

困顿之间，她听见梁延商自带苏感的声音落在她的心尖："是我的。"

尹澄实在没精神跟他争论自己的归属问题，也就不再出声，彻底睡去。

她不知道睡了多久，总之是被热醒的。有好几次半醒之间都感觉到梁延商抱她太紧，她独自睡了二十几年，实在不习惯跟人挨着睡。每次想往床边挪的时候，梁延商总会第一时间把她捞回去，她都不知道他睡着后，怎么还能这么敏感。

尹澄感觉自己好似睡在一个火炉里，快要被炼成丹了。

等她彻彻底底醒来的时候，回身看去，梁延商靠在她身边，手中翻着那本没看完的历史小说。

她撑起身体，问他："你没睡啊？"

他侧过头来，眼含笑意："睡醒了。"

随着尹澄坐起身的动作，身上的毯子向下滑落。她记得睡觉前自己是套着球服的，但是现在球服不见了，她惊得拉起毯子，质问梁延商："我的衣服呢？"

他一本正经地回答她："我看你好像很热，就帮你脱了。"

"……我谢谢你了。"尹澄到处找衣服。

"不客气，举手之劳。"

尹澄没找到衣服，干脆把毯子扔到梁延商身上，盖住他的视线，然后飞速冲进浴室。她洗澡的时候，梁延商倒是贴心地又拿了件干净的T恤放在浴室门口，还顺便帮她把晾干的内衣收了进来。

虽然做完这些后，他仍然靠在床头拿着那本书，但自从尹澄醒来后，他的心思就完全不在书上了。从水声停止到吹风机的声音响起，再到尹澄打开浴室门向他走来，梁延商一个字都没看进去。

她用了他的洗发水，整个人散发出令他迷恋的柑橘甜。

在尹澄重新跨上床凑到他面前时，梁延商身上已经有火了。

尹澄上床后，一会儿探过身子找她的瓶瓶罐罐，一会儿弯着腰找手机，令人神魂荡漾的气息便飘过来飘过去。梁延商虽然没有动，余光却跟着她飘来飘去的，安定不下来。

终于她安静了，躺在他身边翻看手机消息，开始回复工作群组。

梁延商是坐着的，她躺的位置正好在他胯部。他不声不响地朝她挪了挪，尹澄感觉到了，脑袋也就顺势靠着他。

这种默契的亲昵感，让梁延商嘴角上扬。

整整两天的时间，尹澄基本上是在床上度过的。如果不是周一她必须要去上班，可能还会沉沦下去。

无度的周末让尹澄周一的早晨有点恍惚，出了小区才发现手机没带。梁延商让她等一会儿，他回去帮她拿。

都和府的绿化遵循生态园林理念，为业主打造了新中式风格的花园，覆盖率很广，在晨曦的沐浴中散发着草木清香，十分宜人。

尹澄站在小区门口的水景处等梁延商，看见一对男女大清早的在车子边上吵架，不知道为了什么事，争得面红耳赤的，女人气得上了车，一甩车门，直接把车子开走了。

保时捷路过尹澄面前的时候，她才瞧见开车的女人是韩芊蕾，那么跟韩芊蕾吵架的人不是谢晋还能是谁？

尹澄转过身，想假装没看见，然而谢晋认出了她，还喊了她一声："尹澄。"

没办法，她只有再转回来，皮笑肉不笑地对他扯了下嘴角。

谢晋还以为看错了，大步朝尹澄走来，上下打量了她一番。

尹澄穿着新买的套装，大牌的设计感被她冷然的气质完全撑了起来，整个人看上去就很高级。

谢晋有些意外地问："你怎么在这儿？"

尹澄语气疏离："你都能在这儿，我为什么不能？"

梁延商的车子开了过来，尹澄本想走人，奈何谢晋缠着她："那正巧了，我还想问问你，韩芊蕾当初跟我在一起的时候，脚踏两只船的事情你是知道的，对不对？"

尹澄眉梢一挑，没说话。

谢晋语气不好，还带着点质问的口吻："是不是你们周围的人都知道？"

尹澄还是没说话，事情过去那么多年了，当初她都是置身事外的，如今他们要结婚了，她更不可能搅和这些陈年旧账。

谢晋见她不吱声，火气就有点上来了："尹澄，你真是不够意思，你当年就知道这事，居然不告诉我，你是不是还躲起来看我笑话？"

尹澄听见这话，就不能忍了，嘲弄道："你还在意这个？你当初跟韩芊蕾在一起是因为什么你心里不清楚？既然是奔着财富密码去的，现在谈什么专情？"

梁延商的车子已经停下，他打开车门走了下来。谢晋一眼瞥见他，当即火冒三丈："他住这儿？"

"有什么问题，这楼盘是你开发的？"

谢晋不屑道："你可以啊，转身就找了个住都和府的，他多有钱？"

"你看呢？"

谢晋还真朝那边看了眼，梁延商今天没有开越野车，开的是他那辆运动感十足的轿跑，加上他今天这身颇有品位的行头，往车门上一靠，浑身上下都散发着"不差钱"三个字。

谢晋收回目光："你跟他同居了？"

尹澄冷笑道："我同不同居、跟谁同居关你什么事？"说完就转身朝梁延商走去。

谢晋刚跟韩芊蕾大吵一架，明明是很严重的原则问题，韩芊蕾作为过错方反而态度嚣张，这让谢晋本来就处于愤怒的边缘。碰到尹澄后，想到当年相识的人都把他当个笑话，他更感觉尊严受挫。

此时再看见前阵子与自己发生冲突的梁延商，几件事加起来，谢晋可谓是恼火到了极致，头脑一热，对着尹澄就道："我发现你现在真是不一样了，才跟这个人好几天就同居？你跟我处对象的时候，也没见你这么放得开。"

尹澄大早上的好心情被谢晋这句话毁了，火也升了上来。梁延商眉峰皱起，直起身子就往这儿走。尹澄朝他扬了下手，示意他不用过来。

既然谢晋故意在梁延商面前羞辱她，话都说得这么难听了，尹澄也没必要跟他客气，回过头毫不留情地道："他又高又帅还有钱，你也不在自己身上找找原因。"说完当即转身，一句废话都不多说。

谢晋被撑得有点蒙，瞬间感觉自己被内涵了，尊严彻底被捏扁。

梁延商在听见他们的吵架内容后，勾起嘴角为尹澄拉开副驾驶座的车门。

车子开出小区，尹澄仍然气不顺。

旁边的梁延商嘴角却始终挂着不太明显的笑意，尹澄终于发觉了他脸上微妙的愉悦，出声问道："你笑什么？"

红灯停下，他侧过头来，色气满满地盯着她："多谢夸奖。"

"……"

尹澄是下午的时候查收到了美国那边发来的邮件。她的研究计划早就已经发送过去了，那边仍然需要她补充一些指定的研究思路，还围绕她过往发表的论文方向，提出了些问题，并附带了其他需要她补充的材料。让她回复的时候一并抄送给一个叫 Prof.Liu Hong 的人，并且因为时间已经到了最后阶段，那边希望她尽量一周内准备完毕。

准确来说，这封邮件在上周五晚些时候已经躺在她的邮箱里了。只是这个周末她没有空闲时间去查收邮件，如此一来，距离一周的期限已经不知不觉过去了两天。

不仅仅是这么多材料需要梳理，还要全部转换成英文翻译件。在不影响白天正常工作的情况下，任务着实有些重。

下班前，她给梁延商发去了一条消息：我这两天很忙，就不去你那里了。

发完这条消息后，她就没再看手机。所以梁延商问她晚上睡哪儿的这条消息，直到天黑才收到尹澄的回复。

YOLO：睡所里。

商：你们研究所晚上让外人进吗？

隔了一个小时，尹澄才回复过来：别闹，我忙了。

梁延商就没再打扰她了，接下来尹澄连着好几天都是这个状态，回复消息总是很慢且简短，也没时间见面。

随着罗哲办理辞职后，大橘山的事也算告一段落。魏圣宏他们喊梁延商出来吃饭，之前就说好回来聚，也顺便对他表示感谢。

梁延商接到魏圣宏的邀约后，知会了尹澄一声：你师哥约我晚上吃饭。

同样间隔了很久，尹澄才回复：好的。

梁延商盯着这两个字瞧了半晌，锁了手机，点燃一根烟，眺望浩渺的江景。

旁边的合伙人罗总还在跟他说："包间我就让人订在万盛荟了，到时候带几瓶好酒过去，大家坐下来聊聊，把这事定下来，省得再拖。"

"取消吧。"梁延商的声音很淡，淡得像这江面上的薄雾。

"什么？"罗总以为自己听错了。

梁延商有些不耐烦地重复道："我说晚上的饭局取消，我有事。"

罗总不解道："什么事不能暂时放一放？"

梁延商没说话，垂下头将没抽两口的烟按灭。

罗总见状，点点头："那你忙你的吧，改天再约。"

晚上梁延商到了约定地点，招待他的除了魏圣宏、聂军锋，还有个上次同去大橘山的男同事，没瞧见尹澄。

他坐下来后，跟几人寒暄了两句，便问道："你们尹工怎么没来？"

魏圣宏说："定位发给她了，她在忙，走不开。"

梁延商便垂了眸，没再说什么了。他和"魏凡人"本来就没有太深的交情，答应赴约是因为尹澄，结果她却没到场，这让梁延商有些兴致缺缺。

陆续开始上菜，魏圣宏开了酒，梁延商以开车为由没喝，有一搭没一搭地应付着他们的聊天话题。

直到几十分钟后，包间的门突然被推开，尹澄挎着包手拿 Pad（平板电脑）步履匆匆地进来，梁延商的眸光终于动了，视线微抬，调整了下坐姿。

尹澄跟众人说了声："不好意思，来晚了。"然后走到角落取下包挂上，手上的 Pad 依然没放下。

包间是六人的圆桌，梁延商坐在里面，尹澄来得迟，坐在他对面的空位置上。

她抬起头刚对上梁延商的视线，就听见魏圣宏问她："你东西都弄好了吗？"

尹澄转过视线说："差不多了，来的路上又想起来有处地方要再改一下。"

她晃了下手中的 Pad："我怕待会儿忘了，不介意我在这儿改吧？"

魏圣宏宽容地笑道："你加紧改吧，又没外人。"又问，"你来点酒吗？"

"不了，我嗓子不舒服。"

说完，尹澄要了杯柠檬水，低下头来核查内容。

魏圣宏便把注意力放回梁延商身上，继续刚才的话题："其实我觉得你这样挺好的，没那么多事务性的工作约束着，时间和精力都是自己的。"

梁延商心不在焉地道："也没那么轻松，合作伙伴一多起来，信息处理是个大问题。上下游供应链需要了解，公司内部人员组织架构、运作流程，外部的一些竞争对手、行业动态也都需要了解。跟咨询公司和媒体打交道，那些人也不是都靠谱的，有时候需要到处跑，亲自评估风险。"

聂军锋感慨地说："这么听下来，还是我们的工作压力小点，也不能说压力小，起码投入一个项目后可以沉下心来做。要是让我眼观六路耳听八方，周旋在资本之间，我肯定做不来。"

坐在尹澄旁边的高裕笑道："你就不是那块料。"转眸对梁延商说，"他上次跟他师父出去和甲方吃饭，人家女代表才三十几岁，他以为人家四十几了，弄得大家很尴尬。"

聂军锋讪笑："失误失误，那次纯属是我考虑不周。"

闲聊时，梁延商的目光始终似有若无地落在尹澄身上。

不过才几天没见，尹澄给梁延商的感觉竟有点陌生。她没有穿他给她买的衣服，而是穿了件冰蓝色的丝质上衣，他从来没有见她穿过这件衣服，坐在对面长发绾起，露出光洁的额头和修长的脖颈，周正知性，陌生到让他难以掌控。

从进门起，尹澄就在忙着自己的事，也没有跟她的同事们介绍他们俩的关系，放他一个人跟她的三个同事尴聊。

前些天在床上的时候，她不是这个样子的，她满眼爱意地去亲吻他，还在谢晋面前夸了他。按道理说，不像是对他不满意的样子。

正常情况下，突破了亲密关系后，该是感情升温，如胶似漆，恨不得天天腻在一起的状态。

尹澄却一连好几天不见踪影，此刻即便她坐在他对面，心思也完全不在他身上。

梁延商有些按捺不住，拨弄手边的分酒器，虽然里面并没有倒酒。如此发出了细微的声响，魏圣宏见他一直没动筷子，问他："也不知道什么菜合你胃口，要不要再加点？"

这时候尹澄锁上了Pad，抬起头对他露出久违而动人的笑。

梁延商收回拨弄分酒器的手，压抑着心底的躁动，回道："不用。"

2

尹澄弄完手头的事，便拿起筷子默默吃菜，没怎么参与他们的话题。服务员进来的时候，她还顺便要了碗白米饭。

魏圣宏忍不住笑着说她："你当真是来吃饭的啊！"

她无奈地道："中午没怎么吃。"

魏圣宏问："你嗓子疼是感冒了？"

尹澄："应该没有吧。"

梁延商掀起眼皮，盯着她看了眼，尹澄从服务员手中接过饭后，筷子停住，看向雪花牛肉。

梁延商边跟魏圣宏他们说话，边伸出手将桌面转动起来。雪花牛肉停在尹澄面前时，他抬手让桌面停止了转动。

服务员问尹澄需不需要加柠檬水，尹澄点了点头，服务员刚准备转身，被梁延商叫了过去。

再进来时，服务员将一杯柠檬水给了尹澄。这时候波龙转到了尹澄面前，梁延商再次抬了下手。

这次他的动作恰巧被魏圣宏瞧见了，他转头提醒尹澄："尝尝波龙，挺新鲜。"

尹澄"哦"了声，能看出来她的确是饿了，心无旁骛地埋头干饭。

等她终于饱腹后，放下筷子，手指刚碰到柠檬水，她就顿了下，原先的那杯是冷的，现在成了温的。

她捧起水，向梁延商看去，他刚才貌似跟服务员交代了一句。

尹澄眼底泛起了笑意，抬起水杯碰了碰桌子："今天是咱们所调研组对你表示感谢，那我也敬你一杯。"

聂军锋打趣道："你坐下来的时候不敬梁哥，这会儿吃饱了才知道敬酒。哦不对，敬的还不是酒，你是真不把梁大哥当外人。"

尹澄扯起嘴角："是啊。"

"我喝的也不是酒。"梁延商拿起面前的水，目光隔着桌子与她交汇。

放下水杯，尹澄的手机就响了，她对桌上的人说："何老总打来的。"说完，拿起手机就走出包间，接通电话。

何教授在电话里跟她沟通了几句研究经费的事，尹澄大概汇报了下目前的情况。

而后何教授话锋一转，突然问道："美国那边要的东西你准备好了吗？"

尹澄有些诧异："刚刚发过去，不过，您怎么知道？"

正说话间，尹澄回过身看见梁延商从包间里出来了。

她听见何教授说："你别管我怎么知道，等结果吧，结果下来我再找你。"

尹澄拿着手机朝梁延商走去，对电话里的何教授回道："好，我知道了。您早点休息。"

挂了电话，她抬眸看向梁延商，问道："你怎么出来了？"

梁延商穿着黑色的五分袖衬衣，偏商务的风格，颀长的身高顶着过道昏黄的光线，不苟言笑的时候看上去有些禁欲。

"找你聊一会儿。"

尹澄将手机放进裤兜里："聊什么？"

服务员推着菜路过他们身旁，梁延商抬手握住她的手肘往身前拽了下，尹澄向他倾去时，将手贴到他的胸膛上。

他宽阔的肩膀笼罩着她，衬衣隐约被胸肌绷出线条。尹澄察觉到硬邦邦的手感，禁不住捏了下。

随着她的动作，梁延商的胸腔跟着起伏，目光灼灼地锁住她："你需要的是一个打发时间的男伴，还是可以信任的伴侣？"

尹澄没过脑子地问："有什么不同？"

"相处方式上的不同，如果你只需要一个可以打发寂寞的人，的确没必要让人知道你的行踪和日常，只是无聊的时候碰个面，其他时间完全可以爱搭不理。"

尹澄听出他的意思了，沉默了一瞬。

"我和你说过我这几天很忙，对吧？"

"忙我能理解，但你不觉得你有点无情吗？"

"咋无情了？"

"下了床就不认人……"

"……"

尹澄的手离开了他，拉开了距离。梁延商垂眸看着她这个举动，眉头微紧。

"你和你朋友过夜生活的时候，我绝对没有想刨根问底的想法。"

梁延商的目光里沉着涌动之色："这就是问题所在，你不在乎我是不是在外面瞎玩，有没有别的女人跟我搞在一起。我们在处对象，你觉得这正常吗？"

尹澄不说话了，她自问如果现在梁延商真跟别的女人搞在一起，她有什么感受？气归气，但大不了不联系就是，绝对没有寻死觅活或者不能过的想法，这到底正不正常她也无从判断。

"你看，你也说不出话了，从你的潜意识和实际行动，都把我当个随时可以断联的男伴，承认吗？"

尹澄垂下视线："我不明白你为什么要纠结这些？"

"你说我为什么要纠结？下了床翻脸就不认人了，为什么不跟你同事说我们的关系？"

尹澄被他气笑了："你们一直在聊天，话题就没有中断过。我突然站出来说'你们停一停别说了，这个人是我男友'，不奇怪吗？"

"有什么不可以？"梁延商逼近一步，反问她。

两人之间的气氛突然变得一触即发，游走在吵架的边缘。

尹澄的眸色渐渐冷了下来，抬起视线望着他："你跟我接触的时候就知道我是什么样的状态，我不可能整天无事可做黏着你，也不可能以你为中心事无巨细地向你汇报，更不可能到处宣扬这个人是我男友。如果你觉得这种相处方式让你不舒服，那就……"

剩下的话被梁延商堵住，他毫无预兆地将她揉进怀中，令人窒息的吻铺天盖地般压了下来，困住尹澄的思维，让她把要说的话生生咽了回去，凶狠强势的占有好像要把她吞入腹中。

但很快他又温柔下来，轻舔慢咬，逗着她哄着她，却始终不肯撒手地吻着。

漫长激烈的吻后，梁延商将她拥入怀，声音从胸腔里溢了出来："我定了个梳妆台放你那些东西，衣帽间也腾出来了。

"跟我回家……"

布料摩擦，灯光颠倒，她被他的双臂紧紧圈着。起伏的吻让她体内腾起热流，原本剑拔弩张的心情早已被他弄没了，她的声音埋在他的胸膛间："本来今天就准备跟你回去的，你还跟我闹。"

梁延商听见她这么说，压抑的情绪一下子释放了，心软得一塌糊涂，垂下眼帘，用下巴摩挲着她的发。

"没跟你闹，回去给你罚。"

魏圣宏在梁延商转菜给尹澄的时候，就察觉到了什么，后来又见尹澄和梁延商一前一后地走出包间，并且半晌都没回来，便起身打算出去看看。

结果包间门刚打开，就看见两人毫不避嫌地在过道里深情相拥，魏圣宏吓了一跳。主要是他跟尹澄认识这么多年了，习惯了她独来独往的形象，从来没见她如此小女人姿态地依偎在男人怀里，一时间有点反应不过来。

尹澄最先感觉到包间门打开了，推了下梁延商后，梁延商才松开她。两人同时转头，看见了立在原地表情怔然的魏圣宏。

尹澄"社死"地拨了下头发，才想起来今天头发都绑起来了，没得拨。

魏圣宏为了缓解尴尬，主动开口："那个，我出来结个账。"

尹澄："哦，那我先进去了。"

尹澄绕过魏圣宏，手刚碰到包间的门把手，又停住了，转过头对魏圣宏说："对了，我郑重介绍一下，他是我男朋友。"

梁延商勾了勾笑，他当然清楚尹澄这话不是说给魏圣宏听的，是故意驳斥他那句"下了床不认人"的说辞。

包间门再次关上了，魏圣宏朝梁延商走去："在山里的时候，我就看出来你对我师妹有想法，说实话我没想到你们能成。"

梁延商轻笑："为什么没想到，因为她有接触的人了？"

魏圣宏略显惊讶："你知道？"

梁延商垂下眼睫，笑容在眼里肆意扩散："你有没有想过，她接触的那个人就是我。"

魏圣宏瞳孔颤了下，眼里的震惊肉眼可见地蔓延开。他突然记起那次在陶姐家，他还当着梁延商的面，议论尹澄的接触对象，他是怎么说的？他好像是说，尹澄跟那个人顶多也就要要，不可能深入发展。

当时梁延商就站在一边，目光凛冽地瞧着他，也是因为那个眼神他才会对梁延商印象深刻。

短短数秒，魏圣宏脸上的表情可谓是丰富至极，落进梁延商眼中，实在忍俊不禁。不过他也没有戳穿，若无其事地说："那我也进去了。"

再进包间，梁延商直接坐在了尹澄身旁的空位上，虽然聂军锋和高裕有些奇怪，他怎么突然跑那儿坐去了，不过也没多问。

直到看见梁延商问尹澄："冷不冷？"

空调风对着门口，尹澄被吹得缩了缩肩，回道："有点。"

梁延商起身亲自调整了风向，坐下来后又自然而然地碰了碰尹澄的手，看凉不凉。

如此，再迟钝的人也都看出了端倪。

晚饭结束后，梁延商跟他们道完别，就直接将尹澄载走了。

聂军锋望着他远去的车尾，有些不可思议："刚才吃饭的时候，我还说尹工真没把梁大哥当外人，弄了半天我才是个外人？"

魏圣宏和高裕都笑了起来。

回到家后，尹澄看见梁延商真弄了个奢华的梳妆台回来，她的那些瓶瓶罐罐已经从床头柜移到了梳妆台，衣服也全被收进了衣帽间，整齐地挂在那儿。

梁延商从她身后圈住她："卧室里的衣帽间给你用，我的东西搬去隔壁。我打算把南面那间房收拾出来，那边采光好，给你做书房怎么样？"

尹澄转过身来，梁延商顺势揽着她的腰，她嘴角微斜："你怎么连书房都安排上了？不是说暂时住你家是为了安全考虑吗，你现在是给我下套，让我跟你同居吗？"

梁延商也不否认，眉目间皆是笑意。

尹澄没说同意，也没说不同意，从他臂弯中溜走去洗澡了。

尹澄洗澡的时候，梁延商去客厅打了个电话，跟人沟通了一番明天的安排。

等他再回到卧室的时候，发现尹澄竟然已经上了床，把自己裹严实闭上了眼，他俯下身碰了碰她的脸："怎么睡这么早，不舒服？嗓子还疼不疼了？"

尹澄没睁眼，声音绵软无力："没有不舒服，就是想睡了。"

"喝点热水好不好？"

"……唔。"

梁延商再进来时，端着热水，见尹澄一副不想动的样子，干脆靠在床头，把她捞到自己胸前，将水喂到她嘴边。

她小口小口地喝着，没喝多少就不喝了。梁延商将水杯放在床头，也没离开，就这么用手臂搂着她。尹澄轻轻蹭了蹭，在他胸膛上找到了舒服的位置后，就将手臂横在他的小腹上，很亲昵的样子。

即便有再多想法，面对着这样的尹澄，哪还能有什么怨言。

梁延商轻叹了声，低头问道："我刚才要不是阻止你说下去，你是不是打算跟我提分手？"

"没有啊，怎么会呢……"

既然是没有说出口的事，而且事情都已经过了，尹澄当然不可能承认。

梁延商却将她的下巴提了起来，狠狠咬了下她的唇，对她说："别轻易说那两个字，哪怕以后真闹矛盾了，也别用那两个字来解决问题。既然决定在一起了就好好处，听到没？"

"嗯。"

梁延商听见她应下了，又忍不住轻柔地吻着那处被他狠咬的唇瓣，就像他的心情一样，反反复复，矛盾得很。

本来是想抚慰她的疼痛，却忍不住用舌尖挑开她的唇齿，掠夺着芳艳，手也滑进毯子里，安分不了。这一切完全是被本能支配着，碰到她便控制不住，体内的恶魔蠢蠢欲动。

尹澄被他弄得软软地哼了声，抬起拳头负气地捶了他一下，要不是她现在没劲，是真打算给他来一下的。

她突然就委屈道："我连着几天每天只能睡三四个小时，饭都顾不上吃，盯着电脑一看就是一晚上，现在闭上眼二十六个字母还在我面前晃悠。你发消息给我，说晚上师哥请你吃饭，我为了赶过去恨不得把时间掰开来用，路上都在复盘，一刻都不敢耽搁。

"你还怪我不理你，梁延商，你就不能对我好点？"

这番话让梁延商的心脏像被细密的针扎着，想到刚才在包间外面扯着她，让她拿出个态度，瞬间就觉得自己不是人。

他收紧手臂，心疼得恨不得将她融进身体里，呼吸急促地落在她的唇上，厮磨着她："我对你还不够好？我就差把心挖出来给你拴裤腰带上了！"

尹澄闭着眼一个劲地笑，她知道，她当然知道梁延商对她好，她故意这样说的，因为接下来她便说道："那你不能让我睡一会儿吗？"

果不其然，这个方法对梁延商很奏效。他当即就规矩起来，把她放在柔软的大床上，给她拉好了毯子。

并且整晚只是抱着她，没有做任何逾矩的行为，只为了让她在他这里能安心休息好，要不然她醒来后，又要控诉他对她不好了。

尹澄总算睡了个好觉，把前面一周熬的大夜都给补了回来，顿时感觉精气神都不一样了。

她走出房间去找梁延商的时候，看见他在厨房忙碌的身影，上半身挂着围裙在颠勺，那动作还挺熟练。

刚接触的时候，尹澄对他说过不会做饭。其实也不是不会，就是觉得这件事太麻烦，耽误事，她生活节奏快，很少会把时间和精力浪费在饮食上。

住过来的这些天，梁延商连厨房都没让她进过，这倒是让尹澄的心底柔软起来。

她走到他身后，伸出双臂环过他的腰搂着他，脑袋亲密地贴在他的背脊上，梁延商眼里覆上了笑意。

尹澄这时候才发现梁延商在做鸡蛋卷，就是上次他送到她家的那种。

她惊讶地问："这是你自己做的？"

"用得着这么吃惊吗？这又不难。"

倒不是难不难的事，除了她老爸还没哪个男人会弄早饭给她吃，她突然有种在和梁延商过日子的错觉。

他回过身来，将鸡蛋卷喂到尹澄嘴里，问她："今天几点下班？"

"我还没上班呢，你就问我下班。"

他将她抱了起来放在台桌上，又投喂给她一个，禁锢着她："几点？"

"唔……不知道，最近落下的事情比较多，我到时候发消息给你。"

他叹了声："为什么要上班？"

尹澄笑道："你现在的状态有点不对劲。你不是让我下了班再对你产生兴趣，毕竟伟大的科学工作者需要造福人类吗？"

梁延商垂着头笑，对他从前说过的话概不评价。等尹澄反应过来的时候，人已经被抵在台桌上哪儿也去不了。

她拍着他的肩，惊慌失措道："别，万一迟到了……"

他眼里已经染上了欲，气息蛊惑着她："很快。"

尹澄从来没有在如此紧迫的环境下体验过，一面看着对面灶具上的时间在不停走动，一面被不断突破着承受极限。

那种紧张着急外加蚀骨销魂的感受同时攻击而来时，她居然到了。

梁延商最后一路狂飙踩着点将尹澄送到单位门口，尹澄下车前本想埋怨他一句，让他下次不要这样了。

但她想了想，自己也享受了，属于从犯，也就闭了嘴。

3

夏日的叠青泻翠伴随着蝉鸣，从炎热到凉爽。

尹澄听同事说罗哲的劳动关系转去外省了，总之在那以后，尹澄就再也没见过那个诡异的小子。

尹教授满载而归，买了很多土特产，还有梁延商的份儿。这趟和老友们出去玩了数十天，让尹教授的心情好了不少。

尹澄回家住了几天，白天梁延商有空的时候来找她一起吃午饭。Banker Cafe成了他们常去的约会地点，老板几年前就认识尹澄了，她每次来总是坐在固定的角落。

一个人，一台笔记本，专注在自己的小世界里。

后来她带了梁延商过来，老板也就认识了梁延商。

他们不会像其他情侣那样面对面坐着，往往喜欢并排坐在一起。尹澄说话的时候，梁延商会侧过眸注视着她，无论店里的客人来来往往，他的视线总是围绕着她。

他会因为她的一句话眉开眼笑，也会因为她打了个哈欠就把她揽在怀里，让她靠着他睡一会儿午觉。

到了下午上班时间，梁延商再将她送去单位。走在郁郁葱葱的香樟树下，他牵着她的手，不禁想到什么，说："你觉不觉得这条路，有点像我们学校综合楼边上那条道。"

"哪里像了？"

"都有香樟树。"

"是吗？我记不得什么树了。"

那条道给尹澄的印象并不深刻，她总是来去匆匆，走路的时候脑子里不是在过题就是在排计划，无心停留。

梁延商笑道："你能记得什么？大忙人一个。"

"我能记得的多了，要不要我把《阿房宫赋》背给你听？"

梁延商顿时头大："千万别。"

尹澄走进研究所大门后，回了下头，离开几步的梁延商也恰巧回头，两人看见彼此后，同时笑了。

梁延商干脆转过身来，对她摆了摆手，示意她先进去，他再走。

尹澄进入电梯后，拿出手机：*我们像早恋的学生。*

商：*上学那会儿没赶上早恋，现在补上了。*

紧接着，他又追了一条过来：*感谢你弥补我的青春。*

尹澄笑着回复：*周五请我吃顿好的当你答谢了。*

商：*管饱。*

周五的时候，梁延商来接尹澄出去吃饭，没去远的地方，就在都和府附近。他们先把车子停回家，吃完了再悠闲地散步回去。

刚进小区梁延商就突然停住了脚步，对尹澄说："要么你先上去吧。"

尹澄疑惑地问："你去哪儿？"

"买个东西。"

尹澄顿时悟了，故意打趣他："又买运动饮料去？"

梁延商捏了捏她的腰："回家收拾你。"然后就大步往外走了。

尹澄不紧不慢地往小区里走，要说冤家路窄，不想碰见谁，偏偏就碰见了谁。

谢晋独自坐在长椅上，旁边微黄的路灯照着他，跟拍偶像剧一样，也不知道一个人大晚上的拗什么造型。

尹澄眼神一收，加快脚步就想赶紧走开。

哪料谢晋喊了她一声："尹澄。"

尹澄没有停下步子，就当没听见。谢晋站起身绕到了她面前，挡住了她的去路，对她说："上次我不该说那些话，我也是在气头上，没处理好自己的事，还迁怒到你，不好意思。"

尹澄挑起视线，瞄了他一眼，感觉今天的谢晋有点反常。当初尹教授出事，他撇清关系，又跟韩芊蕾搞在一起也没跟她道过歉。今天他不知道抽什么风，跑到她面前道歉来了。

尹澄也就顺带问道："你大晚上不回家，坐这儿干吗？"

"我下个月办酒。"

他莫名其妙来了这么一句，尹澄也不知道他是什么意思，是打算在她面前显摆一番，还是让她随个份子，只能生硬地回了句："哦，恭喜。"

未料，谢晋的表情突然拧在一起，显得有些痛苦的样子，对尹澄说："我其实有点犹豫，不知道这个婚该不该结。"

尹澄左看看右看看，很想找个借口赶紧离开，她并不想充当谢晋的情感顾问。

然而谢晋好不容易碰见了个可以说话的人，迫不及待地找人排忧解难。

"前阵子芊蕾跟那个男人又联系上了，我才知道这事，她跟我说和那个人断了，我现在都不清楚她哪句话是真的，哪句话是假的。不知道也就算了，现在知道了，这婚还怎么结？"

尹澄敷衍地"嗯"了一声，算是跟他对话了。

谢晋自顾自地说："我这段时间想了很多，包括想到你。我总在想，那时候要是没跟芊蕾好，在你困难的时候陪着你，现在我们是不是早结婚了，说不定孩子都有了。怪只怪我那时候太年轻，承受不住压力，没那个胆子面对你爸的事。橙子……"

谢晋也不知道怎么回事，情绪突然就上来了，喊她学生时期的绰号也就算了，居然还哽咽了，这就弄得尹澄很尴尬了。

"不管怎么样，我当年对不住你，没选择你，选择了这么一条路，你说我糊不糊涂？"

尹澄低下头看着她和谢晋的影子，多少有些讽刺。

远处的梁延商已经出现在了尹澄的视线中，她盯着那道身影，对谢晋说："也不能完全说你的选择就是错的，起码韩芊蕾能给你的东西我给不了你。我想的东西，你也不见得能给得了我。"

谢晋顺着尹澄的视线瞟了过去，问道："他能给得了你吗？"

尹澄没有回答这个问题，唇边的弧度随着梁延商的靠近扩散开来。她挽上梁延商的胳膊，对谢晋说："我先走了。"

梁延商凉凉地扫了谢晋一眼，握住尹澄挽着他的手。

谢晋回过身来，瞧着他们俩进了8号楼，略显惊讶。想当初他和韩芊蕾来看房的时候，就被告知8号楼是最早一批业主，这栋楼有着整个都和府的黄金位置和户型，能住在8号楼的人，不是跟开发商有关系，就是非富即贵了。谢晋没想到这个看上去跟自己差不多大的男人，有这个实力。

回了家后，梁延商问尹澄："他找你聊什么？"

"婚前恐惧症吧。"

"……"

尹澄从冰箱里拿出一瓶水拧开："还跟我道歉来着。"

梁延商冷冷地"呵"了声。

尹澄站在岛台边喝了口水："那年我是在处境最难的时候，撞见他跟韩芊蕾开房的，就是那家谢晋本来想约我去的宾馆。"

梁延商抬眸朝她看来："你没捉奸把他们拉到街上巡游？"

尹澄的目光微微垂着："没有，没打扰他们的好事，但也没走。可能那时候我也不知道走去哪儿，没地方去。就坐在宾馆对面的馄饨摊，38摄氏度的大热天坐在那儿喂蚊子。"

"五十二分钟。"

尹澄抬起视线看向梁延商："他们完事总共用了五十二分钟。"

她在说这些的时候眼神很平静，就像在叙述一件跟自己毫不相干的事。

梁延商的眉头却不禁皱了起来。

"你会因为什么心情不好？"

"比如男友被室友撬走了，两人在我面前上演你侬我侬。"

这是他们第二次见面时的对话，她没有骗他，她只是在用轻松的语气，说着那些揭不开的伤疤。

二十岁左右的年纪，第一次恋爱就遇到渣男，那得对恋爱这件本应该美好的事多么失望，梁延商现在恨不得下楼，把那个渣男打一顿。

他走到尹澄身后，将她搂进怀中。

尹澄的后脑勺贴着他的胸膛，说道："其实还好，比起生气难过，那时候更多的感觉是孤立无援，这才是最绝望的。所以得到谢晋一句迟来的道歉，还挺畅快的。"

梁延商收紧手臂，在这短短的半分钟里，他始终沉默着。如果时光能倒退，他不会让这些事情发生，然而没有如果。

"我们结婚吧。"他对她说。

尹澄怔了下，这个提议太突然了，甚至有点毫无头绪。

"日子就选在谢晋结婚那天，我让我兄弟们把家里的豪车一起开去接亲，专堵谢晋的婚车，让他进不去出不来。给你整个最有排面的迎亲队伍，咱也摆摆排场，让所有人瞧瞧你嫁得多风光。"

尹澄当即就笑了出来："虽然听上去很爽，但是我疯了吗？为了给谢晋找晦气，这么大费周章。"

尹澄转过身来，瞧着梁延商："犯不着，他也只是在我学生时期对我有过些微影响。都这么多年了，还跟过去较什么劲？"

梁延商提起她的腰，将她放在岛台上，把她圈在臂弯间，眉目认真地说："你有没有想过一个问题？"

"什么？"

"你爸嘴上不说，心里其实是希望你能有个归宿，我们早点结婚，他也能安心养老，不至于为你操心。

"你想，谢晋他妈之所以能在你爸面前秀优越感，无非是觉得自己儿子混得好，找了个靠山。等我们结婚后，在都和府给你爸买套房，这样你也不用两边跑。他愿意就过来住，不愿意摆在那儿，他在自己家住得不痛快了，随时有地方去，不至于受别人的气。

"退一步讲，你爸不愿意来住，那家人非要在他面前秀优越，说起来你爸也有我这个女婿给他撑腰。我找人打听过了，你那个女同学家里就是个产二极管的，真惹急我了，我连她家的厂都盘。

"而且我们现在又不要小孩，结不结婚对你来说都一样，不会对我们的生活状态有任何影响，无非就是一张纸的事，为什么不结？"

尹澄垂着眸笑得肩膀都耸动了。

梁延商撩了下眼帘："你笑什么？"

"你不觉得……你现在忽悠我结婚的样子，跟当初忽悠我与你处对象的时

216

候如出一辙吗？"

梁延商眸底染了一丝笑意："没忽悠你，我是认真的，就是今天有点草率了，应该更正式点。"

尹澄收起了笑容，弯腰双手穿过他的脖子勾着他，眉眼冷静了几分。

"你是怎么想的！才认识几个月就考虑结婚的事了，这算闪婚了吧？你不觉得我们应该再多了解了解吗？"

"我觉得我对你够了解了。"

尹澄浅笑道："比如哪方面？"

他眼神跟着热了起来："比如我知道你痛快的点在哪儿，还有第二个男人能这么了解你吗？"

"……"这竟然让尹澄一时间无法反驳。

梁延商一点点地吻着她，蛊惑着她："嫁给我，天天这样伺候你。"

尹澄眼角眯起了笑，思绪早已搅和在了一起，仍然保有一丝清醒地回答他："还不是时候。"

梁延商轻叹了声，将她抱在怀里，耐心，再耐心。

第十二章 ·
第一个爱上的人

1

梁延商当年出国后，结识了不少朋友。随着国内经济形势大好，这些人当中，绝大多数都回国发展。但还有一批留在国外创业的，小凯就是其中之一。

这次回国，小凯联系了老友们，组了个局。说是这么多年没见了，大家结婚的结婚，生娃的生娃。异国他乡的，很多人的婚礼小凯都没机会参加，所以让大伙儿把另一半带着，借此机会，相互认识一下。

尹澄实验室里的活没忙完，实在走不开。本来说好梁延商来接她下班，这样他们赴约铁定迟到。所以尹澄让他先过去，她这边一忙完就赶去。

私人聚会厅被包了下来，多年未见的老友们在一起推杯换盏，觥筹交错。梁延商一来，就被兄弟们拉到牌桌上，让他送钱。

他的到来引起了在场女性的小范围讨论。新西兰属于移民国家，他们学校所在的那块区域有南印度过来的人，还有少部分黑人，那些人自成一派，抱团取暖。那些人扎根在当地时间较长，加上看亚洲人瘦弱，普遍对他们横行霸道。刚过去的留学生，人生地不熟，绝大多数怕闹出事，只能忍着。

但梁延商是个特例，想当年他刚出国的时候，年少气盛，身高突出。他刚过去就开上跑车，出手阔绰，待人也没什么架子，不熟的人都以为他人傻钱多，很快就被那帮人盯上了。那些人一开口就让他掏钱，类似保护费的由头，还看上了他的车。梁延商放话，钱是不可能给的，车子有本事就开走。

圈子里的人都传，他用拳头制伏了两个在当地很彪悍的黑人，其他人都被他讲服了，后来几年里跟他称兄道弟。甚至在他搞代购的时候，还跑来帮他搬运，那劳动力比外面雇人好使多了。梁延商也讲义气，带着这帮黑人小发了一笔。

时隔这么多年再看见他，大家难免对他有所关注。

兄弟们见他是一个人过来的，纷纷拿他开涮，问他交往了什么美若天仙的对象，整天金屋藏娇，也不带出来给大家见见，神神秘秘的。

梁延商不接他们的招，应对自如。说的人多了，他便来了句："人家搞科研都是争分夺秒的，哪像你们整天这么闲。"

大家听说他找了个搞科研的对象，玩笑开得更是飞起，半点都没当真，实在想象不出来，他这个从小就只知道搞钱的人，能跟个搞科研的人处到一块儿。

上学那会儿，有个搞学术话很多的外教，就被梁延商称为唐僧。他不仅背地里喊，当着面也喊。那个外教还真去了解了一番，查到"唐僧"是中国古典名著《西游记》里慈悲仁爱、德高望重的主要人物，认为梁延商这样叫他，是对他的肯定和崇拜，就对外宣称唐僧是他的中文名字。

这个事情让他们这些华人留学生笑了好几年。所以说，梁延商这么一个非常不热衷于学术的人，找了个搞科研的对象，这件事本身就不太靠谱。

直到尹澄迈着姗姗来迟的步子，出现在众人眼前时，大家才收起玩笑的心态。

在座的都是在国内外大浪淘沙过的人，见得多了，自然能一眼分辨出来尹澄身上的不同。

她打从进门起，就给人一种淡如菊的从容印象，细说起来，这大概就是腹有诗书气自华，即便是面对一群陌生人的打量，她也能坦然回以微笑。

特别是她看人时，剔透的眸子里沉着的睿智感，有种让人难以招架的独特魅力。

尹澄坐下来后，视线扫过，发现对面有个穿黑衣服的女人看她的眼神十分微妙，跟身旁的人低声议论着什么。凭直觉，尹澄觉得她们在讨论自己，虽然她并不知道自己有什么好议论的。

尹澄来了后，梁延商牌就不打了，也不跟兄弟们插科打诨，坐去尹澄身边。

兄弟们喊他喝酒，他说待会儿要开车，酒也没碰。

小凯故意当着梁延商的面，对尹澄玩笑道："你别给他骗了，以前出来喝酒，就他喝得最凶，我们但凡要说个'不'字，他就骂我们是尿蛋，现在是在你面前装老实人。"

乔子晖插道："别说喝酒了，见他一面都要预约，谈个对象人都谈到外太空去了。"

小凯听闻，看着梁延商诧异道："那我是挺意外的，你以前跟女人相处不是这个状态，要说还是嫂子厉害。"

梁延商眉眼含笑地给他们讲，一副好脾气的样子。

他们走后，他搂过尹澄："别听他们胡说。"

尹澄斜睨着他："你以前跟女人相处什么状态？"

"能什么状态，你都体会过了，万一被她们发现了，馋我身子，我不得精尽人亡。"

"……"

尹澄被他搂在怀里，听着他这些没羞没臊的话。

梁延商人缘倒是挺好，来的人都会跑到他面前，跟他寒暄几句，他们闲聊的时候，尹澄跟着弄清楚了他的朋友圈。

上次一起吃饭的胡骏、万一洪他们是梁延商在国内的高中同学。而今天到场的，绝大多数人是他大学以后认识的朋友。包括乔子晖，梁延商也是出国后才跟他熟识起来，回国后便一直保持着联系。

尹澄发现乔子晖换女友了，身边不再是喵妹，而是肤白貌美的大长腿姑娘。

她的目光从乔子晖那边移开后，又对上那个黑衣服的女人。那女人见尹澄瞧了过去，转了视线。

尹澄不是最后到的，在她后面还有肖大鹏。

他刚进来看见梁延商和尹澄，就热情地走上前，对大伙说自己是他们俩的媒人。

肖大鹏这样说了以后，尹澄才想起来，这人是她高中隔壁班的，也就是联系沈廉的那位仁兄。他算是整个场合里，唯一跟尹澄有过交集的故人了，高中毕业后，肖大鹏也出了国。

尹澄记得从前好像没怎么跟他说过话，但肖大鹏一口咬定，尹澄帮他写过作业。

肖大鹏高中时期属于异常活跃分子，就喜欢每个班乱窜，不仅在南校区溜达，北校区他也没少跑。

别的男生看见尹澄，就是想搭话，被她颇冷的眼神扫过去，也没了胆子。加上好学生和差学生之间有壁，像尹澄这种出了名的学霸，哪个学渣会没事跑到她面前找虐。

偏偏肖大鹏就完全没有这方面的顾虑，还拿着他那本破破烂烂惨不忍睹的册子，跑去请尹澄帮他写两面。

总之，一堂课下来，他再去尹澄班上拿册子的时候，尹澄直接帮他写完了整个单元。

这件事让肖大鹏足足吹了两年，到处跟人说他跟尹主席关系多铁。

殊不知他也就是赶巧，碰上尹澄得空或者找题刷的时候，实际上，尹澄连他的大名都叫不全。

随着人陆续到齐，大家都坐上桌，开始上菜。

老友们相聚酒过三巡，难免聊到那些旧人旧事。聊到兴起时，有人随口提到汪嘉玮这个名字，桌上一个穿紫色衣服的姑娘开口道："汪嘉玮那个妹妹叫汪嘉雯吧？我前阵子还碰见她了。"

话音刚落，黑衣服女人就用手肘碰了她一下，在座的没有一个人接她话。尹澄察觉到气氛有丝异样，余光朝梁延商看去，发现他唇边的笑意敛了几分。

乔子晖很快把话题岔到别的上面了，没人再提起这兄妹俩。

吃得差不多后，大家陆续下了桌，三三两两聚在一起叙旧。打麻将的继续打麻将，喝酒的继续喝酒。

尹澄这才看见手机上尹教授的未接来电，她跟梁延商说了声，就走开回电话去了。

此时的传菜间服务员已经不在了，尹澄进去将门虚掩上，和尹教授说在外面吃饭，一会儿结束了就回家。

电话挂断，她刚准备出去，从门缝里瞥见门口闪过两个人。

其中一个女人问道："我刚才提汪嘉雯，你碰我干吗？"

尹澄拉开门，看见走过去的正是黑衣服女人和紫衣服女人，她们离开大厅，走去过道，尹澄则停在了过道的拐角处。

黑衣服女人回道："你没见刚才大家都不说话了？汪嘉玮的妹妹跟梁延商谈过。"

"什么时候的事，我怎么不知道？"

"他妹妹那时候闹着从坎特伯雷转到我们这里，就是为了梁延商。刚来的时候她还有点朋克风，挺酷的。跟梁延商在一起后，不知道从哪里打听到，他高中时期有个很迷恋的白月光，一直忘不掉的那种，汪嘉雯就开始照着他白月光的样子变换风格，把自己也弄成了黑长直。这姑娘挺有一套的，就是太刻意，难免就东施效颦了。你想想梁延商是什么人，相处后会看不出她的小心机？"

"所以就分了？"

"是啊，没多久好像就分了，汪嘉雯那时候要死要活的，你不知道？她哥跟梁延商他们都是一个圈子的，她那么个闹法弄得大家都很难堪，兄弟都没得做。"

"哎呀，那我真是多嘴了。"

"不过，你看见梁延商身边那个女人了吗，觉不觉得她的风格像谁？"

"你这么说，跟汪嘉雯还真有点像。这是什么意思，白月光的替身吗？"

"谁知道……"

尹澄回去后，梁延商正跟几个朋友说话。她目光扫了一圈，落到了坐在角落的肖大鹏身上。

肖大鹏出来聚会，也不忘给自己钟意的女主播助力打榜，低着头，笑得一脸猥琐，直到感觉身旁落下个人影，他才抬起视线发现尹澄坐在了他身边。

肖大鹏赶忙退出直播平台，到旁边拿了两杯酒过来，对尹澄说："我多少年没见到你了，你也不在我们群里，要不是听沈廉说，我都不知道你进研究所工作了。敬伟大的科研工作者。"

尹澄跟他碰了个杯，聊了几句无关痛痒的话题，便问道："你跟梁延商班上的人也熟？"

"熟啊，我那时候经常跑他们班上，找他们打球。"

尹澄笑道："那你人脉挺广的，被他们班美女吸引去的吧？"

肖大鹏也跟着笑了："你别说，他们班上还真有几个长得不错的。"

尹澄故作感兴趣地问："有照片吗？"

肖大鹏翻出微信群组，尹澄这才发现，他连北校区的年级群都有。那个群的共享相册里，有各个班同学上传的毕业照。肖大鹏找了一会儿，翻到了梁延商他们班上的，将手机拿给尹澄。

尹澄扫了眼，看见了几个熟悉的面孔，胡骏他们几个站在一起，看上去比现在稚嫩一些。也瞧见了梁延商，冷着个脸，跟谁欠了他钱一样，照得十分没感情。

尹澄语气随意地问："是有几个还可以，班花是谁啊？"

肖大鹏凑过来，指着一个女生："就她，潘娅，他们班一半男生都喜欢她。"

尹澄将这个女生的头像放大，她就站在梁延商的正前方，的确是黑长直，细品之下，眉眼间的神韵和自己颇有几分相似。

尹澄将手机递还给肖大鹏的时候，眼里的光暗淡了些许。

回去的路上，尹澄望着车窗外掠过的霓虹，整个人异常安静。

梁延商碰了碰她放在腿上的手，问道："累了？"

尹澄没有回答他，隔了一会儿后，转过视线，问："我把头发拉直好不好？"

"行啊。"他回得随意。

"你喜欢直发？"

"喜欢啊。"

他顿了顿又说道："鬈发也挺好。"

尹澄唇边弯着浅浅的弧度："那你是更喜欢直发还是鬈发？"

梁延商迟疑地瞧了眼尹澄，通常来说，她不会跟他纠结这些无关紧要的事情。不过梁延商也没多想，紧接着回道："看是谁弄了，你的话都行。"

尹澄收回视线："你这回答还真够圆滑的。"

梁延商抿了抿唇，不明白自己也就说了句大实话，怎么就得到一个"圆滑"的评价。

尹澄明早要出差，需要从家走。梁延商将她送到小区门口后，尹澄让梁延商把车子停在街道拐角僻静的树荫下。梁延商不知道她要干吗，但也照做了。

车子停下后，气氛有片刻安静。在梁延商感觉到尹澄身上那种若即若离的疏淡后，她突然探过身子，按下座椅调节按钮，梁延商的座位自动向后移去。空间变大后，尹澄翻身而坐。

气氛逐渐暧昧，梁延商双手扶住她的腰肢，眼里浮起了笑意。

尹澄俯下身，柔软的舌尖扫过他的唇，挑开，勾弄着他。她轻轻扭动便感觉强烈，直至这个吻越来越激荡汹涌。

梁延商的目光渐烫，忍不住喉结滚动，在阴影下像性感蠕动的蛇。尹澄垂下头，呼吸埋在他的颈窝之间，吻了上去。

她第一次这么主动，还是在这样的环境下，种种刺激让梁延商心火上涌，却听见尹澄冷不防地说："我能在你喉结上种个草莓吗？"

"……"他就从来没听过这种无理的要求。

见他不回答，尹澄抬起眸，浸着水渍般望进他眼底。

他无奈道："我明天还要见个合伙人。"

"那就是不同意咯？"她眼里闪动着让人神魂颠倒的媚气，勾到人的心里去。

梁延商纵容地抬起下巴，露出喉结的位置，随即他便感觉到湿软的唇落在他的喉结上，像火焰烫着他的四肢百骸。

他屏住呼吸，尽量稳住喉结不让它滚动。长久的吮吸过后，尹澄的唇离开他的颈窝，拉开他的领子，向着他肩膀狠狠咬了下去。

梁延商完全没有防备，突如其来的疼痛让他禁不住闷哼一声。

他没有把尹澄推开，紧了下牙根承受着，直到她翻身回到副驾驶座，对他说："走了。"

然后打开车门，头也不回地进了小区，留下一头雾水外加心绪翻腾的他。

2

梁延商总觉得尹澄在生一种很玄妙的气，但这种感觉实在没有头绪，让人无法理清。要说生气，她还跟他来了场车内激吻，只是吻过后，突然咬他是让他没想到的。

仔细想来，他们晚上的对话内容并没有什么不妥的地方。硬要说反常，大概就是尹澄提的关于直发和鬈发的话题。但她又不是那种会因为一点鸡毛蒜皮的小事情就无理取闹的性格，总不能为了一个发型跟他闹别扭吧。

　　梁延商试探地给她发去了一条消息：*你要是喜欢直发，等你出差回来，陪你去理发店。*

　　尹澄回复：*不用了，我就说说。*

　　……

　　关于什么白月光的事情，尹澄并没有跟梁延商提起。不久前因为谢晋的事，她刚对梁延商说过，即便学生时期有过影响，也没必要跟过去较劲。那么角色对换，她当然也不会追着梁延商的过去较劲，什么刨根问底、争个高低，这不是尹澄会干出的事情。况且，她的傲骨让她不屑拿自己与什么白月光做比较。

　　她只是不喜欢现在这种被情绪左右的状态，因为一件事、一个人停止思考，情绪浮躁，静不下心来。这种全盘失控的体会让尹澄感到了前所未有的恐慌。

　　白月光的出现只是一个信号，一个对她来说危险的信号。这个信号让尹澄认清了梁延商早已润物细无声地侵入了她的生活、情感、身体，无所不至地伸出他的触角，缠绕着她的喜怒哀乐。

　　她从没有想过自己有一天，也会因为一个人失去对内心的掌控权，不自觉敞开心门让这种情感肆意闯入、滋生，霸占着她的思绪。

　　出差回来后，她没有主动联系梁延商，直到某天回到家，看见梁延商和尹教授摆着棋盘和谐安逸的画面。

　　她立在门边目光微滞，原本以为平复的心态，在看见梁延商的时候，心口还是会突突地跳。

　　尹教授随口问了句："吃过了？"

　　尹澄回道："在所里吃了。"

　　梁延商这才缓缓抬起视线，掠了她一眼，又低头将视线落在了棋盘上。

　　尹澄回房放下包和笔记本电脑，出来倒了一杯水，倒完后端着水杯进了房间。没一会儿，她又出来走进浴室洗澡，洗完包着头巾进房间待了一会儿，再次出来走进浴室吹头发。

　　呼呼的吹风机声传进客厅，尹教授终于忍不住抬起眼，问梁延商："你们吵架了？"

　　梁延商含着淡笑告诉尹教授："没有。"

　　也许是尹教授在梁延商身上看见了自己年轻时候的影子，他待梁延商总是要比旁人更亲近些。

配合着吹风机的声音，尹教授压低嗓子，对梁延商说："风是握不住的，它会一直在我们身边，你别试图去握就能感受到了。"

梁延商目光微动地盯着棋盘，听见尹教授说："专心点小子，你要输了。"

梁延商的嘴角划过清浅的弧度："还没到最后。"

......

尹澄整晚晃过来走过去好几次了，梁延商的注意力始终落在棋盘上，神情专注。

尹澄在沙发上坐了下来，拿起一个橘子漫不经心地剥着，目光似有若无地落在梁延商身上。

他抬起视线迎上她，两人谁都没有说话。静谧的氛围，流动的空气，棋子落在棋盘上清脆的响声，所有的一切都成了缓慢的节奏，看似平静，实则暗流涌动。

尹教授盯着棋盘，问了句："要么你们俩聊？"

尹澄将橘子皮抛进垃圾桶，站起身说道："不用了，你们继续。"

回房后，她便打开电脑投入文献之中。不知不觉窗外的闪电划过夜空，闷雷四起，她撩开窗帘才发现，不知道什么时候下起了大雨。

尹澄看了眼时间，已经十一点多了，她关了电脑，打开房门走了出去。客厅的灯关了，她以为梁延商早走了，却在转身之际，看见沙发上躺着个人，闭着眼双手抱胸，上半身盖着尹教授的外套。

尹澄走到他身前弯下腰来，梁延商毫无征兆地掀开眼帘与她对视。

尹澄吓了一跳，直起身子问道："你还没走啊？"

"车子停在小区外面，下大雨了，你爸让我在这儿留宿一晚。"

"干吗不进房睡？"

梁延商坐了起来，将尹教授的外套挂在一边："跟你爸睡不着。"

尹澄默了几秒，转身之际，对他说："进来吧。"

梁延商跟随尹澄走进她的房间，这时候尹澄才发现，梁延商身上竟然套着尹教授的老头衫。这衣服穿在他身上，被他宽阔的肩臂撑着，有点像紧身衣。

尹澄不禁笑道："你穿的都是什么玩意儿？"

"你爸拿给我的，说全棉的睡觉穿舒服……"

他低头看了眼，大概也觉得有点羞耻，干脆掀掉脱了。偾张的肌理线条被尹澄尽收眼底，逼仄的空间里，躁动的氛围在一点点蔓延，袭击人的视觉、感官、每一个细胞。

尹澄收起了笑，转过身上了床，对他说："关灯。"

她躺下去的时候，房间已经陷入黑暗，尹澄背过身面对着墙，朝床里面挪了挪。

很快后背便感觉到了令人心猿意马的热量，哪怕没有触碰也传导了过来。

一个正躺、一个背过身，谁也没有再开口说话。

尹澄在梁延商上床没多久就闭上了眼，就在她以为梁延商也睡了的时候，突然听见他的声音萦绕在她枕边："尹澄，你对我的感觉是不是淡了？"

尹澄没有动，身后的手穿过她的腰将她拥入怀里，他的气息也随之缠绕上来："为什么不告诉我你出差回来了，不想见我？"

尹澄闭着眼，睫毛微动。他吻着她的耳郭，滚烫的气息笼罩着她："你说过一旦感觉消失了，就不会再停留了，现在你的感觉正在消失吗？"

尹澄没有否认的回应，似乎就是在承认梁延商的猜测。

他猛地将她翻过身，气息随之碾压而来，炽热的眸子带着毁天灭地的热浪。

"需不需要我帮你找找感觉？"

尹澄终于有反应了，低咒了声："梁延商，你别闹。"

已经迟了，他没有任何预前动作，直攻她的心房。那一刻，尹澄像被抛至半空，灵魂和身体同时失去控制，失声低嘤。

梁延商俯身堵住她的唇，攫取这久违的香软，辗转剧烈，呼吸急促地对她说："别叫，想把你爸吵醒？"

她是不想发出声音，但他的动作太大，弄得她快要疯掉，双手攥紧床单，声音断断续续地说："动静小点……轻点……"

没法轻，她的房间、她的床、她的气息，所有的一切都让他失控，他忍不住侵占她的禁地，哪怕她把他拒之门外，他也要硬闯。

床缝发出的声音折磨着尹澄的神经，她头皮发麻，面红耳赤，狠狠捶打着梁延商。

然而她表现得越抗拒，他就越激烈。尹澄的指甲陷进他的肉里，不停挠他，他疼得低哼，将她双手握住锢在头顶。

尹澄急道："你给我停下来。"

他的确照做了，停下了动作悬在她的眼前，目光涌动地锁住她，问："想没想我？"

尹澄的心脏还悬浮在半空中，刚稍稍回落，大口喘着，梁延商又狠来了一下。

"想没想？"

尹澄侧过头去，情绪紧紧绷着。梁延商松开她的手，捧过她的脸握在掌心里，轻柔地吻着。

他的声音又变得极尽纵容："不想就不想吧，我想你就行。"

他将尹澄打横抱起压在飘窗上，黑暗狭窄的空间，黏腻湿热的夜。所有的激烈调至静音，连同压抑的情感一起迸发成一波波热量蔓延全身，喷涌、决堤，一发不可收。

明明是一场极致的体验，他们却像经历了一场恶战。梁延商的前胸后背都是清晰的血痕，尹澄也被他折腾得够呛，吻痕遍布。

他重新将她放回床上，拉过被子给她盖上。尹澄翻了个身拿背对着他，他望向她的背影，忽然想起了尹教授的那句话。

——"风是握不住的。"

他一直在试图握一样根本不可能握住的东西。

尹澄在快要睡去的时候，模糊地听见他的声音在她身后响起。

"你的心为什么就焐不热？"

梁延商就这样静默地坐了一会儿，在尹澄的呼吸均匀后，他捡起地上的衣服，离开了她家。

谢晋结婚那天，小区很热闹，尹澄一大早便被楼下的声音吵醒了。

她下楼去开车的时候，还被谢晋妈妈叫住，她一身喜婆婆的打扮跑到尹澄面前，抓给她一把喜糖，对她说："给你沾沾喜。"

尹澄低眸看着伸到面前的喜糖，顿了几秒，接过放进口袋里，说了声"恭喜"便离开了。

上午她去研究所把手头的事清掉后，下午驱车去了科谷产业园。今天产业园不知道举办什么活动，园区门口拉着横幅，一路标识指引，平时挺清静的一个产业园，今天到处是人。

尹澄的车子根本开不进产业园的停车场，只能被迫停在产业园外的路边车位。

等她下午忙完，从楼里出来的时候，产业园里的活动好似已经结束了。原本停在路面的那些车子也陆续开走了，她拿着材料走在园区内，不时还能碰见三三两两的商务人士。

尹澄路过会议厅前的时候，瞥见了正在和几人说话的梁延商，由于他身高显眼，尹澄几乎是一眼就瞧见了他。

看见他后，尹澄放缓了步子，直到他也侧过视线看向她，尹澄才止住脚步，停在人行道边上。

梁延商收回目光，和面前的人说了几句，便转过身朝她走来。

尹澄好像还是第一次见他穿得这么正式，西装革履昂首阔步的样子，清隽稳重。

梁延商走到她面前，不着痕迹地打量了她一番，问道："你怎么在这儿？"

尹澄扬了下手中的东西："来取报告。你呢？"

梁延商看向活动牌："参加论坛。"

尹澄"哦"了声，听见他说："找个地方坐一会儿？"

"好啊。"

产业园的角落有家咖啡店，他们步行到那儿，找了个空位。

梁延商将尹澄的冷萃递给她，在她对面落座，眼底蕴含着淡淡的情绪，看着她。

尹澄捧起咖啡喝了口，问道："这个论坛是做什么的？"

"各个公司分享自己的盈利模式和项目成果，交流为主，借此寻找一些合作商机。"

"你在这中间扮演什么样的角色？"

"来考察行业动向，有价值的也会考虑参与。"

尹澄靠在沙发上，继续问道："你一般是投钱进去不参与经营，还是说需要一直跟踪，我指的不光是盈利状况，包括一些细枝末节的事，你都需要亲自盯吗？"

尹澄很少会对梁延商事业上面的事情问得这么细，他挑了下眉梢，回答她："看是什么项目，也要看是什么事。我有团队会专门负责一些项目的对接工作，通常情况下，他们会进行初步的信息筛选，当然也有我需要亲力亲为的事。比如我才给一个合作企业介绍了财务总监，这种人事调动看起来是小事，有时候往往会决定一个公司的运作状况。

"所以你问的这个问题，得分情况看。"

尹澄听得颇为认真，眉峰轻微拧着。

梁延商进一步解释道："通俗点说，就像养孩子。把孩子送去学校后，虽然教育托管了，但作为家长肯定要定期关注孩子的学习成绩和学习状态。一旦发现哪一科出现问题，就要及时考虑寻找合适的辅导班，查漏补缺。"

尹澄了然地点了下头："这么说的话，你得负责一个大盘，就像操盘手一样坐镇，是不是离开这个位置时间一长，就会出问题了？"

梁延商展颜一笑："那得看是多长时间了。"

尹澄的手机在口袋里响动了下，她摸手机的时候，摸到了几颗糖，也就顺势把糖拿了出来放在桌上，然后拿出手机看了眼，何教授给她发了一条消息。

尹澄看完消息后，将手机重新放进口袋里，视线落在面前的几颗糖上："你猜这糖哪儿来的？"

梁延商眼神下落，听见她接着说道："谢晋的喜糖。"

他抬起目光，尹澄深吸一口气，看向窗外，端起咖啡，送到唇边："他今天结婚。"

梁延商沉寂地瞧着她，良久，问道："你还挺惆怅？"

尹澄眼角眯起了笑："不是惆怅，是感慨，有点感慨而已。再怎么样，也是初恋不是吗？"

梁延商却撇了下嘴角："不算吧。"

尹澄收回视线，问道："你对初恋的定义是什么？"

"第一个爱上的人，你爱过谢晋吗？"

尹澄沉默了，隔了一会儿反问道："那你呢，你的初恋是谁？"

"你。"他不假思索，眸光透亮，射进她的心底。

某一个瞬间，尹澄听到了心弦被狠狠拨动的声音，穿越纷杂的过去和未来，只停留在此时此刻，她和他之间，震荡、回响。

梁延商又垂下眸，问道："我是你的吗？"

他说初恋是第一个爱上的人，他在问她爱不爱他。

尹澄听出来了，唇边的笑意浅浅地扬起，又敛去。

她端起咖啡喝完最后一口，对他说："走吧。"

梁延商看了眼糖纸上刺眼的"囍"字，站起了身。

到了咖啡店门外，两人同时停住脚步。

夕阳正以缓慢的速度被黑夜吞噬，晕染的光斜斜地落到店门前，洒在尹澄微弯的睫毛上，成了颤动的光影。

梁延商侧过眸，问道："去我那儿吗？"

"不了，还要回所里，何教授在等我。"

"送你？"

"我开车来的。"

尹澄走下台阶，又回过头来，对他说："那再见了。"

"好。"

他目送着她拐过街角，直至消失在余晖中。

3

尹澄回到研究所的时候，已经到下班时间了，何教授还在办公室等她。她放下东西，就敲开了何教授办公室的门。

尹澄坐下来后，何教授拿掉老花镜，笑容亲和："Offer（录取通知）什么时候收到的？"

"前天夜里。"

"走之前有什么需要我协助的，你尽管提。"

"我不会跟您客气的，工作上的事情我会交接好再离开。"

何教授欣慰地说："我对你放心，到了那边后，跟着刘宏教授好好干。他几年前就跟我提起你了，那意思就是希望你过去。这次你去了后，他会好好带你的。"

尹澄不解地问："这个刘教授见过我？"

"应该是没见过，但对你的情况了如指掌。他是自打你读了地质后，就开始关注你了。"

"为什么？"

"他和你妈妈，也就是孟博士关系深厚。"

尹澄有些意外："比您跟我妈关系还深厚？"

"是的。"何教授笑道。

"除了你爸爸，刘宏教授曾经算得上孟博士最信任的人。"

尹澄顿了顿，抬起视线："我能问下，这个刘教授是男的女的？"

"男的。"何教授回答她。

尹澄想起了那封邮件的抄送人，正是这个叫 Liu Hong 的教授。

"我爸跟我说过，我妈从前有个灵魂伴侣，两人在地质应用领域都取得了很大的成就。我爸始终耿耿于怀，我妈心里装着那个人，这么说来那个人就是刘宏教授了？"

何教授略显讶异："你爸是这么想的？"

尹澄耸了下肩："可能这辈子都成心结了，我妈还在世的时候，他问过，我妈不肯跟他说关于刘宏教授的事，所以我爸觉得她放不下他。"

何教授陷入了短暂的沉思，叹道："不怪你妈，当时那个情况，她的确不方便多说。"

尹澄皱了下眉："是什么样的情况？"

何教授拿起手边的茶杯，递给尹澄："帮我接杯水去，我再慢慢跟你说。"

尹澄将茶杯放在何教授面前后，他喝了口茶，才提起当年的事。

"我们还年轻的那个时代，国力跟发达国家不能比。他们拥有领先的科研成果、最新的技术，包括他们的研究中心也是那会儿国内根本比不了的。刘宏

230

教授希望孟博士跟他一起去国外发展，那年孟博士手上有个很重要的研究项目，属于前沿技术，关乎战略资源开采，她不想把研究带到国外，拒绝了刘宏。

"中途他们断断续续联系了几年，在这个研究项目落地的第二年，刘宏教授回了国，他的老母亲病重，他在国内待了一段时间。也就是那段时间，有人匿名举报他从事间谍活动，有窃取国内地质资源信息的嫌疑。

"这是一个无中生有的指控，怪只怪他回来的时间点和项目落地的时间太巧合。随后刘宏被带走调查，没能守在老母亲身边送她最后一程。

"孟博士当时是该项目的研究负责人，国家利益和研究成果在前，她不可能再和刘宏有任何牵连。

"在那样敏感的时期，别说孟博士要避嫌，就连我们这些曾经他认识的从业者，也是尽量不提起他，免得给大家都带来不必要的麻烦。

"这件事水落石出之后，刘宏也已经拿到绿卡。他在国内没有亲人了，很多年里都没再回来过。唯一一次回来，是孟博士的葬礼后，他联系我询问她安葬的地方，去见了她最后一面。"

良久的沉默过后，尹澄心绪如麻。

"所以我妈那时候从来不对我爸提起刘宏教授，并不是什么所谓的私人感情？"

何教授："不是你爸想的那样，而是不能提，这件事在当时是红线，谁都碰不得。你爸不是我们系统里的人，当然是知道得越少越好。"

尹澄恍然地靠在椅背上："我爸对我出国这件事始终持有看法，不知道有没有刘宏教授的原因。"

何教授说："我回头会找你爸聊聊，这么多年了，他也没问过我。他要是问，我早就告诉他了，这事你不用操心。"

尹澄从何教授那儿离开的时候，眉眼间是自信飞扬的神采："我会把本事都学到手，回来效力。"

何教授也笑了。

从办公室出来时，尹澄正好碰见魏圣宏，他叫了她一声，尹澄回过头来问道："还没下班？"

"你不也没下班吗？忘了跟你说声恭喜了，打算什么时候动身？"

"还有一阵子。"两人边说边往过道走去。

"和梁延商说过了吧？"

尹澄迟疑了几秒："还没有。"

魏圣宏停下脚步，盯着她瞧了眼，发现她脸上一闪而过的困惑，于是打开自己办公室的门："进来坐坐吗？"

尹澄点点头，迈入他的办公室，坐在旋转椅上，眼神空洞地滑动着滚轮。

魏圣宏递给她一瓶水后，在一边的沙发上坐下："这么大的事，没跟他报喜？"

尹澄眼里浮过一丝愁绪："不确定是报喜还是报忧……"

魏圣宏大概猜到了她的顾虑："打算什么时候说？"

"还没想好怎么说，总要持有一个态度跟他商量吧。"

"那你现在什么态度？"

尹澄泄了气，看向窗外亮起的灯火重影。

"至少去两年，两年后还不知道会怎么样。很多问题摆在面前，我们都不小了，我自己能耽误得起，他呢？"

魏圣宏叹道："确实，别说什么异地、异国恋了，现在的人跨个区都费劲。"

他又说："要么你让梁延商跟你一起去那边发展几年？"

尹澄目光闪烁着细小的光点，摇了摇头："他在国内有很多事情要操心，我总不能让他一味地迁就我，放下国内这么一大摊子事吧。"

尹澄再次摇了摇头，否定了这个想法。

"我不能这么自私，只顾着自己发展。"

魏圣宏沉默了，他也找不到一个很好的解决方案。

两人相顾无言，直到尹澄长叹一声，将身体里压抑的情绪全部释放出来。

"所以我在想，要么还是算了吧。也许……也许过阵子他遇到个跟我差不多类型的女人，也就把我忘了。"

魏圣宏蹙眉道："你怎么会这么想？每个人存在于这个世界上，都是独立的个体，类型再一样终究是不同的人。"

他提议道："虽然异国恋很有挑战，但或许你可以试试？"

因为兴趣相同、目标一致、情投意合而投入一段感情，享受暧昧、享受风花雪月，只谈爱情不谈深情。

这是在尹澄看来最理想的相处状态，然而一旦这段感情动摇了她的心态，成为她身体中的一部分，那样一旦剥离，会是筋连着血骨的疼痛，所以她不敢轻易松这个口。

尹澄的目光一点点垂了下去："等我过去后也许根本没有时间经营这段感情，会出现很多力不从心的矛盾。他们那个圈子的人好像换女友挺勤的，我走了后，他说不定……"

尹澄没有再继续说下去了，因为她瞧见了魏圣宏在明晃晃地笑她。

尹澄压下眼皮："你这是在嘲笑我吗？"

魏圣宏边笑边说："是，我在嘲笑你。我们认识几年了？少说六七年了吧，我第一次看见你患得患失，哈哈哈……"

尹澄放下跷着的双腿，无语地站起身："我走了。"

魏圣宏叫住她，对她说："不过讲真的，梁延商人还是不错的。无论你最终怎么决定，好好跟他说。"

尹澄握住门把手："我会的。"

第十三章 ·
触手可及的地方

1

周五的晚上，尹教授敲响了尹澄的房门，走进来后，递给她一个存折。

"这里面有些钱，你把它取出来存你卡上。"

尹澄接过了存折，又拉过尹教授的手，将其还到了他的掌心。

"我身上有钱，而且也申请了奖学金，你留着自己用吧。"

见尹教授不放心的样子，她又补了句："我不够用的时候再跟你开口。"

"那行吧。"

尹澄将椅子给尹教授坐，挪到床边，玩笑道："我去跟着你情敌学习，你不生气啊？"

尹教授斥道："尽胡说，科研实力方面你跟着他我没话说，但要说到你妈，他是我手下败将。"

尹澄不禁捧腹，她还是第一次听见尹教授这么自信骄傲，还有点孩子气的口吻。

"那么，何教授找过你了？"

"你们何教授担心我有看法，给我好好上了一课啊！

"其实从前你妈也有过出国交流学习的机会，但是都不凑巧，她手上有研究脱不开身，不然以她的性格，会去外面多看多学的。

"昨天晚上我一直在想，要是你妈还在，关于你出国的决定，她会怎么看。站在她的角度，我想她一定会支持你的。如果她支持你，我总不能拖你后腿吧。既然去了，就沉下心来好好待个几年，家里的事你不用操心，我能吃能喝，还没到不能动的地步。"

尹教授的话给尹澄吃了一颗定心丸，对于人生重大的转折和选择，没有什么比家人的支持，更让人踏实的了。

尹澄探过身子，抱了抱尹教授："我真怕你会不同意。"

"哪有做家长的不希望自家孩子好，安心去吧。"

尹教授离开房间后，尹澄坐在书桌前，看着窗外无尽的苍穹，耳边回荡着尹教授的话，心绪无法安宁。

她拿起手机给陶姐发去一条消息：您明天有空吗？如果在家，我想去拜访您。

几分钟后，陶姐回复：我明天上午约好了出去，欢迎你下午来玩。

尹澄：好的，明天见。

尹教授一早就被人喊出去钓鱼了，尹澄也提早出门买了一些拿得出手的礼品，下午驱车前往流庭湖。

陶姐已经让家里的阿姨准备了茶点，等着尹澄了，见她拎了不少东西，说："你啊，来玩还买这么多东西，以后想来就随时过来，别这么客气。"

"一点心意。"

陶姐看见尹澄满眼都是笑意，挽着她往后院的花园走："你来得正好，家里的绣球菊最近开花了，带你看看。"

尹澄跟随陶姐来到后院，团团簇簇的绣球菊紧挨在一起，一个个圆头圆脑的花球颜色从紫色、黄色到红的、白的都有，坐在花园里喝着茶，观赏这些花卉，让人的心情也跟着放松下来。

尹澄向陶姐请教了一些花卉种植的技巧，谈起陶姐热爱的东西，她总是滔滔不绝，尹澄听得也颇为专注。

"没想到这么讲究，看来要维持花园里四季常春，不是容易的事啊！"

陶姐喝了口茶，慢条斯理地说："这世上的事，没有一件是容易的。"

尹澄的眼神落在杯中，变幻莫测的云投在茶液里，缓慢地游动。

陶姐望向尹澄凝滞的目光，出声道："今天你来找我，是有什么事吧？"

尹澄缓缓抬起视线："其实是来跟您告别的，我要出国读书了，暂时还不确定什么时候能回来。"

"啊，这样……"

陶姐拿起茶吹了吹："我儿子得难过了。"

尹澄的心揪了下，别开视线："抱歉。"

陶姐放下茶杯，倾身拍了拍她的手背："傻丫头，没有什么好抱歉的，你没有对不起任何人，你只是选择了一条想走的道路，这本身就没有错。"

是的，没有错。可是对于梁延商，对于他的家人来说，她注定不可能成为一个陪伴在侧的伴侣、一个承欢膝下的儿媳。

人生本就难两全，选择了一个人生方向，势必要放弃另一种生活，辜负另一些人。

"我和你说个有趣的事吧，你别跟延商说，要不然他得不高兴了。"

尹澄看向陶姐，听她提起自己有阵子闲来无事，刷手机总是看见留学生在国外沾染上一些风气，私生活泛滥，还有搞同性恋的，看着人高马大的小伙子，指不定关起门来对另一个男人撒娇。

这就导致有一段时间，陶姐看儿子的眼神尤为古怪，她还总在梁爸面前提起这个担忧。梁爸一开始对她这些乱七八糟的担心嗤之以鼻，但在陶姐的长期洗脑下，梁爸难免也心生疑虑。毕竟梁延商都这么大了，也没带过哪个女孩回家。

两人还正儿八经就这个问题探讨过，万一儿子哪天真带回来个男人，他们应该用什么态度去面对。

尹澄忍不住笑了，她都能想象，梁延商要是知道他爸妈曾经在背后这么议论过他，脸色得多阴沉。

陶姐笑道："所以啊，如果你今天过来是想听听我的想法，那么我如实地告诉你，你上次跟我们吃过饭后，我和他爸是打从心里高兴，你长得漂漂亮亮的，又有学识，是我儿子的福气。我和他爸也不是什么封建老古董思想，作为父母来说，只要孩子过得好，我们也就没什么烦恼了。"

阳光推着云，层层叠叠，露出天空本来的面貌，蔚蓝澄澈。

尹澄动容地拿起茶，心底的天平在摇摆。

她放下茶杯，问："我能去他房间看看吗？"

"当然。"陶姐不假思索道。

尹教授今天收获颇丰，不枉他一早起来赶到几十公里外。

中午在外面和友人吃完饭后，他便打了个电话给梁延商，对他说："小梁啊，我今天钓了不少黄辣丁，大的都快有一斤重了，趁新鲜我给你送点过去。"

"您在哪里？"

问清楚尹教授的下车地点后，梁延商说下午过去接他。

尹教授戴着遮阳帽背着渔具，拎着鱼从车上下来时，梁延商已经到了。他几步迎上前，接过尹教授的一堆东西，尹教授还不忘向梁延商炫耀他今天的战利品。

"拿回去煨汤、红烧都可以，鱼你自己能杀吧？"

梁延商笑着说："除了人不能，其他都没问题。"

尹教授也露出笑意跟随他上了车。

路上的时候，尹教授向梁延商打听他那时候出国留学的费用问题。

梁延商便随口聊起："我爸妈也就头一年象征性地给我打了点生活费，后

236

面就没了。自己有多少钱就花多少，也没个具体数。"

尹教授这么一听，心里就没谱了，叹道："我昨天要给娃娃存折，她没肯拿。她工作这几年存的钱，也不知道够不够到那边生活。"

梁延商眉峰微拧："尹澄要出国？"

尹教授起了个大早，折腾一天，到了下午难免疲惫了，在车上就打起了盹。梁延商将尹教授送进小区后，没有久留。

他回到都和府，放了水将尹教授给他的黄辣丁养了起来。

做完这一切后，他不知不觉走到南面那间书房，推开房门仿佛还能感觉到尹澄坐在书桌前安静的身影。可实际上，她已经两周没来了，以往每个周末，她都会空出时间和他待在一起。

梁延商不是感觉不到她的态度淡了，只是那晚两人激烈的针锋相对让他意识到，也许正如尹教授所说，别握那么紧，她就回来了。

直到今天他才蓦然发现，桌上的电脑支架不在了。之前尹澄就是离开，也不会带走，方便下次来的时候用，除非她不打算回来了。

梁延商的胸口一阵绞痛，他的拳头砸在门框上，脸色也逐渐变得苍白。

他转身走出书房，拿出手机，找到尹澄名字的时候，他顿了下，拇指划过找到了魏圣宏的联系方式。

晚上，梁延商和魏圣宏约在一家清吧见面。两人坐在吧台边，点了些酒。

灯光昏暗，音乐低缓。魏圣宏刚坐下来就说道："我大概能猜到你约我出来是什么事，你都知道了？"

梁延商"嗯"了声，话没说几句，哐哐几杯酒下了肚。凌厉的轮廓就那么冷着，本来就是不好惹的长相，现在更是一副宛若凛冬的样子，就连吧台里的小哥都不敢与他对视。

魏圣宏不大会安慰人，拍了拍他的肩："不能这么个喝法。"

见梁延商约他出来也不说话，就猛喝酒，魏圣宏无奈地主动找起话题。

"坦白跟你说，不怕你笑话，我从前对尹澄也有过想法。"

梁延商这下动了，不咸不淡地睨了他一眼。魏圣宏瞧见他这个眼神，笑了。

"很正常吧？她长得好，又高挑，脑子还聪明，对她产生想法也是人之常情。只不过我后来一合计，不行，我师妹这性格，我要是陷进去，得疯，所以就打消了这个想法。"

魏圣宏端起酒，碰了碰梁延商的酒杯："怎么样，你跟她在一起后疯吗？"

"疯啊。"

梁延商抬头喝掉了杯中酒，将酒杯重重搁在吧台上："疯并享受着。"

魏圣宏摇着头笑。

梁延商整个人被压抑的氛围裹挟着，深邃的眼眸里泛起了细微的血丝。

"我就想不通了，我对她掏心掏肺，也相处这么久了，她总不能是铜墙铁壁做的吧？"

魏圣宏晃着手中的酒，停顿了一会儿，突然道："我跟你说件事吧，听完了，你也许就明白了。"

梁延商侧过视线，魏圣宏问他："尹澄爸爸尹教授的事情，你知道多少？"

"之前听她提起尹教授从前出过事，具体什么事她没说。"

魏圣宏点了下头："她很难启齿吧。"

尹教授从前有个女学生，种种原因导致她一直无法毕业。后来动起了歪心思，试图利用不正当交易让尹教授帮她开后门。

因为早有准备，这个女学生找到了尹教授的宿舍。在诱惑无果后，女学生做了一些情绪化的事情，尹教授见劝说不成，警告她再继续闹，就通报学校。

一旦通报上去，意味着这个女学生再也不可能毕业了。或许是恼羞成怒，也或许是怕尹教授真去学校告发她，她干脆撕破脸，衣不蔽体地跑出去，说尹教授侵犯她。

当天尹教授就被110从宿舍楼带走了。

那段时期，网上正好流传着什么"穿上衣服是教授，脱掉衣服是禽兽"的言论。尹教授这个事情一被爆出来，就受到了广泛的社会关注。

尹教授作为一个丧偶多年的单身男性教授，面对弱势又如花似玉的女学生，话题劲爆且有热度。大众根本就不会去了解事情原委，只看自己想看的真相，断定尹教授有罪。

加上当天女学生动静闹得很大，不止一个人看见她从尹教授的房间哭着跑出来，这几乎就坐实了尹教授的罪名。

而那一年，尹澄才读完大一。

"你可能没法想象，尹澄当时生活在一个什么样的舆论环境下。自己爸爸的照片被发到学校论坛，受到所有人的诋毁，她被堵在宿舍楼出不去，同宿舍本来关系要好的舍友，还把她的行踪发到群里，她走在校园里莫名其妙被人泼墨汁。去教室上课，有人故意往她位子上抹泥巴不让她坐。还有男同学扬言……"

扬言让她父债女偿，脱光了衣服受到同样的羞辱。这些话，魏圣宏没忍心再说下去。

"那时候几乎没有人相信尹教授，就算他平时口碑不错，但毕竟是男人嘛，也许难免有冲动或者糊涂的时候。只有尹澄坚信尹教授是被冤枉的，她休学之后打官司，处处碰壁，后来找的那个律师也不太靠谱，她就自己搜集证据，了解法规条款。为了找到蛛丝马迹，她盯上那个女学生，风餐露宿地蹲守在女学生有可能会去的地方，想尽办法接触那女学生认识的人。那期间尹教授躺在医院里，情况很不好，尹澄还要两头兼顾，身边也没什么亲戚能帮到她。"

魏圣宏喝了一大口酒，叹道："一个人扛起了一片天，才二十岁的年纪。"

梁延商脑海中回响起了那句话，她依偎在他身前说的那句话。

对于谢晋的出轨，她说："其实还好，比起生气难过，那时候更多的感觉是孤立无援，这才是最绝望的。"

梁延商握着酒杯的指节不停收紧，直到泛白、发颤。

魏圣宏接着说："也是尹澄够机智，给那个女学生下套，找到了突破口。虽然官司打赢了，但这件事也让他们家受到了重创，都掉了一层皮。当时尹教授的身体状况无法再继续胜任教学工作，也就退了休。

"尹澄还要回学校继续完成学业，面对那些……尹教授曾经的学生。

"官司虽然赢了，舆论上的恶劣影响却没那么容易消除。大家不会再对她恶言相向，但也不代表会接纳她。

"大学四年，她在学校里几乎没有什么真正的朋友，始终被人孤立。"

魏圣宏再次拍了拍梁延商的肩："你别怪她，她刚从高中那个单纯的环境走出来，就遭受到众叛亲离，感受过这个世界对她最大的恶意。要不是铜墙铁壁，她可能早就坚持不到今天了，所以她不容易和人交心，完完全全地去信任别人。"

梁延商将火辣的液体灌进喉咙里，眼眶早已酸涩。

"出国的事，她和你聊过吗？"梁延商问。

"聊过。"

梁延商侧过头的时候，双眼已然猩红："跟你透过底吧？"

魏圣宏望着他颤动的眸色，感受到他身上难以克制的破碎感，不忍道："做个心理准备。"

2

推开卧室的门，那种四海潮生皆少年的气息依然浓烈。房间里的陈设和尹澄上次来无异，大概梁延商最近没回来住过，只不过有人定期打扫，里面一尘不染。

尹澄在房间里走了几步，来到书桌前推开窗户，拉开桌前的椅子，坐在他曾经坐过的地方。望着疏影横斜，日暮西山，她陷入了思考。

有风从窗外吹了进来，轻柔地拂过她的面颊。她习惯对着窗外思考事情，好像世界都为她停止了。

尹澄就这样沉静地坐了一会儿，目光渐渐收回，扫了眼储物格，手办、漫画摆放在原位。斜角处贴着一张拍立得，是少年时的梁延商骑在一辆哈雷摩托车上的照片。

看见照片，尹澄不免望向那个原本放相框的位置，显得空荡。

尹澄的视线停留了两秒，移到了她右手边的抽屉，上一次梁延商把那个相框扔进了抽屉里。

她记得当时他的神情有些微不自然，尹澄大概能猜到是为什么，无非是年少时对哪个姑娘心生爱慕，怕她瞧见不舒服。

即便心里已经有数，尹澄依然想看看那个所谓的白月光，到底曾经让梁延商如何迷恋。

她打开抽屉，相框仍然躺在里面，尹澄拿到眼前瞧了瞧，一张构图随意、画面杂乱的照片。

梁延商绑着安全带吊在溜索上，底下的同学们都抬起头望着他，或叫或笑，总之没有一个表情正常的，她也是服了这个拍照的人。

尹澄特地将围观群众一个个看了过去，没发现肖大鹏那天给她看的班花，这就有点奇怪了。她实在弄不懂，这样一张照片有什么值得梁延商宝贝的，跟拜神一样供在书桌最中央的位置。

尹澄将相框翻了过来，拧开后盖取出照片。照片背面的手绘图案赫然出现在她面前，一个橙子，还画了一个爱心将其框了起来。

这就更让尹澄莫名其妙了，想当初梁延商加她的时候，用的也是个橙子头像，他怎么就这么喜欢吃橙子？照片后面也要画橙子？

尹澄费解地将照片重新放进相框，拧上后盖，翻过来又仔细观察了一番。之前她的焦点始终落在梁延商和围着他的那群同学身上，没有关注过远处的背景。

而这次她瞧见了这群同学的身后，有一棵很大的树，尹澄就差把照片撑到眼前了，才发现从两个男同学交叉的手肘中间望过去，远处有个女孩坐在树下。

她的目光猛然滞住，那个女孩不是她还能是谁？在高中学习压力那么大的情况下，难得能到户外放风，所有人都玩疯了。然而她那天来例假，不想出汗，戴着耳机躲到树后面，以为别人发现不了，没想到居然给人拍了下来。

尹澄拿着相框，愣了一会儿神，重新放进抽屉里。抽屉里的东西不多，摆放着钱包，应该是梁延商用淘汰下来的。钱包里有钱，露出的纸币边角并不是人民币。

尹澄好奇地抽了张出来瞧了瞧，她还是第一次见新西兰纸币，有些新鲜。现在国内都用电子货币了，基本上没人会带钱包出门，这个钱包大概率是梁延商上大学时用的。

尹澄拿出钱包，重新把纸币塞进去，夹层里滑出一张两寸照片，落到了地上。尹澄蹲下身捡起照片，照片里的人，把她吓了一跳。

她的瞳孔剧烈收缩，心脏猛然一紧，因为她看见了自己的脸。

这张照片上的人并非现在的她，而是有些青涩的面孔，分明就是高中时期的她。

可是这张照片，为什么会出现在梁延商大学时用的钱包里？

短短几秒，尹澄的脑子差点被弄蒙了。

直到她看见照片中自己又直又黑的长发，瞬间，一个大胆的猜测在尹澄脑海中氤氲而生，有些不可思议，甚至有些茫无端绪。

虚晃的照片，角落的人影，背面的橙子，她手中这张好似从毕业照中抠图、单独洗出来的两寸照片。

落日悄无声息地将光芒隐藏，躲在黑暗中窥探着这山间幽茂，人间杳杳。

尹澄将所有东西放回原位，关上窗户下了楼，以有急事为由，告别了陶姐。

上了车后，她拨通了沈廉的电话："我问你个事，你上次说群里有人议论我，然后肖大鹏找的你，他们是怎么议论我的？"

"一开始好像是有人因为你吵了起来。"

"是我们班的吗？"

"不是我们班的人，都不认识，还有北校区那边的。"

"那个群的聊天记录还在吗？"

"应该在吧，我没清过。"

"能发给我看看吗？"

"好久前的记录了，得找找。"

尹澄思索了几秒："你在哪儿？我去找你。"

迎着夕阳一路开回市区，这城市的霓虹虚幻又真实，仿佛注入了令人躁动难安的心跳声。

——你喜欢吃橙子？

——我喜欢橙子。

je vous connais,depuis toujours.（我认识你很久了。）

——我们在学校的时候好像不认识。

——可惜了，应该早点认识。

"放心，你永远不可能踩那些雷。"

"当然是为了你。"

"除了你，还能为谁？"

"尹澄，你不懂，是激动。"

"橙子，你是我的了。"

——感谢你弥补我的青春。

"你的初恋是谁？"

"你。"

一幕幕街景从车窗掠过，回忆如潮水般纷至沓来。她和梁延商接触以来的点点滴滴，在尹澄的脑海中复盘，所有的细枝末节都在佐证她的猜测。这些曾经被她忽视掉的瞬间，此时却在无限放大，冲击着她的心脏、大脑、每一根神经，让她的肾上腺素急剧攀升。

尹澄将车子开到沈廉所在商场的地下车库，沈廉把孩子交给阿姨后，就匆匆下来找尹澄。

刚拉开车门坐进来，沈廉就将手机递给尹澄："我找到了，就是这个人最开始在群里说你的。"

尹澄接过手机一看："QQ群啊？"

"这个群是我们上学那时候建的，里面有两个校区的人，人很杂。"

尹澄低下头来，翻看群里的聊天记录。

南-13班-陈宁：笑死，你们确定人家认识你们，1班的尹澄眼睛是长头上的。

南-12班-万羽蓉：不就以前给她递情书被拒了吗？没必要这么说吧！

群里安静了一会儿，这个叫陈宁的没有回复，其他人又聊起了新的话题。

沈廉将手机拿了过去，往下滑了几页，再次递给尹澄："你看。"

已经是三个小时以后了，群里面跳出来一个人。

北-不一班：@南-13班-陈宁 你眼睛不长头上是长脚底板的？

南 -13 班 - 陈宁：你谁啊？说你了？

南 -13 班 - 陈宁：关你什么事？

北 - 不一班：关到我事了。

南 -13 班 - 陈宁：要你们北校区的人插什么嘴？

北 - 不一班：呵。

北 -2 班 - 张明凯：呵。

北 -7 班 - 王彪：呵。

北 - 不一班 - 万一洪：呵。

北 - 不一班 - 胡骏：呵。

北 - 不一班 - 大柱子：呵。

北 -6 班 - 社会你杨哥：呵。

北 -9 班 - 冯钰泽：呵。

……

往下翻了将近十页都是北校区的刷屏，队形一致。

南 -13 班 - 陈宁：你们在跟我摆实力？有种出来碰面。

南 -2 班 - 肖大鹏：@南 -13 班 - 陈宁 你是不是彪啊？道个歉得了，你惹不起。

南 -13 班 - 陈宁：我为什么要道歉？又没说他，我道什么歉！！！

[南 -13 班 - 陈宁被群主禁言 30 天]

南 -13 班 - 夏易：我是陈宁，@群主郭培辰 你给我出来，凭什么禁我言不禁 @北 - 不一班？

南 -9 班 - 郭培辰：少说两句。

南 -13 班 - 夏易：你什么意思？

南 -9 班 - 郭培辰：你私下了解吧。

[南 -13 班 - 夏易被群主禁言 30 天]

随着这条禁言，群里陷入安静，没有人再说话。

直到几十分钟后，群里才又有了动静。

南 -3 班 - 刘静怡：我八卦下，尹澄和谢晋结婚了吗？

南 -1 班 - 高舜：谢晋是要结婚了，新娘不是尹澄。

南 -6 班 - 黄茹薇：天啊，上学时嗑的一对居然掰了……哭。

南 -2 班 - 郑礼子：太可惜，他们那时候经常一起从我们班路过，真是配一脸。

南 -6 班 - 黄茹薇：@南 -2 班 - 郑礼子 对啊，我还以为他们能走到最后呢！

......

尹澄翻了几页关于她和谢晋的讨论后，看到了沈廉发的内容。

南 -1 班 - 沈廉：抱走我家橙子，你们聊其他人别带尹澄。我家橙子脚踏实地一心向学，从不利用歪门邪道走捷径。

沈廉虽没直说，但大家都能从她的话中品出些什么。群里出现了跟尹澄有联系的熟人，再议论显然不太合适了，便纷纷转移了话题。

尹澄往下继续翻了几页，不再有关于她的议论，直到有一条消息夹在这些聊天记录中间。

北 - 不一班：@ 南 -1 班 - 沈廉 她现在单着？

沈廉没有第一时间看到这条消息，直到很晚的时候，她才在群里回了句：@ 北 - 不一班 是啊。

群里没再回复，但是之后肖大鹏私下联系了她。

看完整个聊天记录后，尹澄抬起头问沈廉："你会维护一个毫不相干的人吗？"

"当然不会。"

那天的消息太多，大家你一句我一句的，沈廉根本就没有意识到这个问题。现在回过头来想，他们都毕业这么多年，早都不是热血青年了，谁会没事为了个跟自己没有交集的人，站出来与人为敌。

尹澄是沈廉在高中同窗三年的好友，沈廉为她说句话在情理之中，但是群里那个"北 - 不一班"又是为何这样做？

沈廉正思索间，尹澄已经点开了"北 - 不一班"的个人主页，主页背景正是一颗圆润光滑的橙子落入男人掌心的图片。

沈廉探过头来，问道："所以这个'北 - 不一班'是谁啊？"

笑意渐渐在尹澄的脸上荡漾开来，她锁了手机还给沈廉："是个不一般的男人。"

魏圣宏在他们那个酒圈里已经算很能喝的了，饶是这样，他也被梁延商的酒量惊到了。他就没见人这么喝过酒，明明是喊他出来喝酒，梁延商不跟他碰杯，也不劝他酒，就自顾自地喝，还都是烈性酒，就是水也不至于这样喝。

两人喝到凌晨，从酒吧出来的时候，魏圣宏见梁延商走路都不走直线了，有些担心他。为安全起见，魏圣宏提出送他回去。

梁延商摆了摆手，自己叫了辆车就走了。

回到家后，梁延商就不省人事了，脑袋沉得跟昏死过去一样，没有一点知觉。

各种梦境混杂着碰撞在一起，一会儿是尹澄被人围在宿舍楼里，一会儿是她满身墨汁瑟瑟发抖的样子，一会儿墨汁又变成了红色的西红柿。她穿着被弄脏的校服从他身边走过，努力压着委屈的样子。一会儿她又成了《绿皮书》里的雪莉博士，受尽嘲讽、骚扰、白眼。

一个个场景来回切换，楚楚动人的眼里盛着绝望和无助，那样的眼神，让梁延商的心脏疼得像被撕裂。

他在梦中就像被困住的野兽，发狂、发怒，却只能眼睁睁看着这一切。

他试图冲出屏障狂奔到她身边，将她护在怀里，替她阻挡这个世界的险恶。可无论他如何挣脱、如何疯狂，都无法靠近她。他好像被封印在了另一个世界，一个没有她的世界。

这个吊诡的噩梦不知道折磨了他多久，等他猛地醒来后，发现自己躺在地毯上，好似经历了一场剧烈的恶斗，浑身都湿透了。

他反应迟缓地回过头，瞧了眼外面，天仍然是黑着的，他一时间弄不清是夜里，还是已经过了一天。

他扫了眼墙上的钟，八点多了，他睡了一整个白天。

梁延商起身到处找手机，在沙发边的地上找到了。他摸起手机看了眼，屏幕上显示好几个尹澄打来的未接来电。他的心口发紧，还没做出反应，尹澄的电话又打了过来。

手机在掌心响动，梁延商神情微滞，面对尹澄的来电，他有些手足无措。

就在铃声响了很多遍电话快要挂断的时候，他又急促地接通，放在耳边"喂"了声。

手机那头传来尹澄清晰的声音："梁延商，你搞什么？"

"我昨天夜里跟你师哥喝酒喝多了。"

"……"

尹澄没再出声，两人就这么隔着手机互相沉默着。

"出来见一面吗？"她问。

"你在哪儿？"

"Banker Cafe。"

"好。"

梁延商开车到 Banker Cafe 已经九点多，店里没几桌人了。尹澄穿着浅白色的针织外套，依然坐在老位置，看上去恬淡平静，手边一杯咖啡，对着笔记本电脑。

在梁延商走进来的时候，她抬了下眼，又落回电脑屏幕上。

梁延商径直走到她面前，拉开她对面的椅子。尹澄没抬眼，出声道："坐那儿干吗？"

梁延商眼里的光亮了下，盯着她看了眼，随后松开椅子挤到她身边。

尹澄往里面挪了挪，问道："吃饭没？"

"还没，冲了个澡就出门了。"

尹澄朝桌上抬了抬下巴："先把饭吃了。"

"哦。"

梁延商端过餐盘，发现还是热的。餐盘里的东西没人动过，只可能是尹澄算好他过来的时间，专门为他点的。

梁延商嘴角刚翘起一丝弧度，很快又敛了下去。突然对他这么好，事出反常必有妖，想起昨晚"魏凡人"让他做好心理准备，他立马就感觉面前的饭不香了。

他在吃饭的时候，尹澄就在他身旁对着电脑敲敲打打，神情专注。

桌子就这么大，两人并排而坐，难免会碰到彼此的手肘。一次两次就算了，时不时若即若离地触碰，让尹澄的眼里挂上了不太明显的笑意，但她并没有收回手臂，任由身旁男人无聊地试探。

尹澄在归纳工作上需要交接的材料，她整理得很细致，每份文档每个步骤都插入批注，分门别类交代清楚，在为后面的离开做准备。

梁延商的视线投来时，她没避着他，"离职交接"四个大字大大方方地任他看。

直到发现他视线定格，她才转过头，瞄了眼餐盘里的薯条："我要吃那个。"

梁延商插起薯条蘸了点番茄酱喂给她，尹澄叼走后又继续忙了。

店里为数不多的客人陆续离开了，楼上和里面的灯全部暗了，也就他们这个区域还亮着。

尹澄关上电脑："你昨晚喝了多少？"

梁延商放下餐具，回道："挺多的。"

"你酒量不是挺好的吗？"

他沉默了一瞬，鼻梁的骨棱让他的轮廓越发清晰立体，只是眉间轻微拧着，深邃却也惆怅。

"看状态。"他回答她。

尹澄望了眼收银台的方向，叹了一声："我等了你一晚上，都等到人家下班了，换个地方聊吧。"

"行。"

他们刚走出 Banker Cafe，店里剩下的灯也暗了。

尹澄回头朝店里瞧了一眼，梁延商突然停下脚步，回过身来毫无征兆地压下视线，将她揽入怀里。紧密的抱法让尹澄的身体被他完全包裹住，她的鼻息里是他身上清爽好闻的柑橘香，让人放松、眷恋。

她的脑袋贴着他的胸口，听到他沉稳有力的心跳，提醒道："注意场合，有人看着呢。"

"看就看呗，我抱我女朋友犯法了？"

说完，他声音又小了下来："现在还是吧？"

须臾，尹澄抬起手环过他，加深了这个拥抱。

3

上了车后，梁延商有些沉默，尹澄也没怎么说话，看着窗外。遇上红灯停车的时候，他侧过视线，尹澄对上他的目光，他又若无其事地移开了。

车子开了很久，久到周围的建筑群逐渐消失在窗外，路灯也渐行渐远，梁延商把大灯打开。荒无人迹的公路上，只有他们一辆车在狂奔，尹澄甚至怀疑梁延商要把她带去外地。

她忍不住问道："我们这是……出城了吗？"

"没有，快到了。"

他一打方向盘，车子拐进一条坑坑洼洼的石子路，这下就连大灯的光都被黑暗吞噬了。放眼望去，除了车前面视线可及的小范围距离，更远的地方根本什么都看不见。

直到几分钟后，尹澄的视线里出现了一个亮着微弱光线的传达室。梁延商朝传达室闪了两下车灯，里面的保安大爷为他抬了杆，显然认识他的车。

车子开进去后，尹澄更蒙了，里面比外面的石子路还要颠簸。她落下车窗，观察着四周，连只鸟都看不见，完全就是一片没开发的旷野。

尹澄诧异道："你带我来这里干吗？"

梁延商握着方向盘，目不斜视："这里不会有人进来，方便说话。"

"我们这是特务接头吗？用得着这么隐蔽？"

梁延商弯了下嘴角，将车子停在较为平坦的土坡上，这下就连发动机的声音都消失了，四周漆黑一片，传达室也看不见了。

他对她说："这里很快就动工了，等你回来的时候，这边会打造成为市里新的 RBD（游憩商务区）和 CBD（中央商务区），以后就看不到这片星空了。"

他打开天窗，尹澄下意识地仰起视线。漫天的星星洒在头顶，仿佛触手可得，有些不可思议。

　　记忆中，还是在很小的时候跟妈妈去农村见过这样的星空，在这座城市生活了二十几年，她从来不知道城市的某一角，还藏着如此震撼的银河。

　　尹澄放低了椅背，就这样躺着面向星月交辉的夜空，心境归于一片安宁。

　　也许是四周太安静了，车内的气氛显得压抑，梁延商打开了车内的收音机，一段熟悉的旋律传了出来，渲染了夜的宁静。

　　总有些惊奇的际遇

　　比方说当我遇见你

　　……

　　这个声音一出来，尹澄的思绪立马就被拉到了那个烟廊古镇。

　　春不渡，万里梦，黎坞来相见。

　　那是她认知里和梁延商的初次相遇。

　　在音乐吧，喝着一杯桑格利亚，驻唱歌手真诚又温暖的嗓音，配合着吉他声萦绕在她耳边。隔着人海茫茫，她望着他，有了心动的感觉。

　　不管未来会怎么样

　　至少我们现在很开心

　　不管结局会怎么样

　　至少想念的人是你

　　我不会把它当作游戏

　　因为我真心对你

　　……

　　同样的歌声，徜徉在星河里，她总算听清了后半段歌词。

　　梁延商也在她身边躺了下来，听着歌望着同一片星空。看得久了，人仿佛陷入浩渺的宇宙，那种强烈的生命力不断撞击着灵魂。

　　好似整个夜空都在为他们旋转。

　　"你都知道了？"尹澄的声音打破了这种玄妙的氛围。

　　梁延商"嗯"了声。

　　"有什么想法吗？"

　　灿烂寂静的深蓝色夜幕缀着银光点点，每颗星星都在寻找自己的归宿，或近或远，或明或暗。

　　少顷，他的声音从夜风中而来。

　　"人的一生很长，前面二十几年，我们没有机会陪着对方。往后看，起码还有四十年要走。把时间线平铺开来，区区几年是不是也没那么长了？如果只是为了几年放弃一辈子，这买卖多不划算，你说对吧？"

梁延商没听见尹澄出声，侧过头去，看见她眼里染着笑，一声不吭。

"我说正经的，你笑什么，不会又认为我在忽悠你吧？"

尹澄憋住笑说："没有，你继续。"

梁延商坐直了，回过身居高临下地看着她："你得想清楚，过了我这个村不一定就有下个店了。"

"你的意思是，我到了那边找不到人了？"

"你也不担心文化差异？"

尹澄眼角弯着："有差异就多沟通，我又不存在语言障碍。"

"……"

梁延商黑着脸说："好些老外生活作风开放，指不定私生活多混乱，在外面到处跟人调情。"

"我可以找华人。"

"再是华人，你对人家又不知根不知底的。"

"慢慢接触呗，我对你一开始也是不知根不知底。"

"我们能一样吗？我们高中一个学校的。"

尹澄的眸光变得狡黠："但是我高中的时候不认识你啊，难不成你高中的时候就对我知根知底了？"

梁延商抿了下唇，转过头，顿了一会儿，语气森然："你是去深造的，又不是去泡男人，为什么还要跟别人接触？"

"是啊，为什么呢？是你非让我找下个店的。"

他再次转过视线，紧盯着她："我什么时候让你找下个店？我是让你不要错过这个村，满级理解。"

尹澄故作恍然："这样啊，那你说清楚嘛。"

梁延商直截了当道："我管你黑人、白人、华人，哪个人能有我这么疼你，你跟我在一起我让你受过半点委屈？哪次不是你知会一声，我就丢下手头的事跑来找你。

"狐朋狗友的局，我能不去就不去，必要的应酬能放在白天不会放在晚上，不够自觉？你不肯花我钱，我知道你怎么想的，你想跟我断的时候潇洒走一回，没有负担。我每次只能变着法子给你买东西，挑好的买还不能被你看出来价格。

"我告诉你尹澄，别的女人想拿我当冤大头，倒贴我都瞧不上。我甘愿被你当冤大头，你还不稀罕。

"要说你不稀罕我吧，做那事的时候，抱着我叫得多动听你没点数？

"老外又怎么样？能像我一样把你伺候得欲仙欲死？"

"没试过怎么知道。"

梁延商被她这句话说得脑充血，翻身直接封住她的唇，肆意扫荡、掠夺，想把她吞入腹中，占为己有。想到她还要跟别人试，他就头昏脑涨，所有情绪排山倒海般向她压来。

尹澄抬起下巴，回应着他这个充满占有欲的吻，身上的白色针织衫滑落，露出里面的蕾丝小吊带。他吻着她诱人的锁骨，电流蔓延着，意识沦陷。

她发软地叫着他："商……"

这是她动情时才会有的语气，充满娇嗔和渴望，梁延商最听不得她这么叫他。

拉链的声音在逼仄的车内响起，尹澄瞳仁颤了下："在这里？"

他眼里早已欲望翻滚："那次在车上就想这样了。"

她咬他那次，她再迟一步，或许就走不掉了。

夜风微凉，梁延商怕她冻着关了天窗。车内升腾的雾气模糊了玻璃，情到浓时，又被尹澄抓出了道道手印。

银河随之震颤，在无垠的旷野，浩瀚的宇宙。

持久而激烈的浪潮过后，他温柔地吻着她，十指交扣，不舍、挽留。所有情绪交织在一起缠绕着她，尹澄快要热化了。

"我下车透透气。"她拽过他宽大的外衣套在身上，踩着鞋子打开车门。

梁延商收拾好下了车，尹澄靠在车前的引擎盖上，微卷的长发拨到了右肩，身上套着他的深灰色外套，被风吹得晃晃荡荡，令人遐想，极具美感的腿在月光下润白魅惑。

凌晨的风夹杂着寒意，梁延商走到她面前，对她说："去把裤子穿上，别受凉。"

尹澄不肯："我热。"

他碰了碰她的耳垂，轻哄道："热也穿上，听话。"

尹澄却侧过眸，问他："有烟吗？"

梁延商停顿了几秒，回身去车上拿了一包烟出来。尹澄抽出一根，梁延商的手已经伸了过来，打开打火机。尹澄侧头点燃，深吸一口到肺里，抬起头缓缓吐出，眼神迷离慵懒，烟雾很快就飘散不见了。

梁延商瞧着她夹烟时妩媚的姿态，不禁道："没想到你还会抽烟？"

"没有烟瘾，但抽过。第一次尝试是大学的时候，烦的时候来一根，有点效果。"

风灌进宽大的衣摆，吹得她身上的外套鼓鼓囊囊，里面的风景让人浮想联翩。

"你现在很烦？"

"烦啊。"

她看着他，笑得颠倒众生："烦到了那边没人让我欲仙欲死了。"

梁延商握着她的手，攥在掌心，轻轻摩挲。

"我去看你好不好？有空的话就陪你住阵子。"

尹澄睨着他："这算什么？"

梁延商的叹息声融进漆黑的夜："总比连朋友都做不成强。"

尹澄深吸了一口烟："梁延商，你是不是做了什么对不起我的事？"

他略显诧异："我什么时候对不起你了？"

"不是现在，我是指以前，你还在国内读书的时候，你是不是干了什么对不起我的事，所以又关注我，又怕被我知道？"

梁延商愣怔地瞧了她一会儿，才说："我能干什么对不起你的事？"

尹澄将手从他掌心抽出，撑坐在了引擎盖上，饶有兴致："那你说说，你高中有没有喜欢的人，比如你们班的那个班花？"

梁延商嗤之以鼻道："你看过《东成西就》吗？"

尹澄扬了扬眉："那是很老的一部电影了，喜剧片？"

"是啊，里面的王祖贤有这么一段台词：'你干什么瞪着眼睛看着我？你不要喜欢我！虽然我平易近人、天生丽质，但是山鸡哪能配凤凰呢？你想也不可以，想也有罪，你不要以为我不知道你心里在想什么？你想我住在这个店里，你就有机会了。没有，一点机会都没有！'

"我以前一直怀疑，我们班那个班花被王祖贤附身，我碰见过的最可怕的女同学就是她，我情愿喜欢肥香肠挂嘴上的梁朝伟。"

"……"尹澄的笑容迎着夜色绽放。

"那你喜欢谁？"

她眸色勾人，眼里闪着动人的光点，像个变幻莫测的妖精。

万籁俱寂，撩动的风穿过时空的轨道来到彼此面前。

这一刻，梁延商甚至觉得尹澄洞悉了他的秘密，但似乎又不太可能，他从没有对第二个人说过。

"不是在说你出国的事吗？"他岔开了话题。

这时候尹澄才发现，他们车子停的这个地方，再往前十来米就是个土坑，而且还不浅，刚才在车中她竟然都没发现。

她斜了梁延商一眼："你把我带到这个地方，不会打算谈不拢就把我推下去，毁尸灭迹吧？"

梁延商煞有介事地回道："你这个建议不错，不过放心，我不会把你推下去。再不济也开着车一起下去，做鬼也不放过你。"

尹澄笑着抽完最后一口烟，她神情淡淡的，整个人看上去有些放松，并不像为情所困、多烦恼的样子。

"你这事后烟的样子，拿捏住了精髓。"

她回过视线，说："你还记得我们刚交往的时候我说过的话吗？在那个小诊所里。"

"记得。"

"我对你说我没法做任何承诺，以后的规划没定下来，不知道会不会影响我们的关系，只能走一步算一步，我问你能不能接受。"

"嗯。"

"那时候 Offer 还不确定，我没办法告诉你一个确切的方向，但我知道，我大概不会一直待在现有的岗位上，所以我得跟你说明白。我当时的想法是，我们之间的感觉还不错，在一起试试也没什么，没想过长远的问题，也没想过真到了这一步，这段关系该怎么维持。在我那会儿看来，到了必须分别的时刻，我们也就自然而然散了。"

梁延商眼眸低垂，轮廓被黑暗笼罩，看不清表情。

她问他："你想过跨国恋吗？"

"从前没想过，现在开始想了。"

"你想到什么？说实话，我光想想就头大。在一个城市恋爱，那叫互相陪伴互相慰藉。一旦跨了国，很容易就变成精神内耗了。一段不稳定的关系，可能会衍生出来许多无法控制的猜忌、沟通不畅、争吵，甚至于发展到后面就是信任危机。

"举个很简单的例子，我过去以后，忙起来或许不会及时接你电话，回你消息。这样时间一长，你会不会产生想法，比如在想我是不是跟其他外国小哥哥看对眼了？"

她说的这些问题很现实，无法避免。即使现在说得再好听，真拉开距离了，人心就没法控制了。梁延商很清楚他们要面对的问题，只是不想在她面前承认这些困难，这会加剧她打退堂鼓的打算。

尹澄接着道："就像你刚才说的，我是去深造的，目的明确，我不想被其

252

他事情分心。特别是在我专注于学习和实验时，还得分出精力来完成精神内耗，这绝对是我最不想要的生活状态。

"对于你也是，我这么一走，会让你失去踏实感吧？无论是发生争吵还是猜忌，又没法像在国内一样，随时见面。那种情况，你想找我都不容易，得跨洋越海的，等你找到我，还不知道什么时候了。

"所以我们这段关系如果继续这样维持下去的话，对彼此都是牵绊。"

苍穹之上，星轨流动，似细碎的流沙揉进眼里。

尹澄缓缓转过视线，梁延商勾住她的手将她拽进怀里。温软的身体一入怀，他便感受到了她的曲线，就藏在这件宽大的外套下。

他呼吸变得混乱，情绪也随着胸腔起伏，他撩起她的发丝，低下头来埋在她的颈窝，一点点地吻着。

尹澄仰着头望向漫天星河，眼里是迷离动情的光。她敏感地轻哼一声，随即就感觉到脖子上传来清晰的疼痛。

梁延商还了她一口，却将她拥得更紧，沙哑的声音有些哽咽："能不能不分手？"

他掌心灼热，一寸寸攻占，夜里的凉风和心里的火焰一触即发，却仍不满足于此。

尹澄被他转了过去，他从身后覆了上来。顷刻，银河塌陷，大地膨胀，引擎盖成了支撑的孤舟，她从来没这么疯过。

"过瘾吗？"他吻着她的背脊。

她目光涣散地仰着脖子大口呼吸，所有刺激堆叠到一起，意识逐渐迷失。

"说话。"他的气息包裹着她。

"……嗯。"

她应了他。

他将她扣在身前，汹涌来袭："你不知道我有多爱你……"

他把她亲手送到云层之巅，流云奔涌，如坠长空。有那么一瞬间，她对身后的男人产生了强烈的归属感。

"结婚吧……"

三个字颤抖着从她喉咙里溢了出来。

他以为出现了幻听，猛地停下："你说什么？"

月至当空，卷起潮汐，大海发了狂，溅起无数浪尖，那是一种濒临死亡的治愈。

"我说……我们结婚吧……"

旷野的风摇晃着夜，这是他第一次感受到风在流动，在身边，在他触手可及的地方。

夜阑人静后，梁延商上车把尹澄的衣服递给她，让她穿上别受凉了。

而他则在一旁点燃一根烟，眼神耐人寻味地凝视着她。

"你刚才是不是太兴奋了，都开始说胡话了，你知不知道？"

尹澄不避讳地当着他的面脱掉外套，换上吊带，问道："我说什么了？"

"你说……要跟我结婚。"

尹澄拿起针织外套穿上，谑笑道："那你就当胡话吧。"

梁延商碾灭烟，几步上前，压下手臂将她圈在车前："我当真了，你别想抵赖。"

尹澄只是低着头笑。

"你到底在笑什么？你笑了一晚上了。"

尹澄往后一跳，坐在车上，抬起手臂抱着他的脖颈："你为什么认为我约你出来是跟你谈分手的？"

"刚才你自己说的，说我们这段关系继续这样维持下去，对彼此都是牵绊。"

"对啊，所以最好的解决方案是打破现有的关系，让我们的纽带更加稳定和牢靠，结婚不是目前来说最好的解决途径吗？"

梁延商哑然，一波波意外在他眼中散开。

她不容易和人交心，完完全全地去信任别人，所以她从不会轻易承诺。

沸腾的情绪塞满了他的胸腔，她给了他承诺，在当空明月的见证下，她把自己的心交给了他。

抑制不住的激动让他眼底涨红，他珍视地捧起她的脸，抵着她的额，对她说："还有几个小时天亮，先去我家待会儿，拿上户口本，然后陪你回家拿。你上午请个假应该没事吧？请个假……"

"用得着这么赶吗？我又不是明天就走，还有一阵子呢。"

"先领了，免得夜长梦多，万一你反悔了。"

"怎么可能，我决定了就不会反悔。"

"听我一次……"

他已经将她打横抱了起来，往副驾驶座走去，眼里极尽宠爱："就一次，其他都听你的。"

"……行吧。"

在黎明到来之前，在万物苏醒之时，他们将车子开离那片旷野，奔向新的未来。

—正文完—

番外一 ·
校园篇

1

刚从初中升到高中时的梁延商，身高已经像个高三的小子，白色衬衫从来不按照校规塞进裤子里，都是松垮地露在外面。每次大课间都要被老班点名，他无可奈何地对班主任说校服订小了，要是塞进裤子里，就不能抬手，要不然他就不参加大课间了。

班主任让他回去跟家长说重新订套大的，梁延商义正词严地念："世界千万家，家家都勤俭，省下一张纸，多添一片绿，省下一件衣，造福你我他……"

或许是他个高修长的缘故，这么穿并不觉得邋遢或臃肿，反而有种清隽之感，久而久之，班主任也懒得跟他计较了。

这就是梁延商十六岁的样子，干净整洁的白衬衫，热烈肆意的少年。

下课铃响了，偶有学生从教室出来去洗手间，也总是静悄悄的。整个教学楼几乎听不到哄闹追打的声音，大多数学生依然待在座位上，埋头做题，即便回头或隔着走廊交流，也没人大声喧哗。

这是梁延商入学以来，第一次到南校区的教学楼。他冷冽的眼眸略微低垂，利落的下颌线条勾勒出一丝漫不经心的调性，双手抄在校服裤口袋里跟着杜主任，听对方唠叨。

"就你这中考分数，勉勉强强挂了车尾才能读高中，要不是你年份赶巧，你都过不来。我昨天才跟你妈通的电话，她对你现在的状态很忧心。"

"我干什么了要她忧心？"

"你干什么了你不知道？我都听说了，说你数学月考就考了69分？"

"写到一半笔没水了，不是我的真实实力。"

"待会儿我给你做一套题，看看你真实实力在哪儿？"

"……"

去行政楼最近的路线就是穿过南校区的教学楼，零零散散的同学们跟他们擦肩而过，也都衣着整齐，书卷气息浓厚。显得头发稍长、走路姿势随意的梁延商，像个街溜子。

那些同学停下来跟杜主任问好的同时，免不了往杜主任身后的高个少年瞥上一眼。梁延商眉眼五官长得锐利冷峻，搭配在一起十分出挑，即便走在南校区，同样引人注目。

杜主任将他领回办公室后，找了一套卷子出来，特地给了他两支新笔，对他说："这次笔不会没水，你放心写，要是再不及格，后面放学，你就单独到我这儿来上晚自习。"

杜主任交代完后，就去其他班了，本来办公室还有另外两个老师在，午休的时候，他们也出去了，就留梁延商一个人坐在那儿写题。

蝉鸣有规律地响起，像催眠曲一样让人昏昏欲睡，梁延商才写到三分之一，眼皮就要合上了。

迷糊间一阵清香晃过，像柠檬切片混合着柚子的诱人果香，让人醒脑之余，还有点口渴。

梁延商撑起眼皮，余光里出现了一个女孩，他转过头去，瞧见左边的办公桌边，有个女生背对着他放下一摞卷子。

突然冒出的身影让他睡意全无，这女生进来的时候，他一点都没察觉到，要不是大白天的，他以为见鬼了。

女生抽出椅子，拿着红笔坐在桌前批改试卷。梁延商继续低头写题，但很快他便皱起眉峰，瞪着面前的试卷。

绝对不是他不会写，而是倍角公式和半角公式跟他有仇。他开始满桌子扫视，试图找一本数学书，奈何杜主任的桌子比他的卷子还干净，这着实有点阻碍他发挥真实水平。

青春的气息催化着少年的荷尔蒙，让这个夏日午后变得无法安宁。

梁延商烦躁地转着笔，转了几圈后，笔掉在桌子上，他拿起来继续转，继续掉，如此反复难免发出一些响动。

转得无聊后，他又开始按笔头，啪嗒啪嗒地按着，笔尖一会儿伸一会儿缩，没完没了。

旁边低着头批改试卷的女生，忽然停住动作"啧"了声。梁延商的拇指还贴在笔头上，转过视线瞧着她，鼻子里发出轻"哼"声，将笔往桌上一扔，趴下睡觉了。

办公室里终于安静下来，红笔落在试卷上的沙沙声和蝉鸣组合成盛夏午后安逸的演奏曲。

梁延商做了个很短暂的梦，梦里有个面容模糊的女生帮他做完了整张卷子，还对他露出明媚动人的笑容。尽管他看不清那张面容，但他感激不尽，问女生叫什么名字，女生说她是天使。

梁延商被美梦惊醒，猛地坐起身，看着面前的卷子，卷面仍然停留在三分之一处，并没有什么天使来帮他写题。

大地像蒸笼一样将燥热的气息从窗外送入办公室，汗水顺着额头冒了出来，梁延商拉了拉衣领，热得烦躁无比。

再去看左边那个女生，一摞卷子都快批改完了。梁延商的目光移到角落的柜式空调，想吹一吹凉风，但学生不允许私自使用这些设施。

他目光一转，出声道："同学，你热吗？"

他本想拖个共犯，待会儿老杜回来问起，也不是他一个人享受了。

女生没有出声，手起手落之间，又一张试卷被她翻到一边。

"不热。"

她在低头批改最后一张试卷时，对他说。

她的声线独特，像甘冽的泉水，从山间潺潺流过，落入梁延商耳中，平静清透。

高高的马尾梳在脑后，笔直黑亮的发尾轻柔地扫过后肩。

这幅安宁的画面驱散了夏日的炎热，让浮躁的心情泡在清凉的水里，跟着降温。

卷子改完后，女生把所有试卷整理好，站起身。

梁延商从她身上收起目光，落回卷子上，却仍然关注着她的一举一动。

她绕到了老师的桌前，将试卷摆放好，又把椅子推到了桌子下面。身影越来越近，在梁延商以为她要离开时，脚步声停止。

他垂着头看见女生一尘不染的球鞋停在他右边，安静地盯着他手边的试卷。

在她弯下腰来的时候，马尾垂落到了右肩，清香的气息越发明显。梁延商不禁嗅了下鼻子，确认这是淡淡的柑橘香，似一片柠檬落入橘子汽水中，泛起一连串细小的气泡，再一个个炸开，这是夏日里才会有的心跳声。从此，他记住了这个味道，让他心弦拨动的味道。

女生拿起被他扔到一旁的黑笔，抽过草稿纸，笔尖落在纸张上的沙沙声萦绕在他们之间，梁延商的余光似有若无地飘向右边。

女生额边的碎发垂了下来遮住轮廓，微风轻拂，发丝随风晃荡。他只能看见她浓密的睫毛染着细碎的光，又投在白净细腻的皮肤上，柔光若腻。

她细嫩的手臂握着那支笔，笔锋利落，目不斜视，洋洋洒洒写了几行。

直到窗外有人叫她："尹澄，好了吗？"

她丢下笔，头也不回地走出办公室，门外的女生问她："那人是谁啊？"

"不认识。回去吧。"

她的身影从窗边走过，梁延商看清了她的长相，琼鼻秀挺，目似清泓。同时，他记住了她的名字，尹澄。

尹澄离开后，梁延商看向那张草稿纸，纸上清晰地列着倍角公式和半角公式，还有和差化积。他一开始还不明白那个叫尹澄的女生为什么要给他写和差化积的公式，直到他将试卷翻面写到最后一题的时候，才恍然大悟。

梁延商往椅背上一靠，手上拿着那张写有公式的草稿纸，感受到了前所未有的撼动。

他梦中那个模糊不清的天使，从此有了具体的模样。

杜主任回来后，顺手打开了空调，坐下来批改梁延商的试卷。

等他改完，抬起头，似笑非笑地望向杵在空调前将风挡得严严实实的梁延商。

梁延商看着杜主任这眼神，心里直打鼓，他就搞不懂为什么教过他的老师，都喜欢用这种瘆人的眼神盯着人看，就好像是考教师资格证时的必备技能一样，看得人心里发毛，也不知道是好事还是坏事。

不过，梁延商的心理防线非常人所及，杜主任盯着他看，他就看回去，毫不示弱。

直到杜主任忍不住说："你就不能让开点，我一点风都吹不到。"

"哦。"梁延商往旁边挪了几步。

杜主任把卷子摆在他面前："91分，刚刚及格，还要加把劲，你现在还有时间，不能荒废了。"

杜主任深知梁延商是个聪明的男孩，之所以没有把心思放在学习上，是还需要点拨。他本想借此对梁延商进行一番深入的思想教育，奈何手机突兀地响了起来。

杜主任对梁延商说："你等下。"

他拿出手机接通电话，没听两句，当即站起身，脸色都变了，一边往办公室外走，一边说："有没有我们班的学生？

"好的好的，我现在就过去……"

等杜主任走出办公室，好似才突然想起梁延商，又回过头对他说："你先回教室，我有事。"

梁延商莫名其妙地离开，走时和来时的氛围不太一样。南校区这边很多学生都围在走廊上，还有人跑动，不知道在干什么。

梁延商并不感兴趣，也没有围观热闹的闲情逸致，他脚步不停地往回走。刚进北校区的教学楼，万一洪就咋咋呼呼地在楼上喊他："大梁，快！快上来！出大事了！"

2

梁延商回到教室后，听说刚刚操场上聚集了上百号人。几个副校长、教导处主任，能叫得上名的领导，包括涉事学生的班主任全赶往了操场，还在市里开会的大校长，已经接到消息往回赶了。

仿佛就是一瞬间的事，整个校园都陷入紧张的氛围，原本还在午休的学生们，全部拥到了走廊上，议论纷纷。

涉事学生分散在南、北两个校区的各个班级里。一开始是高一、高二的学生先起的口角，后来矛盾升级各自喊人，陆续来了好几拨高三学长。双方气势对垒，都是血气方刚的小伙子，一言不合就打了起来。据说还有几个学生在混乱中受了伤，到底严不严重，现在他们也不知道。学校一半的老师都赶了过去，第一时间将消息封锁，涉事学生全部安顿在了大礼堂。门一关，外面的人根本不知道什么情况。

梁延商听完后，问了句："有我们班的吗？"

胡骏说："有，许兆鹤那几个人也过去了。"

梁延商回头瞧了眼教室里，班上是有几个男同学不在。

据说起冲突的原因是关于篮球场地的使用权。育中的篮球队史上出过几个CHBL（中国高中篮球联赛）明星球员，还有加入国青队的。校园里的篮球氛围始终浓烈，几个室外篮球场中午是对学生开放的，学校也鼓励对篮球感兴趣的同学抽空练习。

只不过原本南校区独占的场地，自从北校区的学生搬来后，每天中午都要讲究个先来后到。

这次冲突不是没有预兆，梁延商之前就遇到过一次。虽然比起篮球，他更热衷于足球，不过由于身高的缘故，他总会被各班兄弟拉去凑人头。

那天他也是被临时喊去，到的时候，两方人马剑拔弩张，不知道谁指着梁延商喊了声："看到没？就他，一个人能打你们五个。"

对方五人齐刷刷地看向他，状况外的梁延商莫名其妙迎上这些人的目光。他五官凌厉，高一就一米八三的身高，有着强势的压迫感，视觉上很唬人。

梁延商停在南校区的五人面前，其中三个才到他胸口，最高的不过到他下巴的位置。他居高临下地逼视着他们，问了句："闹事啊？"

五个人最后怂了，当天矛盾没有升级。但诸如此类的事情时常发生，直到今天突然大规模爆发。

如果杜主任中午没有喊梁延商去写题，他会不会也被叫去篮球场打球，这还真不好说。但总之，外面风云变幻，他走回教室，打开抽屉里的小风扇，往桌子上一趴，事不关己，高高挂起。

放学的时候，梁延商刚出学校大门，就看见老妈陶女士穿着红色高跟鞋，站在同色系的跑车前，不停向门口张望。

瞧见梁延商出来后，陶女士气势汹汹地走上前，二话不说上去就一巴掌拍在梁延商的胳膊上："这么大的事，搞不好是要退学的，你知不知道？我这一下午都坐立不安的。"

梁延商揉了揉胳膊："我又怎么了？"

陶女士目露火光："我在家长群里已经听说了，你别跟我装傻充愣，说是学校里有将近一百号人都参与了，会没有你？"

"有没有一种可能，假设有我你早就接到学校的电话了？"

陶女士失神片刻，转念一想，是这么个理。

"真的？这么大的事，你能不去凑热闹？"陶女士持怀疑态度，她听说涉事人当中有许兆鹤，那小子和自家儿子走得近，自家儿子又是个讲义气的。

"你不是打电话给杜主任了吗？我中午在他的办公室写题。"

陶女士一听当即喜笑颜开，态度来了个一百八十度大转弯，亲热地挽着梁延商的胳膊："儿子啊！待会儿想吃什么？妈带你去吃大餐，就去北环路8号，那家是我朋友才开的餐厅。"

梁延商满头黑线地盯着她身后那辆跑车。陶女士出门选择什么座驾，完全取决于她当天的穿衣风格，也许她觉得自己今天穿得比较时尚潮流，不适合坐太商务的汽车，所以选择了一辆跑车出行。

但是，这辆跑车是两座的，陶女士有驾照却不会开，出门还得配个司机，梁延商未成年没驾照。

于是，问题就来了。

梁延商："怎么去？我盘车顶上？"

"你自己想办法去吧，我先过去等你。"

说完，陶女士上了炫酷的跑车。司机对梁家少爷礼貌地点点头，一脚油门，跑车扬长而去，独留梁延商一个人在风中凌乱。

接下来的一周，学校里环绕着一种怪异和紧迫的氛围。老师之间对于那天学校发生的事闭口不提，学生们也只能私下交流打听，但凡公开议论，保准不出十分钟就会被拎去办公室批评教育。

在这样的环境下，学生们表面上按部就班，实则人人自危。

看似问题解决了，其实更深层次的矛盾却在不断激化。最明显的就是，但凡在公共区域两个校区的学生碰到面，看对方的眼神都不太友善，这种情况已经严重影响到学校风气。校领导高度重视，领导层们连着几天开会，打算对学校进行一系列的改革。

最先动的就是学生会的成员，这次南校区带头闹事的，就是学生会主席刘智勋。

这个刘智勋是杜主任班上的，这就导致杜主任最近很繁忙，每天焦头烂额，没空搭理梁延商。

对梁延商来说，反而乐得清静，这周过得悠闲自在，不知不觉就到了周末。

白天的时候，他抽空去了趟车行，想问问自己订的摩托车什么时候能到。老板告诉他就这两天，到了就通知他。他又在车行玩了一会儿，才不紧不慢地回到家。

他前脚刚进门，后脚就接到了胡骏的电话，通知他六点钟到市民广场集合，有大事要商议。

梁延商晚饭还没来得及吃，难免肚子空空，出门的时候，恰好看见藤上红艳艳的西红柿熟了。

陶女士近来热爱种些瓜果，特意将屋子南面那个池塘让人填了一半，用来种植。果子一批一批地成熟，陶女士却不让人采摘，大概是为了追求那种推开窗户丰收的喜悦感。陶女士种瓜果从来与吃无关，主打一个"看"。她不仅自己看，有时候还会拖着全家一起看，神色里满是骄傲，那自豪的心情，就像自己亲手带大了一批娃。但凡梁延商对陶女士的瓜果有企图之心，手还没伸出去，就会被陶女士无情地拍打。

但是今天，梁延商着实又渴又饿，瞥见西红柿红艳可口的模样，到底没忍住。他大步走了过去，顺手一摘扔进兜里。这一幕恰巧被在窗户边做事的阿姨瞧见，阿姨当即就报告了陶女士，陶女士听闻勃然大怒，趿着拖鞋追了出来："那不是给你吃的，你个臭小子……"

还没追到门口，梁延商已经跑没了影。

梁延商抵达市民广场的时候，那里已经聚集了几十号男同学，全是他们北校区各个班上的。梁延商挤到假山边上，站在路牙子上面观望。

他听了几分钟，大概听出点意思。学校要对学生会干事进行大换血，两个校区采用同一批学生代表，但是这个学生会主席的人选，出自南校区。这让本就和南校区不对付的北校区学生心生怨念，今天过来，大家就是想商量出个对策，把这个南校区刚上任的学生会主席弄下台。

以二毛为首的男同学们讨论得热火朝天，另一边跳广场舞的大妈们已经从《野花香》跳到了《酒醉的蝴蝶》，这边还没讨论出个所以然来。

众人你一句我一句，不是在发牢骚就是在飙脏话。梁延商无聊地从口袋里摸出西红柿啃了起来，全然没听这些人在讨论什么，心里不停盘算着那笔钱到手后，如何增值的问题。

梁延商的外公前几年去世了，去世后留下一笔遗产，除了儿女那份，遗嘱里还交代了孙子辈。梁延商因此获得了一份千万遗产，对于一个高中生来说，实在是巨款。至于拿着这笔巨款该如何挥霍，每天都想得他发愁。虽然到了成年后才能自由支配，但依然不妨碍他小小年纪便有了千万富翁的烦恼，哪有什么闲心思管劳什子校园纷争，满脑子都在想过两年考完驾照，先买辆什么车好，要不要最近去车展考察一下，虽然他的摩托车还没到手。

在七嘴八舌中，梁延商越听越感觉兄弟们有种拿着法律底线跳皮筋的节奏。而他，身为千万富翁，还没想好钱该怎么花，怎能就这么糊里糊涂地参与一起暴动事件，将自己置身于危险之中。

不能，绝对不能，所以他打算吃完这颗西红柿就闪人。

然而就在这时，二毛几步走上前，一把夺过梁延商手中的西红柿，大喊一声："有了。"

梁延商也不知道一群人围在一起激动什么，只知道他好不容易从老妈眼皮子底下，将垂涎已久的西红柿摘到手，还没吃几口就没了，他恼怒地瞪了二毛一眼。

恰好手机响了，车行老板打电话来，问梁延商现在方不方便过去一趟，他订的车刚刚到了。

梁延商挂了电话，单手撑过假山，长腿一跨，跃出围栏。

二毛见梁延商要走，对着他的背影喊道："大梁，你是我们的功臣，事成后，我们都推举你当学生会主席。"

梁延商也没搞清楚，现在竞选学生会主席都不看成绩的吗？他做学生代表能代表什么？吃饭睡觉打豆豆？

他应付地回过头，摆了摆手，示意他们别客气。

于是一帮中二脑残少年愉快地分道扬镳，回家找西红柿了。

为了不让陶女士发现他偷偷买了一辆哈雷，梁延商拿到车后，就暂时放在了表哥家。

周一的早晨，他实在心痒，上学的半道上又拐去表哥家，看望他的心头好。光看不过瘾，又让表哥把拍立得拿出来，帮他拍张照纪念一下。

晨光穿过薄雾落在表哥家门前，梁延商靠在黑色的哈雷车身上，双手抱胸意气风发，眼里是桀骜的光彩。表哥按下拍照键，将梁延商十六岁的样子，永远保存在那张照片里。

表哥甩了甩照片，问道："你是不是早恋了？"

梁延商："为什么这么问？"

表哥见他眼底一闪而过的不自然，大笑道："照个相你还摆造型，摆给哪个女孩看？"

梁延商一把抢过照片，没搭理他。表哥抬起腕表看了眼时间，问道："你今天不上课？"

梁延商伸长脖子，盯着他的手腕扫了一眼，骂了一句，赶紧拽着书包转身就赶往学校。

梁延商单肩挎着书包晃悠进学校时，升旗仪式早该结束了，班上却一个人影都没有，他放了书包，慢悠悠地往操场走去。

走到一半，他才想起来，今天好像是两个校区合并晨会的第一天，也不知道开什么会要开这么久。

拐过综合楼，校园里寂静无声，透着一股不太寻常的气氛。梁延商刚准备走下台阶，视线里出现了一个女生。

她逆着光而来，身边没有其他人，只有她单薄的身影从操场的方向走来。高高的马尾随着她的步伐摆动，她的视线垂落在脚下，好似被烟雨笼罩，看不清神情。

梁延商认出了尹澄，只是不知道她怎么了，白净的校服衬衫被大片红色浸染，整个人看上去狼狈至极。

梁延商停在圆柱旁，远远地瞧着她。在她迈上台阶时，他看见了她眼底摇晃的脆弱，有那么一瞬，却又消失不见。

她的身影掠过大厅，停在了综合楼后面一排洗手台边，拧开水龙头，倾身向前，用手捧着干净的水搓着肩头顺流而下的红色污渍。她使了很大的劲，好像跟衣服有仇，将所有情绪都发泄在了布料上。

衬衫衣摆从校服裙里被拽了出来，白得晃眼的腰线时隐时现，梁延商目光发紧，别开了视线。

不知道过了多久，水龙头被关上了。梁延商再次看去时，尹澄双手撑在洗手台边缘，低着头。梁延商不确定她是不是在哭，只是那一刻，她脆弱的背影让人心疼。

梁延商头一次对一个女孩产生了强烈的保护欲，他想上前问问她怎么了，要不要帮忙。可她的白色衬衫湿了大半，胸衣的形状隐约可见。他有些……不好意思面对她，他不确定现在过去，会不会让她尴尬，只能静静地守在远处。

没一会儿工夫，尹澄重新挺起腰杆，转过身时，她眼里已经恢复平静，离开了他的视线。

3

梁延商回到教室后，其他同学也都陆续回来了，大家都在热议刚才操场上发生的事。其中数万一洪的嗓门最大，人才到班级门口，声音就先传了进来。

"小蓟给了我一颗，我都没忍心丢，欺负个女生算什么男子汉大丈夫。"

胡骏说了他一句："你昨天不是还义愤填膺的？"

"我义愤填膺也是看脸的，谁知道是个姑娘嘛……"

说着，几人从后门进了教室，梁延商坐在最后一排，抬眼问了一句："刚才发生什么事了？"

这不问还好，一问起来，整个讲台都成了万一洪发挥的场地。他连比画带表演，一人分饰好几角，把刚才主席台上的一幕活灵活现地表演出来。特别是表演到尹澄被砸停顿的那一段，他抬起手肘高举过肩，一副同归于尽的表情，很是浮夸。

前排有女生看不下去了，拿起胶带朝他砸去："得了吧你，人家站那儿都没动，有你这么神经？你怎么不去当演员……"

大家你一句我一句，嬉笑怒骂。没人注意到，梁延商的眸子逐渐暗沉，周身泛着冷意，沉默地坐在位子上。

他虽然不是个老实本分的学生，也会惹是生非，做事偶尔不按常规，随心所欲，但自问从来没有牵连过别人。

尽管是无心之举，可到底砸西红柿这个想法因他而起，他质问自己昨天为什么要吃那颗西红柿。

就因为他的西红柿，让一个女生陷入这么难堪的境地，偏偏那个女生是尹澄。

梁延商的心里像堵着一块石头，堵在那儿上不去下不来。想到前不久尹澄还在杜主任的办公室帮他解了围，他就感觉自己这是忘恩负义，成了间接帮凶。

从来没有一件事、一个人让他如此内疚和难受。

上课铃响了，往常历史课上睡得最香的他，今天就干坐在那儿。

教他们历史的赵老师好几次抬起头来，看向坐在最后一排的高个男生，也不知道这位同学今天受了什么刺激，一整节课都端坐着，苦大仇深地盯着她，看得赵老师浑身不自在。

晚上回到家后，梁延商连书包都没放，单肩挎着，失魂落魄地坐在沙发上，就那么杵着。

陶女士见终于有机会逮着他了，走过来就是一通数落。

"我警告你，下次要是再动我果园里的东西，我就对你不客气了。

"跟你说了多少遍，想吃什么跟阿姨讲，你就是手痒，家里那么多吃的你不吃，非要摘藤上的东西。

"那西红柿是结得最好的一颗，我都没来得及拍照，你就给我摘走了，你……"

梁延商冷不丁地扔掉书包，一下子从沙发上站起来，把陶女士吓了一跳，以为儿子青春期逆反心理要爆发了，她还特意往后退了一步。

紧接着，就听见梁延商声音闷闷地从胸腔里挤了出来。

"对不起。"

陶女士的脑回路压根儿就没跟上，就刚才梁延商站起身那气势，发飙嫌她啰唆她倒觉得正常，这冷不防的道歉，反而把她惊得不轻。

梁延商打小就跟个小大人一样，不肯服输不愿低头，脾气犟。前几年最调皮的时候，跑到康主任家玩，把康主任家的鹅的毛拔了。等陶女士赶去的时候，就看见院里的鹅东秃一块，西秃一块，没一只幸免。她气得问梁延商怎么回事，他还振振有词地说，是鹅先追着他咬，他才拔了它们的毛。

陶女士让他跟康主任的爱人道歉，他梗着脖子，硬是一句道歉都不肯说，还说自己没有错，他这是正当防卫，说得一套一套的，把自己摘得干干净净。临走时，康主任的爱人担心自家鹅真咬了梁延商，送了他们一只鹅回去煲汤。梁延商神气活现地拎着鹅走在前面，留下陶女士过意不去，一个劲说抱歉。

当年梁延商薅了那么多鹅毛都没有半点歉疚之心，今天就为了一颗西红柿，突然态度如此诚恳，让陶女士深感意外。

但见他拧着眉心，神情晦暗的样子，又不像是装的。

陶女士开始自我反省，是不是刚才话说重了，伤到儿子的自尊心了。

看着眼前这么懂事、知错就认的好儿子，她心疼地安慰道："倒也不是什么大事，瞧把你吓的，也就是一颗西红柿而已，咱家也不是供不起，你要实在想吃就吃吧。对了，那西红柿妈种得怎么样，口感好不好？"

梁延商回过身拎起书包，一声不吭地上了楼。陶女士看着他这反常的状态，有些担忧起来。

通常梁延商睡眠质量很好，基本属于碰到枕头就能睡着，但今晚他迟迟无法入睡。

房间的灯关了，他闭上眼，满脑子都是尹澄双手撑在洗手台边单薄的背影，脆弱欲坠的样子截到他的心窝里，胸口也跟着发闷发疼。他负气地握起拳头，对着心脏的位置就狠狠来了一下，更疼了……

半夜的时候，梁延商已经很困了，可就是心事重重无法入睡，思绪全部搅和在一起——摇晃的眼神、被风吹起的发尾、那一截纤柔的腰肢，还有淡蓝色胸衣的轮廓，所有的画面调和成一种朦胧不清的悸动，胸腔里的火苗本能地燃烧着，一直烧到了梦里。

而梦中，这些画面变得更加真实具象。他走向那片洗手台，将脆弱的身影拥入怀里，心疼地抱着她。尹澄在他怀中抬起头来看他，她眼里洒着摇晃的星辰，那是他见过的最美的双眸。他忍不住伸手触碰，像水流抚过他的指尖般柔软的触感。他体会到了躁动的感觉，通过四肢百骸蔓延，让每一个细胞都彻底觉醒。

柔软的腰肢被他牢牢握着，鼻息里是她特有的柑橘香甜，他的呼吸瞬间炽热，为她沉沦，为她疯狂。

一阵闹铃的响声吵醒了梁延商的美梦，他烦躁地按掉闹铃，掀开毯子往下一看。

他骂了一句，"咚"的一声跳下床。

陶女士正好来喊他起床，被这突如其来的响动吓了一跳，当即敲门问道："儿子，你怎么了，从床上摔下来了？"

梁延商边往洗手间走，边对门外喊道："没什么，你别进来。"

梁延商在房间里捣鼓半天都没下来，联想到昨天他回来后的状态，陶姐很是自责。

下楼后，她还和梁爸说："我对儿子是不是太严厉了？他摘了一颗西红柿，我说他，他好像很难过呢，一早上在房间里都不肯出来。现在的孩子心理承受能力差，被说几句就想不开。"

梁爸笑道："你放心，我家这个小子要能有这个思想觉悟就好了，他别说想不开，能把你的话听进去就不错了。"

正说话间，梁延商从楼上下来了，径直往外走。陶女士喊了他一声："早饭不吃了？"

梁延商眼神闪躲，也不知道在别扭什么，顺手从桌上拿了片面包塞嘴里，就走掉了。

陶女士看着儿子郁郁寡欢的样子，唉声叹气了一早上。直到她走进院中，整个人都傻了，她种的西红柿藤被连根拔起，扔了。

陶女士瞬间火冒三丈，对着准备出门的梁爸吼道："我就不该心疼你家儿子，这个逆子！"

梁爸一条腿已经迈上车，又收了回来，走到陶女士身边，望着满院狼藉，他揽过陶女士的肩膀，笑道："你看，我说得没错吧，这才是咱们儿子能干出的事。"

陶女士气急："你还笑？"

"十几岁的小伙子有点脾气很正常，总比憋在心里抑郁想不开强，等他回来我和他聊聊，你就别说他了。"

陶女士一听是这么个理，也就不打算跟儿子计较了，交给丈夫处理。

梁延商打从踏入校门起，就板着张脸，好像所有人都欠他钱一样，谁盯着他多看两眼，都要结冰的节奏。

他心里不痛快，本来因为西红柿的事就感觉对不住尹澄，让她蒙受了那么大的委屈，谁承想回去后还梦见她了，他身为一个正直无邪的大好青年，怎能做出如此丧心病狂之事。

这让他对尹澄的歉疚无形中又加深了一层。明明已经够歉疚了，偏偏昨晚那个梦在他脑海中挥之不去，压根儿不能想，一想就躁动，这让他越来越罪恶。

这罪恶的枷锁弄得他跟中了邪一样，下课也不出教室，就知道埋着头在书上涂涂画画。

万一洪和柱子实在忍不住了，从教室后门绕到梁延商身后，想悄悄偷看他到底在画什么。

等梁延商发现身后站着两人的时候，书已经被万一洪抢去了，万一洪笑得前仰后合："你画的这是个人还是只鸟啊？"

梁延商冷着个脸。

柱子细细研究了一番，提醒万一洪："这翅膀不是鸟的，你没看头上还有个环吗？这是天使。"

他们嗓门太大，班上许多人都回过头来。

万一洪又看了遍，问梁延商："你画的谁啊？"

潘娅此时从洗手间回来，路过万一洪的时候，侧头扫了眼书上的画，又意味深长地看了眼梁延商，问他："你为什么要画我？"

万一洪吃惊地把书拿到潘娅脸颊边对比了下，梁延商起身一把夺过书合上。

"谁画你了？"

潘娅走到梁延商前面的座位，坐了下来，回过身："班上的人都知道我的笔名叫天使。"

"……我不知道。"梁延商跷着腿，懒得搭理她。

潘娅却一脸高深莫测的表情："梁延商，其实我早就发现了。"

"你发现什么了？"

"你上课总盯着我看。"

"你头顶就是钟，我看几点下课跟你有什么关系？"

潘娅起身，傲娇地甩甩马尾："有什么不好意思承认的。"

说完，她就得意扬扬地回了座位。

胡骏在后门喊："大梁，走，下楼绕一圈去。"

梁延商起身走到门口，越想越晦气，又折返回来打开书，将那张纸撕了下来握成一团。

潘娅回过头盯着他笑，旁边的同桌问她："梁延商疯了？连自己的书都撕？"

潘娅仰着脖子，喜形于色："他在为情所困，真拿他没办法，我妈不让我早恋的。"

"……"

梁延商就这样背着罪恶过了一周，胸腔里始终压抑着一团邪火无处释放，直到那天大课间，碰到二毛几个围在一起。

二毛正拍着胸脯得意忘形地吹嘘："校领导又抓不到证据证明是我带头扔的，就算找到我，我也不会承认的，我傻啊？承认了就会被处分。"

"那尹主席是怎么发现你的？"

二毛面子有点挂不住："能不能不要跟我提她，我现在听到她的名字就上火。"

梁延商眉峰微皱，睨向二毛，眼神骤然变得冷厉。在二毛聊到激动之处往后退时，梁延商缓缓伸出左脚，二毛结结实实地踩在了他的脚面上。

"你踩到我了。"他声音沉冷地响起。

二毛往旁边让了一步，回过头来："是大梁啊，不好意思，没看见。"

"我说，你踩到我了。"他眼皮略抬，眸子里寒光摄人。

二毛愣了下："我又不是故意的。"

话音刚落，二毛眼前一黑，梁延商上去给了他一拳。

……

上午第四节课结束了，梁延商依然顶着本书在综合楼的过道上罚站。

潘娅过来送本子，瞧见梁延商便走了过来，停在他身边。梁延商侧过视线瞟了她一眼，当没看见，又移开了目光。

潘娅语重心长地对他说："我还是跟你说实话吧，我妈不让我高中恋爱，起码要到大学。"

"……关我屁事。"

"我妈还说，我以后找对象的标准不能低于一本学历。以你现在的成绩恐怕考不上吧，你要想成为候选人还要努力。"

"我一定会努力争取考不上一本。"

潘娅白了梁延商一眼，转身丢下一句："口是心非。"

梁延商冷嗤道："有病。"

万一洪和柱子偷跑过来看梁延商，见他这副样子，两人笑得不停戳他的腰，梁延商不耐烦地擒住两人的胳膊。

万一洪趴在过道的栏杆上，盯着他头顶："班主任让你顶的？"

"我自己要顶的。"

"你好好的顶本书干吗？"

"防晒。"

"……"

中午的烈日将走廊照得炎热，要是不顶本书，梁延商连眼睛都睁不开。

柱子问："你没事揍二毛干吗？还当着那么多老师的面揍，是不是就怕校领导看不见？你是怎么想的？"

梁延商面目冷峻，不言不语。

万一洪接道："还好二毛跟班主任说他有错在先，不然你肯定要被找家长。"

"二毛还是懂点人情世故的，知道不能得罪大梁。"

柱子尿急去上厕所了，梁延商的眼神则落在楼下的林荫小道上，原本暗沉的目光陡然亮了。

尹澄捧着几本书穿过斑驳的香樟树影，身形被枝丫挡着，时隐时现。半截格子裙随着她匀称的腿摆动，美好得像虚幻的泡影，叫醒了梁延商沸腾的脉搏。

万一洪的目光也随着尹澄的身影移动，他突然一把搂住梁延商，来了一句："大梁，我感觉……我好像坠入爱河了！"

梁延商嫌弃地甩开他："滚一边去，我不喜欢男人。"

"我不是跟你坠入爱河，我是说，我好像喜欢上尹主席了。就前几天我和柱子……"

骄阳透过稠密的绿叶，将青春的影子投射在这条林荫小道上。

梁延商听着万一洪说起尹澄找到二毛还他西红柿的事，嘴角扬起弧度，胸口的燥热混合着说不清的悸动来回搅和，难以按捺。

直到楼下有人喊了声："尹澄。"

尹澄停下脚步回过身来，有个瘦瘦的男生从远处向她小跑而来。两人并肩低头凑在一起，看着书上什么东西，笑着交流。

梁延商眼里烫人的眸光逐渐泛冷，问了一句："那男的谁啊？"

万一洪伸长脖子瞧着："不知道，我回头打听下。"

他们的身影越走越远，两人也跟着探出身子。就在这时，梁延商头上的书掉了下去。

楼下顿时响起副校长的声音："谁把书扔了？"

梁延商和万一洪很有默契地缩回脖子，闪人。

4

分班在即，所有人都收起玩心，备战考试。梁延商虽然对这件事并没有那么激进，但看着万一洪、胡骏那帮人整天都抱着书啃，难免也会受到些微影响。

北校区尚且如此，更别说南校区的学霸们。那段时间里，梁延商唯一一次见到尹澄，是在某个周五放学后。

学校附近的商贩摊位被学生们围满了，他在人群中看见了梳着马尾的尹澄和一个女生在一起，两人买完东西后就拎着走了。

许兆鹤问梁延商去不去他家，梁延商盯着摊位，说："去那边看看。"

他走到摊子前，盯着锅里瞧，才知道尹澄买的是毛鸡蛋。

老板问他："吃吗，小伙子？"

梁延商瞧了眼尹澄离开的方向："她们买了几个？"

"一人买了四个。你要几个？"

"一个。"

老板抬头，古里古怪地看了他一眼，人高马大的男孩，吃得还没人家女孩多。

梁延商拿着手中的毛鸡蛋仔细瞧了瞧，拇指大小的鸡有微量的毛粘在上面，鸡头、鸡嘴、鸡眼睛初具形状，这是毛还没长齐就出来营业了，他也不知道尹澄为什么喜欢吃这种东西。

许兆鹤凑过来问："你不是不吃这个的吗？"

"我尝尝。"

他背过身去，念了句"阿弥陀佛"，一口吞掉了。

许兆鹤问他："怎么样？"

他连着吞咽了好几下，回了句："不知道，我整个吞的。"

"……那你吃这个是为哪般？"

梁延商对老板说："要么你还是给我个全蛋的吧。"

"……"

期末考试结束后，就放暑假了，暑假期间陶女士基本见不到儿子的人影。梁延商整天早出晚归，有时候还不回家，睡在表哥家。

陶女士为他安排的金牌补习班，据老师反馈，他也不是经常去。终于，陶女士忍无可忍，对他实行了门禁，不准他再出去瞎混。

梁延商一副无所谓的姿态，当真在房间里待了一个星期，房门都不出的那种。

陶女士又担心他整天待在房间里不见光，对身体不好，于是喊他陪她出去逛街。

经过高中一整年，梁延商又长高了几厘米，已经有一米八六了。他跟在陶女士后面，像个专门拎包的保安小哥。

逛到首饰区的时候，陶女士跟梁延商说："下个月你二表舅的女儿结婚，我得买一套首饰。"

"跟你有什么关系？"

"我要去吃酒，得打扮一下。"

陶女士总有很多由头，大节日小节日，张家摆酒李家宴请，总之是个日子，她都要添衣服添首饰。

想当初家里规划房间时，本来那间大的套房准备给梁延商做卧室的，然而陶女士觉得，一个小孩没必要睡那么大的房间，便拿来改成了自己的衣帽间。更荒唐的是，老爸居然还十分支持她，让梁延商一度怀疑自己到底是不是亲生的。

几年后，家里又腾出两间客房扩成了陶女士的衣帽间，梁延商想改一间游戏室他们都不给。对此他嗤之以鼻，认为就是老爸太纵容老妈了，要什么给买什么，他以后才不会这么惯着老婆。

正想着，梁延商余光一瞥，差点以为看错了。远处的柜台前站着两个女生，弯着腰挑选手链。

其中一个女生正是尹澄，这还是梁延商第一次瞧见尹澄不穿校服的样子。

她没扎马尾，柔顺的长发垂落在肩上，比在学校的时候看上去要成熟一些。牛油果绿和米白条纹相间的收腰背心，配上一条高腰牛仔短裙，露出纤长白皙的四肢。她一出现，周围都萦绕着少女的沁甜和活力，让梁延商挪不开视线。

沈廉问好了手链的价格，虽然 589 元对她来说有点小贵，不过她已经想买很久了，也就咬咬牙拿下了。

她问尹澄："你有看中的吗？要么我们俩一人买一条？"

尹澄挪到旁边，指着柜台里的橙红色小吊坠，说："我觉得这条项链挺好看的。"

店员打开柜子，对她说："可以给你试试。"

店员戴着手套拿起项链，为尹澄戴上，晶莹剔透的吊坠落在她清晰的锁骨下方，像一颗红痣，衬得她颈间的皮肤更白净了。

"什么价格？"尹澄问道。

店员告诉她："这条项链价格有点高，打完折也要一万元出头。主要贵在这个吊坠，不知道你们有没有了解过，这种暖橙色调的火欧珀又被叫作'天堂鸟'，属于比较高档的宝石了。小美女看中的这条，不止一克拉。"

尹澄和沈廉对看一眼，对店员说："还是不要了吧。"

她将项链还给店员，店员建议道："可以看看这边的白欧珀和托帕石，会便宜点。"

沈廉也说："是啊，看看别的。"

尹澄兴致缺缺地直起身："算了，走吧。"

沈廉回过身挽着她的胳膊，小声道："你怎么一眼就看中这么贵的，那边有一条不也差不多嘛，才八百多，你要么看看那条？"

尹澄笑眼弯弯地说："不了，情愿不要也不将就，八百多我能买好多书了。"

另一头的陶女士一边对着镜子试戴首饰，一边对梁延商说："我觉得这套不错，比刚才那套看上去显气色，你觉得呢？"

没听见儿子回话，陶女士侧过视线，身旁一个人都没有，原本站在她身后的梁延商，不知道去了哪儿。

她莫名其妙地站起身向四周张望，好在梁延商个子高，一眼就瞧见他杵在远处的柜台前。

梁延商扫了眼琳琅满目的项链，问店员："刚才那个女孩试的哪条？"

店员有些奇怪地打量了一番面前的小伙子，指着玻璃柜台里的项链："这条。"

"多少钱？"他问得干脆。

店员瞧他一身运动打扮，看着岁数不大，不像能买得起的样子，又是个男孩，大概率不会买女孩子戴的项链，也就应付了句："一万多。"

"这么贵？"梁延商脱口而出。

店员压根儿就没搭话，低头忙自己的事。

谁料几秒钟过后，男孩突然冒了句："行吧，帮我包一下。"

店员诧异地盯着他，翻出吊牌价格，又当着他的面，计算了一下折后价。

"一万两千三百元，你确定要买？"

梁延商反问："有什么问题？"

陶女士赶来的时候，梁延商已经付完钱了，店员满脸堆笑地帮他把项链放进精美的首饰盒中，又拿到他面前给他检查。

梁延商拿起首饰盒，想象着尹澄戴上的样子，嘴角微勾。

右边突然压下一道人影，陶女士弯下腰，看着梁延商手中的项链，感慨道："儿子，你这是送给妈的？眼光不错嘛，你怎么也不喊我过来试一下就买？"

梁延商局促地合上首饰盒，往包装袋里一扔，站起身就大步往外走。陶女士赶忙跟了上去，拽住他："你跑什么？"

梁延商停住脚步，不尴不尬地回了句："不是送你的。"

陶女士的神情顿了片刻，随后似笑非笑地盯着他："不是送我的，你能送谁？"

梁延商抿着唇不说话，陶女士伸出食指戳了戳他："你不会背着我们跟哪个女孩好上了吧？"

"没有。"梁延商扭头。

"我去车上等你。"说完，他就走掉了。

回去的路上，梁延商就抱着那个首饰袋，也不让陶女士碰。陶女士几次瞧过去，见他那别别扭扭的样子，不免觉得好笑，她也没再多问。

梁延商到家后，将首饰盒放进书桌边的抽屉里。至于这东西要怎么送到尹澄手上，他苦思冥想也没想出个头绪。

反正放假期间他没机会见到她，还是开学以后再想。如此，他便暂时把这个事情抛到一边去了。

然而陶女士却放在了心上，联想到前阵子梁延商天天早出晚归的，她怀疑儿子早恋了。为了弄清楚情况，她去了趟梁延商的表哥家。

这一去之下，也就发现了梁延商买摩托车的小秘密，陶女士火冒三丈，通知梁爸回家，对梁延商进行了严厉的批评教育。

说他小小年纪骑那么大排量的巡航车，简直就是找死，这肉包铁万一出了事，后悔都来不及。陶女士越想越后怕，当即就联合梁爸对梁延商进行了全方位的经济制裁。

所以高二下学期开学的时候，梁延商从一个丰衣足食的阔少，变成了一个彻头彻尾的穷光蛋。

也是那一年，新城的房价开始飙升，他动起了变卖房产救济自己的想法。头疼的是，未成年卖房需要监护人签字，以现在老爸老妈的态度，这事还得从长计议。

梁延商从暑假末期，开始盘算搞钱的事，对于新分的班上有哪些原先的老同学全然没放在心上。

直到潘娅的身影遮住了他面前的光线，他才慢悠悠地抬起头。

潘娅一脸震惊地瞧着他："梁延商，你为了跟我分在一个班也太拼了吧？"

梁延商这才左右瞧了瞧，他这次分班考试属于正常发挥，周围也都是成绩差不多的同学。倒是潘娅，原本成绩在班级中等徘徊，不知道怎么也分来了这个班。

梁延商嘴角不屑地扬起："就你这成绩还考一本？"

潘娅晃了晃她高贵的头颅："别以为我成绩下来了，你就有机会了。"

说完，她头也不回，昂首挺胸走开了，梁延商啐道："王祖贤附身。"

潘娅好像有顺风耳般，回过头来："我在你眼里竟然都是王祖贤那种级别的大美女了？梁延商，我劝你不要太迷恋我。"

"……"

梁延商近来找到个赚钱的路子，每天晚上翻出家门跑到新城的工地上，跟表哥干起了土石方。苦是苦点，但起码能弄到钱。

不过他有自己的原则，晚上熬到再晚，都不会耽误早上按时到学校报到。仗着年轻身体耐扛，每天忙得不亦乐乎。在同学眼里，他难免就有点神出鬼没，不知道整天捣鼓什么玩意儿，灰头土脸的。

至于那条项链，他已经打听好了，下个月尹澄过生日，到时候他再找个机会送给她。

老天相助，就在梁延商思索怎么才能让东西送得不太突兀时，上天给了他一个绝佳的机会。

那天他们班的人去音乐厅上课，梁延商走过讲台边的时候，瞧见一本乐谱。他瞥了眼，走开几步，目光微顿，又退了回来。乐谱的封面贴着一个姓名贴，正是"尹澄"两个字。

他随即抬手将乐谱拿在手里，后面进来的万一洪拍着他的背，问道："拿什么东西啊？"

面对万一洪和柱子投过来的眼神，梁延商不动声色地将乐谱卷了起来，盖住那个名字，淡淡地回道："谱子而已。"

秋风卷起落叶，飘飘荡荡地追逐在瓦蓝的天际。梁延商望向窗外，眼里燃着赤忱，握紧手中来之不易的机会，心在胸腔肆意摇晃。

5

梁延商已经计划好了，尹澄生日当天，借还乐谱的机会，将她喊出教室，然后找个没人的角落，把项链给她。

当然为了保险起见，他换了个没有品牌标识的盒子，打算让尹澄回去再看。

这样即便她觉得价格高不肯收，也得来找他，两人就又有了见面的机会。一来二去的，无论怎么样都能认识。

理想有多丰满，现实就有多骨感。等他拿着乐谱找到尹澄所在的楼层时，尹澄并不在班上。梁延商设想了很多种跟她见面后会发生的情景，唯独没有想到，他根本见不到她。

沈廉站在门口，对着一个男生扯着嗓子说："我告诉你，尹澄是不会收的，她连一张卡片都不收，早上才退了两个，你拿回去吧。"

男生举着手中用彩色包装纸包的精美小礼盒，软磨硬泡："帮个忙嘛！"

沈廉有些不耐烦道："真帮不了，我们自己班有男生送东西她都没收，更何况她都不认识你，你送她也未必记得是谁送的。她现在忙自己的事都焦头烂额了，你就别费劲了。"

梁延商站在廊柱边上，捏了下口袋里的盒子，唇瓣紧抿。

他的身高太引人注目，那个男生走后，沈廉侧过头来，自然而然瞧见了他。她盯着梁延商打量了一番，问道："你不会也是来送尹澄东西的吧？"

梁延商紧了紧牙根，僵硬地抬起右手："我来还乐谱。"

沈廉接过乐谱看了眼，诧异道："尹澄的乐谱不是被音乐曹老师借走了吗，怎么会在你这儿？"

"……捡的。"

"哦，那我替她谢谢你了。"

梁延商还完乐谱还杵在那儿，也没有要走的意思，冷峻的轮廓绷得很紧。

沈廉这才注意到，面前这位男同学帅得有点明显。

他声线里是少年特有的清澈和磁性："她不在？"

沈廉："你说尹澄？她被叫去办公室了。"

梁延商身后急匆匆跑来一个女同学，对沈廉说："不好了，橙子和谢晋被叫家长了。我刚才去交作业的时候，看见橙子的爸爸来了，橙子和谢晋在办公室门口站着呢！"

"真的啊？这下完了……"

两人边说边进了教室，梁延商蹙起眉转身离开。他走到一楼准备回北校区时，脚步鬼使神差地顿住，转过身朝着行政楼走去。

风吹走了炎热的夏日，飘扬的落叶被萧瑟的秋风卷飞，最终停在行政楼中央的一汪池水中，惊起破碎的涟漪。

隔着喷泉池，梁延商远远地伫立在过道上，望着两道靠墙的身影。他听不清他们在低头交谈什么，但认出了尹澄身边的同学是上次和她并肩而行的男生。

喷泉池周围起了风，枝丫撞击在一起像发怒翻滚的巨浪。尹澄抬起头望着婆娑的树影，清丽的面容揉进了梁延商的眼中，越发模糊，成了梦中那个彻底虚幻的影子。

他捏紧了口袋中的盒子，转身离开了行政楼。

快下雨了，天空暗了下来，走在那条回去的林荫小道上，香樟树被风吹得东倒西晃，枝丫断裂的声音悲壮、惨烈。

回到教室后，班上空无一人，都下去上课了，梁延商走回座位，从口袋里拿出盒子，突然感觉自己像个傻子。

他悄无声息地打开盒子，里面静静躺着那枚橙红色的吊坠，火欧珀折射出的光刺痛了梁延商的眼，他胸口堵得厉害，呼吸不畅。

身后却飘来一道声音："你怎么知道我这个周末过生日？"

梁延商被耳边突然响起的声音吓得不轻，回头看见了潘娅，也不知道她何时从后门进来的。

梁延商当即收起盒子："你什么时候又跑去演《倩女幽魂》了？"

潘娅捂着肚子，飘到了前排："我今天不跟你计较，我痛经。"

"……"

尹澄还没回到班上，她和谢晋被请家长的事情已经在校园里传开了。

直到下午第三节课结束，她才回了班，班上很多人偷偷转过头去看她。尹澄神色如常，盯着桌上的乐谱，愣了一会儿神。

沈廉将椅子移了过来，告诉她："有个很酷的帅哥捡到送来给你的。"

"多帅？"

"原地出道的那种帅。"

尹澄侧过头，对她笑道："那可惜了，我没见到。"

沈廉见她还能开玩笑，应该问题不大，便也放下心来。

尹澄和谢晋的事情闹得沸沸扬扬，尽管梁延商没有刻意打听，也总能听到只言片语。特别是万一洪整天拍着胸脯说他失恋了，张口闭口"谢晋那个书呆子"，不骂痛快不肯闭嘴。就连柱子也跟着他一块儿骂，偶尔胡骏也会掺和几句，听得梁延商心烦意乱。

尹澄的事情的确影响不小，首先是她在学校里的影响力导致很多人都很关注此次事件；其次她和谢晋的家长当着校领导的面，起了冲突，这是很少发生的事。考虑到各方面因素，没多久尹澄便从学生会主席的位置上撤了下来。

在周围同学看来，这件事对尹澄的打击必然很大。所以近来大家基本上能不打扰她就不去打扰她，即便跟她说话，也都是轻声细语的。就连教尹澄的几个主课老师，近段时间都特别照顾她的情绪，生怕这个成绩优异的女孩因为这件事影响到心态。

唯独隔壁班的肖大鹏，一点眼力见儿都没有。他看尹澄最近不往学生会跑了，还过来问她闲不闲，找她帮忙写作业。

瞧得一旁的沈廉白眼直翻，恨不得把他踹回他自己班上。

自打尹澄帮肖大鹏写过作业后，他逢人便吹和尹澄是拜把子的关系。

肖大鹏和梁延商的相识也是在那不久后。有人传话给肖大鹏，说梁延商找他，肖大鹏听过梁延商这号人物，在北校区挺吃得开，不太好惹。他以为梁延商找他约架，带了一帮兄弟去赴会，见了面才知道是约球，也算是莫名其妙相识了。

于是夕阳西下的操场边，两人大汗淋漓过后，肖大鹏不免俗地又把他跟尹澄过硬的交情，在梁延商面前吹嘘了一番。

他发现梁延商这哥们儿听得还挺认真，这不禁让肖大鹏在梁延商身上，找到了吹嘘的成就感，也就决定这个兄弟交定了。

肖大鹏为了体现他和尹澄是老熟人，还跟梁延商聊起了尹澄和谢晋的八卦，说他们小学、初中都在一个学校，青梅竹马、门当户对，学霸与学霸的强强联合，这一对就是他们南校区的楷模。

说到激动时，肖大鹏大言不惭地搂着梁延商的肩："我断言这两人以后能结婚，兄弟，你说呢？"

梁延商抬起头，看着即将隐去的余晖，眼里的光被残阳搅得支离破碎，轻轻叹了声。

梁延商晚上依然会往返于工地之间，他人活络，没多久就跟这些渣土车司机和包工头混熟了。晚上没事的时候还特喜欢往棚子边一蹲，跟工程师们闲聊。这几个工程师的工资在当时不算低了，可对于新城日趋上升的房价也是直摇头，赚的钱抵不上房价上涨的速度。

全然不知蹲在他们旁边、穿着灰色夹克、戴着安全帽、打扮得像个民工兄弟的小伙子，在新城这里坐拥一片房产。

也是在那段时间里，梁延商终于想到了如何说服家里人变卖资产的好办法。

梁延商并没有在工地混多久就被家里发现了，这次不仅他自己遭殃，连着表哥也被喊到家里来，受到陶女士的痛骂。

梁延商的表哥，陶渊铭。虽然和历史上那位田园诗派创始人的名字音似，但对诗词歌赋一点兴趣都没有，年纪轻轻便下海经商。

陶女士这边对他俩进行深刻的教育，梁延商那边左耳进右耳出，小声教唆表哥跟他一起找他爸谈判。

等陶女士教育得差不多后，梁爸也回来了。表哥被梁延商说服，两人拖着梁爸去书房，聊了一个多小时。

大意是现在房地产虽然呈上升趋势，但是限购政策一旦下来，房价会趋于增长到一个相对平稳的区间。过去十几年住宅地产的红利时代要暂缓了，未来新城那里都是科技住宅，原来的那些老破小屯在手里会越来越没价值，不如现在置换成商业地产，等金融城落地，熬过投资回报周期，他们就是最早上车的那批人。

梁延商的表哥虽然比他大不了几岁，但在长辈眼里已经是个大人了。由他牵头，事情很快有了眉目。

至于长远的投资回报率，还处在高中阶段的梁延商的确没想那么多。他只是想骗爸妈签字，把手上的房产变现，然后走个流程，提前取出那笔巨款。这样一来一去手上就有了活钱，他又可以实现财务自由了，想想就美。至于资产转型和投资，那也是后来套出钱后，顺手的事。

梁爸对于孩子们想要折腾的态度，表现得很开明，只要大方向是对的，他适当地给予一些风险把控的建议，赚了赔了，他并不在意。他像梁延商这么大的时候，已经进厂了，趁着年纪轻，即便走些弯路也当积累经验，再不济家里也能兜底，也就由着他们一头劲地忙活。

梁延商虽然不去工地了，但人更忙了，忙着跟中介打交道，很快把其中的弯弯绕绕给摸了个清。

跟买房人谈判的时候他也亲自去，别人见他年纪轻，一脸真诚的模样，哥长姐短的，也不好意思太欺负他，价格给得都算公道。实则交易中，该有的套路他是一点都没让人占到半分便宜，还让人看不出来精明，以为小伙子不谙世事，他靠着这张真诚脸，谈成了好几笔交易。

最终合同都是要拿回家给梁爸签字的，梁爸替他把关了几份合同后，便也放下心，让他自己处理了。

之后梁延商结识了不少买家，交易中难免会聊到装潢。万一洪号称自己是马桶大亨，梁延商就让他回家要了份报价，以此促成了几笔交易。

在这几次交易中，梁延商嗅到了商机。北校区这些平日里跟他关系要好的兄弟，虽然学习上一言难尽，但家里或多或少都经营着一些生意，或者在某个行业有些基础。

他开始有意识地整合这些资源，那期间还手抄了一份供应商名录，拿着这份抄得歪七扭八的名录，跑去跟相熟的中介谈合作。

他的想法很简单，利用中介这个渠道，做个中间商，赚点差价。当时的他并没有意识到，高中穷得发慌时整合的一份供应商名录，日后会给他回国发展打下坚实的基础和人脉关系网。当然，这些都是后话了。

在梁延商忙得脚不沾地的期间，依然会因为偶尔在校园里瞥见尹澄的身影而停留，只是这样的机会少之又少，往往很短暂。就像寒潮过境，转眼又是一年春。

唯一一次近距离接触，是高二快结束的时候，学校为了加强这届孩子的身体素质，全力以赴来年的高考冲刺，组织了野外拓展项目，让大家放松身心的同时，得到锻炼。

那天主任把摄影这个光荣而艰巨的任务交给了二毛，于是大家挑战溜索、独木舟、攀岩这些项目时，二毛就举着照相机龇牙咧嘴地拍得不亦乐乎。

玩了一天后，大家上了车，将大巴的空调风开到最大。梁延商吹着冷气昏昏欲睡，等了许久车子好不容易发动了，突然又停了下来，打开车门。

他闭着眼歪了下头继续闭目养神，听到身后窸窸窣窣的声音在说："尹澄，原来的尹主席……"

梁延商倏地睁开眼，看见前面原本空着的位子坐了人。轻柔的发丝被空调风吹到靠背的边缘，微微晃动。春天的尾巴撩着初夏的风浪，他的心也随之晃动。

梁延商稍稍直起身子，盯着车窗玻璃上倒映出的轮廓。尹澄戴着耳机安静地靠在椅背上，剔透的眼眸落在窗外，葱葱青山染尽眸底，碧眼流光，便是他整个青春年华。

尹澄上车后没多久就睡着了，空调风依然呼呼地吹着。梁延商伸直手臂将风口调小，又将自己身旁的窗帘拉到了前面，替她阻挡了窗外的光线。

在他落下手臂的时候，手指情不自禁地搭在了前面的椅背上。尹澄的发丝似有若无地扫过他的手背，又柔又痒，柑橘的沁甜缠绕在他指尖。

他伸出小指勾住一撮发尾，顺滑柔软的触感和梦中一样，那是后来的两年里，他离她最近的一次。

6

关于训练营的照片，梁延商是暑假的时候看见二毛发到群里的。二毛还特地 @ 梁延商，让他查收自己那几张。

梁延商打开一看，就没一张能入眼的，要么就是虚影，要么就半张脸，身体还是扭曲的。再看其他人，也没好到哪儿去，这组照片看下来，梁延商都开始怀疑主任是不是二毛家的亲戚，能让个手残党来拍照，也是没谁了。

他念了句"什么破玩意儿"，存都懒得存，就关掉了群。

未承想二毛见梁延商没回复，以为群里消息多梁延商没看见，晚上的时候，他还把那几张照片私发给了梁延商。

梁延商无奈，睡觉前又被迫点开看了一遍，然而这一次，他却在其中一张照片里发现了尹澄的身影。虽然只有一个侧影，而且很远，但他确定没有看错，那天尹澄就是绑着一根浅紫色的头绳。

这个发现让他觉得二毛的拍照技术还是有可圈可点之处的，当即给二毛发了个红包，以示感谢。

二毛秒收过后，回了一条：兄弟客气了。

这见钱眼开的嘴脸，全然不在意梁延商高一的时候揍过他。

梁延商不仅保存了这张照片，还跑去照相馆，让师傅帮他洗出来。那师傅看着照片，露出淡淡的嫌弃眼神，又问了遍："确定要洗这张？没有其他像素高点的？"

梁延商笃定道："就这张。"

"5 寸还是 6 寸？"

见他杵在那儿，师傅指了指墙上的模版："5 寸这么大，旁边大点的是 6 寸。"

"有没有比 6 寸更大点的？"

师傅又盯着他看了眼，想不通这么一张照片放大的意义何在？拿回去做墙纸吗？

师傅让他明天再来拿，梁延商临走的时候，交代师傅帮他配个相框，好点的相框。

这事成为照相馆工作人员们一天的笑谈，笑说这小伙子长得倒是端端正正，就是太自恋，还要把自己的照片放那么大框起来。

进入高三以后，好像所有人经过一个暑假，都变得有些不一样了。依然会哄闹、玩笑，只是对于"未来"两个字，多了些憧憬和期待，当然，也有迷茫。

梁延商和尹澄的生活，就像两条永远也不会相交的平行线。慢慢地，连万一洪和柱子都不会再提起她了，尹澄这个名字，也就渐渐淡出了梁延商的生活。

年少时的梦啊，终归是一场梦，最终都会随着时光变迁、岁月蹉跎，渐渐淡去。

高考倒计时的牌子从三位数变为两位数，无形的压力盘旋在整个高三上空，无论是南校区，还是北校区。

学校门口的青团店成了这些高中生的补给站。晚自习饿的时候，趁休息的空当，他们会跑出去买。青团很顶饱，买一个能顶到晚自习放学。

只不过那家店是手工青团，所有东西都是当天做的，卖完截止，去得迟了，就不一定能买到了。

梁延商还算幸运，那晚晃到校门口的时候，老板对他说："最后两个。"

他刚准备接过青团，看见尹澄和沈廉正在过马路，往青团店这里走。

他付了钱后，对老板说："你给过来的那两个女生吧，就说店里搞活动送的。"

老板探头看了眼，笑着对他说："懂了。"

梁延商走向旁边的车棚，等他再回过身时，看见尹澄和沈廉一人拿着一个青团，有说有笑地走回学校，他也跟着扬起嘴角。

安格尔说过，所有坚韧不拔的努力，迟早会取得报酬。梁延商坚韧不拔的努力，体现在搞钱方面。至于学习，他始终是个半吊子，不至于差到吊车尾，但直到高考结束，也没能成为爸妈眼中别人家的孩子。

面对高考成绩，他继续留在国内读书，顶多勉勉强强上个最差的二本。陶女士早做了二手准备，把梁延商送出国。

关于这件事，梁延商和家里产生了很大的分歧。尽管大多数情况下，他对陶女士的安排都是一副无所谓、听之任之的态度，但在出国这件事上，他的态度很坚决，哪怕读个大专，他也坚决不出国。

梁爸见他态度如此决绝，问他是什么原因不想出国，有什么顾虑可以和家里人聊一聊，大家一起分析利弊，再做决定。

梁延商说不出什么原因，只是打从心里排斥出国。朋友、兄弟、家人都在国内，还有……尹澄。

他不想一个人远走他乡。

那段时间他和家里闹得很僵，拒绝一切交流。未来在他面前成了一张空白的纸，他想要往上添的东西都离他越来越远，他迟迟不愿迈出新的一步，是念想还是妄想，所有困扰纷至沓来。

那一年教育局还没颁布新令，学校依然和往年一样，贴出了大大的喜报。虽然没有具体分数，但能出现在喜报上的同学，基本上分数都是够得上国内985大学的。

梁延商返校的时候，是骑着摩托车去的，高考结束后，他就考了驾照，拿回了他的心头好。

到了学校，他还特地跑到南校区的喜报前看了眼，没看到尹澄的名字，倒是瞧见了谢晋。

他问旁边的同学："1班的尹澄怎么没在上面？"

那个同学告诉他："她保送没参加高考，当然不在上面了。"

另一边的女同学笑着说："谢晋这次考得不错，他志愿填的就是尹澄他们大学。"

"你们1班的人应该让他俩请吃饭啊！"

"必须的。"

"要不要随份子？"

"……"

一片欢声笑语中，梁延商默默地转过身，那是他最后一次穿过满是香樟的林荫小道。

从学校回家，梁延商走到后院，坐在椅子上，望着在家里修剪枝丫却依然打扮精致的陶女士。

陶女士抬眼盯着他瞧了下，问道："回来了？"

梁延商没应声，他最近都是这个样子，跟丢了嘴巴一样，陶女士也懒得理他。

梁延商坐在椅子上，翻看群消息，肖大鹏一下子发了十几张毕业照。梁延商一张张翻过去，看见尹澄他们班。他的手指定格在照片上放大，找到了尹澄，视线久久地停留在上面。

随后他冷不丁地问了句："妈，你说实话，是不是巴不得我不在你身边待着？"

陶女士被他气笑了，低着头拨弄面前的枝条，不紧不慢地回道："那你猜我为什么要送你出国？"

"……"

半晌没听到梁延商说话，她抬头看去，椅子上早没了人影。前院响起了摩托车的声音，那小子又出去了。

梁延商再一次来到照相馆，师傅还认得他，笑着问他这次洗什么照片。

他翻出那张人头密集的毕业照，问师傅能不能单独把这个女生洗出来。

师傅古怪地瞧了他一眼，问道："这次洗几寸？"

"能装钱包里的。"

"2寸？"

"行。"

"在旁边坐着等。"

师傅将他手机中的毕业照传到了电脑上，打开抠图软件，边弄还边问他："你喜欢这女生？"

梁延商声音沉闷地"嗯"了声。

"表白了没？"

"没有。"

师傅笑道："你得加把劲啊，想当年我媳妇跟我也是同学，就隔着个走廊。一次不行，多表白几次，日久生情嘛。"

"她跟我不在一个班上。"

"哦，隔壁班的？"

"……也不是。"

师傅再次古怪地看他一眼："人家认识你吗？"

"不认识。"

"……"

师傅不说话了，给整得无语了，这想生出点情都不太容易。

照片洗出来后，师傅交到梁延商手上，对他说："喜欢就去认识下嘛，不能留遗憾。"

师傅的话在梁延商的脑海中不停回响，骑回去的路上，他突然拐了个弯。他记得有一次听肖大鹏说，尹澄住在凤莱小区，那个小区很大，他不确定能不能碰见她，只是心里有个声音让他去试试，以后，也不知道有没有机会了。

摩托车停在小区对面的树荫下，蝉鸣有规律地响起，青春的气息催化着少年的荷尔蒙，他脑海中是那个握着红笔的身影。

这一等就等了两个小时，等到了夕阳西下，余晖散尽，才终于等来那个身影。

尹澄坐在谢晋的自行车后座，吃着甜筒，无忧无虑地晃着白净的小腿，车前的男孩卖力地蹬着脚踏。回小区的那段路是下坡，自行车加速冲下坡，两人的笑声传进了梁延商的耳中。

这是属于他们的流光溢彩。而他，始终是个无法介入的局外人。

望着他们进了小区后，梁延商重新发动了摩托车，踏上新的征途。

暮色染红了天际，总有些少年心事像这即将落幕的晚霞，绚丽而短暂，最终成为漫漫人生路上清凉的风、炽热的梦、到不了的彼岸。

然而，总要往前走，总有下一站。

是黄昏，也是初晓。

番外二·
庆幸他往前迈了一步

1

车子开回都和府后，天际才亮起了微光。离民政局上班的时间还早，梁延商让尹澄先去睡一会儿。

尹澄洗完澡后，并没有睡意，再出来的时候，已经换上了套裙。这套衣服还是梁延商选的，白色配上夸张的大裙摆，将女性的温柔和洒脱完美地融合在设计里，再被尹澄高挑的身材驾驭得淋漓尽致，让梁延商眼前一亮。

"我之前都没见你穿过。"

尹澄拎起裙摆轻轻一甩，抬起腿靠在沙发上："是啊，我总不能拖着个大裙摆去实验室吧，同事不以为我疯了？"

梁延商走过去，捉过她柔净的脚背，捏在掌心里，嘴角含着笑："怎么不去睡一会儿？"

尹澄将蓬松的发丝拨弄到一边，反过来问他："你呢，你怎么不睡？"

他的拇指找到穴位，垂着视线，轻轻揉捏："我睡不着。"

尹澄靠在沙发扶手上，单手撑着下巴："那你为什么就认为我一定能睡得着呢？"

梁延商抬起头看向她，她的眸子像浸在水里，摇晃着涟漪："干吗这样看我？我也是第一次结婚，兴奋得睡不着很奇怪吗？"

梁延商盯着她瞧了几秒，哑然而笑："看不出来你也会兴奋。"

"再次强调，我也是有七情六欲的，你会有的情绪，我都会有。"

说完，她风情万种地挑起一撮发丝，漫不经心地卷着："也许以后多结几次就不会这么兴奋了……"

脚底传来一阵酸疼，尹澄痛呼道："这婚结不成了！"

梁延商笑着捧起她的脚亲了亲，然后进了房。

等他收拾完出来的时候，尹澄正支着脑袋查资料。

"在看什么？"

"看看领证流程。"

梁延商调侃道："这还需要研究？果真学霸就是不打无把握的仗。"

尹澄抬起头瞧去，梁延商西装笔挺地出现在她面前，这一身矜贵的派头，绅士感十足，还特地搭配的黑色系，和她的白色系相辅相成。

尹澄从上到下打量一番："用得着穿这么正式吗？"

梁延商理所当然地说："你都穿这么漂亮了，我套个 T 恤去像样吗？"

她沉默地盯着他瞧了半晌，突然来了句："梁延商，我发现你长得挺帅的。"

"难为你这么长时间才发现。"

尹澄笑了起来："我之前更注重和你的内在交流。"

梁延商垂着眼，勾起了魅笑。尹澄一看他那表情，就知道他想的跟她说的根本就不是一回事。

"我本来打算在去领证的路上，顺道去喝羊肉汤，穿成这样去喝羊肉汤合适吗？"

"有什么不合适。"

于是盛装打扮的两人，坐在路边的棚子下面喝着羊肉汤，吃着卷饼，周围穿着睡衣来买早点的人，不免都投来打量的目光。

老板娘打趣道："你们往这儿一坐，我们店的回头率都变高了。"

梁延商目露笑意地跟老板娘分享喜讯："我们待会儿要去领证。"

尹澄拿着勺子愣了下，这种事情，用得着跟陌生人说吗？

老板娘喜笑颜开，端来羊肉给他们多加了一份，周围排队的大爷大妈们也纷纷道喜。

梁延商双手抱拳以示感谢，一顿早餐吃得热热闹闹。

本以为到了民政局，也能顺顺利利的，却在所有东西填完，最后签字的时候，尹澄放了下笔。

她忽然神色认真地对梁延商说："要么，我们还是改天再来吧？"

梁延商那边大手一挥，名字已经落下了，突如其来的变故让他始料未及，他侧过头望向尹澄面前空白的签名处，眸色微沉。

工作人员显然不是第一次遇见这种临时变卦的情况，表现得十分淡定，一副等着吃瓜的姿态，却听见尹澄下一句说道："我建议你最好先去做个婚前财产公证。"

这句话直接让工作人员破了个大防，他见过各种稀奇古怪的变卦原因，但还是第一次遇见在签字前，女方如此冷静地劝男方去做财产公证的。前台的小伙子表情变了又变，看向男方。

梁延商也没想到，都这个时候了，箭在弦上了，尹澄居然还能这么贴心地为他考虑，不知道是该气，还是该笑。

他眉梢微挑："我结了婚就没打算离婚，婚前婚后有什么区别？都是一家人了，我的不就是你的，公什么证？"

尹澄抿了抿唇，考虑到还有工作人员在场，不方便就利害关系跟他分析清楚。

梁延商见她欲言又止的样子，没给她说话的机会，直接问道："难道你还打算离婚？"

这下工作人员将视线又移到了女方身上，尹澄被两人瞧得脸色发烫，拿起笔，嘀咕了句："我不是这个意思。"

梁延商凑过身去，在尹澄耳边低语："你再不签字，别逼我当场给你转账。"

尹澄抿起笑，写下名字，最后一笔刚落下，单子直接被梁延商抽走，递给工作人员。

工作人员憋着笑，将结婚证打印了出来。

梁延商拿到结婚证后，迎着光线仔仔细细来来回回地瞧了好几遍，上面统共就那几个字，尹澄也不知道他为什么能看那么久。

她伸出手，问道："看完了没，我的那本能还我了吗？"

梁延商将两本摞好："就不能放在一起？"

"你搞批发吗，要那么多本干吗？"

梁延商不情不愿地分给尹澄一本："我觉得结婚证就应该放在一起。"

"我办出国手续的时候可能要用到，以后回来再给你。"

梁延商瞥着尹澄手中的红本本，故作惆怅："那就让它们暂时分离吧。"

尹澄无语地拿着小红本拍了下他："不过，我觉得你有点草率了。刚才工作人员在，我都没好意思说，还好你遇见的是我，要换个女人把你骗得倾家荡产，还给你戴顶绿帽子，你到哪儿说理去？"

梁延商发笑道："你觉得我有可能给别的女人骗我的机会？"

"……"

结婚这个决定做得比较突然，不在计划之内，当然也就没有时间通知亲朋、办婚宴这些。

再加上尹澄出国在即，还有很多事情需要安排，实在没有精力被这些繁文缛节所困。商量过后，他们决定等以后回国再补。

只是毕竟是人生大事，双方父母那边还是要知会一声的。于是领完证后，两人决定各自回家，将这件事告知家人。

尹澄回到家的时候，尹教授正弯着腰倒鸟食，见她进门，诧异道："你今天没上班啊？"

尹澄换了鞋，走到客厅："请假了。"

尹教授直起身子："不舒服？"

"没啊。"

这时候尹教授才瞧见尹澄特意打扮过的样子，不禁问道："这身衣服没见你穿过。"

"唔，是啊，梁延商买的，好看吗？"

她放下包，在尹教授面前转了个圈。尹教授笑道："小梁眼光不错。"

尹澄从包里拿出小红本，背在身后："难道他眼光好，不是体现在看上我这件事上吗？"

"你啊，也不含蓄点。"

尹澄弯着眼角："既然他眼光这么好，给你做女婿怎么样？"

尹教授将鸟笼挂到高处，仰着头回道："又跑来逗我这个老头子，你出国的事情跟小梁说了没？我见他那天魂不守舍的，就知道你没跟他说清楚。"

"我说清楚了。"

尹教授收回目光，转过头来："怎么说的？"

尹澄慢悠悠地从身后将红本本拿了出来，递到尹教授面前："这么说的。"

尹教授神色一愣，惊喜交集地盯着国徽下方的三个大字。

梁延商回到家的时候，中午刚过，梁爸不在家。陶女士进进出出的，也不知道带着阿姨在忙什么。他不过一段时间没有回来，家里就跟战场一样。家具全都移了位，院子里堆了不少沙子、水泥，还有几个小工在后院忙活。

梁延商将结婚证拿出来放在桌上，给自己沏了壶茶坐在桌边，边喝茶边等陶女士忙完。

陶女士指导完小工进门后，瞧见梁延商喝起茶来，问了他一句："你今天没事？怎么跑我这儿喝茶来了？"

"什么叫你这儿？这里不是我家？"

他顺带问道："你这是准备把家拆了？"

陶女士走过去，拿起空茶杯倒了些茶，边喝边说："换季了，院子里的布局要重新规划，家里需要修缮的地方也顺便弄一下。"

说完，她放下茶杯，瞧见梁延商面前放着的小红本，目光顿住："这是谁的？"

说着，陶女士便将结婚证拿了起来，没等梁延商回话，她已经翻开红本本看见了梁延商和尹澄的照片。

　　足足半分钟，陶女士都没有反应过来，直到梁延商轻咳了声："我和尹澄领证了。"

　　陶女士一双眼睛瞪得老大，指了指梁延商，咬牙切齿地拿着结婚证就走了。走了？

　　梁延商立马起身问道："你拿着我的结婚证去哪儿？"

　　陶女士脚下生风，回了房把房门一锁，开始打电话。

　　梁爸是在一个小时后到家的，进门后沉着张脸。陶女士终于走出房门，将结婚证递给梁爸，梁爸同样看了半晌，颇为恼怒地盯着梁延商。

　　梁延商笑了笑："不用摆脸给我看，我就是回来告诉你们一声，不管你们同不同意，尹澄是我唯一想娶的女人。"

　　梁爸合上结婚证，说他："我们都没有正式去拜访尹澄的家人，这会儿让她家里人觉得我们不懂礼数，不重视人家女儿。"

　　陶女士在旁附和道："就是，你就不能早点回来说一声？"

　　"……我也是才知道！"

　　晚上，尹澄见梁延商还没联系她，也不知道他那边情况怎么样了。

　　于是她发了条消息，问他：你回去了吗？

　　商：没有，还在流庭湖，今晚可能走不掉了。

　　YOLO：出什么事了？

　　梁延商半天没回复，再回过来是一段小视频。视频中，陶女士穿着一件红色的刺绣裙，眉飞色舞地讲着话，这么晚了，家里七大姑八大姨坐了一圈，又说又笑跟开茶话会一样。

　　YOLO：这是在干吗？

　　商：在商量去你家提亲的事。

　　YOLO：不用那么麻烦，简单点，见个面就行。

　　梁延商的电话追了过来，尹澄接通后，还能听见电话那头欢快的笑声。

　　"会不会有点夸张了？"

　　梁延商低笑："他们想折腾就随他们去了，长辈们高兴。你那边呢，尹教授怎么说？"

　　"他没说什么，晚上让我陪他喝了点酒，现在睡下了。"

　　两人都没再说话，陶女士的笑声像喜气的奏乐。没一会儿，尹澄也笑了："我听见你妈的声音了。"

"是咱妈。"

夜色如墨,那些被碎石和旋涡卷走的,被深埋在泥土里的阴霾,终有一天浸了光、暖了心,以另一种形式出现在她的生命中。

漫长的沉默过后,尹澄对梁延商感慨道:"我真没想过这辈子还能有妈,这感觉有点……激动。"

"先别激动,她不给改口费你别喊,免得她高兴得太早。"

"……"

2

谢晋的妈妈近来在业委会里混得了一官半职,没事就穿个红背心在小区里直转悠,什么张家长李家短王家的媳妇要生产,她都要掺和一两句。

这天小区里开进来一辆古思特,自进门起保安小张就伸头张望。

车子没开几米就停下了,前方一辆临停的电瓶车没有靠边,古思特车身较宽,被挡住了去路。

保安小张连忙跑了过去,准备抬走那辆电瓶车,奈何电瓶车太重,他一个人抬起来有些费力,便喊了在旁边晃悠的谢晋妈。

谢晋妈几步走过来,搭了把手,将电瓶车挪到一边。

古思特的驾驶座落下车窗,司机彬彬有礼地对他们说了声:"谢谢。"

保安小张勾着头,趁机打量内饰,直到车子开远。

谢晋妈问小张:"看什么呢?"

"没看见飞天女神吗?"

"什么飞天女神?"

"劳斯莱斯啊,也不知道来找哪家的。"

谢晋妈虽然不懂飞天女神是什么,但是劳斯莱斯还是听过的。此时瞧见车子往她住的那个方向开去了,不免奇怪,也就跟着往回走。

走到楼下的时候,古思特刚停好车。司机下车打开车门,随即一个贵妇打扮的女人穿着及踝的长款大衣,戴着精致的酒红色钟形帽,从车上缓缓走下来。

美人迟暮对陶女士来说似乎并不存在,举手投足之间,是常年养尊处优熏陶出的优雅。

她眼眸微转,看见了谢晋妈穿着红背心站在一边,笑着朝谢晋妈走去几步,拿着手中的纸巾询问:"请问哪里可以扔垃圾?"

谢晋妈瞧出面前的女人来头不小，立马客客气气地指着远处："那边，要不然你给我吧。"

流庭湖附近的保洁人员一般也会穿个红背心，陶女士以为面前的热心人是保洁人员，便将垃圾交给了她，说了声"麻烦了"。

梁延商的车子紧随其后开了进来，下了车后，他昂首阔步走了过来，把陶女士和梁爸先让进楼，而后接过司机手中的东西，跟在后面。

旁边有路过的大爷见阵仗不小，问了句："你们是来干吗的？"

梁延商温文尔雅地回道："去尹教授家提亲。"

大爷连连点头笑道："哦，哦，老尹家的女婿啊？不错不错。"

谢晋妈几步走上前，梁延商恰好转过头，认出了谢晋妈。想到之前谢晋结婚还请尹澄吃了喜糖，他也心情颇好地对他们说："回头请你们吃糖。"

"恭喜恭喜……"

在一片道喜声中，谢晋妈拿着尹澄婆婆给她的垃圾，站在人群里气得脸都歪了。

尹教授早已将家里收拾了一番，摆上小吃果盘，拿出上好的茶叶款待亲家。

他退休多年，平时穿得随意，今天难得一早起来梳头、熨烫衬衫，好好收拾了一番。

梁爸一进门就和尹教授双手相握，那热情劲像失散多年的亲兄弟。陶女士也拿掉钟形帽，上前与尹教授问好。

八样上乘的礼品全部包上喜庆的红色依次摆放，礼金、首饰一样不少。

因为不确定尹澄会喜欢什么款式的首饰，所以在金饰的选择上，新中式婚嫁系列和日常款系列都备了几套。

婆家备金饰是当地婚嫁的传统，但陶女士考虑到年轻人不一定喜欢黄金饰品，还替尹澄选了套铂金钻石款的。

备完这些，又觉得少了翡翠不太妥当，想当年她嫁到梁家的时候，她婆婆就是翡翠套件一样不落的。

于是，陶女士又打开保险柜，从里面取出早些年收藏的"种老""肉细"的莫西沙原石。带着原石连夜让梁延商陪她去了趟揭阳，联系上她认识多年的老师傅。老师傅听闻她是要娶儿媳妇用的，不敢怠慢，带徒弟赶着时间出了几件上乘的货头。

担心快递会出差池，取货的时候，梁延商亲自驱车来回十几个小时，直到亲眼看见这些高货后，陶女士才放下心来。

所有的东西要赶在尹澄出国前准备好，虽然时间很紧，但足以体现梁家人的礼数和对儿媳妇的重视。

尹教授是个体面人，见男方诚意满满，坐下来后，解释道："小女出国在即，临时做了这个决定，的确是太突然了。给你们二位添麻烦了，还劳烦你们这么大费周章地准备这些。"

梁爸笑道："出国深造和结婚都是喜事，这是双喜临门，我们两家都应该高兴才是，怎么能是麻烦。"

陶女士也接了过来："是啊，之前尹澄来跟我道别，我还以为我儿子要没戏了呢，现在这可是大喜事。"

尹教授面带笑意："我第一次见小梁就觉得投缘。"

陶女士："可不是嘛，我第一次见尹澄也觉得像自家人。"

于是双方家长开启了商业互捧模式，恨不得把对方的孩子夸上天。

尹澄听着三位长辈那越来越浮夸的场面话，低头压着笑。抬眸之际，她看见对面坐着的梁延商也在捂着额掩笑。

尹澄身边关系要好的人不算多，除了平日里来往较密的同事们，也就沈廉走得比较近。

只不过突然领证打乱了她原本的计划，忙到出国前一天才和沈廉约上时间，出来吃饭。

那天梁延商订了个包间，沈廉和潘律师带着儿子来赴约。一家三口进来后，梁延商起身相迎。

沈廉的目光落在梁延商身上顿了片刻，有些疑惑的样子，随后才在尹澄的介绍下互相问好。

不过才一阵子没见，沈廉的儿子已经能满地跑了，虽然走路还有点东倒西歪，但一刻都闲不住，一会儿要爬桌子，一会儿要下地。

潘律师无奈地抱着儿子逗他，好让沈廉跟尹澄叙旧。

后来潘律师来了电话，沈廉也就顺势将小家伙接了过去，对尹澄抱怨道："每次出来吃个饭都是电话不断。"

尹澄笑说："要不然就不是大律师了。"

她们聊起航班飞行时长的话题，这让沈廉忽然想起来，她家里有个全新的按摩脖枕，可以缓解长时间飞行的疲劳。她说晚上回去找出来，让尹澄明天出发的时候，顺道拿一下。

梁延商替尹澄谢过沈廉后，将沈廉身上不安分的小家伙接了过去，弯腰扶着他的小肉手，带着他在旁边一步步走着。

刚学会走路的小人，总是充满探索欲，看见包间外面的露台亮着灯，抬起头"叔叔、叔叔"地叫着，指着外面。

梁延商单手将他抱了起来，带着小家伙去外面露台玩。

沈廉的目光落在梁延商身上，拼命思索着："我总感觉你家那位好面熟。"

尹澄没太在意地回复："是吗？"

"想不起来了，就是感觉面熟。你看我儿子……"

尹澄回过头去，见梁延商抱着小家伙不知道指着对面什么，小家伙在他怀中手舞足蹈地笑。

"真难得，我儿子现在可认生了，没见过的人一抱就哭。"

尹澄的目光徘徊在那一大一小的身影上，这和谐的画面让她有些恍惚。

"你考虑过要个小孩吗？"沈廉问。

"没考虑过。"

"要是他想要孩子，你会考虑吗？"

小家伙和梁延商玩熟了，抱着他的脖子跟他亲得很。梁延商和他贴了贴，也露出了笑意。

尹澄收回目光，没有回答，也没有答案。

尹教授没有送尹澄去机场，他在家跟尹澄道了别。梁延商过来接尹澄，将她的行李先抬下楼，放上车。

尹澄走到爸爸面前，握住他的手："我妈从前忙起来，总把我丢给你一个人照顾，我记得小时候，你们总会为了我吵架。"

想起从前的事，尹教授嘴角透着释然的笑："你小时候不好带，胆子跟男孩一样大，我总是提心吊胆，怕你受伤。你要是伤着哪儿，我不好跟你妈交代。"

"不觉得我烦吗？"

尹教授的神色停顿了片刻，仿佛陷入了某段回忆中，双眼从浑浊又变得清明，反手拍了拍尹澄的手背："你妈妈在她最忙碌的那几年有了你，她从来没觉得你烦或是累赘。我庆幸她那时候留下了你，否则她走后，我一个人也就没有奔头了。"

梁延商折返回来，看见父女俩在说话，没进来，在门口等着。

尹教授回头瞧了眼，对尹澄说："不早了，去吧。"

尹教授站在阳台上佝偻着背，尹澄抬起头看着尹教授沧桑的模样，眼底温热。梁延商搂住她的肩，轻轻拍了拍，拉开了副驾驶座的车门。

车子顺路开到沈廉家楼下，沈廉已经拿着脖枕站在路边等着了。

她将东西给了尹澄后，张开双臂，不舍地说："要早点回来啊，尹博士。"

尹澄与她拥抱道别："会的。"

松开尹澄的时候，沈廉看见了她脖子上的橙红色小吊坠，惊讶道："你还是买了啊？"

梁延商下车绕了过来，和沈廉打了声招呼，对她说："谢谢你。"

沈廉笑道："你不知道吧，我跟橙子高一开学时一见如故，就玩在一起了，这么多年的关系了，谢什么。"

梁延商眼里含着笑。

那种熟悉的感觉再一次让沈廉盯着他多瞧了几眼。

去机场高速的路上，他们轻松地聊着天，仿佛只是短暂的出差，过几天还能见面。

直到不得不分别的时候，两人突然都沉默了，所有的话题自然而然终止，只是等着时间一分一秒流逝。

梁延商拉过尹澄的手，塞给她一张银行卡。尹澄拿起来看了眼，收进包里。

"终于不拒绝了？"

"都是夫妻共同财产了，还跟你客气什么？"

梁延商总算露出了笑意："到了那边，不要委屈自己。该吃就吃，该买就买。"

"嗯。"

"需要什么给我打电话、发消息，我从国内给你寄。"

"嗯。"

"只会'嗯'了？"

"嗯。"

梁延商揽过她的肩，拥在怀里："想我就跟我说，签证下来我就去找你。"

说完，他又低头问道："你会想我吗？到那边忙起来，连我姓什么都不知道了吧？"

尹澄靠在他的肩膀上，轻笑："不好说。"

梁延商捏了捏她的手臂："都要走了，叫声老公呗。"

尹澄抿着唇，对这个称呼还很陌生，大庭广众之下，她实在叫不出口。

梁延商扯了下嘴角："手机没电了，你手机给我，我去买咖啡。"

尹澄将手机递给梁延商，没一会儿，他端着两杯咖啡回来。

尹澄接过咖啡后，对他说："喝完咖啡我就进去了。"

这会儿换他"嗯"了。

两人之前就说好了，机场分别千万不要搞那套你侬我侬、生离死别的戏码。分别的时候就同时转身离开，谁也不停留。

所以到了安检口，尹澄垂下头说："那就这样了。"

梁延商望着她说："好。"

没有多余的道别，两人都转过身去。可是快要进安检的时候，尹澄还是忍不住回过头，这才发现梁延商根本就没走，还站在原地看着她。

她眉毛一横，瞪他说话不算数，梁延商当即笑了，明亮又温暖。

尹澄回过身朝他刚迈了一步，梁延商便大步走来。不管什么事先说好的约定，也不管周围人的眼光，他将她抱离地面融进身体里，吻着她的发丝唤她："老婆……"

这两个字回荡在尹澄的耳边，她的眼眶湿润了。

梁延商最后对她说的话是："我会照顾好尹教授。"

这是尹澄最放不下的牵挂，也是她出国前最大的顾虑。当梁延商说出这句话的时候，尹澄瞬间潸然泪下。

心心相惜的情感在顷刻爆发。

她告诉他："我会想你的。"

她不是个善于表达感情的人，在这条路上她蹒跚学习，直到他等来了回应。

3

尹澄刚过安检口，手机就振了下，她拿出来，看见沈廉给她发了条消息。

我终于想起来在哪儿见过梁延商了，高二的时候，我跟你说过有个还乐谱的帅哥，你还记得吗？

沈廉一直觉得梁延商面熟，他的五官没怎么变过，但整个人的气质变化太大，要不是送脖枕的时候她多看了几眼，差点就没想起来。

尹澄看着这条消息，大脑一片混乱，不知道沈廉在说什么，她干脆回了个电话给沈廉。

"你说什么乐谱？"

"你到机场了？和梁延商在一起吗？"

"不在，我进安检了。"

沈廉顿时激动起来："太巧了！我自己都不信会有这么巧的事。梁延商高二的时候捡到过你的乐谱，就是反面你写了很多法文的那本，他还到我们班来还给你，那天你正好不在，我帮你拿的。"

尹澄疑惑道："捡到我的乐谱？他为什么会捡到我的乐谱？"

"我记得你借给了曹老师，不过他能捡到不就是缘分嘛！"

沈廉沉浸在这段旷世奇缘里，尹澄却握着手机笑了起来，脑海中出现了那张插在花束里的法文小卡片——"我认识你很久了"。

沈廉继续道："那天你过生日，好多人来我们班送东西，我以为他也是来送你生日礼物的。但是不巧，你那天被喊家长了，因为那事。"

尹澄唇边的笑意渐渐敛住，机场落地玻璃外的暖阳洒在她身上，她停住脚步，抬头望着瓦蓝的天际。

时间就是这般莫测，曾经将未来带走，如今又将过去带到她的眼前，尹澄轻轻叹了声。

"对了，你昨天说我还是买了什么？"

"项链啊，你高中的时候陪我看手链，不是说项链太贵了吗？你什么时候买的，你那时候没那么多钱吧？"

尹澄眸色微滞，看着玻璃中倒映出的橙红色吊坠。炎热的暑假，商场里的冷气，镜子里令她心生欢喜的一抹色彩。所有回忆串联在一起，玻璃中的瞳孔微微震颤着，就连身体中的每一个细胞都为之撼动。

她对沈廉说："我找登机口，先挂了。"

握紧手机，尹澄的情绪翻江倒海，过去和现在的种种点滴交织在一起。那难以窥得的青葱岁月被撕开一角，已然让她觉得不可思议。

尹澄在登机口找了个位子，坐下后，她反复摩挲着锁骨下方的小吊坠，思绪万千。

她拿出手机准备给梁延商发消息，找到他头像的时候，发现他的备注竟然改成了"老公"。

尹澄无语地盯着手机页面，想起他刚才拿走了她的手机买咖啡。

她不开口叫他，他就让她天天看着这两个字。

尹澄点开对话框，拍了拍他。

老公：找到登机口了？

尹澄调侃：你手机又有电了？

她将页面截图发给他，对他说：我发现了。

梁延商也将他手机页面的截图发过来，尹澄在他那里的备注改成了"老婆"。

笑意攀上她的眉梢，她打字：你走了吗？

老公：在外面。

老婆：怎么还不走？

老公：等你起飞。

孤单的旅途因为这四个字变得有力量，尽管她一个人坐在这里等航班，但隔着手机屏幕，仍然感觉被人陪伴着。

老婆：既然这样，那么来聊天吧。

老公：聊什么？

老婆：来聊聊你是什么时候喜欢我的。

对面没了回复，连"对方正在输入"的字样都没有。

尹澄打开手机摄像头，调到自拍模式，对着脖子上的橙红色吊坠拍了个特写，发过去。

老婆：你可以啊，十七岁就对我有想法了？

梁延商还纠正了她。

老公：十六岁。

老婆：……

尹澄看着这个数字，越看越不对劲，突然就想到什么不太健康的画面。

老婆：你第一次做那种梦的对象不会是我吧？

梁延商又是半天没有回复，再回过来，是一条：我开车了。

尹澄气急败坏地戳着屏幕：开你个鬼，下次见面你死定了！！！

梁延商回复了一个委屈的表情。

原本的计划是，尹澄到那里安顿下来后，梁延商过两个月飞去看她。

但计划赶不上变化，梁延商这边签证刚下来，尹教授就查出来肺部有个肿瘤需要手术。

尹教授暂时不希望告诉尹澄，她才过去，凡事都要适应，要是知道这事，一个人在那边指不定得多着急，万一还要赶回来就太耽误事了。商量过后，他们打算先等化验结果，如果肿瘤是恶性的，到时候再说。

梁延商跑前跑后，把尹教授安顿进医院，好在结果不算太坏，肿瘤是良性的，手术风险不算大，切除后恢复一段时间，就能康复。

只不过尹教授的血压有些高，术前需要先进行降压治疗，降低手术风险。

如此一来，梁延商短时间内便无法出国了。尹教授跟尹澄视频通话的时候，让她不用回来，不是什么大事，跟她说是微创，一点息肉夹掉快得很。

梁延商就坐在病床边上，削着苹果，不时抬头往手机屏幕瞧上几眼。

尹澄不放心地问："梁延商在边上吗？"

"在的。"尹教授将手机摄像头移向梁延商。

他停了手上的动作，探过头，尹澄表情很严肃，头发全部盘在脑后，气色看上去倒不错。

她微拧着眉，盯着梁延商看了一会儿，问道："我爸说的是真的？"

梁延商对她扯了个笑："不严重，我安排好了，不用担心。"

他轻松的神态让尹澄紧绷的神经稍稍缓和，沉默地看着他，忽然开了口："你瘦了。"

梁延商抿了下唇，笑意一点点扩散开来。

陶女士来医院探望尹教授的时候，再三叮嘱梁延商，尹澄不在身边，他一定得把她爸爸照料好了。

手术进行得比较顺利，尹教授前前后后在医院待了一个半月，到底年龄大了，出院的时候身体比较虚弱。

梁延商干脆把尹教授接回了都和府，亲自照料。尹教授一开始不肯过去，总觉得女儿和梁延商刚领证就出国了，在传统观念里，两人既没相处多久，又没办婚礼，这么麻烦梁延商，总归过意不去。

后来在梁延商一声声"爸"中，尹教授逐渐迷失自我，又担心梁延商两头跑麻烦，也就心甘情愿跟着他回去了。

尹教授休养期间，陶女士经常让家里的阿姨炖补汤，司机送来都和府的时候，往往都是热的。

养了两个月后，尹教授反而比手术前还胖了点。

这期间，尹教授将毕生所学的棋技都倾囊相授给了梁延商。尹澄习惯早上起来给他们打视频电话，国内正好是晚饭过后的时间。经常电话拨过来，两人坐在客厅下棋，她想起来什么就跟他们聊两句。忙的时候，就把手机支在旁边，人影一会儿闪过来瞧一眼，一会儿又跑去旁边冲咖啡、护肤或者干点别的。

只要当天碰上尹澄来电话，梁延商那局棋稳输。

尹教授笑他："你的注意力就不在棋盘上。"

梁延商也不否认，跟着笑。

在都和府住了一段时间后，尹教授发现梁延商经常会去南面那间书房待着。尹教授一开始以为他是在书房里办公，通常不会去打扰他。

直到有天找梁延商说拿药的事，过去时才看见，他就坐在书桌前拿个相框发呆，面前既没有文件也没有电脑。

尹教授问他看什么，梁延商将手中的相框递给尹教授。

照片是尹澄第一次去流庭湖参加酒会时拍的，她和陶女士手挽在一起，梁延商站在她们身后。

后来陶女士将照片洗了出来，给了梁延商一张，他一直摆放在南面这间房的书桌上。

尹教授四处瞧了瞧，这间屋里没什么梁延商的东西，倒是有一些自家女儿的东西在这儿。

比如女士水杯、座椅靠垫，还有一些地质相关的书籍文献在书柜里摆着。

他的目光重新落回梁延商身上，若有所思，随后对梁延商说："明天去拿完药我就回去了，我那些鸟还寄放在老李家，得拿回去。"

梁延商说："把鸟拿过来养。"

尹教授顿了片刻，才道："你想她就去吧，也不知道她在那边过得怎么样，你去到她身边我也安心点，回来把那边的情况说给我听听。"

梁延商垂着视线，点了点头，再抬起目光时，眼里已然覆了笑。

尹澄将手机插上充电，然后出门去见刘宏教授。

到了刘宏教授的办公室，已经是下午，尹澄心情低落地坐在一边，等待教授打了几通电话，草拟了一封邮件。

这些工作处理完后，刘宏教授才摘掉眼镜，揉了揉眼角："听说你努力了两个月的成果功亏一篑了？"

尹澄闷闷地"嗯"了一声。

"什么感觉？"

"难受……"

刘宏教授反倒笑了起来："记住你现在的感受。"

尹澄扬起视线迎上刘宏教授沉稳睿智的眼神，听见他说："早在一个月前，我就知道肯定会出问题，知道我为什么没叫停吗？"

尹澄蹙着眉，一言不发。

"这一路走来，你太顺了。从前学习、工作，你都能处理得很好，这对你来说不见得是好事。

"我听你们何教授说，你有些特立独行，这也是他希望你到我这里来能有所改变的地方。

"我承认你的基础扎实，悟性高，在我带过的学生中，学习能力也是佼佼者。不过你要明白一点，光个人能力强不一定就能走得长远。

"就拿这次的误差来说，在使用试剂的过程中，如果你能保持和 Riley 的沟通，就有很多机会能察觉到问题。

"关键是，你很难去信任别人，这是你目前最大的障碍。

"你要知道，在我这里你能学到的东西是有限的，但你能创造出的价值是无限的。

"大到前沿科学的发展、国家建设，小到一支球队、一个家庭，只靠一个人是没办法实现目标的，你必须要学会与别人合作。"

尹澄低垂着视线，五味杂陈。这样的打击是她从没有体会过的，个中滋味让她的心情落到了谷底。

"你妈妈从前带大型项目的时候，手下有百来号人，光技术研究员就不少于五十人，她要和水文、工程、环境各领域的专家打交道，有时候还要亲自下到一线跟技术工交流。

"学会建立人与人之间的信任和交流，只有这样，你在这条路上才能走得更长远。"

刘宏教授这次与尹澄的谈话，并没有在技术上给予她一定的指导，只是在她临走时，苦心劝她："试着打开自己。"

尹澄走在绿荫笼罩的回廊上，眼里闪着触动的光。她逐渐体会到自己和妈妈之间的差距，不在于专业，也不在于努力，而在于那颗海纳百川的心。

这对于尹澄来说，还需要漫长的修行。

她沮丧地深吸一口气，听见有人叫她，那个同学对她说有帅哥找她，在图书馆那儿。

尹澄告别了这位同学，往图书馆走，还没到那儿就碰见了穿着大胆前卫的艾弗里。

艾弗里见到尹澄激动不已，表情夸张地用中文说了一连串"老天爷"，张开双臂紧紧抱住尹澄，高兴地转起了圈。

尹澄没料到许久未见的艾弗里会热情到转起来，天旋地转之间，中午吃的东西都要转出来了。

转着转着，她还转出了幻觉，视线里竟然出现了梁延商的身影。

4

尹澄的双脚刚落到地面，人便东倒西歪，腰上横来一只强劲的手臂，将她扶稳。尹澄抬起头，看见梁延商近在咫尺的轮廓，双瞳骤然收缩。

他松开她，低下头来，迎上她的视线，艾弗里的声音却在此时插了进来。

尹澄跟艾弗里打了声招呼，他是法国人，交流自然而然切换成了法语。两人没说几句话，艾弗里便露出不可思议的表情，盯着梁延商瞧了几眼。

艾弗里离开后，尹澄回过身来。梁延商单手搭在黑色的行李箱上，浅灰色针织衫配上深色裤装，往那儿一站，既硬朗又利落，再加上他面无表情的样子，酷似一个从东方而来的神秘杀手，轻松吸引了周围人的眼球。

分开有小半年时间了，尽管时常电话联系，但突然见上面，尹澄还是有那么点情怯。

"你不是说下周才过来吗？"

梁延商漆黑的眸子锁在她脸上："我打你电话，你没接。"

"导师找我谈话，我手机就丢房间里充电了，你要早说，我就去机场接你了。"

梁延商敛了视线，拉过行李箱："你要去接我，我不就看不见这么有趣的一幕了。"

尹澄余光轻轻一瞥，随即就笑了："你说艾弗里吗？他从前去我们学校交流的时候，我做过他的翻译，刚才碰巧遇见的。"

梁延商"嗯"了声："他问我是谁，你怎么回答的？他那样看我。"

尹澄诧异道："你能听懂法语？"

"一点，忘得差不多了。"

尹澄眯起眼，对着他笑："你怎么想起来学法语的，不会是为了我吧？"

梁延商沉寂地瞧了她一眼，别开视线，嘴角紧绷。

尹澄看着他那若无其事外加无比冷酷的模样，没忍住笑出了声。

梁延商是懂点法语的，不过就如他所说，懂得不多，基本忘光了。所以能听懂艾弗里在问什么，却没听明白尹澄回答了什么。

于是，尹澄便笑着告诉他："我对艾弗里说，你是我在国内走失多年的大表哥，艾弗里夸我们简直是一个模子刻出来的。"

梁延商黑着脸："这人怎么不戴眼镜就出来？"

尹澄憋着笑："你的意思是我们不应该像咯？人家都说感情好的话，会有夫妻相呢！"

梁延商终止了这个话题。

"先去我那儿放行李吧。"

"嗯。"

两人并肩往回走，尹澄斜睨着他，坐了十几个小时的飞机，人依然是清清爽爽的，没有胡楂，头发也有型。她怀疑他落地机场的时候，特意打理过，凑近了还有好闻的清香味道。

她拽了下他的袖口，他侧过头来。

尹澄扶住他的行李箱："我帮你推吧。"

"不用。"梁延商将行李箱换到另一只手。

她又拽了他一下，他无动于衷，不知道是不是故意的。

尹澄的手指从他的袖口滑到了他的手腕，再一点点勾住他宽大的手掌。熟悉的温度通过指尖传到心底，怦然心动的声音在她耳边跳跃。

梁延商的眸色被她挑动，面上却依然沉冷。

尹澄进一步勾住他的手指，他不躲闪，也没有回应。尹澄撇了下嘴角，松开了手。她还没将手收回，便被重新握住，宽大的手掌将她的手完全包裹着。她弯了眼角，这座陌生的城市变得可爱起来。

尹澄住的地方虽然不比家里，但一个人住也足够了。有单独的厨房和卫浴间，客厅采光不错，放了餐桌和沙发。后门推开还有个小院子，院子里停了辆早已停产的老福特。

尹澄问梁延商："你累不累？是想出去吃还是在家里？"

"你原本准备晚上吃什么？"

"本来打算和导师谈完后，回来做炸酱面的。"

"那就吃炸酱面。"

梁延商放下行李后，打量着这间房，虽说不算大，但收拾得挺温馨，随便窝在哪一角，都能找到一种放松的感觉。

尹澄在锅中加入甜面酱翻炒过后，香味就出来了。她转眸瞧去，梁延商在餐桌边支着脑袋看她。他坐在她熟悉的椅子上，冷硬的线条融进光影里，亲切而温馨。

尹澄莞尔一笑："你是不是第一次吃我做的东西？"

"嗯，你不是不喜欢下厨吗？"

"在国内的时候，觉得下厨是件麻烦的事，要买、要烹饪，吃完还要洗。出了国后，偶尔一个人闲下来的时候做点吃的，还挺享受。"

说完，她调至小火，侧过身来："但我还是不喜欢下厨，是你来才有这个特殊待遇的，换作别人我就点比萨了。"

梁延商眼角溢出一丝不太明显的笑意。

尹澄虽然对下厨不感兴趣，不过做出来的东西却像模像样的，梁延商吃了个干净，连肉末都不剩。尹澄感觉他应该是长途奔波，饿了。

于是吃完后，她问他："你要不要洗个澡休息一会儿？"

"好。"他起身将盘子端进厨房清洗。

"你带睡衣了吧？"

"带了，在箱子里。"

"我帮你拿。"

梁延商洗碗的时候，尹澄便坐在地毯上，拉过他的行李箱。

行李箱有密码锁，她刚准备开口问他，又停住，拨了自己的生日。

"咔嚓"一声行李箱打开了，尹澄咧嘴的同时，回过头，梁延商靠在餐桌旁，边擦着手边饶有兴味地瞧着她。

尹澄若无其事地收起了沾沾自喜的表情。

梁延商的行李收拾得一目了然，尹澄很快就找到了他的睡衣，旁边还有摆放整齐的男士内裤。

她回头将睡衣递给梁延商，梁延商抬了抬下巴："那个不给我？"

尹澄只有再次低头，打开密封袋，从里面拿出内裤递给他，全程没好意思瞧他。

梁延商轻笑："你害羞什么？"

"没有……"她嘀嘀咕咕着。

梁延商洗完澡出来的时候，尹澄的身影在客厅晃过来晃过去，好像很忙的样子。客厅就这么大，也不知道她在忙什么。

见梁延商出来了，她指着卧室的门，对他说："房间在那儿，你进去睡吧。"

"嗯，你洗吧。"

"这么早？"

她就没有要洗澡的意思。

梁延商语气稀松平常地说："洗完早点睡。"

"嗯……哦。"

现在才傍晚，外面天都亮着，尹澄就没这么早睡过觉。转念一想，这么长时间没见，梁延商应该在暗示她尽尽妻子义务，她也就顺从地去洗澡了。

站在花洒下，她被温热的水流包围着。想到即将要发生的事，尹澄的心脏仿佛也被水流冲刷，跳动得厉害，还有点……紧张。

她洗完澡穿了条吊带裙出来，缎面的料子贴在身上，诱人至极。

梁延商靠在床头刷手机，尹澄进房的时候，他往旁边挪了挪，尹澄便自然而然地躺在他身边。

房间很安静，两人没有交谈。尹澄将毯子拉到下巴，手肘不经意碰到他紧实的腰腹，像触碰了禁地，情绪莫名亢奋。

短视频的声音消失了，梁延商将手机放在一边，低下头来："冷吗？裹这么严实？"

"也不是冷，就……"

后面的话没说出口，毯子便被梁延商拽走了，他的身影笼罩而来，将她圈进臂弯，悬停在她上方，注视着她："你在发抖？"

"哦，那应该就是冷。"

他无声地牵起嘴角，低下头吻着她的唇。他的气息无孔不入地钻进她的意识里，狠狠碾过她的心脏。激动和思念的情绪同时迸发，他的吻越来越汹涌。

不知不觉，那条绸缎睡裙便到了梁延商的手中，被他拧成麻花。他一边吻着她，让她意乱情迷，一边举起她的双手握在她头顶。

绸缎面料绕过她的手腕，等尹澄反应过来的时候，双手已经被捆绑在床头了。

尹澄这会儿总算清醒过来，挣扎着双手，瞪着他："你给我松开！"

她像砧板上的鱼，不停地扑腾。梁延商嘴角浮起了笑，跷着双腿，靠在椅背上，那模样又坏又浪荡。

"你故意的？"

"不然呢？"

"你在不痛快什么？"

"飞了这么久，看你跟其他男人转圈我能痛快？"

尹澄气愤地蹬着腿："我怎么知道他转起来了，又不是我要跟他转的。我说你这醋吃得是不是有点莫名其妙，你问问魏圣宏艾弗里是谁，艾弗里以前还追过他，把他都吓去英国了。你就是吃醋，能不能麻烦你找个直男？"

梁延商捏着矿泉水瓶愣了下，随后又灌了口水："你为什么要跟他说我是你表哥，你还能跟你表哥上床？"

"我说你是我丈夫，他惊讶的是我居然结婚了。我有病吗，跟他说你是我表哥？这种鬼话你还信了？梁延商，有种你这次来一下都别碰我，我敬你是条汉子，从此视你为偶像。"

尹澄眼神往下，满眼都是挑衅。梁延商将空掉的矿泉水瓶捏扁，笑得满眼风流，他将瓶子拍在一边，起身朝尹澄走去。

他松掉她的手腕，对她说："我不需要成为你的偶像，我是你的男人就够了。"

尹澄感觉身体腾空，被他打横抱了起来，径直走向水池。

突然被打开的心脏仿佛要撕裂，洗碗池边的瓷器发出阵阵响声。

他咬住她的耳朵，声音蛊惑："你知道我想听什么。"

"叫我。"

又是一轮惊天动地。

尹澄的声音颤着从喉咙里挤了出来："老公。

"老……公……"

她断断续续地叫着他，梁延商在她的叫声中失去理智。

她伏在他肩头，化成了水。

　　梁延商拿着水走回房间的时候，看见尹澄失神地裹着毯子，脸贴在床边上，长发不知道什么时候拉直了，垂落在脸颊边，眼里的浪潮仍没退去。

　　梁延商碰了碰尹澄滚烫的小脸，她拉住他不让他走，蹭着他的手背，多情又柔顺。

　　梁延商坐在床边，弯下腰，眸光沉迷于她："你只有每次完事后才会黏我。"

　　尹澄的脸枕在他的掌心里笑，贪恋着他身上的味道。

　　"你刚才抱着我哭了，我还以为弄疼你了。"他突然问道。

　　尹澄恍然而笑："那不是哭，是感动的。"

　　"感动？这种事情还能把你感动成这样？"他显然一头雾水。

　　尹澄笑得喘不上气。她坐起身，正儿八经地对他解释："此感动非彼感动，这是由于身体过电大脑缺氧头晕目眩产生的一种生理反应。就像浑身的血液快速集中到一个地方，累计到一定的量后突然爆炸，放烟花那样，炸到思维空白，灵魂离体。"

　　梁延商越听越迷糊，蹙了下眉。

　　"我这么解释可能有点抽象，粗暴点形容，到了极致的时候，会产生给你生孩子的冲动。"

　　梁延商眼眸上扬："你要给我生孩子？"

　　"我的意思是，那种情况下人是不理智的，会有这种疯狂的想法。"

　　梁延商先是沉默地消化着她这番话，短促地笑了下，又再次陷入沉默。

　　夜色消融在这片大地上，四周变得寂静无声。

　　尹澄望向梁延商的侧脸，张了张嘴，又闭上了。

　　梁延商似乎察觉到，转过了视线，目光纠缠的那一刻，她出声问他："你想要小孩吗？"

　　他顿了下，反问："我想要的话，你愿意生吗？"

　　尹澄不想生小孩的原因有很多种：比如她料想到自己无法空出很多时间，每时每刻陪伴孩子成长；比如她不想自己的孩子和她童年一样在期盼中度过，还要怀疑妈妈对自己的爱是不是比别人少；再比如小时候总是爸爸带她，照顾生活，辅导课业，她知道这些很辛苦，所以不想重蹈覆辙。

她习惯踽踽独行，遇到问题从自身的角度出发，如果自己没办法平衡的事情，便被她扔在阴暗的角落。她不会寻求帮助，也很难真正信任别人。

尹澄靠在床头，想起了白天刘宏教授的话。

大到前沿科学的发展、国家建设，小到一支球队、一个家庭，只靠一个人是没办法实现目标的，必须要学会与别人合作，试着打开自己。

尹澄望向梁延商的一瞬，忽然体会到了这番话的深意，几天来的失落，顷刻烟消云散。

她眼里流露出熠熠的神采，回答他："你喜欢孩子的话，我会考虑，但不是现在。"

这个回答让梁延商感到意外，如果不是尹澄主动提起，他甚至根本不会去触碰这个话题。

一种无法言喻的激动在梁延商的胸口肆意蔓延，不是因为这件事本身，而是她开始试着信任他，站在他的角度思考问题，不再封闭在自己的世界里。

这个回答给了梁延商很大的触动。他把水放在一边，探过身子将尹澄从床上抱了起来，拥她入怀，声音低柔却坚定地告诉她："如果有一天你真打算要孩子，一定得是在你期待的状态下，打心眼里想要。不是为了我、我的家人，或者其他什么乱七八糟的压力。要是因为这些，那就不要了，以后我们都不要了……"

尹澄将脸埋进他怀里，眼圈泛红，这一次是因为真正的感动。

许是太久没见了，两人有说不完的话，明明折腾了几个小时，却都不想睡觉。

梁延商在家里绕了一圈，问尹澄院子里的老福特是谁的。

尹澄说她也不知道，来的时候就在了，一直放在那儿。

她好像突然想起什么，问梁延商："想不想看电影？"

梁延商没在家里看见有电视机之类可以播放电影的设备，于是问她："在哪儿看？"

尹澄将他拉上了那辆老福特，车子虽老，皮椅坐垫却是后来换过的，坐在车里还挺宽敞。

尹澄拿了两罐啤酒，对梁延商说："等我一下，你先开酒。"

尹澄去车子外面捣鼓了一会儿，车前的白墙上忽然出现了画面。

梁延商抬头一瞧，笑了起来："汽车影院，怎么想到的？"

"突发奇想。"

尹澄问他："看什么？《绿皮书》怎么样？"

"行啊。"

两人半躺在车内喝着啤酒，气氛轻松惬意。

他问她："第二次再看什么感觉？"

她的声音穿透黑夜回荡在彼此之间："庆幸唐往前迈了一步。"

他眼里染上黎明的光，紧紧握住了她的手。

番外三 ·

爱的回应

陶女士热衷于过各种大大小小的节日，且每个节日在她的张罗下，总是充满不同的仪式感，特别是一年一度的春节。

春节是梁家最热闹的时候，陶女士往往在刚跨入腊月，便带着家里的阿姨开始采办年货。等到年三十前，梁延商回到家，流庭湖的别墅通常早已改头换面。从进门起石雕脖子上挂的大红绸，到步道两旁的红灯笼，再到随处可见的对联、福字、挂饰一应俱全。尤为夸张的是，就连院子里的海棠树枝都挂满了小吊饰。密密麻麻的吊饰上，图案文字各不相同，什么"招财进宝""五福临门""平安喜乐"……

就好像这全天下的福气，都被陶女士请进了门。

虽然梁延商早已习惯老妈这浮夸的调性，但是对于尹教授来说，还是头一遭瞧见这么大的阵仗。

尹教授常年与书、鸟做伴，活得清心寡欲，繁文缛节能免则免，往年顶多在家里大门贴上对联迎接新年。

而今年，尹澄不在国内，早在一个月前，梁爸就给尹教授去了电话，邀请他今年到他们家里来过年。于是梁延商老早就把尹教授接来了流庭湖。

梁家有规矩，过年期间忌讳吵架或拉着个脸。小年之后，全家都得和和气气的，新的一年才能烦恼散尽，顺遂无忧。

但是今年，梁延商心里的确有些不痛快。

前阵子，梁延商想飞过去陪尹澄过年。一来是距离上次分别已经快要五个月了，这已经是他的忍耐极限；二来他不想让尹澄一个人孤零零地在国外过春节。他以前留学的时候，尝过一个人在国外过年的滋味，一口锅、一包泡面、一瓶啤酒。陶女士还拍了一堆家里年夜饭的照片分享给他，别提他看到后，心里多凄凉了。

这种滋味，他不希望尹澄也尝到。但是，尹澄不以为意，她告诉梁延商这期间她没有假期，非常繁忙，即便他过去了，她也没有时间陪他。况且，还有三个月她就回国了，没必要来回折腾。

梁延商挂电话前，回了她三个字"随便你"。

如果从时间成本和效率最大化考虑，尹澄说的没有问题，一点问题都没有。但人是感情动物，有情感需求，这是人之常情。

所以，她拒绝梁延商过去的决定，使梁延商年前的一段时间始终不太痛快，接下来几天也就没主动联系尹澄。

由于梁家有过年不能闹矛盾的规矩，所以年三十，梁延商还是拉下脸，给尹澄打去电话。

结果，手机关机。

梁家欢声笑语一片。自从尹澄出国后，梁家这两年和尹教授走动得勤，不知不觉中处成了一家人。午饭过后，大家都聚在一楼南面的娱乐室，下棋、打牌、唠嗑。

梁家的几个小辈，以涛涛为首，带着弟弟妹妹们围着别墅爬上爬下。

只有梁延商独自一人，跷着腿坐在后院。整个下午，他都低着头看手机。

他以为尹澄在实验室忙，给她发去了消息，告诉她，把爸爸接来家里了，晚上一起过年三十，让她不用牵挂。

然而这条消息发过去，仿若石沉大海，一整个下午，梁延商都没有收到尹澄的回复。

傍晚的时候，他支着脑袋，合着眼，情绪不高的样子。

突然，他的手机响了起来，把梁延商惊得放下跷着的腿，一把夺过手机拿到眼前一看，陶女士打来的。

他接通电话，沉着嗓子问了句："在家里打什么电话？"

陶女士嚷道："你也没在房里，跑哪儿去了？吃饭。"

"哦。"

梁延商挂了电话，慢悠悠地起身往饭厅走。

这喜庆的日子，甭管大人还是小孩，都穿着崭新的衣服，乐呵呵地围坐在一起。陶女士拿出珍藏的好酒，照例开席前，大家都要讲几句喜庆话。

这话才起了头，突然，院子里响起了门铃声。

按理说，年三十的饭点，流庭湖附近的街道上，连个鬼影都没有，有谁这个时候会来敲门，实在是不太寻常。

涛涛自告奋勇，跑去开门。未料两分钟后，涛涛狼嚎鬼叫地跑了进来："舅舅，舅舅……"

梁延商眉头微蹙，转了头说他："有话说话，叫什么？"

"舅妈……"

"你舅妈人在大洋彼岸。"

话音刚落，涛涛身后走进来一个身影，穿着驼色的羊绒外套，拎着个不大的深色行李包，高挑的身形走入暖色的光晕里，温暖而明媚。

梁延商缓缓从椅子上站起身，怔怔地盯着尹澄。

尹澄转眸，对他盈盈一笑，在他心尖点燃火种，绽放出这个新年最绚烂的烟花。

众人在愣过一瞬后，纷纷露出欣喜之色，饭厅里瞬间气氛热烈起来。

梁延商大步走到尹澄面前，双眼炯亮地握住她的肩膀，仿佛只有触碰到她，才感觉到这一切是真实存在的。

"我打电话、发消息给你，你知道吗？"

尹澄抬起头望着他，目光里满是笑意："下了飞机才看到。"

梁延商那颗酸胀了一整天的心，因为她这个回答，仿若被人丢进了蜜罐里，嘴角牵着笑，抬起手就打算狠狠地抱抱她。

陶女士适时清了清嗓子，跟着笑道："太好了，澄澄能回来，我们今天算是真正大团圆了。别站着，回来一路肯定累了，赶紧坐下来。"

尹澄悄悄伸出食指，点在梁延商的胸膛上，提醒他在长辈们面前规矩点。

梁延商眼尾荡着一丝躁动，接过她的行李。

尹澄则走到爸爸身边，跟他和梁父梁母分别拜了年。

走回梁延商身边的时候，她已脱了羊绒外套，里面是件修身的 V 领针织衫，温柔的奶杏白既不张扬也不平淡，让人忍不住靠近。

梁延商侧眸，视线缠绕在她身上。尹澄坐下后，自然而然地在桌子下面牵住了他的手，梁延商嘴角略勾。

或许是刚回国没适应国内的气温，她穿得薄，手冰凉一片，梁延商将另一只手也垂了下去帮她暖着。

尹澄一边回答长辈们的询问，一边感受着梁延商掌心的温度，眸子里漾着暖意。在外那么久，漂泊的心突然感受到被亲情和爱人围绕的温馨，好似忽然体会到"家"的意义。

小孩们最先下了桌，跑去一旁打游戏。长辈们还在喝酒，一时半会儿不会结束。

涛涛跑了过来，往尹澄手里塞了一瓶果汁："舅妈，喝这个。"

尹澄恰好想喝点饮料，她弯起眼角接过饮料，打开喝了一口，对涛涛说："你这两年长得挺高啊，要小升初了吧？"

涛涛对她做了个"嘘"的手势，暗示尹澄千万别提小升初，他害怕父母突然想起他惨不忍睹的期末成绩。

他机灵地打了个岔，对尹澄说："舅妈，新年好。"

尹澄了然地站起身，笑着从行李里拿出红包，到孩子中间派发去了。

孩子们没想到今年还能多收到一份舅妈的红包，围着她问东问西。等梁延商找过去的时候，尹澄坐在孩子们中间，小侄女盼盼坐在尹澄的臂弯里，尹澄拿着盼盼手中的游戏手柄，跟涛涛打对决。

梁延商没打扰他们比赛，默不作声地站在一旁瞧着。

看了一会儿，梁延商简直没脸承认涛涛跟他沾亲带故。他从前虽然学习不行，要说到玩上，可是样样精通。

然而，他这个大外甥，学习菜也就是算了，打游戏也菜。

尹澄轻轻松松地帮盼盼赢了涛涛，盼盼举起小短手欢呼，激动地回过头来就吧唧亲了尹澄一口。

尹澄从来没被一个软糯糯的小东西亲过，小女孩身上的奶香味和柔软的触感，摇晃着尹澄心底从未触及的部分。

涛涛不服气地说："舅妈，你怎么打游戏也这么好？"

尹澄揉了揉他的大脑袋："你舅妈我做什么都出色，学着点。"

身后压下一道人影，梁延商探身过来，夺走了尹澄手中的游戏手柄，扔给孩子们。

"舅妈赶路累了，要早点休息，你们不许缠着她玩了。"

涛涛嘀咕了一句："这么早？今天过年，要守岁的。"

"你舅妈永远十八，不用守。"

说着，他将尹澄从沙发上拉起身，拎着她的行李上了楼。

梁爸对尹教授说："你今晚就别回去了，房间多，住下来，待会儿我们搓麻将。"

尹教授伸着头找尹澄："我跟娃娃说一声。"

陶女士笑眯眯地道："小两口这会儿肯定上楼了，别去打扰他们。"

长辈们都心照不宣地笑了起来。

房间里，梁延商关上门，将行李包扔在地上，回身就握住尹澄的手臂，将她毫不客气地拽进怀里。

尹澄落入他怀中的一瞬，身体禁不住轻颤了下。说起来他们结婚都已经两年了，可每一次见面都像刚恋爱的情侣，悸动的向往让心跳止不住地加快。

梁延商的手臂强壮有力，环过她的身体，将她整个人都拥入怀中，似乎觉

312

得这样还不够发泄心里的那股思念，直接将她抱离地面，揉进身体里。

尹澄被他这种抱法勒得喘不上气来，声音憋在他的胸膛："我要被你闷死了。"

他松开她，问道："你不是说没必要来回折腾，为什么突然回来？"

"你生气了……"她嗓音轻柔，像羽毛挠着他。

梁延商握住她的腰，手掌炽热地摩挲着："我哪有生气？"

尹澄眯起眼睛，笑容沁进他的眼眸："我能感觉到。"

她能感觉到，所以她回来了，赶在团圆的日子出现在他眼前，像个会施魔法的姑娘，将他心底所有的憋闷顷刻间横扫干净。

他将她的身体压向自己，落下视线，抵住她的额："不是说忙吗，我过去就行。就算回来也该提前告诉我，我去机场接你。"

尹澄剔透的眸子里迸发出狡黠的光来："这两年都是你来回跑，我要是不跑一趟，以后回了国，你会不会拿这个说我，特别是吵架的时候，讲起来都是你在付出，我岂不是无话可说了？"

梁延商压下眼皮，眼神颇有侵略性："你就是为了以后不被我拿捏，特地跑一趟？"

尹澄抬起手，勾住他的脖子："当然不是了，主要是想你了，还有想陪爸爸和全家人一起过个年。"

梁延商眼底蕴含着笑，他能感觉到她的变化，特别是她出国以后。虽然对待很多事情依然冷静、特立独行，可似乎比从前柔软一些。她能抓住他的情绪，给予回应，对梁延商来说，没有什么比这样稳定的关系更让他感到踏实。

他捏住她的下巴，提起，覆上她柔软的唇瓣，分别已久的思念似要将她碾碎。

尹澄双手环过他的腰，唇齿相依的吻缠绵又激情，好像一根危险的引线，随时会将两人点着。

她及时抽身，对他说："我得先洗个澡。"

尹澄走进浴室，隔着一扇半透明的浴室门，梁延商在外面帮她整理行李。

行李包打开以后，梁延商傻眼了。里面仅有一套换洗衣物和几样随身物品，除此之外什么也没有。

他靠在浴室门外面，问她："你这次回来打算待几天？"

里面没了声音，隔了一会儿，水关掉了，尹澄拉开门告诉他："三天，我只能请五天的假，而且他们根本不知道我回国了。"

梁延商的眼眸暗了下来，接下来的每分每秒都变得弥足珍贵，他们没再出过房间。

虽然年三十的夜晚家人通常要聚在一起，不过长辈们作为过来人，知道他们这两年的不易，便没有打扰两人小别胜新婚，顺便警告那些调皮的孩子，不要跑到楼上烦舅舅和舅妈。

　　这里的房间始终维持着梁延商高中时的面貌，他第一次梦见尹澄便是在这张床上。

　　年少时的梁延商，大概怎么也不会想到，有一天会在这张床上梦想成真，那种亢奋的情绪令他疯狂。然而紧接着棘手的问题便来了，这里没有任何关于防护措施的东西，情到浓时，他只能及时刹车。

　　然而，尹澄的双手穿过他的背脊，紧紧抱着他，动情地对他说：“就这样。”

　　梁延商难以置信地问道：“你确定？”

　　她轻轻点了点头，他失控地咬住她的唇，波澜壮阔的大海将她淹没，冲进她心灵的堤坝，带着农历新年的第一份喜悦，久久地激荡。

　　年初三的中午，梁延商送走了尹澄，她来去匆匆，仿若一场旖旎的梦，短暂的温存过后，再次消失。

　　临走时，她郑重其事地对他说：“这是最后一次。”

　　他期待着三个月后的婚礼和她的归来。